rororo

ro
ro
ro

ANNA PERBANDT

DAS PENSIONAT AM HOLSTENTOR: Frühlingstöchter

ROMAN

Rowohlt Taschenbuch Verlag

Originalausgabe
Veröffentlicht im Rowohlt Taschenbuch Verlag,
Hamburg, Juli 2023

Redaktion Anne Fröhlich
Covergestaltung Cordula Schmidt Design, Hamburg
Coverabbildung Interfoto; ullstein bild – Haeckel Archiv/
Conrad Hünich; Shutterstock; (Innenseite) ullstein bild
Satz aus der Calluna bei Pinkuin Satz und Datentechnik, Berlin
Druck und Bindung GGP Media GmbH, Pößneck
ISBN 978-3-499-01121-4

PROLOG

Lübeck, Ende Juli 1899

Der süße Duft von Levkojen erfüllte die Nacht, als die vier Mädchen leise in den Innenhof des Pensionats schlichen. Mondlicht beschien ihre langen weißen Nachthemden und die Blumenbeete in den Ecken des Platzes.

Rasch liefen die vier zu dem Kirschbaum, der in der Mitte emporwuchs, und setzten sich auf die Bank, die den dicken Stamm umgab. Tagsüber verbrachten die Schülerinnen ihre Pausen oft hier im Schatten der mächtigen Krone, und der Hof war erfüllt von Stimmen und Gelächter. Nun herrschte eine gespenstische Stille.

«Ich habe Angst.» Fanny, die Zierlichste der vier, sah sich so hektisch um, dass ihr langer blonder Zopf, der unter ihrer Nachthaube hervorlugte, hin und her flog. «Was, wenn Frau Eggers uns erwischt?»

«Der alte Drache schläft tief und fest», meinte Nora, die ihr schwarzes langes Haar offen trug. «Und falls man uns doch erwischt, behaupten wir einfach, dass dir schlecht war und wir dich an die frische Luft begleitet haben.» Sie lächelte und schlang tröstend einen Arm um Fannys schmale Schultern. «So blass, wie du bist, glaubt sie uns das sofort.»

Fannys Miene blieb ernst. Wieder wanderte ihr Blick im Hof umher. «Bitte, können wir uns beeilen?»

Nora nickte und öffnete ihre rechte Hand, damit ihre

Freundinnen sehen konnten, was sie mitgebracht hatte. Alle drei schnappten überrascht nach Luft.

«Ist das ein Taschenmesser?», wollte Agnes wissen, deren braune Locken unter dem Saum ihrer Nachthaube hervorlugten. «Wo hast du das denn her?»

«Es gehört meinem Bruder», erklärte Nora.

«Und was willst du damit?» Lotte, die Vierte im Bunde, betrachtete das Messer skeptisch. «Sollen wir uns damit ritzen und dann unser Blut mischen wie in dem Buch von diesem Karl Meier, von dem du erzählt hast?» Unwillig schüttelte sie ihr schulterlanges hellblondes Haar. «So etwas mache ich nämlich nicht.»

Ihre Stimme war lauter und ein bisschen schriller geworden. Deshalb legte Nora warnend den Zeigefinger an die Lippen.

«Der Autor heißt Karl May», korrigierte sie Lotte. «Und als ich sagte, dass wir einen Bund schließen, meinte ich damit nicht eine Blutsbrüderschaft wie bei Winnetou und Old Shatterhand. Das ist was für Männer. Wir machen es anders.»

«Und wie?» Agnes' Augen leuchteten vor Begeisterung. «Nun mach es nicht so spannend! Sag schon, wozu du das Messer brauchst!»

«Ich werde uns damit in der Kirsche verewigen», verkündete Nora und stieg auf die Bank. Langsam umrundete sie den Stamm auf der Suche nach einer hoch gelegenen Stelle, an der das Mondlicht durch die Blätter auf den Stamm fiel. Als sie eine gefunden hatte, klappte sie das Taschenmesser auf und begann, Buchstaben in die Rinde zu ritzen. Das Holz bot jedoch überraschend viel Widerstand, und sie schaffte es nur, an der Oberfläche zu kratzen.

«Nicht, Nora!», flüsterte Fanny erschrocken. «Hör auf, sonst bekommen wir Ärger!»

«Ich bin doch gleich fertig», erklärte Nora, ohne sich beirren zu lassen, und kämpfte weiter mit der harten Rinde. Es dauerte ein paar Minuten, dann sprang sie von der Bank herunter und deutete nach oben. «Na los, seht es euch an. Man erkennt es nur, wenn man nah drangeht.»

Neugierig stiegen die anderen auf die Bank und betrachteten ihre Anfangsbuchstaben, die Nora, jeweils mit einem Plus verbunden, in den Baum geritzt hatte.

«Das L ist unten zu lang», bemerkte Lotte. «Und ganz schief. Hast du dir bei meinem Buchstaben absichtlich keine Mühe gegeben?»

Nora ignorierte die Bemerkung.

«Jetzt noch der Schwur. Kommt her!», wies sie die anderen an und wartete, bis alle um sie herumstanden. Dann streckte sie die Arme aus. «Legt eure Hände auf meine und sprecht mir nach: Wir, die Frühlingstöchter, schwören feierlich, dass …»

«Mir gefällt der Name immer noch nicht», fiel Lotte ihr ins Wort. «Wieso denn Frühlingstöchter? Es ist doch schon längst Sommer!»

Nora verdrehte die Augen. «Es geht doch nicht um die Jahreszeiten, sondern darum, wofür der Frühling steht», erklärte sie. «Für die Jugend, den Neuanfang und die Lebenslust. So wie in Hoffmann von Fallerslebens Frühlingslied. Hast du denn in der Deutschstunde nicht aufgepasst?»

«Ach, immer diese dummen Gedichte!» Lotte zuckte mit den Schultern. «Ich kann mir das alles sowieso nie merken. Und mein Vater findet, dass ich mir den Kopf auch nicht vollstopfen soll mit diesem Unsinn. Er sagt, Frauen müssen nicht so viel wissen und sollen das Denken lieber den Männern überlassen.»

Agnes schnaubte entrüstet. «Gedichte sind kein Unsinn,

sondern wunderschön. Und Hoffmann von Fallersleben kann nun wirklich nichts dafür, dass es dir an literarischem Verständnis mangelt.» Sie streckte den Arm aus und rezitierte mit leuchtenden Augen, wie immer ganz in ihrem Element: «Oh seht, wie der Frühling schaltet und waltet, und neues Leben enthüllt und entfaltet, und schönes Leben ersinnt und gestaltet! Nun lasst uns nicht länger bleiben zu Haus! Wir wollen hinaus, ins Freie hinaus!»

«Ins Freie, pah!» Lotte rümpfte die Nase. «Als ich das letzte Mal im Frühling auf einer Wiese stand, musste ich die ganze Zeit niesen, und meine Augen haben getränt. Und außerdem ist Sonnenlicht schlecht für den Teint, sagt meine Mutter. Sie geht nur mit Hut nach draußen.»

«Du verstehst es einfach nicht», beschwerte sich Nora. «Wie kann man nur so ...»

Sie hielt inne, als sich eine Hand auf ihren Arm legte.

«Jetzt streitet euch nicht», beschwichtigte Fanny, wie immer um Frieden bemüht. «Machen wir lieber weiter. Sonst werden wir erwischt und sind am Ende ganz umsonst gekommen.»

Die Ermahnung wirkte, denn alle vier stellten sich wieder zusammen und legten die Hände aufeinander. Nora räusperte sich noch einmal, dann begann sie von Neuem den Schwur aufzusagen, den sie sich für ihr geheimes Treffen im Mondschein ausgedacht hatte.

«Wir, die Frühlingstöchter, schwören feierlich, dass wir einander beschützen werden. Wir werden uns beistehen wie Schwestern und einander niemals im Stich lassen, so wahr uns Gott helfe.»

Die Mädchen wiederholten die Worte flüsternd und blieben noch einen Moment stehen, bevor sie ihre Hände wieder lösten.

«Jetzt gehören wir für immer zusammen», sagte Nora leise in die Stille hinein. «Wir haben uns bei Vollmond einen Eid geschworen und dürfen ihn niemals brechen.»

Die anderen drei nickten, auch Lotte, die nicht mehr widersprach, und sie lächelten sich verschwörerisch an. Dann ertönte irgendwo im Haus ein Geräusch, und sie zuckten gleichzeitig zusammen.

«Schnell, zurück in die Zimmer», zischte Agnes und schob Fanny über den Hof vor sich her. Die anderen beiden folgten.

Kichernd und noch ganz beseelt von ihrem nächtlichen Abenteuer schlichen sie durch das stille Haus.

Als sie wieder in ihren Betten lagen, lächelten sie in der Dunkelheit.

Sie fühlten sich frei und stark und unbesiegbar.

Dass sie nichts von alldem waren, ahnten sie noch nicht.

1

Drei Monate zuvor
Gut Rosenhagen nahe Travemünde,
Anfang Mai 1899

Ich will aber nicht in so ein albernes Pensionat!» Nora von Jagow starrte ihren großen Bruder entsetzt an. Obwohl sie schon sechzehn war, hätte sie in diesem Moment gerne mit dem Fuß aufgestampft, um ihrer Ablehnung Nachdruck zu verleihen.

Im Grunde hatte sie schon geahnt, dass Henry schlechte Nachrichten für sie hatte, als sie eben den kleinen Salon des Gutshauses betreten und seine ernste Miene gesehen hatte. Sie bekam oft Ärger mit ihm wegen ihres Betragens, daran hatte sie sich schon gewöhnt. So ein Donnerwetter ging meist schnell vorbei und hatte für sie in der Regel auch keine Konsequenzen. Deshalb schockierte es sie, dass er sie diesmal gleich wegschicken wollte in eine dieser grässlichen privaten Mädchenschulen.

«Henry, bitte, das sagst du nur, um mich zu erschrecken, oder?», fragte sie, diesmal flehend. «Das meinst du doch nicht ernst!»

Ihr Bruder verschränkte die Arme vor der Brust und wandte sich ab, sah aus dem Fenster in den weitläufigen Garten, der sich, wie immer um diese Jahreszeit, langsam in ein Blütenmeer verwandelte.

Henry war mit seinen sechsundzwanzig zehn Jahre älter als Nora, und sie liebte ihn sehr. Aber ihr Verhältnis war immer geprägt gewesen von ihrem großen Altersunterschied. Als sie klein war, hatte sie ihn kaum gesehen, weil er seine Schulzeit im Internat verbracht hatte. Dann war er beim Militär gewesen und hatte studiert, und seit er zurück war, leitete er zusammen mit ihrem Vater das Gut und trug viel Verantwortung. Für seine kleine Schwester blieb da kaum Zeit, und auch wenn Nora das manchmal bedauerte, hatte es auch Vorteile. Denn ihr Vater war viel auf Reisen, so wie im Moment, und wenn Henry Herr im Haus war, hatte sie mehr Freiheiten. Er war weniger streng als Papa und ließ sie, abgesehen von der ein oder anderen Strafpredigt, immer gewähren. Das hätte von ihr aus gerne so weitergehen können, doch Henry schien andere Pläne zu haben.

«Es tut mir leid, aber ich meine das sogar sehr ernst. Ein Platz im Pensionat ist die perfekte Lösung», erklärte er, und Nora sah den entschlossenen Ausdruck in seinem Gesicht, als er sich wieder zu ihr umdrehte. «Ich werde bis zum Ende des Jahres überwiegend in Lübeck sein, und du kannst hier nicht allein bleiben.»

«Das bin ich doch gar nicht», protestierte Nora. «Mama ist da. Und Hedwig. Und Madame Pinot.»

«Mama ist unpässlich, wie du weißt», erinnerte Henry sie. «Und unsere Köchin hat genug zu tun, seitdem Mamsell Reinhard fort ist. Außerdem ist sie wohl kaum geeignet, dich zu erziehen. Tja, und was deine Gouvernante angeht ...»

«Ich war heute den ganzen Vormittag beim Unterricht», erklärte Nora hastig, weil sie wusste, dass Henry viel Wert auf ihre Ausbildung legte.

«Aber gestern nicht, soweit ich weiß», erwiderte er. «Madame Pinot sagt, du wärst nicht aufzufinden gewesen.»

«Da war ich draußen auf der Koppel», rechtfertigte sie sich. «Karl brauchte Hilfe bei den Jährlingen, da wollte ich nicht …»

Sie hielt inne, weil Henry die Hand hob und sie streng ansah. «Siehst du, und das ist genau der Punkt», schimpfte er. «Du tust, was du willst. Kommst und gehst, wie es dir passt. Und du verbringst viel zu viel Zeit mit Karl. Das gefällt mir gar nicht. Er ist einer der Stallburschen, Nora! Der Sohn unserer Köchin! Was sollen denn die Leute sagen, wenn sie erfahren, wie du deine Zeit verbringst?»

«Karl ist mein Freund», gab Nora zurück. «Und welche Leute denn? Es kommt doch niemand mehr her, seit es Mama wieder so schlecht geht. Wen stört es also, was ich mache und mit wem ich mich treffe?»

«Mich stört es», erklärte Henry. «Herrgott, Nora, nicht mehr lange, dann wirst du in die Gesellschaft eingeführt. Ich möchte einfach nicht, dass du dort unangenehm auffällst. Und das wirst du, weil wir dir zu lange alles haben durchgehen lassen. Aber damit ist jetzt Schluss! Du musst lernen, dich zu benehmen, wie es sich für eine junge Dame schickt. Im Pensionat werden sie dir das beibringen.»

«Ich kann schon alles, was ich können muss», widersprach Nora. «Und ich werde auf gar keinen Fall meine Tage damit verbringen, Taschentücher zu besticken und die Quadrille zu lernen! Da sterbe ich ja vor Langeweile!»

«Es geht aber nicht anders!» Henry seufzte tief und ließ sich in einen der beiden Chesterfield-Sessel aus cognacfarbenem Leder fallen.

Ihr Vater hatte die wuchtigen Möbelstücke vor Jahren aus England mitgebracht, aber sie hatten ihrer Mutter nicht gefallen. Deshalb standen sie hier im kleinen Salon, den nur die Familie nutzte. Gäste empfingen die von Jagows in dem angrenzenden grünen Salon, doch das war im Moment so selten der Fall, dass die Möbel dort mit Laken abgedeckt waren.

Nora machte das nichts aus, sie vermisste die Besuche der Nachbarsfamilien kein bisschen. Öden Teestunden, bei denen sie nett über das Wetter parlieren sollte, konnte sie nichts abgewinnen. Sie spielte auch schlecht Klavier, weil sie nie übte, und war für Handarbeiten viel zu ungeduldig. Lieber ging sie reiten, half bei der Ernte oder im Stall, und wenn sie las, dann nicht das, was Madame Pinot ihr vorschlug. Stattdessen suchte sie sich selbst Bücher aus der großen, reich bestückten Gutsbibliothek aus, in die sie sich schlich, wenn niemand hinsah. Und es sah selten jemand hin, was sie machte, am allerwenigsten Henry.

Nora setzte sich in den anderen Sessel und betrachtete ihren Bruder. Er trug noch seine Reitsachen, wahrscheinlich war er wieder auf dem Gut unterwegs gewesen. Sie standen ihm, aber er sah ohnehin gut aus mit seinen schwarzen Haaren und den blauen Augen, daran konnte auch die feine weiße Narbe nichts ändern, die quer über seine rechte Wange lief. Nora glich ihm in Haar- und Augenfarbe, die hatten sie beide von ihrer Mutter geerbt. Und auch im Gesicht ähnelten sie sich, das hatten sie schon oft zu hören bekommen. Spätestens da endeten jedoch ihre Gemeinsamkeiten.

«Verstehst du denn nicht, wie ungerecht das ist, Henry?» Nora schüttelte den Kopf. «Du kannst tun, was du willst, und niemand macht dir Vorschriften. Aber mir schreibt ihr alles vor. Ich darf nicht entscheiden, was ich machen möchte oder mit wem ich befreundet bin.»

«Weil du nicht weißt, was gut für dich ist», erklärte Henry und klang so kühl, dass es Nora schauderte. Plötzlich war er ihr sehr fremd.

Trotzig stemmte sie sich gegen die Hilflosigkeit, die in ihr aufstieg. So empfand sie selten, und sie mochte das Gefühl nicht.

«Das kannst du nicht machen», sagte sie. «Was soll denn die arme Madame Pinot tun, wenn ich nicht mehr da bin?»

«Madame Pinot verlässt uns», entgegnete Henry. «Sie hat gestern gekündigt. Offenbar hat sie sich kürzlich verlobt und kehrt nach Paris zurück.»

«Was?» Erschüttert starrte Nora ihn an. Sie verstand sich nicht gut mit der unfreundlichen Französin und hatte sich nie für deren Privatleben interessiert. Dennoch schockierte es sie, dass Madame Pinot ihr nichts von dieser Entwicklung verraten hatte.

«Mir kommt es vor wie eine Fügung», meinte Henry. «So bleibt mir erspart, sie zu entlassen.»

«Aber es findet sich doch Ersatz», protestierte Nora. «Du kannst einfach eine neue Lehrerin einstellen.»

«Dafür ist keine Zeit», erklärte Henry. «Ich habe im Moment alle Hände voll zu tun und könnte mich nicht darum kümmern, selbst wenn ich wollte. Außerdem habe ich bereits ein Pensionat ausgesucht, das für dich geeignet wäre, und alles in die Wege geleitet. Ich muss nur noch zusagen.» Er lächelte. «Nun komm schon, Krümelchen, so schlimm wird es nicht werden. Dort sind andere Mädchen in deinem Alter. Sicher hast du Spaß mit ihnen.»

«Ich will aber nicht.» Hilflose Tränen traten in Noras Augen, und sie ballte die Hände zu Fäusten. «Du kannst mich nicht zwingen!»

Henrys Miene verdunkelte sich. «Doch, Nora, das kann ich», sagte er. «Und die Tatsache, dass dir das offenbar nicht bewusst ist, zeigt mehr als deutlich, wie dringend du das Pensionat besuchen musst. Wie sollen wir denn einen Ehemann für dich finden, wenn du so renitent bist?»

Noras Brust wurde eng bei dem Gedanken an die Zukunft. Andere Mädchen in ihrem Alter mochten ihrer Einführung in die Gesellschaft entgegenfiebern und konnten es wahrscheinlich kaum noch abwarten, eine gute Partie zu machen. Nora dagegen wünschte sich nur eins: weiter auf dem Gut zu leben. Wieso sollte sie fort, wenn sie hier glücklich war?

«Ich gehe nicht nach Lübeck», erklärte sie noch einmal. «Und ich werde dich für immer hassen, wenn du mich dazu zwingst!»

Damit stürmte sie aus dem Zimmer und lief in die Eingangshalle. An der Treppe hielt sie kurz inne und blickte nach oben in den ersten Stock, wo die Schlafzimmer der Familie lagen.

Aber es hätte keinen Sinn gehabt, zu ihrer Mutter zu laufen und sie um Hilfe zu bitten. Sidonie von Jagow hatte wieder eine ihrer «melancholischen Episoden», wie ihr Hausarzt Doktor Rüther es nannte, und schaffte es morgens kaum aus dem Bett. Nichts interessierte sie, wenn sie so war wie im Moment, und deshalb würde sie Nora auch nicht beistehen. Und ihr Vater Wilhelm war mal wieder nicht da, er befand sich derzeit in Italien, wo er auch noch eine ganze Weile bleiben würde. Und selbst wenn er zu Hause gewesen wäre, hätte er ganz sicher auf Henrys Seite gestanden.

Deshalb lief Nora durch die große Eingangstür hinaus auf den Hof und dann in Richtung Pferdekoppel, um Karl zu suchen. Sie wusste, dass er den Nachmittag über dort war, um den Zaun zu reparieren. Und tatsächlich hörte sie ihn schon hämmern, als sie sich näherte. Das monotone Klopfen hallte durch die angenehm warme Frühlingsluft und wies ihr den Weg ans hintere Ende der großen Wiese.

Und dann sah sie Karl. Er hatte einen der maroden Holzpfähle ausgegraben, an denen der Koppelzaun befestigt war. Ein neuer stand bereits an dessen Stelle, und Karl rammte ihn mithilfe eines Holzhammers in den Boden. Die schweißtreibende Arbeit hatte ihn dazu gebracht, sein Hemd auszuziehen. Mit freiem Oberkörper hob er das große Werkzeug über seinen Kopf und ließ es auf den Pflock sausen, der mit jedem Schlag weiter in der Erde versank.

Fasziniert von seinem Anblick verlangsamte Nora ihre Schritte. Sie hatte Karl schon seit einer Ewigkeit nicht mehr derart unbekleidet gesehen, und es überraschte sie, wie viele Muskeln er bekommen hatte. Richtig breitschultrig wirkte er, und als sie seine kräftigen, gebräunten Arme sah, schluckte sie unwillkürlich.

«Nora?» Karl hatte sie entdeckt und ließ den Hammer sinken. Er winkte ihr zu. «Was machst du denn hier? Ich dachte, du gehst heute zum Unterricht.»

Beim vertrauten Klang seiner Stimme setzte Nora sich wieder in Bewegung und lief zu ihm. Eigentlich wollte sie sich ihm in die Arme werfen, wie sie es sonst immer getan hatte, wenn sie traurig war und Trost suchte. Doch sie war plötzlich befangen und blieb vor ihm stehen, ohne ihn zu berühren.

«Was ist denn los?», fragte er besorgt. «Ist etwas passiert?»

«Ja, stell dir vor!», sagte sie aufgeregt, und dann sprudelten die Worte nur so aus ihr hervor. Sie beschrieb ihm das Gespräch mit ihrem Bruder und erwartete, dass er darüber genauso empört sein würde wie sie. Aber er stand nur da und betrachtete sie nachdenklich.

«Wieso sagst du nichts?», fragte sie ungehalten. «Findest du das nicht auch furchtbar?»

«Doch.» Karl fuhr sich durch sein dichtes rotes Haar und

wich Noras Blick aus. «Ich wusste es nur schon. Dein Bruder hat heute Morgen das Personal angewiesen, mit den Vorbereitungen für eure Abreise zu beginnen.»

Nora schluckte. «Dann wussten es alle vor mir?», fragte sie und funkelte Karl vorwurfsvoll an, der nach seinem Hemd gegriffen hatte und es überzog. «Warum hast du es mir nicht gesagt?»

«Weil ich nur einer der Stallburschen bin», erwiderte er. «Ich kann nicht einfach ins Haus marschieren und rauf in dein Zimmer laufen, wenn ich mit dir sprechen will.»

Das stimmte zwar, aber Nora spürte ein enttäuschtes Ziehen in der Brust, weil er so ganz anders reagierte als erwartet.

«Und wieso bist du so gleichgültig?» Sie blinzelte die Tränen weg, die ihr plötzlich in den Augen brannten. «Ist es dir egal, dass ich wegmuss?»

«Nein, natürlich nicht», versicherte Karl ihr. «Aber ...» Er schüttelte den Kopf.

«Was?», fragte sie beklommen, plötzlich von einer Vorahnung befallen. «Nun sag doch schon! Was ist los?»

«Ich werde auch gehen», erklärte er nach einer kurzen Pause und hob den Blick, sah ihr in die Augen. «Ich verlasse das Gut und suche mir Arbeit in Lübeck.»

2

Du willst weg?» Nora war so fassungslos, dass sie nicht mehr klar denken konnte. «Aber warum? Ich dachte, du bist gerne auf Rosenhagen.»

«Es war immer mein Zuhause», bestätigte Karl. «Aber hier habe ich keine Zukunft, Nora. Ich kann hier nichts werden.»

«Doch, natürlich kannst du das», widersprach Nora sofort. «Du wirst eines Tages Stallmeister.»

«Stallmeister!» Karl schnaubte verächtlich. «Erstens steht das gar nicht fest. Und zweitens ist das nicht mein Ziel. Ich will nicht mein ganzes Leben lang anderer Leute Pferde pflegen. Ich will zur See fahren, das weißt du doch.»

Betroffen sah Nora ihn an. Tatsächlich hatte Karl immer wieder davon gesprochen, dass er gerne mal auf einem der Schiffe, die sie vom Strand aus beobachtet hatten, richtig weit hinaus auf den Ozean fahren wollte. Deswegen war er so enttäuscht gewesen, dass er nicht für das Militär taugte, weil er auf einem Auge schlecht sah. Er hätte seinen Wehrdienst gerne bei der Marine absolviert, aber Nora war sehr froh gewesen, dass er nicht eingezogen worden war. Sie hatte ohnehin geglaubt, dass es nur eine Schwärmerei von Karl war, die vorübergehen würde. Aber offenbar meinte er es ernst, und nun wollte er seinen Traum anders umsetzen.

«Ich habe gespart für eine Fahrkarte nach Lübeck», fuhr er fort. «Mein Cousin arbeitet dort im Hafen, und er sagt, es werden dringend Leute gesucht. Ich finde bestimmt ganz bald eine Anstellung. Und wenn ich genug Geld zusammenhabe, wandere ich aus nach Amerika. Es heißt, dass man es dort auch als Sohn einer Köchin zu etwas bringen kann.»

Seine Augen glänzten vor Begeisterung, aber Nora war plötzlich ganz kalt.

«Amerika?» Ihre Stimme kiekste ein bisschen. «Aber ... aber wenn du nach Amerika gehst, dann sehe ich dich nie wieder!»

Der Gedanke war so furchtbar, dass sich eine Träne aus ihrem Auge löste und über ihr Gesicht lief. Sofort trat Karl näher zu ihr.

«He, nicht weinen!» Er legte eine Hand an ihre Wange, und sie spürte die Schwielen an seinem Daumen, als er ihr vorsichtig die Träne wegwischte. «Es ist besser so, glaub mir.»

«Besser?» Entsetzt über seine Worte wich Nora zurück. «Wie kann es denn besser sein, dass du weggehst und mich allein lässt?»

«Du gehst doch auch weg», erinnerte er sie. «Und wenn du erst im Pensionat bist, hast du mich ganz schnell vergessen.» Er zuckte mit den Schultern. «Wahrscheinlich wirst du dich irgendwann nicht mal mehr an meinen Namen erinnern, wenn du mit deinen Freundinnen zusammensitzt und ihr über alte Zeiten plaudert.»

Nora wischte sich mit dem Handrücken über die Wangen, über die jetzt immer neue Tränen rollten. «Ich vergesse dich doch nicht, du Dummkopf. Du bist mein bester Freund!» Wütend funkelte sie ihn an. «Und deshalb erlaube ich es auch nicht! Du darfst nicht gehen! Bitte, versprich mir, dass du hierbleibst!»

Auf Karls Gesicht erschien ein gequälter Ausdruck. «Du weißt, dass ich fast alles für dich tun würde, Nora», sagte er. «Aber das darfst du nicht von mir verlangen.»

«Doch, das tue ich», beharrte sie. «Ich kann doch nicht zusehen, wie du dich in Gefahr bringst! Und ich verstehe es auch nicht! Willst du wirklich lieber auf See dein Leben riskieren oder dich in einer Werft zu Tode schuften?» Sie umfasste seinen Arm. «Ich will dich nicht verlieren, Karl!»

«Ich dich auch nicht», gestand er, und sie erkannte, wie aufgewühlt er war. Hilflos hob er die Schultern. «Aber ich kann es nicht verhindern. Es ist nur noch eine Frage der Zeit. Erst schicken sie dich weg ins Pensionat, und dann suchen sie dir einen passenden Ehemann aus. Die feinen adeligen Herren werden sich darum reißen, dich zu heiraten, das wette ich. Und dann gehst du endgültig fort, und ich würde dich nur noch sehen, wenn du mit deinem Mann und deinen Kindern zu Besuch kommst. Du würdest mir nett zulächeln, wenn ich dich mit der Kutsche vom Bahnhof abhole, und ein paar belanglose Worte mit mir wechseln, wenn ich dir beim Aussteigen behilflich bin. Aber wir würden uns nicht mehr treffen, so wie jetzt. Das wäre endgültig vorbei.»

Nora schluckte. Wenn er das so sagte, klang es schrecklich traurig. Entschieden schüttelte sie den Kopf.

«Jetzt fang du nicht auch noch von einem Ehemann an», schimpfte sie. «Ich werde nicht heiraten, Karl. Ich bleibe für immer auf Gut Rosenhagen.»

«Selbst wenn», sagte er. «Du bist eine Komtess, und ich gehöre zur Dienerschaft. Zwischen uns darf es keine Verbindung geben. Also kann ich auch genauso gut nach Lübeck gehen.»

Sie blickte in seine Augen, und die Verzweiflung, die darin lag, nahm ihr den Atem, weil sie ihre eigene widerspiegelte.

«Willst du das denn?», fragte sie unsicher. «Dass da etwas wäre …?»

Abrupt machte er sich von ihr los und wandte sich ab. «Ich

muss die Pfosten noch setzen, bis es dunkel wird», brummte er. «Das schaffe ich nicht, wenn ich nicht weitermache.»

Er bückte sich nach dem Hammer, wollte ihn erneut heben. Doch Nora griff nach seinem Arm.

«Karl, ich ...»

«Nein, Nora», unterbrach er sie. «Du musst mich gehen lassen. Ich kann nicht bleiben. Das würde ich nicht aushalten.»

Er kam noch etwas näher und beugte sich vor, sodass ihre Gesichter dicht beieinander waren. Für einen kurzen Moment glaubte Nora, dass er sie auf den Mund küssen würde. Doch seine Lippen berührten nur kurz ihre Wange. Es löste ein flattriges Gefühl in ihrem Magen aus, genau wie sein Geruch nach frisch gemähter Wiese und erdigem Schweiß. Atemlos und völlig verwirrt blickte sie zu ihm auf, als er sich wieder aufrichtete.

«Aber ich vergesse dich auch nicht!» Seine Stimme klang rau. «In hundert Jahren nicht. So wie du ist keine, Eleonore von Jagow.»

Er hob einen Mundwinkel zu einem schiefen, traurigen Lächeln, und Nora kam es vor, als würde sich ein Schleier vor ihren Augen heben. Sie sah noch den Freund ihrer Kindertage, aber da war auf einmal so viel mehr, was ihr Herz erfüllte. Empfindungen, die sie nicht kannte und die alle zugleich auf sie einstürmten und ihr Inneres ins Chaos stürzten.

Ein Seufzen entfuhr ihr. Sie wusste, dass sie Karl nicht umstimmen konnte. So gut kannte sie ihn nach all den Jahren. Wenn er sich etwas in den Kopf setzte, dann brachte ihn niemand davon ab, nicht einmal sie. Aber sie war mindestens so stur wie er, das würde er schon merken.

«Wir sehen uns wieder, Karl Reger», sagte sie. «Ich lasse nicht zu, dass es so endet zwischen uns.»

Sie konnte ihm ansehen, dass er ihr nicht glaubte.

«Nora ...», setzte er an, aber sie wich zurück und schüttelte vehement den Kopf.

«Ich finde dich in Lübeck», versprach sie. «Egal, wo du hingehst. Ich werde dich finden, und wir werden wieder zusammen sein. Du wirst schon sehen!»

Ihre Augen füllten sich erneut mit Tränen, weil sie trotz aller Entschlossenheit Angst hatte, es nicht zu schaffen. Aber das sollte Karl nicht merken, deshalb wandte sie sich rasch ab und lief zum Haus zurück.

* * *

In der Stille des Arbeitszimmers hörte Henry die Wanduhr unangenehm laut ticken. Seit er nach dem Streit mit Nora ins Büro zurückgekehrt war, versuchte er zu arbeiten und wenigstens einen Teil der dringenden Dinge zu erledigen, die auf ihn warteten. Doch er war nicht bei der Sache und erwischte sich selbst immer wieder dabei, wie seine Gedanken zurückwanderten zu dem Gespräch mit seiner Schwester.

Er hatte zwar geahnt, dass sie nicht begeistert sein würde, aber nicht, dass sie gleich so außer sich geriet.

Ich werde dich für immer hassen, wenn du mich dazu zwingst!

Ihre wütende Stimme klang ihm immer noch im Ohr, und er war versucht gewesen nachzugeben, so wie sonst. Nora hatte es schon immer geschafft, ihn um den kleinen Finger zu wickeln. Natürlich musste er manchmal streng mit ihr sein, aber in Wahrheit drückte er sehr oft ein Auge zu und ließ sie gewähren, obwohl er wusste, dass es falsch war.

Doch diesmal musste er hart bleiben, denn es gab etwas, dass er in Lübeck erledigen musste, und das duldete keinen

Aufschub. Die Unternehmung würde über Wochen, wenn nicht sogar Monate seine volle Aufmerksamkeit beanspruchen und konnte nur dann gelingen. Dadurch konnte er in nächster Zeit nur noch selten auf dem Gut sein, und deshalb brauchte er eine Lösung für seine Schwester. Aber er war sicher, sie gefunden zu haben.

Nora kam jetzt in ein Alter, in dem es eben doch eine Rolle spielte, was andere von ihr dachten. Ihre Konfirmation lag zwei Jahre zurück, und ihre Einführung in die Gesellschaft stand unmittelbar bevor. Bald würde sie zu Bällen und Soireen gehen, um dort hoffentlich ihren zukünftigen Mann kennenzulernen, und es war wichtig, dass sie dort einen guten Eindruck machte.

Nicht dass Henry befürchtete, dass Nora sitzen bleiben könnte. Mit ihren langen schwarzen Haaren und den klaren blauen Augen war seine Schwester eine Schönheit, die sich vor Verehrern nicht würde retten können. Welche Wirkung sie hatte, konnte man schon jetzt an der Art erkennen, wie der Sohn der Köchin sie ansah. Überhaupt war das Verhältnis zwischen diesem Karl und Nora viel zu eng, dem musste Henry dringend einen Riegel vorschieben, bevor Nora sich noch in irgendeine jugendliche Schwärmerei verstieg. Noch ein Grund mehr also, sie ins Pensionat zu schicken, wo sie hoffentlich ein wenig Schliff bekam. Er selbst mochte das wilde Wesen seiner Schwester zwar, aber sie entsprach damit einfach nicht den Erwartungen der Gesellschaft, die von Frauen Sanftmut und Zurückhaltung forderte …

Er blickte auf, als er hörte, wie die Tür geöffnet wurde. Nora erschien im Türrahmen.

«Ich hab's mir überlegt», sagte sie. «Ich gehe mit dir nach Lübeck.»

Henry starrte sie verblüfft an. Mit allem hatte er gerechnet, aber nicht damit, dass sie ihren Widerstand so einfach aufgeben würde.

«Schön, dass du es einsiehst», sagte er. «Dann ...»

Er sprach nicht weiter, weil Nora die Tür schon wieder zugeworfen hatte, und runzelte die Stirn.

Dieser plötzliche Sinneswandel passte nicht zu seiner Schwester, und das machte ihn misstrauisch. Wenn sie etwas nicht wollte, dann blieb sie eigentlich dabei. Was sie wohl umgestimmt haben mochte?

Er holte einen Bogen Briefpapier aus der Schreibtischschublade, um der Pensionatsvorsteherin zu schreiben und ihr zuzusagen. Mit dem Füllfederhalter in der Hand hielt er jedoch noch einmal inne.

Ich hoffe, Nora heckt nicht wieder irgendetwas aus, dachte er und gestand sich ein, dass es ihn sehr erleichterte, die Verantwortung für seine Schwester in kompetente Hände legen zu können. Die Lehrerinnen und Lehrer in dem Pensionat, das er für sie ausgewählt hatte, würden schon wissen, wie man mit Backfischen wie ihr umging.

Mit neuer Entschlossenheit setzte er die Spitze des Füllfederhalters auf das Papier und formulierte einen Brief, den er noch heute abzuschicken gedachte.

3

Lübeck, Pensionat Eggers,
eine Woche später

Dorothea Eggers starrte auf den Brief, der vor ihr auf dem Schreibtisch lag. Graf Henry von Jagow teilte ihr darin mit, dass er seine Schwester Eleonore wie angekündigt bei ihr im Pensionat unterbringen würde. Die Details wollte er bei seinem Besuch Anfang der kommenden Woche besprechen, und das Mädchen brachte er dann gleich mit. Es sei denn, es hätte sich etwas geändert und es gäbe doch keinen Platz für sie?

Dorothea hätte beinahe gelacht. Natürlich gab es Platz für die Komtess von Jagow! Und hätte es ihn tatsächlich nicht gegeben, dann hätte Dorothea persönlich ihr Zimmer für das adelige Fräulein geräumt und wäre in die Besenkammer gezogen. Mein Gott, eine echte Gräfin unter ihren Schülerinnen war Gold wert für ihre Schule, dafür hätte sie so gut wie alles getan!

Zwar waren die Jagows von Gut Rosenhagen nur ein Seitenzweig der bekannten Adelsfamilie, der nicht so bedeutend war. Aber eine Grafentochter in den Reihen ihrer Mädchen war ein Prestigegewinn, den Dorothea sich auf gar keinen Fall entgehen lassen würde. Daraus ließ sich Kapital für das Pensionat schlagen, denn sie kannte keine Kaufmanns- oder Arztgattin in Lübeck, deren Augen nicht leuchten würden bei dem Gedanken, dass ihre Tochter mit einer jungen Adeligen zur Schule ging.

Dass Dorothea dem Grafen seinen Wunsch so umgehend erfüllte, musste er allerdings bezahlen. Sie würde noch etwas aufschlagen auf das übliche Schulgeld. Die Einnahme konnte sie gut gebrauchen, schließlich waren erst vergangene Woche zwei Mädchen überraschend abgemeldet worden – Schwestern, die mit ihren Eltern nach England gingen. Außerdem würde morgen eines der jüngeren Mädchen abgeholt werden, weil es vor lauter Heimweh ganz krank war. Und eine weitere Schülerin verließ das Pensionat, um stattdessen eine ganz normale Schule zu besuchen.

Dorothea schnaubte. Dass so etwas überhaupt möglich war, entsetzte sie immer noch. Doch inzwischen öffneten immer mehr staatliche Schulen ihre Türen auch für Mädchen. Und nicht nur das – die privaten Institute wie ihr eigenes wurden strenger überwacht. Das lag nur an dieser lästigen preußischen Schulreform! Seit Lübeck Teil des Deutschen Reichs geworden war, galt diese auch hier, und die Hürden wurden immer höher. Inzwischen kamen die Kontrolleure der Oberen Schulbehörde einmal jährlich in jede Lehranstalt der Stadt und prüften, ob der vorgegebene Lehrplan auch eingehalten wurde. Anschließend erhielt Dorothea dann eine Liste von Mängeln, die es zu beseitigen galt – und die wurde von Mal zu Mal länger.

So mokierte sich die Behörde schon länger darüber, dass das Schuljahr bei ihr immer noch an Ostern anfing und endete und nicht, wie bei sehr vielen Schulen Usus, im September an Michaelis. In diesem Punkt hatte Dorothea jedoch hart bleiben können. Dafür kam sie nicht umhin, immer mehr Naturwissenschaften anzubieten, was ärgerlicherweise auf Kosten des Handarbeitsunterrichts ging. Und nun sollte sogar noch

Turnunterricht stattfinden – war das zu fassen? Allein der Gedanke an verschwitzte Mädchen, die in dünnen Unterkleidern ihre Glieder verrenkten, war so unelegant, dass es Dorothea schauderte. So etwas konnte definitiv nur ungesund sein!

Doch alles Jammern nützte nichts: Ihr Pensionat musste sich anpassen und mit der Zeit gehen, da war der Oberschulrat, den Dorothea zum Glück von früher kannte und der sonst oft ein Auge zugedrückt hatte, zuletzt sehr deutlich geworden. Sollte Dorothea die Anforderungen nicht erfüllen, würde man ihr die Schule schließen.

Meine Güte, die Leute tun gerade so, als bräuchten Frauen die gleiche Ausbildung wie Männer!, dachte Dorothea entrüstet. Dabei war es doch wirklich nicht nötig, schon gar nicht bei den Höheren Töchtern, die von ihr betreut wurden. Deren Lebensaufgabe bestand darin, ihren Ehemännern den Haushalt zu führen und ihnen bei Gesellschaften keine Schande zu machen. Das war schwierig genug und brauchte viel Kraft und Energie. Dorothea wusste, wovon sie sprach, schließlich war sie selbst früher einmal verheiratet gewesen. Bis zu jenem schrecklichen Tag, an dem …

Nein, dachte sie und zwang sich, die Erinnerung nicht hervorzuholen, die sie immer noch nachts aus dem Schlaf schrecken ließ. Wenn sie zu viel darüber nachdachte, wie es dazu gekommen war, dass sie mit Mitte fünfzig einem Pensionat vorstand und anderer Leute Töchter erzog, anstatt eigene Enkelkinder auf dem Schoß zu halten, dann ging es ihr schlecht. Deshalb konzentrierte sie sich lieber auf die gute Nachricht des Tages, die sie unbedingt noch allen verkünden musste.

Kurz überlegte sie, damit bis zum Abendessen zu warten. Aber dazu war sie zu ungeduldig. Deshalb erhob sie sich und verließ ihr Büro.

Der Raum schloss sich direkt an die imposante Halle des alten Kaufmannshauses an, in der das offene Treppenhaus bis in den zweiten Stock hinaufreichte. Hohe Glastüren führten außerdem von hier aus in den Hinterhof, der mit seinen gepflegten Blumenbeeten und der mächtigen Kirsche, die in der Mitte emporwuchs, eine grüne Oase bildete, die Schülerinnen und Lehrkräfte gleichermaßen genossen.

Dorothea hatte jedoch keinen Blick für die Schönheit des Gebäudes, während sie die Treppe in den ersten Stock hinaufstieg. Sie ging zügigen Schrittes, musste jedoch bald langsamer werden, weil ihr das enge Korsett unerbittlich die Luft abschnürte. Schnaufend erreichte sie schließlich den Treppenabsatz und musste sich einen Moment ausruhen. Dann lief sie weiter auf die Rückseite des Hauses, in Gedanken noch mit der Zukunft des Pensionats beschäftigt.

Wenn sie es sich hätte aussuchen können, dann hätte sie einen anderen Standort für das Haus gewählt. Es befand sich auf der falschen Seite von Lübeck, zu nah am Wasser und dem Holstentor, wo die Binnenschiffer das Salz umschlugen, das sie über die Trave herbeischafften. Ein Haus weiter im Norden, rund um die Marienkirche mit ihren beeindruckenden Doppeltürmen, wäre für ihre Schule ideal gewesen, denn dort wohnten die Kaufleute, Juristen und Politiker, aus deren Familien Dorothea ihre Schülerinnen gerne rekrutierte.

Es hatte Jahre gedauert, das Pensionat an dieser Stelle zu etablieren, und die Anstrengungen hatten Spuren hinterlassen. Manchmal, wenn Dorothea in den Spiegel blickte, konnte sie kaum fassen, dass aus ihr eine faltige Mittfünfzigerin mit grauen, hochgeschlossenen Kleidern und Perlenschmuck geworden war, die nur noch eins im Sinn hatte: den guten Ruf ihrer Schule zu wahren.

Umso wichtiger, dass von jetzt an die junge Komtess von Jagow zu meinen Schützlingen gehört, dachte Dorothea und schob das Selbstmitleid beiseite, das sie kurz überkommen hatte.

Sie hatte das Nähzimmer erreicht, das seinen Namen zu Unrecht trug, denn hier wurde bei Weitem nicht nur genäht. Und es war auch nicht nur ein Zimmer, sondern eher ein Salon mit vier großen runden Tischen, an denen sämtliche Pensionärinnen Platz fanden. Früher hatten die Mädchen dort dicht an dicht gesessen, Dorothea hatte Bewerberinnen abweisen müssen, weil der Platz im Pensionat zu knapp geworden war. Nun lebten noch knapp vierzig Schülerinnen im Alter zwischen zehn und sechzehn Jahren im Haus, und Dorothea mochte gar nicht darüber nachdenken, was passieren würde, wenn die Anmeldungen noch weiter zurückgingen.

Für einen Moment lauschte sie an der Tür, dann betrat sie den Raum, ohne zu klopfen. Sofort verstummten die Unterhaltungen, und die Mädchen blickten sie erschrocken an. Unterricht hatten sie nicht mehr, der fand an den Vormittagen statt, aber sie waren dazu angehalten, sich hier bis zum Abendessen mit der Nachbereitung des Unterrichtsstoffs zu befassen oder sich ihren Handarbeiten zu widmen. Eigentlich sollten sie dabei auch beaufsichtigt sein, aber die Hauslehrerin Insa Chryse war nicht anwesend, wie Dorothea verärgert feststellte.

«Weitermachen», sagte sie streng und ließ, während sie den Raum durchschritt, den Blick über ihre Schützlinge schweifen. Sie trugen hochgeschlossene helle Kleider und darüber weiße Schürzen mit Spitzenrand. Letztere bekamen sie vom Pensionat gestellt, weil Dorothea ein einheitliches Bild wichtig fand. Die Mädchen sollten sauber und unschuldig wirken, und wie immer, wenn sie alle so einträchtig beisammensitzen sah, lächelte sie, zufrieden darüber, den gewünschten Effekt erreicht zu haben.

Die jüngeren Mädchen, die um drei der großen runden Tische saßen, hielten allesamt verschiedene Arten von Handarbeiten in der Hand. Die älteren, die bereits in die Abschlussklasse gingen, hatten einen Tisch für sich. Im Moment waren es nur fünf, eine ungewöhnlich geringe Zahl, die Dorothea ebenfalls Sorgen machte. Früher hatten die Familien ihre Töchter gerade für den letzten Schliff noch mal für ein Jahr hergeschickt, und die Abschlussklasse war nicht selten die größte gewesen. Diesmal jedoch nicht, und nur der Gedanke an die Ankunft der Komtess half Dorothea dabei, nicht zu verzweifeln, als sie sich dem Tisch näherte.

Die fünf Mädchen blickten ihr mit schuldbewussten Mienen entgegen, deshalb bezweifelte Dorothea, dass sie wirklich in den Büchern gelesen hatten, die aufgeschlagen vor ihnen auf dem Tisch lagen. Wahrscheinlich hatten sie geschwatzt und Späße gemacht, was ihnen nicht mal zu verdenken war. So etwas passierte immer, wenn die Aufsicht fehlte.

«Ich habe euch etwas anzukündigen», sagte sie, als sie den Tisch erreichte. «Ihr bekommt eine neue Mitschülerin. Komtess Eleonore von Jagow wird ab sofort mit euch in die Abschlussklasse gehen. Sie trifft nächste Woche hier ein, und ich möchte, dass sie sich hier sehr wohlfühlt. Deshalb erwarte ich, dass ihr sie besonders herzlich willkommen heißt und euch um sie kümmert. Zeigt euch bitte von eurer besten Seite.»

Die Augen der Mädchen wurden groß, und Dorothea konnte ihnen ansehen, wie sehr die Ankunft einer Adeligen in ihrer Mitte ihre Neugier weckte.

«In welchem Zimmer wird sie denn wohnen?», platzte Charlotte heraus, die sechzehnjährige Tochter des Senators

Matthias Dabel. Mit ihren schulterlangen hellblonden Haaren und ihrem strahlenden Lächeln wirkte sie wie ein Unschuldslämmchen, doch davon durfte man sich nicht täuschen lassen, das wusste Dorothea. Lotte, wie sie genannt wurde, war nämlich ein rechtes Biest. Sie war stolz auf die Stellung ihres Vaters, der als einflussreicher Politiker galt, und ließ die anderen Mädchen gerne spüren, dass sie sich ihnen überlegen fühlte. Das äußerte sich auch darin, dass sie bislang darauf bestanden hatte, allein untergebracht zu werden. Für Eleonore war sie aber offensichtlich zu einer Ausnahme bereit, denn sie verkündete mit hoheitsvoller Miene: «Die Komtess kann zu mir ziehen.»

«Rede bitte nur, wenn du gefragt wirst», wies Dorothea sie zurecht und ließ den Blick über die Gesichter der anderen Mädchen gleiten, während sie darüber nachdachte, wo sie Eleonore unterbringen sollte. Das war in der Tat eine gute Frage, denn ihr fiel wieder ein, was Graf von Jagow in seinem ersten Brief über seine Schwester berichtet hatte.

Die Passage war vage formuliert gewesen, doch zwischen den Zeilen hatte Dorothea herausgelesen, dass das Mädchen ein Wildfang war und offensichtlich noch diszipliniert werden musste. Solche Fälle kannte Dorothea zur Genüge, und wenn sie während der vergangenen Jahre eins gelernt hatte, dann dass man nicht noch Öl ins Feuer gießen durfte. Lotte war eigenwillig und immer darauf bedacht, im Mittelpunkt zu stehen. Wenn Eleonore mit Lotte ein Zimmer teilte, dann war zu befürchten, dass es Ärger zwischen den beiden gab.

Franziska Grape eignete sich als Zimmergenossin vermutlich besser. Fanny, wie sie von allen gerufen wurde, war eine in jeder Hinsicht besondere Schülerin. Sie hatte langes, blondes Haar, das zu einem Zopf geflochten war, und das liebliche Gesicht eines Porzellanengels, was ihr ganz sicher schon bei ihrer ersten Tanzveranstaltung die Aufmerksamkeit sämtlicher Männer gesichert hätte. Doch das Leben hatte ihr bisher übel mitgespielt. Ihre Mutter war im Kindbett verstorben, und ihr Vater hatte als Kaufmann durch schlechte Geschäfte einen so hohen Schuldenberg angehäuft, dass er vor drei Jahren keinen Ausweg mehr gesehen und den Freitod gewählt hatte. An seine einzige Tochter schien er dabei keinen Gedanken verschwendet zu haben, denn Fanny war mittellos zurückgeblieben, ohne Verwandte, bei denen sie hätte unterkommen können.

Normalerweise hätte Dorothea ein Mädchen wie sie nicht aufgenommen, aber Fanny hatte Glück gehabt und war in den Genuss eines Stipendiums gekommen. Es gab in Lübeck viele Stiftungen, die sich um das Wohl der Bedürftigen kümmerten, und eine davon stellte das Schulgeld für mittellose Mädchen, um ihnen eine Ausbildung zu sichern. Die Stipendiatinnen mussten sich jedoch wohl verhalten, wenn sie die Unterstützung nicht wieder verlieren wollten, deshalb gehörte die stille Fanny, die mit ihren siebzehn Jahren etwas älter war als die anderen, zu den bravsten Schülerinnen des Pensionats. Und das wiederum machte sie in Dorotheas Augen zur perfekten Zimmergenossin für die Neue.

Die Frage war nur, ob die Komtess mit Fannys Gesellschaft zufrieden sein würde. Eignete sich die Kaufmannstochter Agnes Kneseke nicht vielleicht doch besser? Das pausbäckige Mädchen mit den widerspenstigen braunen Locken war lebhaft und sehr aufgeschlossen, vielleicht manchmal mit einem Hang zum Theatralischen, den sie noch verlieren musste, bevor sie für Gesellschaften taugte. Für sie einen Ehemann zu finden, würde dennoch schwierig werden, denn eine Windpockenerkrankung im Kindesalter hatte ihre Wangen vernarbt.

Das schmälerte ihre Chancen, geheiratet zu werden, ganz erheblich, aber das stand auf einem anderen Blatt.

Und mehr Auswahl gab es eigentlich nicht, denn sonst waren da nur noch Victoria und Marlies, ein Zwillingspärchen, das ganz und gar unzertrennlich war und alles gemeinsam machte. Sie blieben für sich und redeten auch kaum, deshalb eigneten sie sich sicher nicht als Zimmergenossinnen für Eleonore.

Dorothea seufzte unschlüssig, während sie den Blick noch einmal über Agnes, Lotte und Fanny gleiten ließ. «Wo die Komtess wohnen wird, entscheide ich noch», verkündete sie. «Benehmt euch einfach gut, bis sie kommt, dann sehen wir, zu wem sie am besten passt.»

Sie nickte den dreien zu, dann ging sie wieder. An der Tür blieb sie allerdings noch einmal stehen.

«Wo ist eigentlich Fräulein Chryse?», wollte sie von den Mädchen wissen.

«Sie hat über Leibschmerzen geklagt und wollte sich kurz hinlegen», erklärte eines der jüngeren Mädchen. «Sie sagt, sie kommt gleich wieder. So lange sollen wir allein weitermachen.»

Dorothea spürte Wut in sich aufsteigen. «Das hätte man mir melden müssen», schimpfte sie. «Das nächste Mal, wenn ihr länger als eine Viertelstunde allein seid, schickt ihr jemanden, um mich zu holen, ist das klar?»

Die Mädchen nickten eingeschüchtert, und Dorothea rang kurz mit sich. Am liebsten wäre sie nach oben gelaufen und hätte Insa Chryse aus ihrem Bett gezerrt. Aber sie wusste, dass die Hauslehrerin sich nur hinlegte, wenn es wirklich nicht mehr ging. Die unscheinbare Mittzwanzigerin, die mit den Schülerinnen in der Pension lebte und auch außerhalb der

Unterrichtszeiten bei ihnen die Aufsicht führte, war eigentlich eine Lehrkraft ganz nach Dorotheas Herzen: fleißig, ruhig und zuverlässig. Leider litt sie jedoch während ihrer monatlichen Unpässlichkeit immer wieder unter krampfartigen Leibschmerzen, die so schlimm waren, dass sie deswegen kürzlich sogar Dorotheas Hausarzt aufgesucht hatte. Doktor Brooks war jedoch ratlos gewesen, und die Mittel, die er verschrieben hatte, wirkten nicht. Im Gegenteil, manchmal hatte Dorothea den Eindruck, dass es Insa davon sogar schlechter ging, denn sie war unkonzentrierter als früher. Dass sie die Mädchen einfach allein ließ, ohne wenigstens eines der Dienstmädchen in Kenntnis zu setzen, war das beste Beispiel dafür.

Also würde Dorothea selbst, wie so oft in letzter Zeit, einspringen und die Aufsicht führen müssen, und sie hasste das, denn dann blieben andere Dinge liegen. Eigentlich musste sie nämlich mit der Köchin den Essensplan für die nächste Woche erstellen, sie musste Einkaufslisten für die Dienstmädchen schreiben, und außerdem wurde es Zeit, die Einladungskarten für das Gründungsfest zu verschicken.

Nein, es hilft nichts, dachte sie, während sie sich missmutig an einen der Tische setzte und den jüngeren Mädchen bei ihren Handarbeiten zusah. Vor allem jetzt, wo die Komtess kam, würde sie doch wieder eine zweite Hauslehrerin einstellen müssen. Eigentlich hatte sie die Stelle einsparen wollen, doch es zeigte sich immer mehr, dass sie eine zweite Lehrkraft brauchte, die mit im Haus wohnte und die Mädchen auch außerhalb des Unterrichts beaufsichtigte. Es gehörten zwar noch andere Lehrer zum Kollegium, doch die kamen nur stundenweise ins Haus. Nur Insa Chryse war ständig für die Mädchen da, hatte jedoch auf ihre schüchterne Art bereits angemerkt, dass ihr das allein langsam zu viel wurde.

Also musste Verstärkung her. Während Dorothea noch überlegte, wurde ihr plötzlich klar, dass die Lösung vielleicht gar nicht so schwierig war. Denn wie der Zufall es wollte, hatte sie vor ein paar Tagen erst einen Brief von einer jungen Dame erhalten, die sich um eine Anstellung im Pensionat bewarb.

Gesche Petersen, so der Name der Bewerberin, war zwar erst Anfang zwanzig, hatte jedoch das renommierte Roquettesche private Lehrerinnenseminar hier in Lübeck mit Bravour absolviert. Sie hatte längere Auslandsaufenthalte vorzuweisen, weil sie als Kapitänstochter mit ihrem Vater viel gereist war, und sprach Englisch und Französisch fließend, womit sie schon die Hauptkriterien erfüllte. Dazu hatte sie noch sehr moderate Gehaltsvorstellungen, und sie konnte sofort anfangen, wie sie schrieb. Also passte eigentlich alles – wenn da nicht die Sache mit dem Absender gewesen wäre.

Die Adresse, die Gesche Petersen angegeben hatte, lag nämlich mitten im Hafenviertel von Lübeck, und das machte Dorothea misstrauisch. Was tat eine junge Frau aus gutem Haus und mit anständigen Qualifikationen in einer so verrufenen Gegend der Stadt? Das klang nach Ärger, und wenn Dorothea eines im Moment nicht gebrauchen konnte, dann war es ein wie auch immer gearteter Skandal. Andererseits brauchte sie Verstärkung, und da die staatlichen Schulen höhere Gehälter zahlten, war es schwer genug, Lehrkräfte zu finden. Musste sie da nicht zugreifen, wenn sich so eine Gelegenheit bot?

Sie überlegte kurz, dann beschloss sie, die junge Frau einzuladen. Es schadete ja nicht, sich ein Bild zu machen. Doch sie nahm sich vor, sehr genau hinzusehen, denn sie wurde das Gefühl nicht los, dass mit dieser Gesche Petersen irgendetwas nicht stimmte.

4

Lübeck, Hafenviertel,
am darauffolgenden Dienstag

Gesche sah sich nervös um, als sie aus dem Haus trat. Zum Glück achtete niemand auf sie, und sie fiel in ihrem einfachen, dunkelblauen Kleid in der Menge nicht weiter auf. Wer genauer hinsah, würde jedoch die modische Schnittführung und die aufgesetzte Spitze bemerken und wissen, dass sie für diese Gegend zu fein angezogen war.

Ich gehöre ja auch nicht hierher, dachte sie und sah wieder das armselige kleine Zimmer vor sich, das sie eben verlassen hatte. Es war muffig und feucht, aber das einzige, was Gesche auf die Schnelle hatte finden können. Und die Wirtin schien das zu wissen, denn sie hatte Gesche die Miete für zwei Wochen im Voraus bezahlen lassen. Es war Gesches letztes Geld gewesen. Jetzt besaß sie nur noch ein bisschen Kleidung und einige Bücher, die sie mit etwas Glück noch versetzen konnte. Reichen würde es trotzdem nicht, und sie hatte ein flaues Gefühl im Magen, als ihr klar wurde, wie viel davon abhing, dass es klappte mit der Stelle im Pensionat Eggers.

Sie brauchte Arbeit und ein Dach über dem Kopf. Wo sie sonst landen würde, wagte sie sich nicht auszumal …

Abrupt blieb Gesche stehen und starrte auf das junge Mädchen in dem weißen Spitzenkleid, das eilig die Engelsgrube hinab in Richtung Hafen lief.

Die Kleine war noch ein Backfisch, höchstens sechzehn, und ihr langes schwarzes Haar flatterte im Wind, genau wie ihr Strohhut, der, von einem Stoffband gehalten, in ihrem Rücken tanzte.

«Karl! Warte, Karl!», rief sie und rannte, als wäre der Teufel hinter ihr her, vorbei an den Matrosen und Arbeitern, die auf dem Weg zum Hafen waren. Einige von ihnen blieben wie Gesche stehen und sahen ihr entgeistert nach, so als wäre sie eine Erscheinung, die ihnen ihr noch nicht ganz waches Gehirn vorgaukelte.

Kein Wunder, dachte Gesche, halb entsetzt, halb verärgert. Herrschaftszeiten, das hier war doch keine Flaniermeile! Eine Kaufmannstochter aus gutem Hause – und so etwas in der Art war das Mädchen vermutlich – hatte nichts verloren in dieser Gegend! Hier lebte das einfache Volk, und es herrschten raue Sitten. Man musste sich auskennen, wenn man hier bestehen wollte.

Bei Gesche war das leider der Fall, denn sie hatte in ihrem jungen, gerade mal zweiundzwanzigjährigen Leben schon mehr erlebt, als ihr lieb war. Aber diese Kleine gehörte nicht hierher. Sie konnte ernsthaft in Gefahr geraten, je nachdem, in welche Ecke des Hafenviertels sie sich verirrte.

Ein Prickeln zog Gesches Nacken hinauf, während sie sich suchend umblickte. Sie hoffte, eine Gouvernante oder einen männlichen Begleiter zu entdecken, irgendjemanden, der dem Mädchen nachlief und es wieder einfing. Doch da war niemand. Die Kleine lief allein weiter die steile Straße hinab in Richtung Hafen.

Was konnte sie dort um diese frühe Uhrzeit nur wollen?

Noch bevor Gesche den Gedanken zu Ende denken konnte, blieb das Mädchen unvermittelt vor einer der schmalen, niedrigen Öffnungen stehen, die nachträglich in eine der Häuserfassaden eingelassen worden waren. Sie mündeten in schmale, oft niedrige Gänge, die auf die Rückseite der Häuser führten. Solche Gänge wurden immer häufiger angelegt, um die Hinterhöfe zugänglich zu machen und mit der Straße zu verbinden, ohne dass man durch die Wohnhäuser gehen musste. Wie einen Schweizer Käse durchzogen sie die gesamte Lübecker Altstadt und machten es möglich, in den Hinterhöfen sehr schlichte Wohnstätten für die Arbeitskräfte zu errichten, die in immer größerer Zahl in die Stadt drängten. Die sogenannten Ganghäuser boten denen Obdach, die sich nichts Besseres leisten konnten. Entsetzlich beengt und unter katastrophalen hygienischen Bedingungen lebten dort ganze Großfamilien in winzigen Zimmern. In den Gängen stank es, vor allem an warmen Tagen wie heute, und das Mädchen schien den Geruch bereits wahrzunehmen, denn es presste den Handrücken gegen die Nase und trat unschlüssig von einem Fuß auf den anderen.

Geh da nicht rein, flehte Gesche innerlich, doch es war zu spät: Das Mädchen neigte den Kopf ein wenig, um sich nicht zu stoßen, und verschwand in der niedrigen Öffnung.

Wieder prickelte es in Gesches Nacken, stärker diesmal, und sie rang mit sich, was sie jetzt tun sollte.

Sie hatte es eilig. Die Vorsteherin des Pensionats hatte sie für halb zehn zu einem Gespräch eingeladen, und das Haus lag in der Großen Petersgrube an der Obertrave, ganz in der Nähe des Holstentors. Das war ein gutes Stück zu Fuß, und von Sankt Jakobi hatte es gerade neun geschlagen, deshalb musste Gesche sich dringend auf den Weg machen, wenn sie pünktlich ankommen wollte.

Nervös blickte sie zu der Öffnung, in der das Mädchen verschwunden war. Aber was, wenn der Kleinen etwas passierte? Sie war etwa im selben Alter wie die älteren Schülerinnen, die Gesche bald im Pensionat zu unterrichten hoffte. Konnte sie es mit ihrem Gewissen vereinbaren, einfach weiterzugehen?

Nein, ihr blieb keine Wahl, sie musste dem Mädchen nachgehen. Entschlossen raffte Gesche ihre Röcke und lief mit wenig damenhaften Schritten eilig hinüber zu der Gangöffnung.

Der Gestank, der ihr entgegenschlug, war so widerwärtig, dass sie kurz gegen eine Welle der Übelkeit ankämpfen musste. Sie atmete ein paar Mal tief durch, bis sie sich daran gewöhnt hatte, dann duckte sie sich und durchquerte den niedrigen Gang. Als sie am anderen Ende wieder auftauchte, stand sie in einer engen Sackgasse.

Rechts und links ragten zweistöckige Häuschen empor, die so windschief waren, dass sie sich aufeinander zuzuneigen schienen. Der Boden war nicht befestigt, aber zum Glück trocken, da es in den letzten Tagen nicht geregnet hatte – eine Tatsache, die Gesche erleichtert registrierte. Sie besaß nur ein Paar Schuhe, und was ein schlammiger Boden mit ihnen und dem Saum ihres Kleides angerichtet hätte, mochte sie sich gar nicht ausmalen.

Und das alles nur wegen dieses Backfischs, dachte sie und fixierte das Mädchen wütend, das ein paar Meter entfernt bei einem älteren Jungen mit roten Haaren stand.

«Ich dachte, du wärst ein Freund von mir», sagte das Mädchen gerade, beinahe vorwurfsvoll. «Du hast genauso rote Haare. Als ich dich in der Menge sah, war ich ganz sicher.» Sie schüttelte den Kopf, so als könnte sie ihren Irrtum nicht fassen. «Vielleicht kennst du ihn ja?», fragte sie dann. «Er heißt Karl Reger, und er ist schon seit ein paar Tagen in Lübeck.

Hast du ihn vielleicht getroffen und kannst mir sagen, wo ich ihn finde?»

Der Rothaarige sagte nichts, er war offenbar überwältigt von der Erscheinung, die sich in den Hinterhof verirrt hatte. Und den jüngeren Kindern, die jetzt dazukamen und das Mädchen in immer größerer Zahl umringten, schien es ähnlich zu gehen.

«Bist du ein Engel?», fragte ein kleiner Junge in dem Lübschen Platt, das hier gesprochen wurde, und wischte sich mit der Hand unter der Nase entlang, die ganz verschnupft war.

«Nein, ich bin Nora!», erklärte das Mädchen. «Und ich muss wirklich ... nein, nicht!»

Der Junge hatte unvermittelt nach dem Stoff ihres Rocks gegriffen. Das leuchtende Weiß faszinierte ihn offenbar, und seine Geste brach den Bann, denn nun trauten sich auch die anderen Kinder, das Kleid zu berühren. Eine Sekunde später zupften und zogen plötzlich alle daran, als ginge es darum, sich ein Stück davon zu sichern.

Die Augen der jungen Frau weiteten sich erschrocken, und sie machte einen Schritt zurück. Doch die Kinder folgten ihr und ließen nicht von ihr ab.

«Nein, bitte nicht!», rief sie und fing an sich zu wehren, doch das stachelte die Kindermeute nur noch mehr an.

«Hört sofort auf!», rief Gesche scharf und trat dazwischen. Ihre laute Stimme und der strenge Blick, den sie ihnen zuwarf, sorgten dafür, dass die Kinder sich zerstreuten und in die Hauseingänge flohen. Nur der große Junge blieb bei ihnen stehen.

«Was ist denn da los?» Eine Frau um die dreißig steckte den Kopf durch eines der geöffneten Fenster in den oberen Stockwerken und betrachtete Gesche und das Mädchen mit einer Mischung aus Neugier und Missbilligung. «Was woll'n S'n hier?», nuschelte sie unfreundlich, weil ihr offenbar ein paar Zähne fehlten.

«Nichts», versicherte Gesche ihr und griff nach dem Arm des Mädchens. «Bitte entschuldigen Sie die Störung. Wir sind schon wieder weg.»

Die Frau schnaubte verächtlich. Als im Haus ein Kind schrie, verschwand sie vom Fenster.

Gesche sah das Mädchen an, das sich eben als Nora vorgestellt hatte. Die Kleine war eine Schönheit. Ihr schwarzes Haar glänzte, und ihre ebenmäßigen Züge erinnerten Gesche an die Marmorbüsten, die ihr Vater ihr in Rom gezeigt hatte. Kein Wunder, dass der kleine Junge sie für einen Engel gehalten hatte.

Noras Wangen waren allerdings nicht blass wie die einer Statue, sondern von der Aufregung gerötet. Ihre Stirn glänzte, und in den klaren blauen Augen lag ein herausfordernder Ausdruck, als sie sich Gesche entwand.

«Ich gehe nicht mit Ihnen», sagte sie trotzig. «Erst muss ich Karl finden.»

«Hier gibt's keinen Karl.» Der ältere Junge hatte seine Stimme wiedergefunden. Unsicher hob er den Arm und kratzte sich am Kopf. «Ich kenn alle, die hier wohnen. Und einen Karl haben wir nicht.»

«Da hörst du es», meinte Gesche und versuchte Nora erneut zu der Öffnung zu ziehen. «Und jetzt komm. Es ist hier zu gefährlich für dich.»

Wie um ihre Worte zu unterstreichen, regte sich jetzt etwas in der Nähe des Durchgangs, und Gesche sah, dass dort ein Mann auf dem Boden saß, den Rücken an die Wand gelehnt. Er erhob sich schwankend und blinzelte, hatte offenbar Mühe, seinen Blick scharf zu stellen. Deshalb vermutete Gesche, dass er bis eben seinen Rausch der letzten Nacht ausgeschlafen hatte. Aber er kam erschreckend schnell wieder zu Sinnen, vor allem, als er Gesche und Nora bemerkte. Seine Augen wurden schmal, und es lag ein Ausdruck darin, der Gesche einen Schauer über den Rücken jagte.

«Komm jetzt», drängte sie erneut, und zum Glück schien Noras Widerspruchsgeist gebrochen, denn diesmal wehrte sie sich nicht, als Gesche sie mit sich zog. Doch sie kamen nicht weit, denn der Mann trat ihnen in den Weg und versperrte den Gang.

Er war nicht groß, überragte Gesche nur um ein kleines Stück. Allerdings hatte er ein breites Kreuz, und sein Hemd spannte sich über muskulösen Armen, die jeden Tag körperliche Schwerstarbeit leisteten. Sein Gesicht war grobschlächtig, mit einer auffallend großen, krummen Nase, die aussah, als wäre sie schon mehrfach gebrochen gewesen. Wahrscheinlich prügelt er sich regelmäßig, überlegte Gesche.

«Würden Sie uns bitte durchlassen?», bat sie und versuchte, sich ihre Angst nicht anmerken zu lassen.

«Was krieg ich denn dafür?», fragte der Mann mit schwerer Zunge. Auf seinem Gesicht erschien ein hämisches Grinsen. «Gibt hier nichts umsonst!»

Gesche spürte, wie ihr Magen erneut rebellierte, weil der Mann nach Schnaps und faulen Zähnen stank. Doch sie hielt seinem Blick stand, starrte, ohne zu blinzeln in die rot unterlaufenen kleinen Augen.

«Gehen Sie aus dem Weg», wiederholte sie und nahm aus dem Augenwinkel wahr, dass Nora ein Stück hinter sie gewichen war. Hoffentlich begriff das leichtsinnige Mädchen jetzt, dass es keine gute Idee gewesen war, alleine ins Hafenviertel zu gehen!

Der Mann beugte sich abrupt vor und packte Gesche an den Oberarmen, riss sie herum und presste sie gegen die Mauer, an der er eben noch gelehnt hatte. Ein lautes Ratschen war zu hören, und Gesche ahnte, dass es ihr Kleid war, dessen Stoff irgendwo hängen geblieben sein musste. Sie spürte die rauen Steine der Hauswand im Rücken und den widerlichen Atem des Mannes im Gesicht und versuchte sich zu befreien. Doch anstatt sie loszulassen, griff er mit einer Hand in ihr Haar und zog ihren Kopf nach hinten.

«Du hältst dich wohl für etwas Besseres!», fuhr er sie an. «Ich werd dir zeigen, was ich mit Weibsbildern mache, die glauben, dass sie ...»

Weiter kam er nicht, denn Gesche zog ihr Knie hoch und rammte es dorthin, wo es einem Mann laut Hein Folkerts Ausführungen ganz besonders wehtat. Der Mann brüllte laut auf und ließ sie los. Keuchend sackte er zusammen und krümmte sich, während er nach Atem rang.

«Los!» Gesche griff nach Noras Hand und zog sie hinter sich her. Gemeinsam duckten sie sich und liefen durch den niedrigen Gang zurück zur Straße.

«Du verdammte Hure! Das wirst du mir büßen!»

Die Stimme des Mannes, die unheimlich von den Wänden widerhallte, fuhr Gesche in die Glieder und ließ sie noch schneller werden.

Als sie wieder in der Engelsgrube stand, ließ sie Noras Hand nicht los, sondern zog das Mädchen mit sich die steile Straße hinauf, die von den meisten Fuhrwerken wegen ihres Gefälles gemieden wurde. Hektisch warf sie einen Blick zurück, während sie rannte, aber zwischen den Leuten entdeckte sie den Krummnasigen zum Glück nicht. Dennoch eilte sie weiter und blieb erst wieder stehen, als sie das Haus der Schiffergesellschaft am oberen Ende der Engelsgrube erreichten.

Hier begann die Breite Straße, die rechts in Richtung Rathaus führte. Der markante Kirchturm von Sankt Jakobi, einer von sieben Türmen, die die Altstadt von Lübeck prägten, erhob sich direkt vor ihnen majestätisch in den Himmel, während links der Koberg lag – Lübecks zweitgrößter Marktplatz, auf dem auch heute reges Treiben herrschte. «Geht es?», erkundigte Gesche sich schwer atmend bei Nora, deren Brustkorb sich genauso schnell hob und senkte wie ihrer.

Das Mädchen nickte. «Es tut mir leid», stammelte sie und sah an Gesche herunter. Als Gesche ihrem Blick folgte, erkannte sie, dass der Rock ihres Kleides seitlich zerrissen war.

«Oh nein!» Hastig untersuchte sie die Stelle. «Das muss passiert sein, als der Kerl mich gepackt hat.» Instinktiv legte sie eine Hand an ihr Haar und merkte, dass sich zahlreiche Strähnen aus ihrem strengen Dutt gelöst hatten. Sie sah vermutlich schlimm aus ...

«Ich dachte, der Mann tut Ihnen was», sagte Nora. «Aber Sie haben ihn ...» Ihre blauen Augen weiteten sich voller Erstaunen. «Was haben Sie mit ihm gemacht? Er hat so geschrien.»

«Reden wir lieber über dich», erwiderte Gesche, während sie mit geschickten Fingern die Nadeln und Bänder löste, die ihre Hochsteckfrisur gehalten hatten, bis ihr goldblondes Haar offen über ihre Schultern fiel. «Was tust du hier? Und wieso bist du allein unterwegs?»

«Das bin ich nicht», erklärte das Mädchen. «Mein Bruder ist ...»

«Nora! Mein Gott, da bist du ja!»

Ein großer Mann überquerte vor einem Fuhrwerk die Straße und lief auf sie zu. Er musste Anfang dreißig sein und trug einen feinen grauen Anzug mit passendem Hut. Da er glatt rasiert war, konnte man eine weiße Narbe erkennen, die über seine rechte Wange verlief. Er sah trotzdem ungewöhnlich gut aus, und sein geschmeidiger Gang verriet, dass er gut in Form war.

Als der Mann Nora erreichte, umfasste er ihre Oberarme, und Gesche hätte schwören können, dass er sie sehr gerne geschüttelt hätte. Doch er tat es nicht, und an dem weichen Ausdruck in seinen Augen erkannte sie, dass er vor allem erleichtert war.

«Ich habe dich überall gesucht», schimpfte er. «Du kannst doch nicht einfach weglaufen!»

Das Mädchen öffnete den Mund, um etwas zu sagen, aber der Mann ließ sie los und wandte sich an Gesche.

«Und jetzt zu Ihnen», sagte er mit einem schneidenden Unterton in der tiefen Stimme. «Wer sind Sie, und was wollen Sie von meiner Schwester?»

5

Gesche war für einen Moment zu sprachlos, um zu antworten.

Sie schwitzte, ihr Kleid war zerrissen, und der Schock steckte ihr noch gehörig in den Gliedern. Das hätte wahrlich auch anders ausgehen können, und dieser arrogante Kerl besaß die Frechheit, ihr Vorhaltungen zu machen?

«Mein Name ist Gesche Petersen, und ich habe Ihrer Schwester geholfen, einer brenzligen Situation zu entkommen», sagte sie mit so viel Würde, wie sie unter diesen Umständen aufbringen konnte, und hielt dem wütenden Blick des Mannes stand. «Einer Situation, in die sie sicher nicht geraten wäre, wenn jemand sie beaufsichtigt hätte. Wäre die Frage also nicht viel eher, wie Sie zulassen konnten, dass Ihre Schwester allein am Hafen unterwegs ist?»

«Am Hafen?» Der Zorn verschwand aus der Miene des Mannes und machte einem überraschten Ausdruck Platz. Er starrte seine Schwester an. «Du bist zum Hafen gelaufen?»

Das Mädchen nickte, aber er wandte sich schon wieder an Gesche.

«Nora war plötzlich weg», rechtfertigte er sich. «Wir hatten kurz angehalten, weil ich mich mit einem Bekannten unterhalten wollte. Und da ist sie einfach aus der Kutsche gesprungen. Ehe ich begriff, was passiert war, und ihr hinterherlaufen konnte, war sie schon in der Menge verschwunden.»

Angesichts der vielen Leute, die auf der Breiten Straße flanierten, und der zahlreichen Fuhrwerke und Kutschen wunderte das Gesche tatsächlich nicht. Aber als Entschuldigung konnte sie es dennoch nicht gelten lassen.

«Wissen Sie eigentlich, wie gefährlich das war?», schimpfte sie. «Ihre Schwester ist da unten aufgefallen wie ein Paradiesvogel. Allein ihr Kleid ist mehr wert als der Monatslohn dieser Leute. Und ich möchte mir gar nicht vorstellen, was dieser betrunkene Kerl ihr angetan hätte, wenn ...»

«Wie bitte?» Der Mann umfasste den Arm des Mädchens. Er war ganz blass geworden und musterte seine Schwester noch einmal von Kopf bis Fuß. «Mein Gott, bist du angegriffen worden?»

Nora nickte. «Da war so ein unheimlicher Mann. Er stank ganz ekelhaft, und er wollte uns nicht durchlassen.»

«Und dann?», fragte ihr Bruder ungeduldig.

«Dann hat Fräulein Petersen mit ihm gekämpft, bis er auf dem Boden lag», erklärte Nora und blickte Gesche bewundernd an. «Und dann sind wir schnell an ihm vorbeigerannt.»

Der Mann blickte wieder zu Gesche. «Sie haben ihn außer Gefecht gesetzt?» Ungläubig schüttelte er den Kopf. «Aber ... Sie sind doch eine Frau!»

«Zum Glück für Ihre Schwester eine recht wehrhafte», erwiderte Gesche. «Aber wäre der Kerl nüchtern gewesen, hätte die Sache vielleicht anders ausgesehen.»

Mit Schaudern dachte sie an den fauligen Atem ihres Angreifers und daran, wie er sie gepackt hatte. Er war stark gewesen, viel stärker als sie, und das hatte sofort die Erinnerungen an jene schreckliche Nacht zurückgebracht, in der sich ihr Leben für immer verändert hatte. Übelkeit stieg ohne Vorwarnung in ihr auf, und sie biss die Zähne aufeinander, um sich davon nicht übermannen zu lassen.

«Verzeihen Sie mir bitte, Sie haben recht, ich hätte besser aufpassen müssen», sagte der Mann und hob grüßend seinen Hut. «Gestatten Sie, dass ich mich vorstelle, ich bin Graf Henry von Jagow, und das ist meine Schwester, Komtess Eleonore ...»

Sein Gesicht verschwamm vor Gesches Augen, und sie merkte, wie ihre Beine unter ihr nachgaben. Es war nur ein sehr kurzer Schwächeanfall, aber sie wäre vermutlich gefallen, wenn Henry von Jagow nicht geistesgegenwärtig einen Schritt nach vorn getan und sie festgehalten hätte. Sie sank gegen ihn und spürte die feine Wolle seines Jacketts an ihrer Wange. Im Gegensatz zu dem Matrosen roch er gut, nach einem würzigen Rasierwasser.

«Tut mir leid», sagte sie, peinlich berührt, und löste sich hastig von ihm. Er hielt sie weiter fest, bis sie sicher stand, doch auch dann ließ er eine Hand auf ihrem Rücken liegen, so als hätte er Sorge, dass sie gleich wieder anfangen könnte zu schwanken. Und nicht ganz zu Unrecht, gestand Gesche sich ein, denn sie fühlte sich immer noch wackelig.

«Das ist bestimmt der Schock», sagte er. «Ich bringe Sie zu unserer Kutsche. Da können Sie sich setzen und eine Weile ausruhen.»

Er wollte sie weiterschieben, doch Gesche blieb stehen.

«Nein, das geht nicht», protestierte sie. «Ich werde erwartet, und ich bin spät dran.» Der Gedanke, dass sie ihr Treffen mit der Vorsteherin des Pensionats verpassen könnte, ließ ihr Herz rasen. «Ich muss wirklich weiter.»

«Wir können Sie hinbringen zu Ihrer Verabredung», schlug Nora vor. «Das ist doch das Mindeste, nachdem Sie mir geholfen haben. Oder, Henry?»

«Natürlich», bestätigte der Mann. «Wir fahren Sie, wo immer Sie hinwollen.» Er lächelte. «Na, kommen Sie! Die Kutsche ist gleich da vorn. Sie sollten sich wirklich kurz ausruhen.»

Als er diesmal den Druck seiner Hand in ihrem Rücken verstärkte, gab Gesche nach und ließ sich von ihm weiterführen. Der Gedanke, sich zu setzen, hatte etwas sehr Verlockendes, genauso wie die Aussicht, die Strecke bis zum Pensionat nicht zu Fuß zurücklegen zu müssen. Vielleicht schaffte sie es dann ja sogar noch pünktlich zu ihrem Gespräch mit Frau Eggers.

Die Kutsche, ein schwarzer Landauer mit heruntergeklapptem, ebenfalls schwarzem Verdeck, stand tatsächlich nicht weit entfernt. Die beiden großen braunen Pferde, die davorgespannt waren, ließen durch das lange Warten bereits träge die Köpfe hängen, und auch der Kutscher saß zusammengesunken auf dem Bock und starrte ins Leere. Als er sie kommen sah, richtete er sich wieder auf, und Gesche spürte seinen neugierigen Blick auf sich, als Henry ihr in die Kutsche half.

Dankbar sank sie in die weichen Lederpolster hinter dem Kutschbock und fuhr sich verstohlen noch einmal durch das Haar, das ihr jetzt offen über die Schultern fiel. Sie hätte viel für einen Spiegel gegeben, aber so musste sie einfach hoffen, dass sie nicht zu wild aussah.

«Möchten Sie etwas trinken?», erkundigte sich Henry, der ihr gegenüber auf der anderen Sitzbank Platz genommen hatte, und holte, ohne ihre Antwort abzuwarten, eine olivbraune, schon reichlich ramponierte Feldflasche aus dem Picknickkorb, der neben ihm auf dem Sitzpolster stand. Als er sie ihr reichen wollte, zögerte er. «Entschuldigen Sie, dass ich Ihnen kein Glas anbieten kann. Wir benutzen immer meine alte Feldflasche vom Militär, aber wenn Sie lieber nicht …»

«Ich nehme gerne etwas, wenn ich darf.» Gesche griff nach der Flasche, schraubte den Deckel auf und trank gierig. Ihre

Kehle brannte, und das Wasser kühlte angenehm. «Danke», sagte sie, als sie ihm die Flasche zurückreichte. «Mir war gar nicht bewusst, wie durstig ich war.»

«Geht es jetzt besser?», fragte er und lächelte, was sein Gesicht völlig veränderte.

Der ernste, beinahe düstere Ausdruck verschwand, und Gesche, die ihn zum ersten Mal genauer betrachtete, merkte, dass er jünger war, als sie gedacht hatte. Sie hatte ihn auf Anfang dreißig geschätzt, aber tatsächlich war er wohl nur vier oder fünf Jahre älter als sie selbst mit ihren zweiundzwanzig. Und er gefiel ihr. Sie mochte es, dass er glatt rasiert war. Damit fiel er auf, denn die meisten Männer eiferten dem Kaiser nach und ließen sich zumindest einen Schnäuzer stehen. Er jedoch nicht, obwohl dadurch die Narbe an seiner Wange zu sehen war. Aber im Grunde machte sie ihn sogar interessanter.

Wo er sich die Verletzung wohl zugezogen hatte? War er Soldat gewesen, so wie Gesches Vater in jungen Jahren? Hark Petersen hatte immer geschwärmt von seiner Zeit beim Militär. Und er hatte seine Narben, von denen er zahlreiche vorweisen konnte, immer mit Stolz getragen. Er sei unverwüstlich, hatte er stets behauptet. Gegen das Messer des Mannes, der Gesche in jener Gasse in Bombay angegriffen hatte, war allerdings auch er machtlos gewesen …

«Fräulein Petersen?»

Gesche schreckte aus ihren Gedanken und merkte erst jetzt, dass sie Henry von Jagow angestarrt hatte, anstatt auf seine Frage zu antworten.

«Ja, mir geht es schon viel besser», versicherte sie. «Ich glaube, mir war nur ein bisschen flau, weil ich heute noch nichts gegessen habe. Aber sagen Sie, könnten wir jetzt nicht fahren? Ich muss wirklich …»

«Sie haben noch nichts gegessen?», unterbrach Henry sie. «Meine Güte, warum haben Sie denn nichts gesagt? Kein Wunder, dass Sie beinahe ohnmächtig geworden sind!» Er schüttelte den Kopf. «Das Frühstück ist die wichtigste Mahlzeit am Tag. Wissen Sie das denn nicht? Die dürfen Sie nicht einfach auslassen!»

Gesche lächelte gezwungen. Offenbar glaubte er, sie hätte freiwillig verzichtet, um ihre schlanke Figur zu halten. Darauf, dass sie sich kein Essen leisten konnte, schien er glücklicherweise gar nicht zu kommen.

«Sie können etwas von unserem Proviant haben!» Nora, die sich neben Gesche gesetzt hatte, sprang auf und öffnete noch einmal den Deckel des geflochtenen Picknickkorbs. Als sie ein in Wachspapier gewickeltes Päckchen herausnahm und öffnete, duftete es so köstlich nach geräuchertem Schinken, dass Gesche das Wasser im Mund zusammenlief.

«Hier, möchten Sie?» Nora hielt ihr das belegte Brot hin, das sie ausgepackt hatte, und Gesche konnte einfach nicht anders und griff zu.

«Danke!», sagte sie und biss herzhaft hinein. Es schmeckte himmlisch, und während sie aß, wurde ihr erst klar, wie dringend sie diese Stärkung gebraucht hatte. Wenn sie an ihren Schwächeanfall eben dachte, dann fragte sie sich wirklich, wie weit sie ohne etwas zu essen noch gekommen wäre.

«Es ist auch noch Sandkuchen da!», erklärte Nora. «Den müssen Sie auch probieren, das ist die Spezialität unserer Köchin.»

«Aber das reicht doch nicht», befand Henry. «Am besten kehren wir irgendwo ein. In der Nähe der Marienkirche gibt es ein Kaffeehaus, das um diese Zeit schon geöffnet haben müsste. Dort bekommen wir sicher …»

«Nein, bitte nicht.» Gesche, die gerade erneut in ihr Brot hatte beißen wollen, ließ die Hände sinken. «Ich weiß Ihre Fürsorge zu schätzen, aber ich muss wirklich zu meiner Verabredung.» Sie blickte zum Turm der Jakobi-Kirche hinauf und verfluchte die Tatsache, dass es sich bei der Uhr, die dort hing, um eine Einzeigeruhr handelte, auf der nur die Stunden abgelesen werden konnten. «Wie spät ist es genau?»

Henry konsultierte seine goldene Taschenuhr. «Kurz vor halb zehn.»

Gesche schluckte. «Ihr Angebot gilt doch noch, dass Sie mich hinfahren?»

«Selbstverständlich.» Henry lächelte. «Wohin müssen Sie denn?»

«Zum Pensionat Eggers in der Großen Petersgrube. Das liegt an der Obertrave», erklärte Gesche.

Sie hatte erwartet, dass Henry dem Kutscher Anweisungen geben würde. Stattdessen starrte er sie nur an, genau wie Nora, der sogar der Mund offen stand.

«Das Pensionat Eggers», wiederholte er, als er seine Sprache wiederfand. «Aber das ist ja ...!»

«Da muss ich auch hin», fiel Nora ihm aufgeregt ins Wort und betrachtete Gesche mit neu erwachtem Interesse. «Was wollen Sie denn dort? Sind Sie Lehrerin?»

«Noch nicht», erwiderte Gesche. «Aber ich hoffe, es zu werden. Ich soll mich dort heute vorstellen für die Stelle als Hauslehrerin.» Sie lächelte Nora an. «Und du bist dort Schülerin?»

«Nein, noch nicht», erwiderte Nora und deutete auf ihren Bruder. «Aber er will unbedingt, dass ich hingehe. Er findet, ich bin noch nicht richtig erzogen.»

Gesches Blick wanderte zurück zu Henry, der sie immer noch anstarrte. Ihr wurde unbehaglich, weil sie seinen Blick nicht deuten konnte. Fand er es problematisch, dass ausgerechnet sie demnächst seine Schwester unterrichten würde?

Er schien zu merken, was er tat, denn er wandte abrupt den Kopf ab. «Zur Obertrave, wie besprochen», wies er den Kutscher an, und der Landauer setzte sich in Bewegung.

«Wenn Sie Lehrerin in diesem Pensionat sind, dann finde ich es gar nicht mehr so schlimm, dorthin zu gehen», sagte Nora und lächelte verschwörerisch. «Ich wünschte, ich hätte eine Gouvernante wie Sie gehabt. Dann wäre mir bestimmt nicht immer so langweilig gewesen wie mit der vertrockneten Madame Pinot.»

«Nora!», schimpfte Henry und sah Gesche entschuldigend an. «Sie sehen, es gibt Gründe, warum meine Schwester dringend eine Schule besuchen muss. Ihr Temperament geht noch zu oft mit ihr durch.»

«Wir können alle nicht aus unserer Haut», meinte Gesche. «Und gegen ein lebhaftes Temperament an sich kann man nichts haben, sonst wäre die Welt ein sehr öder Ort, meinen Sie nicht?» Sie wandte sich an Nora. «Nur darf dein Temperament dich nicht dazu verleiten, kopflos zu handeln. Zum Hafen zu rennen, war wirklich keine gute Idee.»

Nora nickte zerknirscht. «Ich weiß. Aber ich dachte ...»

«Was dachtest du?», hakte Henry nach, als sie nicht weitersprach. «Wieso hast du das gemacht, Nora?»

Sie wich seinem Blick aus. «Ich ... wollte mich umsehen. Wenn ich von jetzt an in Lübeck wohnen soll, dann muss ich die Stadt doch kennenlernen.»

Überrascht blickte Gesche sie an. Es war offensichtlich, dass Nora log, denn sie erwähnte diesen ominösen Karl nicht, nach dem sie eben noch so verzweifelt gesucht hatte.

Henry schien ebenfalls Zweifel an der Aussage seiner

Schwester zu haben, denn er hob ungläubig die Augenbrauen. Doch er hakte nicht nach, sondern wandte sich wieder an Gesche.

«Und welchem glücklichen Umstand verdanke ich, dass Sie rechtzeitig zur Stelle waren, um meine wilde Schwester zu retten?» Er betrachtete sie interessiert. «Warum waren Sie unten am Hafen?»

«Das ... war Zufall. Ich sah Ihre Schwester die Engelsgrube hinunterlaufen und bin ihr gefolgt, als ich merkte, dass sie allein war», berichtete Gesche wahrheitsgemäß und hoffte, dass der Graf nicht nachhaken würde. Aber so viel Glück hatte sie nicht.

«Und wo wohnen Sie? Hier in der Nähe?», wollte er wissen.

Gesche nickte. «Ja, in einer Pension», erwiderte sie vage. «Aber nur übergangsweise, bis ich eine Anstellung gefunden habe. Ich habe gerade erst das Roquettesche Lehrerinnenseminar abgeschlossen. Das liegt in der Königsstraße, nicht weit von hier.»

«Oh, davon habe ich schon gehört», meinte Henry. «Das Seminar hat einen guten Ruf.»

«Den besten», bestätigte Gesche und war wieder einmal froh, dass sie sich für diese Schule entschieden hatte, die ursprünglich ein Institut für höhere Töchter gewesen war. Sie hatte dort eine glückliche, unbeschwerte Zeit verlebt, und es fiel ihr immer noch schwer, jetzt wieder der Realität ins Auge zu sehen ...

«Wenn Sie im Internat waren, dann kommt Ihre Familie vermutlich nicht aus Lübeck?», hakte Henry erneut nach und riss Gesche aus ihren Erinnerungen.

«Doch», antwortete Gesche. «Aber mein Vater war als Kapitän viel unterwegs. Und da meine Mutter sehr früh starb, nahm er mich mit auf Reisen. Wirklich in Lübeck gewohnt habe ich deshalb nur selten.»

«Ihr Vater hat Sie mit auf seine Schiffsreisen genommen?» Noras Augen glänzten. «Wie spannend! Dann haben Sie ja schon ganz viele Länder gesehen!»

«Nicht so viele, wie man glauben könnte», widersprach Gesche. «Eigentlich waren vornehmlich England, Frankreich und Indien unsere Ziele. Aber ja, ich schätze, man kann sagen, dass ich die Welt schon ein bisschen besser kenne als andere in meinem Alter.»

«Und wo ist Ihr Vater jetzt?», erkundigte sich Henry.

«Er starb vor drei Jahren», erwiderte Gesche und wehrte ab, als der Graf ihr betroffen sein Mitgefühl aussprechen wollte. «Ich kam danach für eine Weile nach Hamburg in die Obhut meines Onkels», berichtete sie weiter, um möglichst rasch das Thema zu wechseln. «Aber ich entschied mich dann, eine Ausbildung zur Lehrerin zu machen.»

So formuliert klingt es leicht, dachte Gesche. Dabei war es in Wirklichkeit ein harter Kampf gewesen, ihren Onkel Georg dazu zu bringen, ihr das Geld für die Ausbildung zur Verfügung zu stellen. Aus eigenen Mitteln hätte sie es nicht gekonnt, denn wie sich herausgestellt hatte, war ihr Vater ein Lebemann gewesen, der sein Geld auf seinen Reisen ausgegeben und wenig vorgesorgt hatte. Und gelungen war es ihr auch nur, weil ihre Tante Amalie sie unterstützt hatte. Nicht aus Herzensgüte allerdings oder weil sie Gesche gemocht hätte. Amalie war einfach froh gewesen, sie wieder aus dem Haus zu haben. Denn auch ihr war nicht entgangen, dass ihr Mann ein – wie sie es einmal Gesche gegenüber formuliert hatte – «unanständiges Interesse» an seiner Nichte entwickelt hatte. Gesche war es vollkommen egal, welchen Namen man für die Belästigungen ihres Onkels fand, sie hatte es einfach nur schrecklich gefunden. Hier eine Hand auf ihrem Knie, dort eine auf ihrer Schulter. Sie hatte ihn immer wieder darauf hingewiesen, dass sie das nicht wünschte – und sich anhören müssen, dass sie «hysterisch» sei. Und es hatte auch nicht aufgehört, im Gegenteil, Georg war immer aufdringlicher geworden. Deshalb hatte Gesche alles darangesetzt, unabhängig zu werden – und es mit Amalies Hilfe auch geschafft. Einen Weg zurück in das Haus ihres einzigen Verwandten gab es für sie nicht, dort würde sie nie wieder einen Fuß über die Schwelle setzen. Aber das Geld, das Georg ihr gegeben hatte, war aufgebraucht, und wenn sie es nicht bald schaffte, eine Anstellung zu finden ...

Gesche schob den Gedanken rasch beiseite und lächelte Henry an. «Und jetzt hoffe ich sehr, dass ich die Kenntnisse anwenden kann, die ich im Seminar erworben habe.»

«Das klappt bestimmt!», meinte Nora und klatschte begeistert in die Hände. «Sie als Lehrerin zu haben, wäre ganz wunderbar.»

Gesche erwiderte ihr Lächeln, doch es erstarb, als sie Henry ansah, dessen Gesichtsausdruck immer noch ernst war. Er ging auch nicht auf die Bemerkung seiner Schwester ein, sondern deutete mit der Hand über Gesches Kopf hinweg.

«Seht doch, da vorne ist das Holstentor», sagte er, und als Gesche sich umdrehte, erblickte sie tatsächlich die beiden dicken, wehrhaften Türme, die das Tor einrahmten, auf der anderen Seite der Trave. «Sieht es nicht prächtig aus?»

Gesche nickte. «Gar nicht auszudenken, wie schade es gewesen wäre, so ein stolzes altes Gebäude abzureißen!»

Sie kannte das Tor zwar nur in seinem jetzigen, wiederhergestellten Zustand, aber ihr Vater hatte oft davon erzählt, wie knapp die Entscheidung vor nicht ganz vierzig Jahren zugunsten des Erhalts ausgefallen war.

«Das stimmt», pflichtete Henry ihr bei. «Die Lübecker werden noch froh sein, dass sie dieses geschichtsträchtige Symbol ihrer Stadtgeschichte konserviert haben.» Er richtete den Blick auf Gesche. «Sie sind gut informiert. Lernt man das im Lehrerinnenseminar?»

«Das lernt man hoffentlich schon in der Schule», gab sie zurück. «Ich gedenke jedenfalls, diese Dinge zu unterrichten. Es ist immens wichtig, etwas über die Vergangenheit zu wissen, um die richtigen Entscheidungen für die Zukunft zu treffen.»

Henry lächelte. «Aber Sie werden Mädchen unterrichten», sagte er. «Solche Entscheidungen stehen doch eines Tages eher für die jungen Männer an, meinen Sie nicht?»

«Was verwerflich daran sein soll, auch Mädchen Wissen zu vermitteln, wird mir wohl niemals einleuchten», entgegnete Gesche – und bereute ihre leidenschaftlichen Worte sofort.

Ihr Vater hatte sie immer dazu ermutigt, mit ihm zu diskutieren, aber sie wusste natürlich, dass so etwas die Ausnahme war. Allgemein wurde es nicht gern gesehen, wenn eine Frau sich für Politik interessierte oder es gar wagte, gesellschaftliche Ereignisse zu kommentieren. Und sie wollte es sich auf keinen Fall mit dem jungen Grafen verscherzen, der sie mit undurchdringlicher Miene musterte.

Er setzte an, etwas zu erwidern, aber er schloss den Mund wieder, als der Landauer, der eben noch an der Trave entlanggerollt war, in eine Straße einbog und dort zum Stehen kam.

«Wir sind da», verkündete der Kutscher und sprang vom Bock. «Soll ich das Gepäck ausladen, gnädiger Herr?»

Henry nickte und stieg ebenfalls aus. Er reichte zuerst Gesche und dann Nora die Hand, bis beide sicher auf dem Kopfsteinpflaster standen.

Mit klopfendem Herzen blickte Gesche sich um. Die Große Petersgrube verdiente ihren Namen eigentlich nicht, denn die Straße war schmal und führte hinauf zur Petri-Kirche, deren spitzer Turm sich hoch über die Dächer der alten Kaufmannshäuser mit ihren typischen Treppengiebeln erhob. Das Pensionat war ein weiß gestrichenes Kaufmannshaus mit einer schwarz lackierten Tür und hübschen Sprossenfenstern, von denen im Gegensatz zu den Nachbarhäusern kein einziges zur Straße geöffnet war.

Gesche spürte, wie ihr Magen sich zusammenzog. Die Kutschfahrt und das Gespräch hatten sie abgelenkt, doch nun kehrte ihre Nervosität mit Macht zurück. Unglücklich blickte sie hinunter auf den zerrissenen Stoff ihres Kleides und fasste sich in die Haare, die sie unfreiwillig offen trug. War sie überhaupt noch respektabel genug, um bei Dorothea Eggers vorzusprechen?

Die Frage konnte sie nicht mehr klären, denn noch bevor jemand von ihnen etwas sagen oder tun konnte, wurde plötzlich die Eingangstür des Pensionats aufgerissen. Eine ältere Frau in einem schwarzen, hochgeschlossenen Kleid, deren grau meliertes Haar im Nacken zu einem strengen Knoten zusammengefasst war, kam heraus und eilte die Treppe hinunter.

«Herr Graf?», fragte sie aufgeregt, während sie ihnen entgegenkam. «Herr Graf, sind Sie das etwa?»

«Henry von Jagow», stellte er sich vor. «Und Sie sind sicher Frau Eggers?»

Sie nickte und knickste eilig.

«Ja, aber Herr Graf, warum haben Sie uns denn nicht über

Ihre Ankunftszeit informiert? Nun ist doch gar nichts vorbereitet!», sagte sie unglücklich.

«Ich wollte nicht, dass Sie Aufwand betreiben müssen für unsere Begrüßung», erklärte er lächelnd, was der Vorsteherin nur ein säuerliches Lächeln entlockte.

«Wir hätten Sie lieber angemessen willkommen geheißen», erwiderte sie, und das verärgerte Funkeln in ihren Augen verriet, dass sie solche Überraschungen nicht schätzte. Doch Henry, dem das sicher nicht entging, ignorierte sie und deutete auf Nora.

«Das ist meine Schwester Eleonore», stellte er sie vor.

«Wie schön, dich kennenzulernen, Eleonore», begrüßte Dorothea Eggers das Mädchen. «Das darf ich doch hoffentlich so sagen? In unserem Pensionat ist es üblich, die Schülerinnen mit ihren Vornamen anzusprechen.»

«Selbstverständlich», antwortete Henry an Noras Stelle, während Nora nur stumm nickte und Gesches Blick suchte. Als Dorothea das bemerkte, wurde sie endlich auch auf Gesche aufmerksam – und ein wenig begeisterter Ausdruck erschien auf ihrem Gesicht.

«Es tut mir leid, Herr Graf, ich hätte das erwähnen sollen, aber es ist durchaus nicht üblich, dass die Gouvernanten die Mädchen begleiten.» Sie musterte Gesche von Kopf bis Fuß, und was sie sah, schien ihr gar nicht zu gefallen, denn ihre Lippen wurden noch eine Spur schmaler. «Am besten warten Sie draußen in der Kutsche, bis der Herr Graf und ich alle Formalitäten erledigt haben», sagte sie an Gesche gewandt.

«Nein, das ist ein Missverständnis», erklärte Gesche. «Ich bin nicht die Gouvernante. Mein Name ist Gesche Petersen, und ich komme wegen der freien Stelle als Hauslehrerin.»

«Ach?» Dorothea Eggers hob überrascht die Augenbrauen.

«Mit Ihnen hatte ich nicht mehr gerechnet. Wir waren für halb zehn verabredet, wenn ich mich recht erinnere.»

«Ja, das stimmt», erwiderte Gesche. «Mir ist nur leider ...»

«Wir können die Sache abkürzen, Fräulein Petersen», unterbrach Dorothea Eggers sie barsch. «Es tut mir leid, dass Sie den Weg umsonst auf sich genommen haben. Aber Sie können hier nicht arbeiten.»

6

Gesche sah die Strenge in den Augen der Vorsteherin und war für einen Moment wie gelähmt. Doch dann erwachte ihr Kampfgeist.

«Bitte, ich kann nichts dafür, dass ich zu spät komme», sagte sie. «Ich war schon auf dem Weg zu Ihnen, aber dann ...» Sie hielt inne und blickte kurz zu Nora. «Aber dann wurde ich unerwartet aufgehalten.»

«Aufgehalten?» Die Vorsteherin lächelte kühl. «Und ich nehme an, bei dieser Gelegenheit wurde auch Ihre Frisur ruiniert und Ihr Kleid zerrissen?»

Gesche nickte unglücklich. «Ja, so war es. Ich ...»

«Sie müssen sich nicht erklären, ich denke, ich weiß genug, um mir eine Meinung zu bilden», fiel ihr Dorothea Eggers erneut ins Wort. «In unserem Institut haben wir Standards, Fräulein Petersen. Dazu gehören Pünktlichkeit und Sauberkeit. Beidem entsprechen Sie nicht, fürchte ich.»

Gesche wollte etwas sagen, hielt jedoch inne, als Henry von Jagow neben sie trat.

«Was Fräulein Petersen sagt, entspricht der Wahrheit», erklärte er. «Sie wurde aufgehalten, und zwar von meiner Schwester. Es ist eine lange Geschichte, aber deswegen ist ihr Kleid in diesem Zustand. Und deswegen kommt sie zu spät. Bitte sehen Sie ihr das nach. Es ist ganz und gar unsere Schuld, dass sie einen so schlechten ersten Eindruck macht, und ich wäre untröstlich, wenn sie deshalb Nachteile hätte.»

Gesche blickte Henry an und spürte, wie ihre Wangen heiß wurden. Sie war es nicht mehr gewohnt, dass jemand für sie Partei ergriff, und die Erleichterung darüber überwältigte sie nahezu.

«Tja, also ...» Dorothea Eggers Blick glitt irritiert zwischen Gesche und Henry hin und her. Offenbar überlegte sie fieberhaft, was das für ein Vorfall gewesen sein mochte. Und was immer sie sich zusammensponn – es schien ihr nicht zu gefallen, denn sie schüttelte den Kopf. «Es tut mir leid, ich muss dabei bleiben. Fräulein Petersen ist auch aus anderen Gründen nicht geeignet. Sie ist zu jung, hat keine Erfahrung. Wir beschäftigen nur Lehrpersonal mit Referenzen.»

«Aber warum haben Sie mich dann eingeladen?», platzte es aus Gesche heraus. «Sie wussten doch, dass ich das Lehrerinnenseminar gerade erst abgeschlossen habe.»

«Das ... muss mir durchgegangen sein.» Dorothea Eggers zuckte mit den Schultern. «Bei uns ist wirklich kein Platz für Sie, Fräulein Petersen. Aber ich bin sicher, Sie werden woanders eine Anstellung finden.»

Gesche wusste, dass das nicht stimmte. Die staatlichen Schulen würden sie nicht nehmen, dort wurden fast ausschließlich Männer eingestellt. Und die anderen privaten Mädchenschulen hatten gerade keinen Bedarf. Deshalb blieb für sie nur die Möglichkeit, als Gouvernante zu arbeiten, und das konnte sie sich nicht vorstellen. Was, wenn der Hausherr sich auch so verhalten würde wie ihr lüsterner Onkel Georg? Allein der Gedanke, noch einmal den Nachstellungen eines älteren Mannes ausgesetzt zu sein, ließ sie erschaudern. Und selbst wenn sie sich überwand und sich für diese Stellen bewarb, fand sie vielleicht nichts Passendes, bis ihre Wirtin sie in ein paar Tagen vor die Tür setzte ...

«Wenn Fräulein Petersen nicht bleibt, dann bleibe ich auch nicht», sagte Nora mitten in die düsteren Bilder hinein, die vor Gesches geistigem Auge auftauchten, und verschränkte die Arme vor der Brust. «Ich möchte von ihr unterrichtet werden!»

«Du musst keine Angst haben, es wird dir bei uns gefallen», erwiderte Dorothea Eggers, sichtlich irritiert über Noras Ausbruch, und sah Hilfe suchend zu Henry, der jedoch nicht reagierte. «Ihr Mädchen werdet hier angemeldet, weil eure Familien möchten, dass ihr die beste Erziehung genießt. Deshalb arbeiten hier auch ausschließlich Lehrkräfte, die mit gutem Beispiel vorangehen.»

«Wenn das so ist, dann sehe ich keinen Grund, warum Sie Fräulein Petersen nicht einstellen sollten», mischte sich Henry nun doch ein. «Wie ich bereits erwähnte, war sie meiner Schwester sehr behilflich. Dabei hat sie, wie ich Ihnen versichern kann, nicht nur sehr viel Mut, sondern auch großes Verantwortungsgefühl bewiesen.» Er hob eine Augenbraue. «Denken Sie nicht, dass diese Tugenden wichtiger sind für eine Lehrerin als eine perfekt sitzende Hochsteckfrisur und makelloser Rocksaum?»

Dorothea Eggers wich seinem Blick aus. «Sicherlich sind das wichtige Charaktereigenschaften, aber ...»

«Wenn Sie hier nicht arbeiten kann, dann stell sie doch als Gouvernante für mich ein!» Nora klatschte ob ihrer Idee begeistert in die Hände. «Ich bleibe auch hier in Lübeck bei dir, wenn du willst. Dann wäre ich unter Aufsicht, und Fräulein Petersen könnte mich unterricht...»

«Das wird nicht nötig sein!», erklärte Dorothea Eggers hastig und lächelte zum ersten Mal, als sie sich Gesche zuwandte. «Ich vertraue dem Urteil des Herrn Grafen. Wenn er so große

Stücke auf Sie hält, dann mache ich eine Ausnahme. Sie sind als Hauslehrerin eingestellt. Die Stelle möchten Sie doch noch?»

Der Ausdruck in ihren Augen war eindringlich, und Gesche glaubte, auch Angst darin zu erkennen. Offenbar wollte sie die von Jagows nicht verprellen, die beide so überraschend hartnäckig Gesches Partei ergriffen, und fürchtete jetzt eine Absage. Aber Gesche nickte.

«Ja, das möchte ich, vielen Dank», erklärte sie und war froh, dass ihre Stimme fest klang. Ihre Knie zitterten nämlich vor Erleichterung darüber, dass die Dinge sich zu ihren Gunsten gewendet hatten.

«Das Gepäck ist ausgeladen», meldete der Kutscher. Er war zu ihnen getreten und zog seinen Hut. «Soll ich es reinbringen?»

«Ja, bitte, seien Sie so gut», erwiderte Henry.

«Und die Herrschaften folgen mir bitte ebenfalls ins Haus», sagte Dorothea Eggers und legte eine Hand auf Noras Rücken. «Komm, mein Kind. Du bist doch sicher gespannt, wie es bei uns aussieht, nicht wahr?»

Sie schob Nora eilig in Richtung Eingang, so als hätte sie Angst, das Mädchen könnte es sich noch einmal anders überlegen. Aber Nora wehrte sich nicht, und ihr interessierter Gesichtsausdruck zeigte, dass ihre Neugier auf das Pensionat gesiegt hatte.

Gesche blieb jedoch auf dem Bürgersteig zurück.

«Alles in Ordnung?», erkundigte sich Henry, der noch bei ihr stand.

Sie nickte. «Meine Knie sind nur etwas weich», sagte sie und lächelte schwach. «Vielen Dank, dass Sie mir beigestanden haben. Sonst hätte ich jetzt vermutlich wieder gehen können.»

«Nein, hätten Sie nicht!», erwiderte Henry, sehr vehement. «Meine Schwester und ich stehen in Ihrer Schuld. Also hätte ich dafür gesorgt, dass Sie eingestellt werden.»

«Und das können Sie?» Gesche betrachtete ihn skeptisch. «Halten Sie mich bitte nicht für undankbar, aber ... überschätzen Sie Ihren Einfluss da nicht ein bisschen?»

Henry starrte sie einen Augenblick lang fassungslos an. Dann breitete sich ein Grinsen auf seinem Gesicht aus.

«Sie sind nicht so leicht zu beeindrucken, oder? Das hätte ich mir denken können, schließlich nehmen Sie es mit betrunkenen Männern auf.» Er wurde wieder ernst. «Und um Ihre Frage zu beantworten: Ich habe das falsch formuliert. Eigentlich wollte ich sagen, dass ich dafür gesorgt hätte, dass Sie es sind, die meine Schwester unterrichtet. Wenn Frau Eggers Sie nicht eingestellt hätte, dann hätte ich Sie vermutlich wirklich gebeten, Noras Gouvernante zu werden, so wie Nora es vorgeschlagen hat.»

Nun war es Gesche, die ihn verblüfft ansah. «Warum?», fragte sie. «Sie kennen mich doch gar nicht.»

«Aber ich kenne meine Schwester», erwiderte er. «Nora ist ein Wildfang, sie handelt, bevor sie nachdenkt, und es ist nicht leicht, sie im Zaum zu halten. Das gelingt auch mir nicht immer, wie ihr Ausflug an den Hafen vorhin mehr als deutlich beweist. Sie dagegen haben sich aus dem Stand Noras Respekt verschafft. So, wie sie eben von Ihnen gesprochen hat, hat sie noch nie über eine ihrer Gouvernanten geredet. Ganz zu schweigen davon, dass sie freiwillig von Ihnen unterrichtet werden möchte.» Er legte eine Hand auf ihren Arm. «Sie tun Nora gut, Fräulein Petersen, und ich wüsste sie gerne in Ihrer Obhut.»

Gesche blickte in seine Augen und vergaß einen Moment zu atmen. Von ihm berührt zu werden war nicht unangenehm, so wie es das bei Onkel Georg gewesen war. Im Gegenteil. Die Wärme seiner Hand, die sie durch den dünnen Stoff ihres Ärmels spürte, schien sich langsam in ihrem ganzen Körper auszubreiten. Es war ein wohliges Gefühl, das ihr Herz schneller schlagen ließ, und für einen kurzen, schwachen Moment hätte sie sich gerne an ihn gelehnt – was sie so erschreckte, dass sie hastig einen Schritt zurück machte.

«Dann hatten Sie Glück, dass Frau Eggers mich eingestellt hat», erklärte sie, barscher, als sie eigentlich wollte. «Als Gouvernante arbeite ich nämlich nicht.»

Er schwieg kurz. «Sie wären zwar ganz sicher hervorragend für diese Aufgabe geeignet, aber das ist natürlich Ihre Entscheidung», meinte er dann, und sie hatte das Gefühl, dass er sich plötzlich distanzierter verhielt. Sein Lächeln jedenfalls wirkte kühler, als er ihr den Arm bot. «Wollen wir? Frau Eggers fragt sich wahrscheinlich schon, wo wir bleiben.»

Gesche nickte und hakte sich nach kurzem Zögern bei ihm ein. Sie kam sich dumm vor, weil sie so heftig reagiert hatte. Es war schließlich nicht seine Schuld, dass seine Nähe sie verwirrte. Das war ja auch überhaupt albern! Er war ein Graf und sie nur eine kleine Lehrerin. Zwischen ihnen lagen Welten, und nur weil er freundlich zu ihr war, brauchte sie sich nichts dabei zu denken ...

«Tut mir leid.» Sie blieb auf den Treppenstufen vor dem Eingang stehen und sah zu ihm auf. «Es war nicht persönlich gemeint. Dass ich nicht für Sie arbeiten würde, meine ich.»

Sein Lächeln vertiefte sich wieder. «Das erleichtert mich», sagte er. «Vielleicht verraten Sie mir eines Tages, warum Sie zwar Lehrerin sein wollen, aber keine Gouvernante?»

Gesche senkte den Kopf. «Das ist keine schöne Geschichte», sagte sie und ging weiter, bevor er nachhaken konnte.

Sie betraten die Eingangshalle, die viel größer war, als Gesche erwartet hatte, und sahen sich neugierig um.

Der große Raum öffnete sich zu einem Treppenhaus, das bis in den zweiten Stock hinaufführte. Früher hatte man hier Waren über einen oben an der Decke angebrachten Flaschenzug in die oberen Stockwerke gezogen, um sie dort zu lagern, das wusste Gesche von ihrem Vater, der sich sehr für Architektur interessiert hatte. Heute hing an der Stelle eine mehrflammige Petroleum-Hängelampe, und an den Wänden zwischen den zahlreichen Porträts und Landschaftsbildern befanden sich sogar noch Kerzenhalter, was Gesche wunderte. Eigentlich waren viele Häuser in Lübeck schon an das öffentliche Stromnetz angeschlossen, das laufend ausgebaut wurde. Sogar in ihrer Pension, so heruntergekommen sie ansonsten auch war, gab es schon Glühbirnen. Doch irgendwie passten die Kerzen hier ins Bild, denn auch die Möbel in der Halle wirkten altmodisch, vor allem die große Standuhr aus dunkler Eiche neben den hohen verglasten Türen, die in den Hinterhof führten. Die Teppiche, die den Boden bedeckten, hatten von den vielen Füßen, die Tag für Tag darüberliefen, schon einige ausgetretene Stellen. Allerdings war sonst alles in einem gepflegten Zustand, und die offenbar erst kürzlich erneuerten karmesinroten Samtvorhänge sorgten für Farbe und Behaglichkeit in dem eher dunklen Ambiente.

«Entschuldigen Sie, ich schließe besser die Tür.» Ein Dienstmädchen, vorbildlich in eine dunkle Uniform mit weißer Schürze gekleidet und mit Häubchen auf dem Kopf, kam die Treppe hinuntergeeilt und knickste kurz. «Frau Eggers mag es nicht, wenn es zieht», fügte sie hinzu.

Wie um ihre Worte zu unterstreichen, fuhr gleich darauf ein Windstoß durch das Haus, der die Glastropfen an der Hängelampe klirren ließ. Der Wind, der durch die geöffneten Türen auf der Rückseite des Hauses hereindrang, trug auch Stimmen und Gelächter ins Innere, und erst jetzt bemerkte Gesche die Mädchen, die draußen im Innenhof um den Stamm eines Baumes saßen. Offenbar verbrachten sie dort gerade ein paar unterrichtsfreie Minuten. Sie wirkten allesamt fröhlich, und für einen Moment ging Gesche das Herz auf bei dem Gedanken, bald ihre Lehrerin zu sein.

«Wo ist denn Frau Eggers?», fragte sie das Dienstmädchen, das die Haustür inzwischen geschlossen hatte.

«Ich weiß es nicht», entgegnete die junge Frau und warf einen verstohlenen Blick auf Gesches offenes Haar und den zerrissenen Rock. «Soll ich sie suchen?»

«Herr Graf!», erklang in diesem Moment die Stimme der Vorsteherin. Sie war offenbar im Hof gewesen und kam durch die Halle auf sie zu. Doch sie war allein.

«Wo ist meine Schwester?», erkundigte sich Henry. «Ich dachte, sie wäre bei Ihnen.»

«Ach, Herr Graf, es tut mir so leid!», erwiderte Dorothea Eggers und schüttelte unglücklich den Kopf. «Ich war nur ganz kurz in meinem Büro, um etwas zu holen, und als ich zurückkam, dachte ich, Eleonore wäre nach draußen zu den anderen Mädchen gegangen. Aber da war ich gerade, und ich konnte sie nicht ...»

«Moment mal», unterbrach Henry sie. «Soll das heißen, Sie wissen nicht, wo Nora ist?»

Die Vorsteherin zuckte mit den Schultern. «Es ist mir entsetzlich unangenehm, Herr Graf, aber ich fürchte, Ihre Schwester ist verschwunden.»

7

Nora stand am Fenster und blickte hinaus auf den Bürgersteig, wo ihr Bruder mit Gesche Petersen stand. Die beiden waren Frau Eggers und ihr nicht ins Haus gefolgt, sondern standen noch draußen und unterhielten sich. Eben lächelte Henry, er schien ganz fasziniert von der jungen Lehrerin zu sein, und das verstand Nora nur zu gut.

Eine Frau, die sich gegen einen viel stärkeren Mann zur Wehr setzen konnte, war ihr noch nie begegnet. Und da war noch mehr, was Gesche Petersen besonders machte. Sie sagte ihre Meinung sehr deutlich und wusste viele Dinge. Und sie war so schön mit ihren offenen goldblonden Haaren! Von jemandem wie ihr unterrichtet zu werden, hatte etwas sehr Aufregendes, und Nora freute sich tatsächlich schon darauf. Ob Fräulein Petersen ihnen wohl auch beibringen würde, wie man Männer zu Boden zwang?

Die Erinnerung an den Vorfall in dem stinkenden Hinterhof brachte das Bild des Mannes mit der krummen Nase zurück und ließ Nora erschaudern. Wäre sie allein gewesen ... nein, sie mochte sich gar nicht vorstellen, was ihr dann vielleicht geblüht hätte. Dass sie in so eine Situation geraten würde, hätte sie niemals gedacht. Tatsächlich hatte sie gar nicht viel gedacht, als sie aus der Kutsche gesprungen war. In ihrem Kopf war nur Platz für Karl gewesen, den sie in der Ferne zu erkennen geglaubt hatte. Im Grunde war es nicht mehr als ein roter Haarschopf in der Menge gewesen, aber er hatte sie sofort in helle Aufregung versetzt. Wie eine Wahnsinnige hatte sie sich den Weg durch die Menge auf der Breiten Straße gebahnt, war Fuhrwerken ausgewichen und schließlich diese steile Straße hinuntergerannt, wo sie den Rotschopf in einem Gang hatte verschwinden sehen.

Ach, wenn es doch nur Karl gewesen wäre!, dachte Nora wehmütig. Ob sie ihn wohl jemals wiedersehen würde ...

«Guten Tag», sagte eine Stimme und riss sie aus ihren trüben Gedanken. Als sie sich umdrehte, stand ein Mädchen hinter ihr, dessen lange braune Haare zu zwei Zöpfen geflochten waren. Die Kleine musste ungefähr zehn oder elf sein, trug ein helles Kleid mit einer weißen spitzenumrandeten Schürze und musterte sie neugierig. «Sind das deine Koffer?», erkundigte sie sich.

Nora blickte zu dem Gepäck hinüber, das vor dem Treppenaufgang stand. Es waren zwei große Schrankkoffer und zwei Taschen, von denen eine mit lauter Köstlichkeiten aus Hedwigs Küche gefüllt war.

«Ja, das sind meine», sagte sie.

«Dann bist du eine neue Schülerin?», erkundigte sich das Mädchen.

Nora nickte. «Ich gehe hier von jetzt an zur Schule. Erst mal jedenfalls», erwiderte sie und blickte zu den beiden Türen, die nach draußen in den Hinterhof führten. Eine von ihnen stand nun offen, und Stimmengewirr drang an ihr Ohr. Erst jetzt fiel ihr auf, dass der Hof voller Mädchen war, die dort um einen Baum herumsaßen und sich unterhielten. Das Mädchen, das vor ihr stand, musste von dort gekommen sein.

«Und wieso bist du allein hier?», fragte die Kleine weiter. «Wartest du auf jemanden?»

«Ja, auf Frau Eggers», erklärte Nora und deutete auf eine

Tür in der Nähe der Treppe. «Sie ist da vorne reingegangen und hat mich gebeten, auf sie zu warten.» Sie lächelte. «Wie heißt du denn?», wollte sie von dem Mädchen wissen.

«Ich bin Gloria», sagte die Kleine.

«Freut mich, Gloria. Ich bin Eleonore, aber alle nennen mich Nora.»

«Oh, dann bist du die Komtess!» Glorias Augen wurden groß. «Wir sind alle ganz gespannt auf dich. Die großen Mädchen reden von nichts anderem. Sie streiten sich sogar, zu wem du aufs Zimmer kommst.»

«Wirklich?» Nora hatte plötzlich ein flaues Gefühl im Magen. Dass ihre Ankunft für so viel Wirbel sorgte, hatte sie nicht erwartet. «Wo sind denn die großen Mädchen?», erkundigte sie sich, weil sie, falls sie sich nicht täuschte, draußen nur jüngere entdecken konnte.

«Also, Viktoria und Marlies sind mal wieder krank und liegen oben auf ihrem Zimmer im Bett. Die beiden sind Zwillinge und haben ständig irgendetwas. Und die anderen drei sind bestimmt im Musikzimmer und üben für das Gründungsfest», erklärte die Kleine. «Da führen wir alle etwas auf, weißt du?»

«Aha.» Nora zögerte kurz. Sie war plötzlich schrecklich neugierig auf die Mädchen, mit denen sie hier zusammenleben sollte. «Wo ist denn das Musikzimmer?», erkundigte sie sich.

«Die Treppe rauf und dann geradeaus durch den Flur bis auf die andere Seite des Hauses», erklärte Gloria. «Und dort dann nach links. Es ist die weiß lackierte Tür mit dem grünen Rand. Du kannst sie gar nicht verfehlen.» Sie zuckte mit den Schultern. «Soll ich mitkommen und es dir zeigen?»

«Nein, vielen Dank, das finde ich schon», versicherte Nora

ihr. «Du willst doch sicher zurück zu deinen Freundinnen, oder nicht?»

Gloria nickte und lief zurück zu den anderen Mädchen, während Nora ihre Röcke raffte und beherzt die Treppe hinaufstieg.

Wenn Frau Eggers sich nicht blicken ließ und auch Henry und Gesche keine Anstalten machten hereinzukommen, dann würde sie das Pensionat eben auf eigene Faust erkunden! Das war ihr ohnehin lieber, denn so konnte sie selbst einen Eindruck gewinnen. Sie war noch nicht sicher, wie lange sie bleiben würde, aber ob sie es hier überhaupt aushielt, hing davon ab, wie ihr die Mädchen gefielen, die mit ihr in den Unterricht gingen.

Oben am Treppenabsatz hielt sie sich geradeaus, bog dann ab und sah tatsächlich sofort die Tür mit dem grünen Rand, von der Gloria gesprochen hatte. Sie stand auf, und Stimmen drangen auf den Flur. Leise näherte Nora sich der Tür und blickte in den Raum.

Ein schwarzer Flügel stand frei im Raum. Daran saß ein Mädchen mit einem langen blonden Zopf, das Nora nur im Profil sehen konnte. Rechts und links neben ihr standen zwei weitere Mädchen. Das kleinere der beiden hatte hellblondes, schulterlanges Haar, das größere braune Locken, die zu einem Dutt gebunden waren, aber dennoch ihr Gesicht umrahmten. Alle drei waren ungefähr so alt wie Nora und trugen wie Gloria helle Kleider mit weißen Schürzen. Das Mädchen am Flügel war auffallend hübsch mit seiner zierlichen Figur und den großen blauen Augen, und auch die Hellblonde sah gut aus. Die Lockige hatte dagegen eher grobe Gesichtszüge, und ihre Haut war seltsam uneben. Als Nora genauer hinsah, erkannte sie runde Narben auf Wangen und Stirn. So etwas hatte sie schon mal gesehen bei einem Sohn des Schmieds, der schwer an Windpocken erkrankt gewesen war.

«Ihr müsst es mit mehr Ausdruck singen», beschwerte sich die Lockige. «Das ist ein fröhliches Lied. Also sollten wir lächeln. Man muss uns ansehen, dass wir glauben, was die Strophen aussagen.»

«Ich habe aber keine Lust zu lächeln», erwiderte die Hellblonde und verschränkte die Arme vor der Brust. «Wenn ich ein Solo singen würde, wäre das etwas anderes. Dann wäre Papa stolz auf mich, wenn er mich sieht. Aber wenn wir alle singen, dann achtet er bestimmt gar nicht auf mich.»

«Dein Vater ist bestimmt stolz auf dich, egal, welche Rolle du bei der Aufführung spielst», sagte das Mädchen am Klavier und senkte den Blick. «Meiner wäre es bestimmt gewesen.»

Die Lockige legte dem Mädchen eine Hand auf die Schulter. «Ich bin sicher, er sieht dich immer noch, Fanny», sagte sie. «Er schaut von oben auf dich herab und platzt vor Stolz, weil du so gut in allem bist.»

Fanny zuckte mit den Schultern und lächelte traurig. «Ich wünschte trotzdem, er wäre noch hier.»

Die Lockige strich ihr über den Rücken und wandte sich dann an die Hellblonde.

«Und was dich angeht, Lotte: Du solltest froh sein, dass Mister Fullton dir kein Solo gegeben hat. Sonst würde auffallen, wie schief du manchmal singst.»

«Agnes!», mahnte Fanny, aber das Lächeln, das sie zu unterdrücken versuchte, sagte Nora, dass an der Bemerkung etwas dran war.

«Ich wollte ja auch gar nicht singen!» Die hellblonde Lotte stemmte die Hände in die Hüften. «Wieso muss es überhaupt dieses dumme Lied sein? Können wir nicht ein Gedicht vortragen? Darin bin ich viel besser!»

«Wirklich?» Agnes hob die Augenbrauen. «Beim letzten Mal bist du nur zwei Zeilen weit gekommen, dann hattest du deinen Text vergessen.»

Lotte schnaubte entrüstet. «Das stimmt doch gar nicht! Ich war nur abgelenkt, weil ...»

«Ach, nun streitet euch nicht», sagte Fanny, jetzt wieder ernst. «Lasst uns lieber üben, damit wir uns nicht blamieren!»

Sie begann, die Begleitung zu spielen, und als es so weit war, setzte sie mit den anderen ein und sang. Nora kannte das Lied, es war «Geh aus, mein Herz, und suche Freud» von Paul Gerhardt. Ihre Mutter mochte es und hatte es früher oft gesungen. Deshalb war Nora der Text vertraut, und nach ein paar Takten stimmte sie spontan mit ein.

Dass noch jemand sang, entging den drei Mädchen natürlich nicht. Sie hörten abrupt auf und blickten zur Tür. Nora verstummte ebenfalls und trat ins Zimmer.

«Tut mir leid, ich wollte nicht stören. Aber ich kenne das Lied, und ich konnte einfach nicht anders.» Sie lächelte. «Ich bin Eleonore von Jagow», stellte sie sich vor. «Und ich ...»

Weiter kam sie nicht, denn die hellblonde Lotte stieß einen entzückten Schrei aus und schlug die Hände zusammen. «Die Komtess!», rief sie. «Du bist die Komtess, nicht wahr?»

«Ja, ich ...», setzte Nora erneut an, aber Lotte war schon bei ihr und ergriff ihre Hand.

«Ich bin Charlotte Dabel, aber alle nennen mich Lotte», stellte sie sich vor. «Herzlich willkommen bei uns im Pensionat! Es ist so schön, dass du da bist! Wir haben dich schon erwartet!»

«Danke!» Nora war nicht schüchtern, fühlte sich aber ein bisschen überrumpelt von dieser stürmischen Begrüßung.

«Nun überfalle die Arme doch nicht gleich so!» Fanny war von ihrem Klavierhocker aufgestanden, und Nora sah, dass ihr zum Zopf geflochtenes Haar ihr fast bis zur Hüfte reichte.

«Ich bin Franziska Grape, aber alle nennen mich Fanny», stellte auch sie sich vor. «Und das ist Agnes Kneseke.»

Die braun gelockte Agnes betrachtete Nora mit großem Interesse. «Das ist ja so aufregend!», sagte sie. «Ich liebe es, wenn neue Schülerinnen kommen! Wollen wir uns nicht setzen? Dann kannst du uns ein bisschen über dich erzählen. Und umgekehrt!»

Sie deutete auf einen Tisch am Fenster, um den einige Stühle standen. Nora zögerte kurz, weil sie nun doch ein schlechtes Gewissen hatte, dass sie einfach hierher nach oben gelaufen war, ohne Frau Eggers Bescheid zu geben. Aber die Neugier auf ihre Mitschülerinnen überwog, deshalb folgte sie Agnes und den anderen zum Tisch hinüber.

«Hier, setz dich zu mir!», rief Lotte und deutete auf den Stuhl neben sich. Doch Nora hatte schon den Platz neben Fanny gewählt, was Lotte mit einem säuerlichen Lächeln zur Kenntnis nahm.

«Wir waren so neugierig auf dich!», sagte Agnes. «Frau Eggers hat erzählt, dass du in Travemünde wohnst. Ist das wahr?»

Nora nickte. «Ich lebe auf Gut Rosenhagen, das liegt ganz in der Nähe, direkt am Meer. Es ist der schönste Ort der Welt», fügte sie mit einem schwärmerischen Lächeln hinzu.

«Und warum bist du dann hier, wenn es dort so schön ist?», erkundigte sich Lotte.

«Weil mein Bruder es so will», erklärte Nora. «Zuerst war

ich sehr wütend auf ihn und wollte mich weigern. Aber dann ist K...» Sie brach ab.

«Was ist dann passiert?» Agnes hing förmlich an Noras Lippen, und auch die anderen sahen sie gespannt an.

«Das kann ich euch nicht erzählen», sagte Nora und ärgerte sich, dass sie es überhaupt erwähnt hatte. Sie wusste noch nicht, ob sie es schaffen würde, Karl wiederzufinden. Und noch kannte sie die Mädchen nicht gut genug, um ihnen anzuvertrauen, dass sie ihn suchen wollte.

Lotte stieß verächtlich die Luft aus, offenbar passte es ihr gar nicht, dass Nora sich ausschwieg. «Dann sag es uns eben nicht», meinte sie beleidigt. Doch Nora konnte ihr ansehen, dass sie genauso vor Neugier brannte wie Agnes, deren große braune Augen leuchteten.

«Oh, bitte, sag doch!», flehte Agnes. «Was ist denn passiert?»

Auch Fanny sah Nora an, doch in ihrem Blick lag keine Neugier, sondern Mitgefühl. «Ist es etwas Schlimmes?», fragte sie betroffen. «Ist jemand gestorben?»

Nora dachte an das, was Fanny vorhin über ihren Vater gesagt hatte, und schämte sich plötzlich für ihre Andeutung. Sie wollte nicht, dass die anderen sich Sorgen um sie machten.

«Nein, es ist niemand gestorben», versicherte sie hastig. «Es ... geht um einen Freund von mir.»

«Oh!», rief Agnes entzückt. «Dann ist es etwas Romantisches? Wie aufregend!»

«Nein, nein», sagte Nora, obwohl sie da gar nicht so sicher war. Seit ihrer Trennung war da dieses ziehende Gefühl in ihrer Brust, wenn sie an Karl dachte. Darüber, was es bedeutete, wollte sie lieber nicht zu viel nachdenken, sondern sich darauf konzentrieren, ihn wiederzufinden. Dann würde sie sicher klarer sehen. «Ich kann euch gerade nicht mehr sagen. Vielleicht später», fügte sie hinzu. «Es ist ein Geheimnis, wisst ihr.»

Agnes' Augen wurden noch ein bisschen größer, und auch Lotte sah aus, als würde sie gleich vor Neugier platzen.

Doch Fanny verzog das Gesicht. «Geheimnisse sind nicht gut, die bringen nur Ärger», sagte sie, und Nora hörte Angst in ihrer Stimme mitschwingen. «Es ist nichts, worüber Frau Eggers ärgerlich sein wird, oder? Wenn sie böse ist, lässt sie es nämlich an mir aus.»

«O nein!», versicherte Nora ihr, um sie zu beruhigen. «Dass du meinetwegen Ärger bekommst, würde ich nicht zulassen.»

Fanny lächelte ein sehr trauriges Lächeln, offenbar glaubte sie nicht, dass Nora es würde verhindern können. Überhaupt wirkte sie bedrückter als die anderen beiden und rührte damit etwas in Nora an. Sie wusste selbst nicht, wieso, aber die ruhige, freundliche Fanny war ihr von den dreien auf Anhieb am sympathischsten.

«Ich erzähle es euch irgendwann», sagte sie. «Aber nun möchte ich erst mal wissen, wer ihr seid und was ihr ...»

Sie hielt inne, als die Tür aufflog und eine sichtlich echauffierte Dorothea Eggers im Türrahmen erschien.

«*Mon dieu*, hier bist du!», schimpfte sie und starrte nicht nur Nora, sondern auch die anderen Mädchen zornig an. «Wie kommst du hierher? Und warum hast du uns nicht davon unterrichtet, dass du im Haus unterwegs bist?»

«Es tut mir leid», versicherte Nora und überlegte fieberhaft, wie sie Gloria aus dieser Sache heraushalten konnte. «Ich ... habe jemanden singen hören und war neugierig. Deshalb bin ich nach oben gegangen.»

«Du hast das Singen aus dem Musikzimmer unten in der Halle gehört?» Die Vorsteherin runzelte die Stirn. Aber sie ließ es dabei bewenden und winkte sie zu sich. «Komm bitte mit, dein Bruder wartet unten auf dich.»

Nora blickte noch einmal zu den Mädchen, die immer noch erschrocken wirkten. Dann ging sie zur Tür.

«Ich welchem Zimmer wird Nora ... ich meine, Eleonore denn wohnen?», erkundigte sich Lotte bei Dorothea Eggers. «Haben Sie das schon entschieden?»

Die Vorsteherin warf ihr einen wütenden Blick zu. «Du sollst nur reden, wenn du gefragt wirst, wie oft soll ich dir das noch sagen?», schimpfte sie. «Und was Eleonores Unterbringung angeht: Darüber habe ich noch nicht ...»

«Ich möchte mit Fanny in einem Zimmer schlafen», fiel Nora ihr ins Wort. «Wenn das geht?»

Dorothea Eggers starrte sie an, offensichtlich fassungslos über ihren unerwarteten Einwurf.

«Aber ich bin schon mit Fanny auf dem Zimmer», sagte Agnes in die Stille hinein. Sie klang entsetzt und sah auch so aus. «Und da möchte ich auch bleiben.»

«Nora kann in mein Zimmer ziehen», bot sich Lotte an. «Bei mir ist ein Bett frei. Ich nehme sie gerne bei mir ...»

«Ruhe!», rief Dorothea Eggers und hob theatralisch die Finger an die Schläfen.

Für einen Moment herrschte angespanntes Schweigen, und Nora rechnete mit einem weiteren Donnerwetter. Doch als Dorothea Eggers sich an sie wandte, war ihr Tonfall freundlich.

«Du möchtest also zu Fanny?»

«Nein, ich ...» Nora blickte die anderen drei an, während sie angestrengt überlegte. Sie wollte Agnes nicht vor den Kopf stoßen, indem sie sich für Fanny entschied. Andererseits wollte sie aber auch nicht zu Lotte ziehen, die ihr von den dreien am wenigsten sympathisch war.

«Geht es nicht, dass wir alle zusammenwohnen?», fragte sie, weil ihr keine andere Lösung einfiel. «Wir könnten uns doch zu viert ein Zimmer teilen.»

«Ja, warum nicht?», rief Agnes, sichtlich begeistert von der Idee. «Die jüngeren Mädchen sind doch auch zu viert auf dem Zimmer. Warum sollen wir da nicht …»

«Agnes!», fiel die Vorsteherin ihr ins Wort. «Das ist meine Entscheidung, und ich habe dich nicht um deinen Rat gebeten!»

Agnes verstummte erschrocken, und es wurde wieder still, während die Vorsteherin nachdachte.

«Bitte, Frau Eggers», flehte Nora. «Es wäre mir so wichtig! Dann bleibe ich auch gerne.»

Das letzte Argument schien Frau Eggers zu überzeugen, denn ihre Züge wurden plötzlich wieder weicher. Nach einem langen Moment zuckte sie mit den Schultern. «Also gut, das können wir von mir aus versuchen. Aber wenn ihr euch nicht benehmt, trenne ich euch wieder!»

«Danke!», sagte Nora, wohl wissend, dass die Sache mit dem guten Benehmen schwierig werden würde. Schließlich wollte sie ihren Aufenthalt in Lübeck nutzen, um Karl wiederzufinden. Was vermutlich bedeutete, dass sie die eine oder andere Regel würde brechen müssen, die im Pensionat galt. Aber darüber würde sie sich jetzt noch keine Gedanken machen.

Erleichtert sah sie zu den anderen Mädchen hinüber. Agnes und Fanny strahlten, ihnen gefiel die Idee offenbar genauso gut wie Nora. Nur Lottes Lächeln war schmal, offenbar hätte sie es lieber gehabt, sich mit Nora allein ein Zimmer zu teilen.

«Und nun komm, Eleonore», forderte Dorothea Eggers erneut. «Dein Bruder ist in Sorge, weil du so plötzlich verschwunden warst.»

Nora folgte der Vorsteherin aus dem Raum und den Flur hinunter. Vielleicht war es doch eine gute Idee von Henry, mich hier anzumelden, dachte sie und freute sich insgeheim darauf, mehr über ihre neuen Zimmergenossinnen zu erfahren.

* * *

«Dieses Mädchen kann man keinen Augenblick aus den Augen lassen!» Henry ging so erregt auf und ab, dass Gesche sich ein bisschen um die arme Nora sorgte. Sie standen immer noch in der Halle des Pensionats und warteten auf die Rückkehr von Dorothea Eggers und den beiden Dienstmädchen, die ausgeschwärmt waren, um Nora im ganzen Haus zu suchen.

«Vielleicht ist sie schon wieder weggelaufen», mutmaßte Henry, und die steile Falte zwischen seinen Augen zeigte, dass ihm diese Möglichkeit wirklich Sorgen machte. «Zuzutrauen wäre es ihr!»

«Nein, ganz bestimmt nicht», beruhigte Gesche ihn. «Sie ist sicher nur auf Entdeckungsreise gegangen. Und das wäre doch ein gutes Zeichen, meinen Sie nicht?»

Henry schnaubte. «Ich kann nichts Gutes daran finden, dass meine Schwester nie das tut, was von ihr erwartet wird. Es ist ein Segen, dass sie in diesem Pensionat jetzt anständig erzogen wird. Sie ist viel zu wild.»

«Mir gefällt Nora», erwiderte Gesche. «Sie ist frisch und voller Feuer. Muss man das denn unbedingt löschen?»

Sie blickte zu Henry, der in seiner Bewegung innegehalten hatte und sie überrascht anstarrte.

Ein flaues Gefühl breitete sich in ihrem Magen aus, und sie spürte, wie ihre Wangen heiß wurden. Herrje, sie musste endlich aufhören, immer alles auszusprechen, was ihr in den Sinn kam! Die Zeiten, in denen sie sich das hatte leisten können, waren lange vorbei. Was, wenn Henry sie jetzt als Lehrerin für ungeeignet hielt und das gute Wort zurückzog, das er bei Frau Eggers für sie eingelegt hatte?

«Nora muss natürlich noch viel lernen», fügte sie hastig hinzu. «Aber ich scheue mich, Ihnen zu versprechen, dass wir schweigsame Sanftmut in ihr verankern können. Das entspricht nicht ihrem Wesen.»

Henrys blaue Augen ruhten auf ihr, aber sie konnte den Ausdruck darin nicht deuten. Dann lächelte er plötzlich.

«Nein, schweigend und sanftmütig kann ich mir Nora tatsächlich auch nicht vorstellen», sagte er, und als Gesche sein Lächeln erwiderte, wurde ihr ganz warm.

Er ist ... nett, dachte sie. Sein Aufbrausen bei ihrer ersten Begegnung und gerade eben war nur der Sorge um seine Schwester geschuldet, die ihm offenbar sehr am Herzen lag. Abgesehen davon war er ein echter Gentleman, der Gesche bisher nur Gutes getan hatte. War es da ein Wunder, dass ihr Herz schneller schlug, wenn ihre Blicke sich begegneten?

Erschrocken über ihren letzten Gedanken senkte sie den Kopf und starrte zu Boden.

Schritte erklangen, und dann erschien Nora auf der Treppe. Sie eilte nach unten, gefolgt von einer sichtlich erleichterten Dorothea Eggers.

«Nora!», rief Henry, dessen Zorn plötzlich verraucht schien. Er schloss seine Schwester in die Arme, als sie ihn erreichte. «Wo in aller Welt warst du denn nur?»

«Oben bei den älteren Mädchen», erzählte Nora. Ihre Augen strahlten. «Bitte sei nicht böse, Henry! Ich war neugierig, und ihr wart noch draußen, da bin ich meine Mitschülerinnen suchen gegangen. Ich habe drei von ihnen schon kennengelernt, und sie sind furchtbar nett. Stell dir vor, Frau Eggers sagt, wir dürfen sogar alle zusammen in einem Zimmer schlafen!»

«Eigentlich sind die älteren Mädchen jeweils zu zweit untergebracht.» Dorothea Eggers hatte nun auch das Erdgeschoss erreicht und trat zu ihnen. «Aber ich mache eine Ausnahme. Je mehr Augen über Eleonore wachen, desto besser, scheint mir», fügte sie mit einem säuerlichen Gesichtsausdruck hinzu. Ihr war die Verärgerung über Noras Alleingang immer noch deutlich anzusehen, im Gegensatz zu Henry, der seine Schwester anlächelte. Als er sich zu der Vorsteherin umwandte, wurde er jedoch wieder ernst.

«Sie werden wissen, was Sie tun», sagte er und zog seine Taschenuhr heraus, um einen Blick darauf zu werfen. «Können wir die Einzelheiten ein anderes Mal besprechen? Ich habe noch eine Verabredung, die ich nicht verpassen möchte. Aber ich schaue gerne in den nächsten Tagen noch einmal vorbei, wenn Ihnen das recht ist?»

«Natürlich», antwortete Dorothea Eggers. «Sie können kommen, wann immer es Ihnen passt, Sie sind hier jederzeit willkommen. Ach, und merken Sie sich doch auch gerne das übernächste Wochenende vor, da jährt sich der Gründungstag des Pensionats. Wir begehen dieses Datum traditionell mit einem kleinen Fest, bei dem die Mädchen etwas aufführen. Alle Angehörigen sind herzlich eingeladen, und wir würden uns freuen, wenn Sie die Zeit finden, uns mit Ihrem Besuch zu beehren.»

Henrys Blick wanderte noch einmal zu Gesche. «Ich komme gerne, wenn ich es schaffe», sagte er und tippte dann an seinen Hut. «Ich empfehle mich!»

Dorothea Eggers folgte ihm nach draußen, und Nora und Gesche blieben allein in der Halle zurück.

«Sonst sagt er mir beim Abschied immer, dass ich brav sein soll», meinte Nora, sichtlich überrascht, und Gesche fragte sich ganz kurz, ob das Fehlen seiner üblichen Ermahnungen etwas mit ihrer Bemerkung über Noras Wildheit zu tun hatte. War sie zu ihm durchgedrungen mit ihrer Bitte, seine Schwester sein zu lassen, wie sie war? Nein, sicher nicht, dachte sie und schalt sich selbst, dass sie sich so wichtig nahm.

«Er wird es vergessen haben», erwiderte sie. «Also sage ich es dir. Sei brav. Keine Alleingänge mehr. Verstanden?»

Nora nickte, lächelte aber verschmitzt. Man hörte draußen das Geräusch von Hufen auf dem Kopfsteinpflaster, als die Kutsche anzog und losfuhr. Dann öffnete sich die Haustür, und Dorothea Eggers kam wieder zurück ins Haus.

«Ellie, warte!», rief sie dem Dienstmädchen zu, das gerade die Halle durchquerte.

Die blonde junge Frau blieb stehen. «Sie wünschen, gnädige Frau?»

«Die Kammer oben in der zweiten Etage muss hergerichtet werden. Charlotte, Agnes und Franziska werden dorthin umziehen und sich das Zimmer mit Eleonore teilen.»

«Sehr wohl, gnädige Frau», erwiderte das Dienstmädchen, das mit seiner blassen Haut und den dunklen Augenringen auf Gesche sehr überarbeitet wirkte.

«Und bring Eleonore zurück nach oben zu Franziska und den anderen Mädchen. Sie sollen ihr das Haus zeigen.» Sie wandte sich an Nora. «Danach meldest du dich noch einmal bei mir, hörst du, Eleonore?»

Nora nickte und folgte dem Dienstmädchen.

«Und nun zu Ihnen.» Dorothea Eggers wandte sich jetzt an Gesche, mit so eisiger Miene, dass sie unwillkürlich schluckte. «Hier entlang, bitte.»

Gesche folgte ihr in ein kleines Büro, das direkt neben der Treppe lag. Es wurde von einem riesigen alten Schreibtisch dominiert, und alle Wände waren mit Regalen vollgestellt.

Die Vorsteherin umrundete den Schreibtisch und sank auf ihren Stuhl. Mit geradem Rücken saß sie da und betrachtete Gesche mit unverhohlener Missbilligung.

«Bevor wir über Ihre Anstellung reden, noch ein Wort unter uns», sagte sie. «Mir ist absolut schleierhaft, wie Sie es geschafft haben, den Herrn Grafen und seine Schwester derart von sich zu überzeugen, aber dass Sie hier sind, verdanken Sie einzig und allein dieser Tatsache. Und nur damit wir uns richtig verstehen: Dass die von Jagows Sie schätzen, bedeutet nicht, dass ich das ebenfalls tue.»

«Ich weiß», entgegnete Gesche, ohne dem strengen Blick der Vorsteherin auszuweichen. «Wie sollten Sie auch? Aber seien Sie gewiss, dass ich die Chance nutzen werde, die Sie mir bieten. Sie sollen nicht bereuen müssen, mich eingestellt zu haben.»

Frau Eggers hielt den Blickkontakt noch einen Augenblick aufrecht, dann lehnte sie sich mit einem Seufzen zurück.

«Also gut», sagte sie. «Dann reden wir jetzt über die Einzelheiten.»

Gesche lauschte schweigend. Da sie nicht in der Position war zu verhandeln, würde sie klaglos alle Bedingungen akzeptieren, die die Vorsteherin ihr diktierte. Alles ist besser als das Zimmer am Hafen, dachte sie und seufzte innerlich.

8

Die Kutsche hielt mit einem Ruck, und Henry schreckte aus seinen Gedanken auf. Erst jetzt merkte er, dass er während der kurzen Fahrt von der Großen Petersgrube zur Mengstraße überhaupt nicht auf seine Umgebung geachtet hatte.

Er stieg aus und bezahlte den Kutscher großzügig für seine Dienste. Es fühlte sich immer wieder ungewohnt an, eine Kutsche zu mieten, aber wenn er in der Stadt war, ging es nicht anders. Wobei er die meisten Wege zu Fuß machte, nur heute hatte er wegen Nora einen Wagen bestellt – und damit eine ganze Kette von Ereignissen ausgelöst, die ihn immer noch sehr verwirrten.

Er wartete, bis die Kutsche weitergefahren war, dann trat er an die Haustür der Familie Küppers und betätigte den schweren Messingklopfer.

Ein Dienstmädchen öffnete ihm und führte ihn, nachdem er sich vorgestellt hatte, in den Salon.

«Nehmen Sie Platz, ich sage den Herrschaften Bescheid, dass Sie da sind», sagte sie schüchtern und ließ Henry allein.

Er betrachtete die beiden rotgolden bezogenen Sofas mit den vergoldeten Armlehnen und den zahlreichen bunten Chintz-Kissen, die die Sitzflächen bedeckten, sodass man im Grunde nur ganz am Rand sitzen konnte, wenn man das Arrangement nicht zerstören wollte. Und nicht nur das Sofa war zu voll, auch der übrige Raum wirkte überladen mit Antiquitäten und strotzte nur so von Kostbarkeiten aus aller Welt. Chinesische Vasen, holländische Gemälde, exotisch anmutende Holzfiguren aus Afrika – die Mischung war überwältigend bunt, und Henry konnte einzelne Exponate durchaus bewundern. Er war selbst schon gereist, aber noch lange nicht in all die Teile der Welt, aus denen die Souvenirs stammten, die Friedrich Küppers hier überall platziert hatte. Deshalb weckte ihr Anblick Fernweh in ihm und den Wunsch, diese Länder selbst einmal zu sehen.

Andererseits war zu viel einfach zu viel, und er schreckte instinktiv zurück vor dieser übertriebenen Zurschaustellung, mit der die Besucher offenbar beeindruckt werden sollten. In den Kreisen, aus denen Henry stammte, galt Bescheidenheit als eine der wichtigsten Tugenden, und es fiel ihm jedes Mal wieder schwer, darüber hinwegzusehen, dass der Mann, mit dem er verabredet war, genau andersherum dachte. Friedrich Küppers zeigte gern, was er hatte. Er kam aus einfachen Verhältnissen und hatte es bis ganz an die Spitze geschafft. Seine Handelsgesellschaft arbeitete weltweit und expandierte ständig, was vor allem der Tatsache geschuldet war, dass Küppers gute Geschäfte wittern konnte wie ein Bluthund, den man auf eine Fährte gesetzt hat. Und das war genau der Grund, warum Henry diesen Mann brauchte, dessen ungenierte Art ihm eigentlich ein Angang war.

Die Tür öffnete sich erneut, als Henry gerade überlegte, sich doch auf der Kante des Sofas niederzulassen. Aber es war weder das Dienstmädchen, das ihn abholte, noch der Hausherr selbst. Stattdessen stand eine junge Frau in der Tür und lächelte schüchtern.

«Stine hat gemeldet, dass Sie da sind», sagte sie und schlug die Augen nieder, bevor sie ihn wieder ansah. Ihre Wangen waren gerötet. «Aber Papa hat noch zu tun. Er schickt mich, um Ihnen Gesellschaft zu leisten, bis er kommt.»

«Fräulein Elise, wie schön, Sie zu sehen!» Henry ging lächelnd auf sie zu und ergriff die Hand, die sie ihm entgegenstreckte. Sie ruhte schlaff in seiner, als er einen Handkuss andeutete und sie wieder freigab.

«Setzen Sie sich doch», bat sie, und Henry nahm auf dem einen Sofa Platz, während Elise Küppers das andere wählte.

«Wie geht es Ihnen? Ich hoffe, Sie und Ihre Mutter sind wohlauf und genießen den Frühling?», fragte er, verwundert darüber, dass es ihm nicht gelingen wollte, ihr ein Kompliment zu machen. Damit begann er sonst gerne Konversationen mit Damen, und bei Elise Küppers hätte es sogar der Wahrheit entsprochen, denn sie war eine sehr hübsche Zwanzigjährige mit frischem, makellosem Teint, grünen Augen und perfekt frisierten goldblonden Locken, die ihr apartes Gesicht umrahmten. Im Grunde ähnelte sie Gesche Petersen, die auch goldblond und grünäugig war. Doch ein Vergleich mit der jungen Lehrerin, die ihm heute Morgen so unverhofft begegnet war, erschien Henry beinahe unfair. Denn neben Gesche Petersen konnte Elise Küppers nur langweilig und blass wirken.

Henry rief sich Gesches Bild in Erinnerung, das offene Haar, die wütend funkelnden Augen, das zerrissene Kleid. Im ersten Moment hatte er sie für eine Magd gehalten oder eine Arbeiterin. Doch schon bei ihren ersten Worten hatte er seinen Irrtum bemerkt. Sie drückte sich aus wie eine Dame, und, bei Gott, jedes ihrer Worte hatte gesessen! Er konnte sich nicht erinnern, wann ihm je eine Frau derart den Kopf gewaschen hatte, von den Ermahnungen seiner Gouvernanten in Kindertagen einmal abgesehen. Aber statt entsetzt darüber zu sein, hatte ihn die Furchtlosigkeit fasziniert, mit der Gesche ihm begegnet war. So etwas kannte er nicht von den höheren Töchtern in seinem Umfeld, und er hätte wetten mögen, dass Elise Küppers ihm nicht solche Widerworte gegeben hätte. Doch Elise hätte Nora vermutlich auch nicht vor den Belästigungen eines betrunkenen Mannes retten können. Oder sie dazu gebracht, dass sie plötzlich gerne in ein Pensionat ging, von dem sie am Morgen beim Frühstück im Hotel noch nichts hatte wissen wollen ...

«Sie sind ein wenig abwesend, wie mir scheint», bemerkte Elise mit einem leichten Vorwurf in der Stimme, und Henry wurde plötzlich klar, dass er ihre lange Antwort auf seine Frage zwar gehört, aber nicht wirklich wahrgenommen hatte.

«Entschuldigen Sie, ich war in Gedanken», sagte er. «Bitte, sehen Sie es mir nach und wiederholen Sie noch einmal, was Sie sagten. Seien Sie so gut!»

Elise lächelte. «Ach, es ist ja kein Wunder, dass ich Sie langweile», meinte sie. «Ich plaudere viel zu viel, darüber beschwert sich mein Vater auch immer. Sie haben sicher Wichtigeres zu tun, Herr Graf. Deshalb sollte ich Sie gar nicht belästigen mit den Details meines Alltags.»

«Doch, doch, es interessiert mich sehr», log Henry und fragte sich insgeheim, ob Gesche Petersen auch so nachsichtig mit ihm gewesen wäre. Sie hätte ihm vermutlich geantwortet, dass er jetzt Pech habe, weil sie nicht gedachte, ihm alles noch einmal zu erzählen. Der Gedanke ließ ihn lächeln – was Elise Küppers auf sich bezog und errötend erwiderte.

«Ich hatte mich nur erkundigt, seit wann Sie in der Stadt sind», sagte sie. «Wann sind Sie angekommen?»

«Gestern», antwortete Henry. «Und heute Morgen habe ich meine Schwester Nora ins Eggers'sche Pensionat gebracht.

Es liegt an der Obertrave, ganz in der Nähe des Holstentors. Kennen Sie es vielleicht?»

Elise lächelte. «Ja, tatsächlich, ich habe dort die Abschlussklasse absolviert. Diese Zeit habe ich in sehr guter Erinnerung. Ihrer Schwester wird es bestimmt gefallen.»

«Ja, da bin ich sicher», erwiderte Henry und dachte erneut an Gesche.

«Und wie lange bleiben Sie in der Stadt, wenn ich fragen darf?», erkundigte sich Elise.

«Länger diesmal», erklärte er. «Vorausgesetzt, Ihr Vater und ich werden uns einig.»

«Oh, wie schön!» Die Nachricht, dass er in Lübeck zu bleiben gedachte, schien Elise sehr zu gefallen, denn sie legte freudig erregt die Hände zusammen. «Und wo werden Sie so lange wohnen? Doch nicht die ganze Zeit im Hotel?»

«Gott bewahre, nein!» Henry dachte an seine Suite im Hotel Stadt Hamburg, wo er immer abstieg, wenn er in Lübeck war. Das Haus war weit über die Grenzen Lübecks hinweg bekannt, und er schätzte den guten Service und die ausgezeichnete Küche. Doch diesmal hatte er einen anderen Ort gefunden, an dem er bleiben würde. «Ich habe ein Haus in der Beckergrube angemietet, ganz in der Nähe des Theaters. Es wird gerade für mich hergerichtet und müsste in ein oder zwei Tagen bezugsfertig sein.»

«Das ist ja gar nicht weit von hier», meinte Elise begeistert. «Vielleicht können mein Vater und ich Sie dort einmal besuchen?»

«Dazu wird ganz sicher Gelegenheit sein», erwiderte Henry, dem plötzlich unangenehm bewusst wurde, dass Elise Küppers Interesse an ihm hatte. Nicht dass er solche Aufmerksamkeit nicht gewohnt gewesen wäre. Für heiratswillige junge

Damen von Stand war er eine gute Partie, und viele warfen ihm begehrliche oder sogar auffordernde Blicke zu. Doch er wollte noch nicht vor den Traualtar treten. Und wenn er es eines Tages vielleicht doch tat, würde seine Auserwählte eine Adelige sein müssen …

«Graf von Jagow, was für eine Freude!» Ein kleiner, untersetzter Mann mit einem langen blonden Vollbart betrat den Raum, und Henry erhob sich, erleichtert, das Gespräch mit Elise beenden zu können.

«Vielen Dank, dass Sie mich empfangen», erwiderte er und schüttelte Friedrich Küppers die Hand.

«Wie könnte ich nicht, nach dem Brief, den Sie mir geschrieben haben, mein Lieber», meinte der Geschäftsmann mit einem wissenden Lächeln und zwinkerte ihm zu. «Es wird also ernst, ja?»

Henry nickte und spürte einen Kloß im Hals. Sein Besuch bei Friedrich Küppers markierte einen Wendepunkt in seiner Unternehmung. Wenn sie sich einig wurden, was er aus tiefstem Herzen hoffte, dann gab es kein Zurück mehr. Dann setzte er alles auf eine Karte.

«Sollen wir gleich hier …?» Er ließ den Satz unbeendet und deutete auf die Sofas, weil er es kaum noch abwarten konnte, endlich über das zu sprechen, was ihn seit Monaten beinahe Tag und Nacht beschäftigte.

«Nein, nein, kommen Sie mit. Wir wollen Elise doch nicht mit Dingen langweilen, von denen sie nichts versteht», erwiderte Küppers mit einer wegwerfenden Handbewegung und lächelte seine Tochter an. «Nicht wahr, mein Liebling?»

Elise nickte ergeben, sah ihnen jedoch bedauernd nach, als sie den Salon verließen und durch die Empfangshalle hinüber in Küppers' Arbeitszimmer gingen.

Dieser Raum übertraf den Salon sogar noch, was die Überladenheit der Einrichtung anging. Doch statt goldener Accessoires und filigraner Porzellanfiguren, die dem Salon eine weiche, eher feminine Note gaben, fanden sich hier dunkle Holzpaneele, ausgestopfte exotische Tiere und ein riesiges Gemälde an der Wand über dem Schreibtisch, das eine Großwildjagd zeigte. Passend dazu hing daneben ein Löwenkopf. Das Tier hatte Küppers selbst in Namibia geschossen, wie er Henry schon bei seinem letzten Besuch vor einem halben Jahr sehr stolz erzählt hatte. Der Rest des Zimmers war vollgestellt mit Regalen voller Ordner, Papieren und Büchern, und über allem hing der Geruch nach Leder und den Zigarren, die der Hausherr gerne rauchte.

Die beiden Männer setzten sich in die beiden Sessel, die am Fenster neben einem kleinen Tisch standen. Darauf lagen die Dinge bereit, die Küppers zum Rauchen brauchte: eine Zigarrenkiste, in die das Logo eines kubanischen Herstellers gebrannt war, ein großer Aschenbecher aus grüner Jade in Form eines Elefanten, lange Streichhölzer und ein Zigarrenschneider aus Messing. Küppers bot Henry eine Zigarre an, doch Henry lehnte dankend ab.

«Also», meinte Küppers und entfernte mit dem Zigarrenschneider das Ende der Zigarre, die er sich aus der Kiste genommen hatte. Er ließ den abgeschnittenen Zipfel in den Aschenbecher fallen und zog die Zigarre mit einem verzückten Gesichtsausdruck unter seiner Nase entlang. Dann entzündete er ein Streichholz, hielt das Ende der Zigarre in die Flamme und paffte ein paar Mal, bis es brannte. Dichter Rauch erfüllte das Zimmer und brannte in Henrys Lungen. «Dann erzählen Sie mal, wie es kommt, dass Sie nun doch zur Tat schreiten wollen. Ich dachte, Ihr Vater hätte sein Veto eingelegt.»

«Das hat er zwar, aber das hält mich nicht länger auf», gestand Henry. «Außerdem weilt er im Moment in Italien und hat kürzlich telegrafiert, dass er dort noch einige Monate zu verbringen gedenkt. Daher kann ich ihn diesmal nicht nach seiner Meinung fragen.»

Küppers grinste. «Ich verstehe», sagte er. «Sie erwähnten bei unserem letzten Gespräch, dass Ihr Vater viel auf Reisen ist, daran erinnere ich mich. Was tut er denn in Italien? Ist er geschäftlich dort?»

«Nein», erwiderte Henry und konnte sich gerade noch von einer sarkastischen Bemerkung abhalten. Denn die Reisen seines Vaters hatten nie etwas mit dem Gut zu tun. Wilhelm von Jagow war einfach nicht gerne zu Hause. Diesmal gab es jedoch einen Grund für seine Abwesenheit, und keinen schönen. «Er hatte kürzlich einen Herzanfall, deshalb hat der Arzt ihm einen Erholungsaufenthalt verordnet, und den hat mein Vater jetzt verlängert.»

Dass die Verlängerung tatsächlich seinem Gesundheitszustand geschuldet war, wagte Henry zu bezweifeln. So wie er seinen Vater kannte, hatte er vermutlich irgendeine Frau getroffen und blieb ihretwegen länger. Er war notorisch untreu, das wussten alle, auch Henrys Mutter, die darüber nicht erfreut war. Manchmal glaubte Henry sogar, dass ihr dunkler Gemütszustand etwas damit zu tun hatte, aber in diesen Dingen kannte er sich zu wenig aus. Auf jeden Fall war es gut, dass Sidonie nicht mitbekam, was ihr Mann gerade im Süden tat. Und Henry selbst spielte es ebenfalls in die Karten.

«Ich habe eine alte Lagerhalle am Hafen angemietet», berichtete er Küppers. «Wenn alles klappt, beginnen wir Ende des Monats. Wir bauen an mehreren Prototypen gleichzeitig, und die Tests werden sicher Zeit in Anspruch nehmen. Aber

Ende des Jahres können wir hoffentlich schon die ersten Patente anmelden.» Er spürte, wie sein Herz schneller schlug bei der Aussicht, seinen Traum endlich wahr zu machen.

«Und das Gut?», erkundigte sich der Kaufmann. «Wer kümmert sich darum, während Sie in Lübeck sind?»

«Ich stehe in engem Briefkontakt mit unserem Verwalter, der sehr zuverlässig ist, und werde natürlich auch ab und an selbst nach dem Rechten sehen.» Er beugte sich vor. «Wir können allerdings erst anfangen, wenn Sie als Investor mit im Boot sind. Deshalb muss ich wissen, wie Ihre Antwort lautet.»

Das breite Lächeln des kleinen Kaufmanns wurde schmaler, und etwas Hartes blitzte in seinen Augen auf, während er Henry einen Augenblick schweigend betrachtete.

«Mein Angebot steht noch», sagte er schließlich. «Ich steige mit ein, weil ich glaube, dass Sie da an etwas dran sind, mein Lieber. Aber ich denke, das unternehmerische Risiko sollte auf unser beider Schultern lasten. Fünfzig-fünfzig erscheint mir daher nur fair.»

Henry versuchte, sich seine Nervosität nicht anmerken zu lassen. Er hatte damit gerechnet, dass Küppers noch einmal verhandeln würde. Dafür war der alte Fuchs bekannt. Aber die Hälfte? Das bedeutete, dass er deutlich mehr Eigenkapital brauchte. Das schaffte er nur, wenn er sein gesamtes Privatvermögen auf diese eine Karte setzte. Dann durfte er nicht scheitern.

Das werde ich auch nicht, beruhigte er sich. Er glaubte an seine Idee, und er konnte sie nicht unausgeführt lassen. Er musste es einfach versuchen. Deshalb streckte er, bevor die Zweifel ihn übermannen konnten, die Hand aus.

«Einverstanden», sagte er und unterdrückte das flaue Gefühl in seiner Magengegend, als Küppers einschlug.

9

Aufstehen, Schlafmütze!» Eine Hand legte sich auf Noras Schulter und rüttelte sie.

«Hmm», brummte sie unwillig und wollte sich umdrehen und weiterschlafen. Doch die Hand ließ nicht von ihr ab.

«Du wirst zu spät zu deinen Prüfungen kommen, wenn du jetzt nicht aufstehst, Nora!»

Es war Fannys warnende Stimme, die an ihr Ohr drang, und jetzt hörte sie auch die anderen reden und nahm die Geräusche um sich herum wahr. Das Fußgetrappel auf den Holzbohlen, das Plätschern von Wasser und das Rascheln von Stoff.

So hört es sich also an, wenn mehrere Mädchen gleichzeitig aufstehen und sich frisch machen und anziehen, um rechtzeitig mit den anderen Schülerinnen am Frühstückstisch zu sitzen, dachte Nora. Sie wusste natürlich, dass sie das auch tun musste, aber es fiel ihr schwer. Von zu Hause war sie es einfach nicht gewohnt, bestimmte Zeiten einzuhalten, und nach dem aufregenden Ankunftstag gestern waren ihre Lider immer noch bleischwer.

Nur widerwillig öffnete sie die Augen erneut und wartete, bis sie sich an das Morgenlicht gewöhnt hatten, das fahl durch das hohe Fenster fiel. Dann sah sie sich in dem Zimmer um, das sie sich jetzt mit Agnes, Lotte und Fanny teilte.

Der Raum war rechteckig und groß genug, dass vier Betten und zwei Waschtische hineinpassten. Die Betten standen aufgereiht nebeneinander an der einen, die beiden Waschtische auf der anderen Seite. Außerdem gab es noch einen eingebauten Kleiderschrank an der kurzen Seite des Zimmers, die dem Fenster gegenüberlag. Alles war zweckmäßig und sauber – weiße Vorhänge, weiße Laken, weißes Bettzeug, weiß lackiertes Holz. Dadurch wirkte das relativ vollgestellte Zimmer auch recht freundlich und größer, als es eigentlich war.

Und im Vergleich zu Noras Schlafzimmer auf dem Gut war es sogar winzig. Zu Hause hatte sie so viel Platz, dass sie zwischen Sekretär und Bett Walzer hätte tanzen können. Nicht dass sie es schon ausprobiert hätte, so gut war sie im Tanzen nie gewesen, obwohl Madame Pinot versucht hatte, ihr die Schritte beizubringen. Und in den meisten anderen Schulfächern hatte sie auch nicht gut abgeschnitten. Jedenfalls war ihre Gouvernante nie zufrieden gewesen und hatte sie einen «hoffnungslosen Fall» genannt. Und genau deshalb wollte Nora jetzt auch lieber gar nicht aufstehen.

«Richtet Frau Eggers aus, dass ich unpässlich bin», sagte sie und zog sich die Decke bis zum Kinn. «Wenn ich im Bett bleibe, können sie mich nicht prüfen. Und dann blamiere ich mich auch nicht.»

«Ach, nun sei doch nicht albern!» Agnes, die schon angezogen war, setzte sich zu ihr auf die Bettkante und zog ihr die Decke wieder runter. «Wir wurden alle geprüft, als wir kamen. Sie wollen nur wissen, wie weit du schon bist. Es ist gar nicht so schlimm und geht schnell vorbei.» Sie grinste. «Am Ende stecken sie dich sowieso in die Abschlussklasse, ganz egal, wie viel zu weißt. Wir sind dort nur zu fünft, und die Klasse unter uns ist die größte. Also mach dir nicht so viele Sorgen, du kommst ganz sicher zu uns!»

Nora wünschte, sie hätte das glauben können. Aber sie befürchtete wirklich, von ihren neuen Freundinnen getrennt zu werden. Das wollte sie auf keinen Fall, denn dass sie im Pensionat so schnell Anschluss gefunden hatte, machte sie auf eine neue, ganz unverhoffte Weise glücklich.

Meine Güte, was war der Umzug in das Zimmer hier im zweiten Stock gestern für ein Spaß gewesen! Sie selbst hatte es natürlich am einfachsten gehabt, weil sie nur ihre Koffer auspacken und die Kleider in ihren Teil des großen Wandschranks hatte räumen müssen. Zu Hause übernahm das jemand vom Personal, aber Frau Eggers hatte ihr erklärt, dass das zu den Dingen gehörte, die sie im Pensionat lernen würde. Und es war auch gar nicht so schwer gewesen, denn eines der Dienstmädchen – Ellie hieß sie – hatte ihr gezeigt, wie man Sachen zusammenlegte und ordentlich stapelte.

Als sie fertig gewesen war, hatte Nora den anderen dreien geholfen, die ihre Sachen aus ihren vorherigen Zimmern im ersten Stock rauf in das neue im zweiten Stock tragen mussten. Schwatzend und lachend waren sie immer wieder die Treppe hinauf- und hinuntergelaufen. Als dann endlich alles an seinem Platz gewesen war, hatte Frau Eggers sie zwar allesamt zurück in den Unterricht geschickt, aber es war nur noch Zeit für eine Stunde Englisch gewesen, bei Mister Fullton, einem waschechten Engländer, der ungefähr so alt war wie Henry. Er hatte nicht geschimpft, wenn Nora Vokabeln nicht wusste, und von ihrer Aussprache war er sogar begeistert gewesen, deshalb hatte Nora ihn sehr nett gefunden. Doch würden die übrigen Lehrerinnen und Lehrer sie auch so nachsichtig behandeln, wenn sie ihnen gleich bei der Prüfung gegenübersaß?

«Jetzt schau doch nicht so.» Fanny lächelte aufmunternd. «Sie werden dich schon nicht fressen. Höchstens Frau Eggers, wenn du zu spät zum Frühstück kommst. Also los, steh endlich auf!»

Mit einem Stöhnen schlug Nora die Decke zurück, schwang die Beine aus dem Bett – und fror sofort in ihrem dünnen Nachthemd. Der Tag versprach zwar, schön und warm zu werden, doch die Sonne schaffte es noch nicht, die Kälte der Nacht zu vertreiben, die sich unbarmherzig im dicken Mauerwerk festgesetzt hatte. Auch die Holzbohlen fühlten sich eisig an unter ihren nackten Füßen, als Nora zum Waschtisch huschte. Hektisch hüpfte sie von einem Bein auf das andere, während sie sich das Nachthemd über den Kopf zog. Dann tauchte sie den Waschlappen, der neben ihrer Waschschüssel lag, ins Wasser und wusch sich kurz unter den Armen.

«Das musst du gründlich machen», schimpfte Lotte. «Meine Mutter sagt, Reinlichkeit ist sehr wichtig.»

«Reinlich oder pünktlich, das ist hier die Frage», rezitierte Agnes mit theatralischer Geste das abgewandelte Zitat aus Shakespeares Drama «Hamlet», über das sie gestern in der Englischstunde gesprochen hatten, und für einen Moment herrschte Schweigen. Dann brachen alle vier Mädchen in prustendes Gelächter aus, das jedoch abrupt endete, als von unten der Gong erscholl, der sie zum Frühstück rief. Erst jetzt wurde Nora klar, dass sie wirklich viel zu spät dran war.

So schnell sie konnte, schlüpfte sie in Hemd und lange Unterhose, und Fanny half ihr beim Schnüren des Korsetts. Doch nun folgten noch diverse Kleidungsstücke, und die anderen standen schon ungeduldig an der Tür.

«Geht ruhig, ich komme nach», sagte Nora, als sie Fannys besorgten Blick auffing. Sie wusste inzwischen, dass ihre Freundin als Stipendiatin besonders schnell Ärger mit Frau Eggers bekam, und das wollte sie auf keinen Fall. «Na los! Den Rest schaffe ich alleine.»

Die anderen zögerten kurz, aber als der Gong erneut ertönte, liefen sie aus dem Zimmer, während Nora sich schnell weiter anzog. Es folgten noch Untertaille, Anstandsrock, Unterrock und Strümpfe, bevor sie endlich in ihr Kleid schlüpfen konnte. Währenddessen verrannen die Minuten unerbittlich, und Nora fluchte innerlich, dass sie so lange liegen geblieben war.

Als sie ihre Schürze umbinden wollte, sah sie mit Schrecken die dunklen Flecken auf dem weißen Stoff. Sie hatte sich gestern beim Abendessen Soße daraufgekleckert und konnte die Schürze so nicht mehr anziehen. Hektisch suchte sie in ihrem Schrank, aber sie hatte keine mitgebracht, weil sie so etwas zu Hause nicht trug. Und die Schränke der anderen, die bestimmt noch welche hatten, wollte sie nicht durchwühlen.

Kurz überlegte sie, was sie jetzt tun sollte: eine fleckige Schürze anziehen oder keine? Sie dachte an die Reaktion von Frau Eggers auf Fräulein Petersens zerrissenes Kleid – und entschied sich für Letzteres.

Als sie unten im Speisezimmer ankam, saßen die anderen Mädchen alle schon an der langen Tafel und aßen ihr Frühstück, das aus einem ziemlich fade aussehenden Porridge bestand.

«Eleonore!» Frau Eggers, die am Ende der Tafel vor Kopf saß, hob die Augenbrauen und blickte demonstrativ auf die kleine goldene Uhr, die mit einer Anstecknadel an ihrer Brust befestigt war. «Frühstück ist um sieben Uhr», sagte sie. «Was hatte ich dir gestern zum Thema Unpünktlichkeit gesagt? Und wo ist deine Schürze?»

«Es tut mir leid, Frau Eggers, aber meine Schürze ist schmutzig, und ich habe keine zweite», berichtete Nora wahrheitsgemäß. «Also musste ich mich entscheiden, gegen welches Gebot ich verstoßen soll, gegen das der Reinlichkeit oder gegen das Schürzetragen. Ich dachte, der Fleck würde Sie mehr aufregen, also habe ich die schmutzige Schürze oben gelassen und bin ohne heruntergekommen.»

Ein Kichern ertönte aus den Reihen der Mädchen, und Nora war ziemlich sicher, dass es Agnes war. Und auch Fräulein Petersen, die rechts neben Frau Eggers saß, versteckte hinter ihrer vorgehaltenen Hand offensichtlich ein Lächeln, denn in ihren Augen lag ein amüsierter Ausdruck. Fräulein Chryse, die andere Hauslehrerin, die auf Frau Eggers linker Seite saß, starrte Nora hingegen entsetzt an. Und die Vorsteherin selbst schien ebenfalls nicht recht zu wissen, wie sie diese Antwort auffassen sollte.

«Du bist sehr vorwitzig, Eleonore», sagte sie schließlich. «Aber dafür, dass du noch nicht richtig ausgestattet bist, kannst du nichts, deshalb sehe ich über diesen Fehler hinweg.» Sie hob eine Augenbraue. «Pünktlich hättest du allerdings sein können.»

Nora nickte. «Ja, es tut mir leid. Ich muss mich an das frühe Aufstehen noch gewöhnen. Außerdem habe ich schlecht geschlafen wegen der Prüfungen.»

Die anderen Mädchen tuschelten jetzt, und auch neues Kichern erhob sich, woraus Nora schloss, dass es offensichtlich falsch war, geradeheraus zu sagen, wie man sich fühlte.

«Was erwartet ihr denn?», fragte sie herausfordernd in die Runde. «Soll ich lügen?»

«Du solltest dich vor allem zügeln», erwiderte Frau Eggers. «Es ist löblich, dass du ehrlich bist. Aber du darfst dein Herz nicht auf der Zunge tragen. Von einer wohlerzogenen jungen Dame wird erwartet, dass sie sich stets in Zurückhaltung übt und die Contenance bewahrt.» Sie wandte sich an das Dienstmädchen, das gerade in der Nähe stand. «Ellie, hol eine frische Schürze für Eleonore», sagte sie und richtete ihren strengen Blick wieder auf Nora. «Und du setzt dich erst, wenn du vernünftig angezogen bist. Falls du dann hungrig in die Prüfung gehen musst, ist es deine eigene Schuld.»

Nora wartete ungeduldig, bis Ellie mit der Schürze zurück war, legte sie hastig um und setzte sich dann auf den Stuhl, den Fanny und Agnes zwischen sich für sie freigehalten hatten. Sie stieß ihren Löffel in den Brei, der schon in einer kleinen Schüssel bereitstand. Er war nur noch lauwarm und schmeckte leider genauso pappig und farblos, wie er aussah. Aber Nora schaufelte ihn in ihrer Nervosität einfach in sich hinein, ohne darüber nachzudenken.

Als sie zwischendurch aufblickte, sah sie, dass die Zwillinge Victoria und Marlies, die ihr gegenübersaßen, sie anstarrten. Dann steckten die beiden die Köpfe zusammen und tuschelten. Und auch ein paar der kleineren Mädchen kicherten hinter vorgehaltener Hand.

«Wieso sehen die mich so an?», erkundigte sich Nora bei Fanny. «Mache ich was falsch?»

«Du schlingst dein Essen so», flüsterte Fanny mit einem besorgten Blick in Richtung Frau Eggers. «Das ist wenig damenhaft, weißt du. Wir sollen kleine Bissen essen und sie gut kauen.»

Nora erinnerte sich, dass Madame Pinot sie auch immer dazu ermahnt hatte.

«Und wenn wir Hunger haben?», fragte sie und dachte daran, wie herzhaft Fräulein Petersen in der Kutsche in das belegte Brot gebissen hatte.

«So etwas hat eine Dame nicht», erwiderte Agnes von der anderen Seite. «Damen haben nur Appetit.»

«Tja, dann habe ich wohl großen Appetit», erwiderte Nora und erwiderte Agnes' Grinsen.

«Sch, sch», warnte Fanny. «Frau Eggers guckt schon.»

Sie schwiegen wieder, und Nora setzte sich aufrecht hin. Damenhaft?, dachte sie. Pff! Das konnte sie natürlich auch.

Jetzt machte sie den Löffel nur noch halb voll und achtete darauf, dass keine Geräusche entstanden, während sie langsam weiteraß. Es kam ihr ungewohnt vor, denn zu Hause auf dem Gut hatte sie sich kaum je die Mühe gemacht. Doch wenn sie wollte, dann konnte sie auch gesittet essen.

Kurze Zeit später – Nora war eben mit ihrem Frühstück fertig – klatschte Frau Eggers in die Hände.

«Nun denn, beginnen wir den Tag», sagte sie. «Die Mädchen, die Küchendienst haben, helfen Ellie beim Tischabräumen. Die anderen gehen nach draußen. Ihr habt Pause, bis Eleonore ihre Prüfung abgelegt hat.»

Diese Nachricht wurde von den Mädchen mit freudigem Raunen aufgenommen, und zu Noras Verwunderung schickte Frau Eggers auch sie in den Hof.

«Wir holen dich, wenn wir so weit sind», sagte sie, und Nora lief erleichtert mit den anderen nach draußen. Doch als sie eine halbe Stunde später noch mit ihnen unter dem Kirschbaum saß, wurde sie ungeduldig.

«Müssen die es so spannend machen?», beschwerte sie sich. «Ich wünschte, ich hätte es schon hinter mir.»

«Wir nicht», bemerkte Lotte. «Solange deine Prüfung andauert, haben wir frei. Also lass dir bloß Zeit.»

«Wie mitfühlend von dir.» Nora sah zu den jüngeren Mädchen, die auf dem Hof zusammenstanden und verstohlen auf sie deuteten. Einige lächelten auch zu ihr herüber. «Zumindest scheint mich diese Sache beliebt zu machen.»

«Natürlich macht es dich beliebt», meinte Fanny. «Wegen dir fällt der Unterricht aus. Besser hättest du dich gar nicht einführen können. Und du schaffst das, Nora, da bin ich ganz …»

«Eleonore?» Dorothea Eggers erschien an der Tür und winkte.

Nora spürte, wie ihr Magen sich zusammenzog. Fanny strich ihr noch einmal über den Arm, und auch die anderen beiden flüsterten ihr aufmunternde Worte zu. Doch als sie der Vorsteherin ins Haus folgte und mit ihr durch einen der langen Flure auf das Prüfungszimmer zuging, fühlte sie sich trotzdem wie eine Missetäterin auf dem Weg zum Gericht.

10

Wir müssen uns beeilen, die Herren sind sicher jeden Moment da.» Insa Chryse legte die Hände an eine der Schulbänke und sah Gesche auffordernd an. «Helfen Sie mir schnell, eine Reihe zu bilden?»

Gesche blickte sich skeptisch in dem Unterrichtsraum um. «Ist es denn sinnvoll, die Tische in eine Reihe zu stellen?», fragte sie. «Es wird Nora verunsichern, wenn wir eine solche Front bilden. Das ist doch kein Tribunal!»

«Frau Eggers meinte, dass wir es machen sollen wie immer», erwiderte Insa Chryse und warf Gesche einen warnenden Blick zu. «Wenn Sie es anders haben wollen, dann besprechen Sie das mit ihr. Aber ich würde mich an Ihrer Stelle nicht gleich mit ihr anlegen.»

Gesche erwiderte nichts mehr, sondern packte mit an.

Sie war noch nicht sicher, ob sie ihre neue Kollegin mochte, die etwas älter war als sie selbst. Die blasse Brünette mit den eng stehenden Augen hatte sie gestern freundlich und auch sichtlich erleichtert begrüßt. Offenbar wünschte sie sich schon lange Unterstützung bei der Betreuung der Schülerinnen und war sehr froh, den Deutsch- und den Turnunterricht, den sie bisher neben Französisch und dem Handarbeiten auch noch übernommen hatte, wieder abgeben zu können. Doch ansonsten hatten sie sich wenig zu sagen gehabt, und Gesche befürchtete, dass auch ihre Auffassungen über das Unterrichten und was daran wichtig war, sehr weit auseinanderlagen. In einem hatte Insa allerdings recht: Gesche wollte sich wirklich nicht gleich an ihrem ersten Tag mit Dorothea Eggers anlegen, deshalb half sie, die Reihe so aufzubauen, wie die Vorsteherin es wollte. Sie waren gerade dabei, die letzten beiden Tische hinzustellen, als ein etwa sechzigjähriger, stark übergewichtiger Mann mit grauen Haaren den Raum betrat. Gesche hatte die anderen Mitglieder des Kollegiums gestern schon kennengelernt: Der Mann war Studienrat Georg Schnabel, der im Pensionat für den Mathematik- und Naturkundeunterricht verantwortlich war.

«Guten Morgen», schnaufte er und ließ sich auf einen der Stühle in der vorbereiteten Tischreihe fallen, ohne weiter auf Insa oder Gesche zu achten.

«Guten Morgen, Doktor Schnabel», begrüßte Gesche ihn.

Auch Insa wünschte ihm einen guten Morgen, doch Schnabel schien diesem Morgen nichts Gutes abgewinnen zu können. Missmutig stierte er vor sich hin, die Hände über seinem dicken Bauch gefaltet.

«Die Prüfung hätte wirklich auch in den Nachmittagsstunden stattfinden können», beschwerte er sich, immer noch schwer atmend. «Heute hätte ich eigentlich erst um neun Uhr angefangen, und nun musste ich extra früher aufstehen.» Er schüttelte den Kopf. «Und ich frage mich auch, wozu das nötig ist. Das Mädchen soll ohnehin in die Abschlussklasse gehen, da fehlen doch dieses Jahr Schülerinnen. Wozu also der Aufwand?»

«Frau Eggers möchte, dass Graf von Jagow mit der Unterbringung seiner Schwester zufrieden ist», informierte Insa Chryse ihn. «Es wäre sicher nicht gut, wenn wir das arme Mädchen überfordern, schließlich wissen wir nicht, auf welchem Stand sie ist.»

Dass ihr Kollege ihnen nicht half, die Tische zurechtzuschieben, schien sie gar nicht wahrzunehmen, aber Gesche fiel es unangenehm auf. Sah Schnabel nicht, dass sie noch nicht fertig waren?

«Ich glaube nicht, dass wir uns Sorgen machen müssen», warf sie ein. «Ich konnte Nora gestern schon näher kennenlernen, und sie kam mir sehr aufgeweckt vor.»

«Na, hoffentlich nicht zu sehr!» Schnabel verzog das Gesicht. «Dann stört sie nur den Unterricht mit albernen Fragen.»

Gesche musterte den Studienrat scharf. Sie hasste solche Bemerkungen und war drauf und dran, etwas zu erwidern. Doch in diesem Moment betrat Hermann Rudloff den Raum. Der Pastor von Sankt Petri, der im Pensionat Religion und Geschichte unterrichtete, war optisch das genaue Gegenteil von Schnabel: klein, schmal und eher hager, mit schütterem Haar und einem netten, offenen Lächeln.

«Einen wunderschönen guten Morgen, die Damen!», rief er und setzte sich ebenfalls, ohne den Frauen zu helfen. Anders als James Fullton, der hinter ihm hereinkam. Der junge Engländer, der die Mädchen in seiner Muttersprache, Geografie sowie in Musik und Zeichnen unterrichtete, eilte sofort zu Gesche.

«Lassen Sie nur, ich mache das schon», sagte er und platzierte den letzten Tisch. Dann zog er den Stuhl neben dem des Pastors heraus und bot ihn Gesche an. Anschließend nahm er neben ihr Platz und lächelte sie freundlich an.

«Oh!» Der Ausruf kam von Insa Chryse, und als Gesche sich umblickte, starrte ihre Kollegin, die am anderen Ende der Reihe stand, sichtlich enttäuscht zu ihnen herüber. Sie riss sich allerdings sofort wieder zusammen und sank auf den Stuhl neben Professor Schnabel.

Gesche runzelte die Stirn, weil sie nicht sicher war, ob sie den Gesichtsausdruck ihrer Kollegin richtig deutete. Hatte Insa Chryse Gefühle für James Fullton? Dass er sich nicht neben sie gesetzt hatte, sondern neben Gesche, schien ihr jedenfalls gar nicht zu passen, denn auf ihren Wangen zeigten sich hektische rote Flecken, und sie würdigte Gesche und ihn keines Blickes mehr.

Dabei müsste sie sich gar keine Sorgen machen, dachte Gesche und warf einen heimlichen Seitenblick auf ihren Kollegen. Er musste ungefähr so alt sein wie Henry von Jagow, und es gab noch mehr Gemeinsamkeiten, denn auch James Fullton war groß, schlank und trug entgegen der Mode keinen Bart. Doch sein Haar war etwas heller, und obwohl er auch gut aussah, hatte er eine ganz andere Ausstrahlung, war ruhig und wirkte fast ein bisschen schüchtern. Nein, Henry von Jagow gefällt mir besser, dachte Gesche und verzog das Gesicht, als ihr klar wurde, dass sie ganz eindeutig zu viel über Noras Bruder nachdachte ...

«Sagen Sie, Herr Kollege, habe ich das gestern richtig verstanden?» Doktor Schnabel hatte sich vorgebeugt und blickte zu James Fullton herüber. «Sie nehmen mit den Mädchen ‹Hamlet› durch?»

Der Engländer nickte. «Ja, wir hatten das Thema.»

«Aber das ist doch viel zu schwer!» Schnabel schüttelte den Kopf. «Sind Sie sicher, dass Sie da richtig gewählt haben?»

Fullton antwortete nicht sofort, und Gesche konnte sehen, wie angespannt er war.

«Wir haben nicht das ganze Stück gelesen.» Er sprach leise und mit hörbarem Akzent. «Nur Ausschnitte. Ich möchte den Schülerinnen vermitteln, um welche Motive es in Shakespeares Dramen geht.»

Der Professor schnaubte missbilligend. «Ich bitte Sie, welchen Zweck sollte das denn haben? So etwas werden sie später schwerlich brauchen können.»

«Aber sie dürfen es doch kennenlernen, oder nicht?» Gesche hatte es laut ausgesprochen, bevor sie sich daran hindern konnte, und erschrak über sich selbst, als plötzlich alle Augen auf sie gerichtet waren. Dennoch hielt sie dem fragenden Blick von Doktor Schnabel stand. «Was ist schlimm daran, in den Mädchen die Liebe zur Literatur und zum Theater zu wecken?»

Schnabel schwieg, offenbar überfordert von dieser Widerrede.

«Tut mir leid, wenn ich mich da einmische, aber ich muss Doktor Schnabel recht geben», sagte Pastor Rudloff. «Es ist grundsätzlich nicht gut, wenn man Frauen mit Dingen konfrontiert, von denen sie keine Ahnung haben. Das verwirrt nur die Gedanken und lenkt sie von dem ab, wofür Gott sie geschaffen hat.»

Gesche starrte ihn an. Meine Güte, das war ja alles noch viel schlimmer, als sie geglaubt hatte! Natürlich hatte sie davon ausgehen müssen, dass es in einem traditionsreichen Haus wie dem Eggers'schen Pensionat konservativ zugehen würde. Aber mit so viel Ignoranz konfrontiert zu werden, schockierte sie doch, und es machte ihr noch einmal deutlich, wie vorsichtig sie sein musste. Wenn die Herrschaften mitbekamen, wie aufgeschlossen sie gegenüber neuem, progressivem Gedankengut war, dann war sie ihre Stelle vielleicht schneller wieder los, als ihr lieb war.

Die Tür öffnete sich, und Dorothea Eggers betrat den Raum, gefolgt von Nora, die kurz im Türrahmen stehen blieb und dann der Aufforderung der Vorsteherin folgte und sich auf den einzelnen Stuhl setzte, der vor der Lehrerreihe platziert war.

Während die Vorsteherin ihren Platz in der Mitte der Lehrerreihe einnahm, lächelte Gesche die offensichtlich verunsicherte Nora an, um ihr zu zeigen, dass sie mit ihr fühlte. Das Mädchen erwiderte das Lächeln dankbar, wurde jedoch wieder ernst, als Dorothea Eggers das Wort an sie richtete.

«Nun, Eleonore», sagte sie mit feierlicher Stimme. «Dann wollen wir doch mal sehen, wie viel Wissen du schon mitbringst.»

Die nächsten zwanzig Minuten bestanden aus einem Füllhorn an Fragen, die Nora beantworten musste. Zuerst prüfte Doktor Schnabel sie in Mathematik, wo sie sich jedoch gut schlug – bis er die Aufgaben so kompliziert stellte, dass sie keine Chance mehr hatte, ihm zu folgen. Es war, als würde er das absichtlich tun, um die guten Erfolge, die Nora offensichtlich selbst überraschten, wieder zunichtezumachen. Als wollte er sie kleinhalten, dachte Gesche, verärgert über das Verhalten ihres Kollegen.

In Französisch war Nora besser als in Englisch, aber in beiden Sprachen konnte sie sich ausdrücken, und ihr Wissen in Erdkunde, Naturkunde und Geschichte war überraschend solide, und auch als schließlich Gesche mit ihr über die Standardwerke der deutschen Literatur sprach, kannte sie vieles. Nur in Religion hatte sie Lücken, wie der Pastor bedauernd bemerkte. Alles in allem konnten sich die Ergebnisse von Noras Prüfung jedoch sehen lassen.

«Nun, wie mir scheint, ist deine Allgemeinbildung sehr gut», bemerkte Dorothea Eggers und betrachtete Nora skeptisch. «Bist du wirklich noch auf keine Schule gegangen?»

Nora schüttelte den Kopf. «Nein, ich hatte immer nur Gouvernanten. Hin und wieder haben meine Mutter und mein Bruder mich unterrichtet. Und außerdem haben wir eine große Bibliothek auf dem Gut. Da konnte ich vieles finden.»

«Wie bitte?» Der Pastor, der während der letzten Minuten zusammengesackt auf seinem Stuhl gesessen und gedankenverloren vor sich hin gestarrt hatte, hob den Kopf und sah Nora erschrocken an. «Du hattest aber keinen freien Zugang zu den Büchern, oder?»

«Doch», bestätigte Nora etwas widerwillig und zuckte mit den Schultern. «Mehr oder weniger.»

«Also, das ist doch …» Auch Doktor Schnabel schüttelte den Kopf. «Wie nachlässig! Man hätte darauf achten müssen, deine Lektüre zu beschränken. Junge Mädchen sollten nichts lesen, was ihren Verstand übersteigt.»

«Es hat meinen Verstand aber nicht überstiegen», widersprach Nora. «Ich fand es spannend. Und ich habe ja auch nur gelesen, was ich interessant fand.»

Dorothea Eggers beugte sich vor. «Was genau war denn interessant für dich?», erkundigte sie sich, und Gesche sah den lauernden Ausdruck in ihren Augen. «Welche Bücher haben dir besonders gefallen?»

«Spielt das eine Rolle?», warf Gesche hastig ein, weil sie nicht wollte, dass Nora sich mit der falschen Antwort in Schwierigkeiten brachte. «Ist nicht viel eher bemerkenswert, dass Eleonore in der Lage war, derart selbstständig zu lernen? Dafür sollten wir sie nicht kritisieren, sondern loben.»

Der Pastor war immer noch fassungslos, und Professor Schnabel beugte sich vor und blickte über die Tische zu Gesche hinüber.

«Wieso sollte sich ein Mädchen das Hirn mit unnützem Wissen vollstopfen?», fragte er mit ätzendem Unterton. «Damit ein Blaustrumpf aus ihr wird? Eine Besserwisserin, die ihre Pflichten und Aufgaben vernachlässigt und intellektuell daherredet? Davon brauchen wir wirklich nicht noch mehr, es ist so schon schlimm genug, dass es diese Frauenvereine gibt, die jetzt überall gegründet werden. Von diesem Ibsen-Club mit seinen subversiven Ideen ganz zu schweigen! Nach solchem Vorbild erziehen wir hier nicht, Fräulein Petersen. Ich hoffe, das ist Ihnen bewusst.»

Er sah zu Dorothea Eggers, die Gesche ebenfalls scharf musterte.

Gesche musste sich zwingen, wenigstens kurz zu lächeln. «Mir tut das Kind nur leid», sagte sie. «Eleonore hat offensichtlich nicht mutwillig gehandelt, sondern aus Neugier. Kann man ihr vorwerfen, dass dieser keine Grenzen gesetzt wurden?»

Das Argument schien die Gemüter zu beruhigen, denn sowohl Schnabel als auch Dorothea Eggers entspannten sich etwas. Einen Moment herrschte Schweigen, dann räusperte sich die Vorsteherin.

«Du kannst gehen», sagte sie zu Nora. «Die Prüfung ist vorbei. Geh raus zu den anderen und sag ihnen, sie sollen in ihre Klassenzimmer gehen. Der Unterricht beginnt gleich.»

«Und haben Sie schon entschieden, in welche Klasse ich gehen werde?», hakte Nora mit hoffnungsvollem Blick nach.

«In allen Fächern in die Abschlussklasse», erklärte Dorothea Eggers, ohne vorher die anderen Anwesenden zu konsultieren. Sie wartete, bis Nora das Zimmer verlassen hatte, dann wandte sie sich an Gesche.

«Ich möchte Sie noch sprechen, bevor der Unterricht beginnt», erklärte sie mit versteinerter Miene und erhob sich. «Unter vier Augen.»

Beklommen verließ Gesche mit der Vorsteherin den Raum und folgte ihr zurück in die Halle und von dort in das kleine Büro. Sie war sicher, dass es bei dem nun folgenden Gespräch um ihre Bemerkung über Nora gehen würde, und rechnete mit einem Donnerwetter. Doch tatsächlich wollte Dorothea Eggers lediglich über Organisatorisches reden.

«Mister Fullton braucht Unterstützung bei der Aufführung, die für den Gründungstag geplant ist», sagte sie. «Er hat eine kranke Mutter, die bei ihm lebt, und im Moment geht es ihr nicht gut. Deshalb hat er es bisher kaum geschafft zu proben, und daran wird sich in nächster Zeit nichts ändern. Fräulein Chryse ist bereits für den Aufführungsteil verantwortlich, den die jüngeren Mädchen bestreiten, deshalb dachte ich an Sie. Wenn ich das Ihren Unterlagen richtig entnommen habe, spielen Sie das Pianoforte?»

Gesche nickte. «Und ich springe gerne ein. Wenn Sie möchten, übernehme ich auch noch weitere Aufgaben. Meine Ausbildung am Seminar war sehr umfassend. Deshalb wäre es auch möglich, mich in anderen Fächern einzusetzen. In Geografie zum Beispiel, da könnte ich den Unterricht übernehmen, falls Mister Fullton ...»

«Es reicht, wenn Sie die Dinge tun, mit denen ich Sie beauftrage», unterbrach Dorothea Eggers sie. «Damit dürften Sie ausgelastet sein, und es ist sicher kein Beinbruch, wenn eine Stunde Geografie ausfällt. Ich halte diese Fächer ohnehin für Zeitverschwendung. Handarbeiten, darin müssen die Mädchen gut sein. Wen interessiert es denn, ob sie wissen, warum die Blumen blühen und wo Amerika liegt?»

Gesche zwang sich zu einem Lächeln. «Wie Sie meinen», sagte sie und fragte sich zum ersten Mal ernsthaft, ob sie es hier im Pensionat aushalten würde. Wie konnte man den Wissensdurst eines Kindes nicht stillen, nur weil es das «falsche» Geschlecht hatte? Wehmütig dachte sie an ihren Vater, der ihr niemals irgendeine Frage nicht beantwortet oder Themen ausgeklammert hatte. Ihm verdankte sie, dass sie anders dachte als Dorothea Eggers und das übrige Kollegium. Und sie würde einen Weg finden, den Mädchen ihre Sicht auf die Dinge zu vermitteln, dazu war sie jetzt fest entschlossen.

«War das alles?», erkundigte sie sich und erhob sich, als Dorothea Eggers nickte und ihr mit einer nachlässigen Handbewegung bedeutete, dass sie entlassen war.

Als sie das Büro verließ, kam James Fullton gerade aus dem Flur in die Halle.

«Ah, Fräulein Petersen, gut, dass ich Sie treffe», sagte er. «Wegen der Proben für das Gründungsfest ...»

«Ich weiß Bescheid», sagte Gesche. «Ich kann das für Sie übernehmen, wenn Sie möchten. Dann haben Sie mehr Zeit.»

«Oh, das wäre fantastisch.» Er lächelte erleichtert. «Es ist auch nur, weil ich im Moment viel zu Hause sein muss. Da bleibt mir außerhalb der Schulstunden nicht viel Spielraum.»

«Ihre Mutter, ich weiß.» Gesche betrachtete ihn mitfühlend und bemerkte die dunklen Ringe unter seinen Augen. Offenbar bekam er nicht viel Schlaf. «Ich hoffe, es steht nicht zu schlimm?»

Er zuckte mit den Schultern. «Ein verschleppter Husten, den sie einfach nicht loswird. Nichts scheint zu helfen. Ich mache mir wirklich Sorgen um sie.»

«Das tut mir sehr leid.» Spontan legte Gesche eine Hand auf seinen Arm – genau in dem Moment, als Insa Chryse ebenfalls aus dem Flur in die Halle kam.

Insa hielt in der Bewegung inne und starrte erst auf Gesches Hand, dann auf James Fullton, der jedoch gar nicht auf sie achtete. Ein entsetzter Ausdruck erschien auf ihrem Gesicht und dann einer, der so eisig war, dass Gesche den Englischlehrer erschrocken wieder losließ. Aber es war zu spät – Insa hatte sich schon umgedreht und war wieder im Flur verschwunden.

James Fullton hatte bemerkt, dass Gesche abgelenkt war, denn er wandte den Kopf und sah über seine Schulter. «Was war denn?»

«Nichts», versicherte Gesche ihm. Jetzt war sie ganz sicher, dass ihre Kollegin Gefühle für James Fullton hatte. Ob er diese erwiderte, konnte sie noch nicht beurteilen, aber es wirkte nicht so. Also noch eine Sache, auf die ich achten muss, wenn ich keinen Ärger will, dachte sie.

«Wie gefällt es Ihnen denn bei uns?», erkundigte sich James Fullton. «Sind Sie gut untergebracht?»

«Oh ja!» Gesche dachte an die Kammer, die Frau Eggers ihr zur Verfügung gestellt hatte. Das Zimmer war klein, aber sauber und so hübsch eingerichtet, dass es ihr im Vergleich zu dem Pensionszimmer, in dem sie zuletzt gehaust hatte, wie das Paradies vorkam. «Ich bin sehr zufrieden!»

«Dann haben Sie vor zu bleiben?», wollte er wissen.

Gesche zögerte kurz, beschloss dann aber, ehrlich zu sein. «Es ist nicht so, dass ich eine Wahl habe», sagte sie. «Die Stelle ist wichtig für mich. Deshalb hoffe ich, dass ich mich noch einfinde in die Art, wie hier unterrichtet wird.»

«Oh, ehrlich gesagt fände ich es besser, wenn Sie bei Ihrer Art bleiben», erwiderte der Engländer. «Wir können im Kollegium ein bisschen frischen Wind gebrauchen.»

Überrascht sah Gesche ihn an. «Dann ... teilen Sie nicht die Meinung von Doktor Schnabel, was die Mädchenerziehung angeht?»

«Oh, dear God, no!» James Fullton lachte und senkte dann

ein wenig die Stimme, bevor er weitersprach. «Bevor meine Mutter krank wurde, war sie Vorsitzende eines der hiesigen Frauenvereine, über die Doktor Schnabel eben so harsch geurteilt hat. Sie hätte Ihnen applaudiert bei allem, was Sie eben gesagt haben. Für sie steht außer Frage, dass Mädchen die gleiche Bildung haben sollten wie Jungen.»

«Oh, das ist ...» Gesche war so überrascht, dass sie gar nicht wusste, was sie sagen sollte. «Das freut mich. Genauso sehe ich das auch.»

«Das dachte ich mir schon», meinte er mit einem Augenzwinkern. Dann zog er seine Taschenuhr heraus und warf einen Blick darauf. «Wäre es in Ordnung, wenn Sie gleich heute Nachmittag schon die Probe für mich übernehmen? Ich muss nach Hause, sobald der Unterricht endet. Wir erwarten einen Arzt, der meine Mutter noch einmal untersuchen soll.»

«Natürlich», erwiderte Gesche. «Was sollen die Mädchen denn aufführen?»

«Sie werden ein Lied vortragen, das Frau Eggers sich ausgesucht hat», erklärte James Fullton. «Aber das reicht noch nicht. Eigentlich wollte ich noch etwas einüben, ein kleines Stück oder einen Vortrag, aber ich bin noch nicht dazu gekommen, etwas Passendes herauszusuchen. Wenn Sie das vielleicht ...?»

«Natürlich», unterbrach Gesche ihn. «Ich kümmere mich um alles, Sie müssen sich keine Sorgen machen. Das bekommen wir hin.»

«Oh, gut.» James Fullton war sichtlich erleichtert, und Gesche ging es ebenso. Dass es unter ihren Kollegen wenigstens einen gab, der ihre Ideen und Ideale nicht ablehnte, gab ihr ein neues Gefühl der Hoffnung.

Es ist zumindest ein Anfang, dachte sie und machte sich mit

beschwingten Schritten auf zu dem Raum am anderen Ende des Gebäudes, in dem sie gleich zum ersten Mal die Abschlussklasse in Deutsch unterrichten würde.

* * *

«Das war so gemein!» Nora ließ sich auf den Platz zwischen Fanny und Agnes sinken und legte stöhnend den Kopf in den Nacken. Auf dem Weg in den Unterrichtsraum hatte sie ihren Freundinnen schon von der Prüfung berichtet, die so völlig anders gelaufen war, als sie es erwartet hatte.

«Ich wusste viel mehr, als ich gedacht hätte. Aber sie waren trotzdem nicht zufrieden und meinten, ich hätte zu Hause zu viele Freiheiten gehabt.» Sie schüttelte den Kopf. «Man kann es Lehrern nicht recht machen, oder?»

«Nein.» Agnes grinste. «Aber die Hauptsache ist doch, dass du es hinter dir hast. Und dass du jetzt in unserer Klasse bist. Was wollen wir mehr?»

Lotte, die neben Agnes saß, beugte sich vor. «Ich wundere mich sowieso, dass du das überhaupt machen musstest. Immerhin bist du eine Komtess.»

«Und was hat das eine mit dem anderen zu tun?», fragte Nora, ein bisschen irritiert darüber, dass Lotte immer wieder auf ihrer adeligen Herkunft herumritt.

«Viel», dozierte Lotte. «Du darfst einfach mehr als wir anderen. Weil du adelig bist.»

Nora dachte noch einmal an die Prüfungssituation. Es kam ihr nicht vor, als hätte man sie geschont. Im Gegenteil. Sie hatte einer Übermacht von Erwachsenen gegenübergesessen und Frage um Frage beantwortet. Und sie war nicht so dumm gewesen, wie Madame Pinot sie es die ganze Zeit hatte glauben lassen. Die älteren Lehrer hatten das zwar nicht kommentiert, aber sie hatte Fräulein Petersens anerkennenden Blick gesehen: Sie wusste eine Menge – und plötzlich hatte sie Lust, noch mehr zu lernen.

Überhaupt verstand sie gar nicht mehr, wieso sie sich so sehr gegen diesen Schulbesuch gewehrt hatte. Zu Hause hielt sie nichts mehr. Ihre Mutter war derzeit so sehr in ihren dunklen Gedanken versunken, dass sie nicht mal Notiz von Noras Abschied genommen hatte. Und ohne Karl ergab das alles ohnehin keinen Sinn. Warum sollte sie also nicht hier sein und zusammen mit ihren neuen Freundinnen mehr über die Welt erfahren? Eine unbändige Neugierde erwachte in ihr, und sie freute sich auf das, was vor ihr lag. Denn selbst, wenn die anderen Lehrer ihr nicht besonders gefielen – schlimmer als bei Madame Pinot würde es nicht werden. Und zumindest in den Stunden von Fräulein Petersen lohnte sich das Aufpassen ganz sicher …

Wie aufs Stichwort öffnete sich die Tür, und die junge Lehrerin betrat den Raum. Sofort ging ein Ruck durch die Reihe der Mädchen, und sie setzten sich gerader hin.

«Guten Morgen, Fräulein Petersen», riefen sie einhellig, was diese mit einem Lächeln quittierte.

«Guten Morgen», wünschte sie ihnen ebenfalls und setzte sich auf die Kante des Lehrerpults. Sie trug ein anderes Kleid als gestern, wie Nora sofort bemerkte. Dieses war taubenblau, hochgeschlossen und unversehrt, doch vom Schnitt her genauso veraltet wie das von gestern. Jedenfalls war Nora sehr sicher, dass ihre Mutter, die, wenn es ihr gut ging, sehr an Mode interessiert war, bemerkt hätte, dass solche Puffärmel nicht mehr *en vogue* waren.

Aber vielleicht war es gerade das, was Nora an der jungen

Lehrerin so gefiel: dass sie eben nicht mit der Mode ging, sondern anders war. Besonders. Man merkte es an der Art, wie sie sich hielt, und an der Art, wie sie einen ansah. Sie traute sich etwas, und das zog Nora wie magisch an. So wollte sie später auch werden. Nicht weich und gehorsam, wie alle es von ihr zu erwarten schienen …

«Mister Fullton hat mir gerade gesagt, dass er die Proben für das Gründungsfest nicht mehr übernehmen kann», verkündete Gesche und riss Nora aus ihren Gedanken. «Ich werde deshalb von jetzt an mit euch üben.»

«Oh», kam es enttäuscht von Lotte, die in Noras Beisein schon öfter von dem Englischlehrer geschwärmt hatte. Als alle sie daraufhin ansahen, wurde sie rot und senkte den Blick.

«Damit ich besser einschätzen kann, was genau wir machen sollen, hätte ich gerne, dass mir eine von euch erklärt, wie das Fest genau ablaufen wird», sagte Gesche. «Wie viele Personen kommen? Und wie sieht das Programm aus?»

«Die Gästezahl ist unterschiedlich und hängt davon ab, wie viele Eltern dabei sind», berichtete Agnes. «Erst gibt es einen Empfang, dann ein Festessen im großen Saal. Und anschließend findet die Aufführung statt.» Sie zuckte mit den Schultern. «Das war es eigentlich schon.»

«Und ihr habt bis jetzt nur ein Lied geprobt?», erkundigte sich Gesche.

«Ja, wir singen ‹Geh aus, mein Herz, und suche Freud› von Paul Gerhardt», bestätigte Fanny. «Das können wir schon ganz gut. Aber das wird Frau Eggers nicht reichen.»

«Gut, dann überlegen wir uns noch etwas mehr.» Die Lehrerin lächelte. «Wie wäre es mit ein paar Gedichten, vielleicht mit ähnlichem jahreszeitlichem Inhalt, die dazu passen? Wäre das etwas, das ihr euch vorstellen könntet?»

«Oh ja!», rief Agnes aufgeregt. «Ich liebe es, etwas vorzutragen!»

«Und hättest du auch schon eine Idee, was es sein soll?», hakte Gesche nach. «Gibt es ein Gedicht, das du besonders magst?»

Agnes schwieg und sah überrascht ihre Freundinnen an, die, wie Nora bemerkte, auch irritiert wirkten. «Ich?», fragte sie. «Sie wollen wissen, was ich gerne vortragen möchte?»

Die junge Lehrerin nickte. «Ja. Warum? Ist das so ungewöhnlich?»

Agnes nickte. «Normalerweise bestimmt so etwas doch der Lehrer und nicht wir.»

Gesches Lächeln vertiefte sich. «Nun, dann halten wir einmal fest, dass ich es anders handhaben werde. Bei mir sollt ihr sagen, was ihr denkt, hört ihr? Ich möchte es wissen. Und ich möchte euch auch nicht sagen, was ihr vortragen sollt, sondern es gemeinsam mit euch herausfinden. Dann können wir nämlich auch gleich darüber reden, was die Gedichte, die ihr auswählt, so besonders macht, dass sie sich für den gedachten Zweck eignen. Was meint ihr? Würde euch das Spaß machen?»

Nora nickte begeistert, genau wie die anderen, die jedoch gleichzeitig ziemlich fassungslos aussahen. Offenbar war die Vorstellung, dass der Unterricht ihnen Spaß machen sollte, nichts, was sie kannten. Aber zumindest auf Agnes' Gesicht breitete sich ein zaghaftes Lächeln aus. Sie meldete sich.

«Ich glaube, ich wüsste etwas», sagte sie. «Es gibt ein sehr schönes Frühlingsgedicht von Eduard Mörike. Darin heißt es, dass der Frühling sein blaues Band flattern lässt.»

«Ein sehr guter Vorschlag!», fand Gesche. «Kennt ihr noch mehr Gedichte? Vielleicht welche, die andere Jahreszeiten beschreiben?»

«‹Hörst du, wie die Brunnen rauschen› von Clemens Brentano beschreibt eine Sommernacht», erklärte Fanny, und Nora sah, wie ihr Kehlkopf sich bewegte, als sie schluckte. «Mein Vater hat es manchmal aufgesagt, weil er es so schön fand.»

«Sehr gut!» Fräulein Petersen nickte. «Und finden wir auch noch Beispiele für den Herbst und den Winter?»

«‹An die Bäume im Winter› von Johann Gottfried von Herder!», rief Nora aufgeregt. «Und vielleicht das ‹Herbstlied› von Hoffmann von Fallersleben.»

«Und wieder sehr gut!», erklärte Fräulein Petersen. «Damit hätten wir schon einen lyrischen Text pro ...»

«Joseph von Eichendorff hat auch ein Gedicht über den Herbst geschrieben», fiel Nora ihr ins Wort. «‹Es ist nun der Herbst gekommen, / hat das schöne Sommerkleid/ von den Feldern weggenommen / und die Blätter ausgestreut.› So geht es, glaube ich.»

«Ja, genau.» Die junge Lehrerin lächelte überrascht. «Du kennst dich anscheinend sehr gut aus mit der Lyrik. Woher weißt du so viel?»

«Ich mochte die Gedichtbände in unserer Bibliothek besonders gerne», gestand Nora. «Darin habe ich viel gelesen. Und manchmal habe ich auch selbst ein bisschen was gereimt. Aber nur so für mich.»

Sie spürte, dass sie errötete, weil alle sie neugierig ansahen, und bereute, es zugegeben zu haben.

Doch Agnes wirkte begeistert. «Wir könnten doch auch für unsere Aufführung etwas selbst dichten und vortragen», schlug sie Fräulein Petersen vor. «Oder wir machen lebende Bilder aus den Gedichten!»

«Lebende Bilder?», erkundigte sich Nora. «Was ist das?»

«Kennst du das nicht?», fragte Lotte, beinahe entrüstet.

«Da stellt man etwas dar, mit Kostümen, so wie im Theater. Das kann ein historisches Ereignis oder der Inhalt eines Liedes oder Gedichtes sein. Da gibt es ganz viele Möglichkeiten. Habt ihr so etwas bei euren Festen noch nie veranstaltet?»

Nora ignorierte die Frage. Sie wollte nicht zugeben, dass es auf dem Gut in letzter Zeit keine Feste mehr gegeben hatte, auf denen sie diese Art von Vorführung hätte kennenlernen können. Ich bin regelrecht hinterwäldlerisch, dachte sie, ein bisschen schockiert, und war erneut froh, dass sie hier ihren Horizont erweitern würde.

«Ich denke, etwas zu dichten schaffen wir nicht mehr rechtzeitig», meinte Fräulein Petersen. «Aber die Gedichte, die wir herausgesucht haben, darstellerisch zu begleiten, das können wir versuchen. Wie wäre es zum Beispiel, wenn ihr sie in einem passenden Kostüm vortragt? Dann hätten wir den Jahreslauf als Thema, und das passt doch gut zu der Gründungsfeier der Schule. Schließlich umfasst das Schuljahr auch ein ganzes Jahr, mit allen ...»

Sie hielt inne, weil eines der Zwillingsmädchen sich schüchtern meldete.

«Du bist Viktoria, oder?», erkundigte sie sich und lächelte, als das Mädchen nickte. «Was möchtest du denn?»

Viktoria brauchte einen langen Moment, ehe sie sich traute zu sprechen. Und selbst da knetete sie nervös ihre Hände auf ihrem Schoß.

«Sie ... haben doch gesagt, dass wir sagen sollen, was wir denken», begann sie und tauschte einen Blick mit Marlies.

«Ja, das habe ich», bestätigte Gesche. «Was möchtest du mir denn sagen?»

Viktorias Wangen färbten sich leuchtend rot, genau wie die von Marlies. «Bitte, wir möchten nichts aufsagen, meine

Schwester und ich», erklärte sie hastig. «Wir ... helfen bei allen anderen Sachen, egal was. Nur bitte keinen Vortrag. Wenn das möglich wäre?»

Marlies nickte, um zu unterstreichen, was ihre Zwillingsschwester gesagt hatte, und beide Mädchen blickten die Lehrerin ängstlich an, so als erwarteten sie ein Donnerwetter, weil sie es gewagt hatten, ihren Wunsch zu äußern. Doch Fräulein Petersen nickte.

«Natürlich ist das möglich», sagte sie. «Und es ist gut, dass ihr mir das so rechtzeitig sagt. Dann teile ich euch direkt für etwas anderes ein.»

«Ich kann auch zwei Gedichte aufsagen», erklärte Agnes. «Oder drei. Ich mache das wirklich gerne!»

«Ja, das dachte ich mir», erwiderte Fräulein Petersen. «Doch bevor wir uns darüber Gedanken machen, sollten wir uns vielleicht erst einmal die Gedichte, die wir ausgewählt haben, näher anschauen und feststellen, ob sie sich tatsächlich für unseren Zweck eignen.»

Die Mädchen nickten eifrig, und diesmal meldete sich Fanny.

«Ich könnte in die Bibliothek gehen und die entsprechenden Gedichtbände holen», schlug sie vor.

Die junge Lehrerin wirkte überrascht. «Du willst die Bücher für alle holen? Aber so viele kannst du doch gar nicht allein tragen!»

«Für alle?», fragte Fanny, sichtlich irritiert. «Ich dachte, Sie meinen die Bände mit den Gedichten, über die wir eben sprachen. Das sind doch nur ein paar.»

«Aber es gibt doch hoffentlich ein paar Exemplare von jedem Band, damit jede ihren eigenen Text hat und wir die Gedichte zusammen lesen können.»

Fanny schüttelte den Kopf. «Nein, jedes Buch ist in der Bibliothek nur einmal vorhanden.»

Fräulein Petersen schien es nicht fassen zu können. «Und wie habt ihr das bis jetzt gemacht im Deutschunterricht?», wollte sie wissen. «Wie habt ihr mit Texten gearbeitet?»

«Bei Fräulein Chryse haben wir das nicht getan», erklärte Lotte. «Sie hat hauptsächlich Schönschreiben und Rechtschreibung mit uns geübt.»

«Und Briefeschreiben», ergänzte Lotte.

Fräulein Petersen schwieg einen Moment. «Nun, dann seid ihr darin ja hoffentlich firm genug, sodass wir uns jetzt literarischen Themen zuwenden können.» Sie sah die Zwillinge an. «Mögt ihr beide mir vielleicht zeigen, wo die Bibliothek ist? Ich würde gerne einmal sehen, was dort überhaupt vorhanden ist. Außerdem können wir dann darüber sprechen, warum ihr lieber nichts aufsagen möchtet. Und ihr anderen überlegt euch schon mal ein paar Stichworte für die einzelnen Jahreszeiten. Was verbindet man damit? Das hilft uns sicher bei der Gestaltung der Kostüme und der Bühnenbilder. Viel Zeit bleibt uns ja nicht mehr bis zum übernächsten Wochenende. Wenn wir zurückkommen, bin ich gespannt auf eure Vorschläge.»

Sie lächelte noch einmal, bevor sie hinter Viktoria und Marlies das Zimmer verließ.

Als sie allein waren, stieß Agnes ein entzücktes Seufzen aus. «Ich liebe Fräulein Petersen! Sie fragt uns, was wir denken! Ich glaube, das hat noch nie einer von den Lehrern gemacht. Nicht mal Mister Fullton, obwohl der auch ganz nett ist!»

«Mister Fullton ist nicht nett, er ist grandios!», widersprach Lotte entrüstet. «Ich finde es schade, dass er nicht mehr die Aufführung mit uns probt. Er hätte das sicher besser gemacht!»

«Ja, wir wissen alle, dass du ganz schrecklich verliebt in ihn bist», zog Agnes sie auf. «Aber er hätte uns nicht nach unserer Meinung gefragt, sondern uns etwas ausgesucht. Und bei ihm hätten wir auch sicher beim Rezitieren keine Kostüme anziehen dürfen. Dabei ist es so viel spannender!» Sie grinste. «Hach, das wird großartig! Ich werde brillant sein, das weiß ich!»

«Zum Glück bist du so bescheiden, dass dir das nicht zu Kopf steigen wird», bemerkte Fanny ironisch, und als sie zusammen lachten, spürte Nora, wie die Anspannung, die heute Morgen beim Aufstehen so schwer auf ihr gelastet hatte, endgültig von ihr abfiel.

Sie beschloss, gleich nachher an Hedwig zu schreiben und ihr zu berichten, wie gut es ihr im Pensionat gefiel. Die Köchin hatte sie beim Abschied gedrängt, sich regelmäßig zu melden, und Nora hatte es versprochen, schon weil sie hoffte, dann auch von Hedwig Nachricht zu erhalten, falls diese etwas von Karl hörte. Vielleicht hatte er sich in der Zwischenzeit ja schon gemeldet und ihr geschrieben, wo in der Stadt er untergekommen war?

Und sobald ich das weiß, gehe ich ihn suchen, dachte Nora und spürte, wie ihr Herz schneller schlug bei dem Gedanken, ihren Freund bald wiederzusehen.

11

Ach, hier bist du!», rief jemand so unvermittelt, dass Nora, die auf ihrem Bett saß, heftig zusammenzuckte. Sie blickte auf und sah Fanny in der Zimmertür stehen. Hastig schob sie den Brief, auf den sie gestarrt hatte, unter ihr Kopfkissen.

«Wir haben jetzt Generalprobe, hast du das vergessen?» Fanny kam herein und setzte sich neben Nora auf das Bett. Ihr Blick war besorgt. «Ist alles in Ordnung?», fragte sie und deutete mit dem Kinn in Richtung Kopfkissen. «Hast du da gerade den Brief versteckt, der vorhin für dich gekommen ist?»

Nora nickte unglücklich, und Fanny wurde ganz blass.

«Ach je, waren es schlechte Nachrichten?», fragte sie besorgt. «Ist ... jemand gestorben?»

«Nein, nein, das nicht», beruhigte Nora sie erschrocken. Sie vergaß immer, dass Fanny so viel Schreckliches erlebt hatte, dass sie immer gleich vom Schlimmsten ausging. «Es ... geht um ... einen Freund von mir.»

«Um den, von dem du an deinem ersten Tag gesprochen hast?» Fanny runzelte die Stirn. «Du hast uns immer noch nicht gesagt, was es mit der Sache auf sich hat.»

Nora senkte den Kopf und blickte auf ihre Hände. Sie erinnerte sich noch gut an jenen Tag und daran, wie unsicher sie gewesen war, ob sie ihren Klassenkameradinnen von Karl erzählen sollte. Aber seitdem waren fast zwei Wochen vergangen, und sie kannte die anderen Mädchen jetzt viel besser. Sie waren Freundinnen geworden, und vor allem ihr Verhältnis zu

Fanny war eng. Deshalb fühlte es sich falsch an, sie nicht ins Vertrauen zu ziehen.

«Wenn ich es dir erzähle, versprichst du, es für dich zu behalten?», bat sie.

Fanny nickte, und Nora schüttete ihr erleichtert ihr Herz aus. Sie berichtete von ihrer ungewöhnlichen Freundschaft zum Sohn der Köchin. Von ihrer Sorge um ihn, seit er ihr eröffnet hatte, dass er nach Lübeck gehen wollte. Und von ihrem «Ausflug» zum Hafen am Tag ihrer Ankunft und wie sie dort auf Gesche Petersen getroffen war.

Fanny hörte mit offenem Mund zu, und als Nora geendet hatte, schwieg sie einen Moment.

«Das war ganz schön gefährlich», sagte sie dann. «Und das alles nur für diesen Karl? Er muss dir ja sehr wichtig sein, wenn du so viel für ihn riskierst.» Sie betrachtete Nora mit geneigtem Kopf. «Bist du verliebt in ihn?»

Nora zuckte mit den Schultern. Es fiel ihr schwer, ihre Gefühle für Karl in Worte zu fassen. Aber Fanny reichte der Ausdruck auf ihrem Gesicht offenbar als Antwort, denn sie sog erschrocken die Luft ein.

«Aber Nora, er ist der Sohn eurer Köchin!», sagte sie. «Das geht doch nicht.»

«Kann man sich das denn aussuchen?», gab Nora ein bisschen verärgert zurück. Von Lotte hätte sie so eine Reaktion erwartet, aber nicht von Fanny. «Ich mag ihn eben. Sehr. Und ich will nicht, dass ihm etwas passiert.»

Fanny schien zu spüren, wie sensibel das Thema war, denn sie ging nicht weiter darauf ein.

«Und der Brief?», erkundigte sie sich. «War der von Karl?»

«Nein, von seiner Mutter.» Nora zog die eng beschriebene Seite wieder hervor und betrachtete sie unglücklich. «Hedwig schreibt, dass Karl sich bei ihr gemeldet hat. Offenbar hat er Arbeit in einer der Werften in Lübeck gefunden, genau wie er es sich vorgenommen hatte. Aber sie weiß nicht, wo er wohnt. Sie soll ihre Briefe an ihn postlagernd schicken. Deshalb befürchtet sie, dass er keine Bleibe hat. Sie ist ganz krank vor Sorge deswegen.»

Bei der Vorstellung, dass Karl vielleicht auf der Straße lebte oder in einem dieser schrecklichen stinkenden Gänge, zog sich auch Noras Herz schmerzhaft zusammen. Sie hatte ein schrecklich schlechtes Gewissen, seitdem der Postbote eben den Brief gebracht hatte. Denn wenn sie ehrlich war, hatte sie während der vergangenen Tage kaum an Karl oder an das Gut gedacht. Dafür war sie viel zu beschäftigt gewesen mit den Vorbereitungen für das große Fest, das heute Abend stattfinden sollte. Über all den Proben war ihr der Brief, den sie an Hedwig geschrieben hatte, völlig entfallen. Doch heute war die Antwort gekommen und hatte die Gedanken an Karl zurückgebracht.

Ob er vielleicht gerade in diesem Moment zusammengekauert in einem hässlichen Hinterhof saß und hungrig war, während hier das ganze Haus mit Blumen geschmückt war und köstlich nach den Speisen duftete, die bereits für das Festessen am Abend vorbereitet wurden? Der Gedanke quälte Nora derart, dass sie vor dem Rummel, der in der Halle herrschte, nach oben in ihr Zimmer geflohen war.

«Ich muss ihn finden», platzte sie heraus. «Aber wie soll ich das schaffen, wenn wir nie aus dem Pensionat herauskommen?»

Fannys Augen wurden noch größer. «Das geht nicht, Nora. Du kannst ihn nicht suchen gehen. Das wäre doch viel zu gefährlich! Bitte, versprich mir, dass du das nicht machst!»

«Nora? Fanny?» Von draußen drangen Rufe zu ihnen, und man hörte Schritte vor der Tür.

«Bitte, verrat niemandem etwas von Karl, Fanny», flehte Nora noch einmal. «Das muss erst mal unser Geheimnis bleiben, ja?»

Fanny konnte noch nicken, bevor die Tür aufging und Lotte und Agnes hereinstürmten, gefolgt von Fräulein Petersen.

«Ach, hier seid ihr!», beschwerte sich Agnes. «Wir suchen euch schon überall! Die ersten Gäste sind da, und wir müssen doch noch proben!»

Nora und Fanny waren aufgesprungen.

«Tut mir leid», sagte Nora. «Wir ... wollten gerade herunterkommen.»

«Wieso seid ihr überhaupt hier oben?», fragte Fräulein Petersen und betrachtete vor allem Nora aufmerksam. «Geht es euch nicht gut?»

«Doch, doch», versicherte Nora ihr.

«Dann kommt jetzt», forderte Agnes ihre Freundinnen auf. «Lasst uns runtergehen und endlich anfangen.»

«Ach, wir können es von mir aus auch lassen», meinte Lotte und ließ sich auf ihr Bett plumpsen. «Meine Eltern kommen bestimmt sowieso nicht.»

«Doch, natürlich kommen sie», versicherte ihr Fanny. «Letztes Jahr waren sie doch auch da.»

«Aber mein Vater ist vor der Aufführung wieder gegangen», widersprach Lotte. «Es interessiert ihn nicht, was ich tue. Bei meinen Brüdern wäre er bis zum Ende geblieben und geplatzt vor Stolz. Aber die dürfen ja auch zu Hause wohnen und ins Katharineum gehen. Nur ich muss ins Pensionat.»

Ihre Augen füllten sich mit Tränen, und plötzlich tat sie Nora leid. Sie hatte schon festgestellt, dass die meisten Pensionärinnen nicht aus der Stadt kamen, sondern von weiter weg, so wie sie selbst. Lotte und Fanny jedoch waren Lübeckerinnen, und Lottes Familie wohnte gar nicht so weit entfernt, in einer Villa in dem noblen Lübecker Stadtteil Sankt Gertrud. Wenn ich da nicht zu Hause wohnen dürfte, meine Brüder aber schon, dann würde mir das auch wehtun, dachte Nora und empfand zum ersten Mal echte Sympathie für Lotte, mit der sie nicht immer gut auskam.

«Deine Eltern haben doch noch Zeit, schließlich hat das Fest noch gar nicht richtig angefangen. Sie kommen bestimmt, und sie werden bleiben, weil unsere Aufführung sie gefangen nehmen wird», sagte sie und freute sich, als ein hoffnungsvolles Lächeln auf Lottes Gesicht erschien.

«Aber wenn wir die Zuschauer beeindrucken wollen, dann müssen wir jetzt proben», erinnerte Agnes sie erneut. Ihre vernarbten Wangen waren vor Aufregung gerötet, und sie klatschte begeistert in die Hände. «Hach, ich freu mich schon so, gleich auf der Bühne zu stehen!»

«Na, dann scheinst du die Schauspielerei ja im Blut zu haben», meinte Fräulein Petersen lächelnd.

«Agnes als Schauspielerin?» Lotte, die sich wieder gefangen hatte, schüttelte entsetzt den Kopf. «Na, hoffentlich nicht! Schauspielerinnen sind leichte Mädchen, die Kleider mit zu tiefem Ausschnitt tragen, sagt meine Mutter!»

«So ein Unsinn!», entrüstete sich Nora. «Mein Bruder kennt einige Schauspielerinnen. Eine habe ich mal gesehen, und ihr Kleid war genauso hochgeschlossen wie das von Fräulein Petersen.»

Die Lehrerin, die gerade noch gelächelt hatte, wurde plötzlich ernst, und Nora fragte sich, ob sie etwas Falsches gesagt hatte. Doch sie fing sich schnell wieder.

«Ihr solltet euch nicht über ein Thema streiten, über das ihr beide nicht genügend wisst», sagte sie. «Ein Urteil über Menschen sollte man sich immer erst erlauben, wenn man sicher ist, dass es stimmt.»

«Das kann ich aber nicht, ich war noch nie im Theater», beschwerte sich Lotte.

«Das ist wirklich schade.» Fräulein Petersen betrachtete die Mädchen. «Und ihr anderen auch nicht?»

Alle schüttelten den Kopf.

«Nun, es käme sicher auf das Stück an, das gezeigt wird», meinte Fräulein Petersen. «Aber ansonsten sehe ich nicht, warum ihr diese Erfahrung nicht einmal machen solltet.»

«Wirklich?» Agnes' Augen wurden groß. «Oh, das wäre fantastisch! Ich möchte schon so lange mal ins Theater! Und meine Eltern erlauben es bestimmt, wenn Sie mitkommen, Fräulein Petersen!»

«Aber Frau Eggers wird es nicht erlauben», gab Fanny zu bedenken. «Sie wird sagen, dass es zu teuer ist. Das sagt sie immer. Mister Fullton wollte einen Globus für uns anschaffen, damit er uns zeigen kann, wo die englischen Kolonien liegen. Und Australien. Aber Frau Eggers hat es nicht erlaubt. Sie erlaubt so etwas nie.»

Fräulein Petersen schwieg einen Moment. «Ich werde mit ihr sprechen und sie fragen. Vielleicht kann ich sie ja überzeugen», sagte sie, doch für ihre Verhältnisse wirkte sie wenig enthusiastisch. Jedenfalls fand Nora das. Und sie verstand es, denn nach knapp zwei Wochen im Pensionat hatte auch Fräulein Petersen vermutlich schon begriffen, wie schwierig es war, den Standpunkt der Vorsteherin zu ändern.

«Ach ja, bitte, überzeugen Sie Frau Eggers», sagte sie mit Nachdruck.

Fanny wandte den Kopf zu ihr und sah sie mit einer Mischung aus Sorge und Skepsis an. «Willst du wirklich ins Theater?», fragte sie leise, als sie alle zusammen hinunter in die Halle gingen. «Oder suchst du nur nach einer Gelegenheit, noch mal zum Hafen zu gehen?»

«Ich will ins Theater», antwortete Nora. «Und es ist doch sicher nicht verboten, wenn ich mich auf dem Weg dorthin mal ein bisschen umsehe. Oder?»

Sie lächelte und wollte weiter, doch Fanny blieb stehen und griff nach ihrer Hand. «Bitte, Nora, mach nichts Dummes, ja? Ich ... ich hab dich wirklich lieb, und ich möchte nicht, dass dir etwas passiert.»

Nora drückte die Hand ihrer Freundin. «Du musst dir keine Sorgen machen. Wie es scheint, klappt es ja ohnehin nicht.» Sie lächelte. «Und ich hab dich auch lieb, Fanny. Ich lass dich nicht alleine, versprochen.»

Fanny erwiderte ihr Lächeln, aber Nora fand wie schon so oft, dass es irgendwie traurig wirkte – so als könnte sie nicht glauben, dass die Dinge für sie gut ausgehen würden.

«Heiliges Ehrenwort», sagte sie und spürte, wie ernst es ihr damit war. «Wir bleiben zusammen.»

«Nun kommt schon, ihr beiden, wir haben es eilig!», rief Agnes ihnen zu, die schon vorausgegangen war und mit Lotte unten an der Treppe stand.

Nora griff wie selbstverständlich nach Fannys Hand, und gemeinsam liefen sie nach unten zu den anderen.

12

Gesche saß am hinteren Ende der Festtafel, die im großen Saal gedeckt war, und versuchte, das Essen zu genießen, das von den Dienstmädchen aufgetragen wurde. Doch es wollte ihr nicht recht gelingen.

Nicht dass irgendetwas auszusetzen gewesen wäre an den Speisen. Es gab Hechtsuppe, gefolgt von Kalbspasteten, mariniertem Hering, gekochtem Schinken und Hammelragout mit Kartoffeln. Nun fehlte nur noch der Nachtisch, der sicher gleich kommen musste. Er würde vermutlich genauso gut schmecken wie der Rest, denn Anna, die Köchin des Pensionats, verstand ihr Handwerk. Es war wirklich alles perfekt, auch die aufwendigen Blumendekorationen im Saal, an denen alle Mädchen fleißig mitgearbeitet hatten.

Doch gerade sie hatten nun gar nichts von diesem Fest, denn sie mussten ihre wesentlich kargere Mahlzeit im Speisezimmer einnehmen und durften nicht bei ihren Familien sitzen. Dorothea Eggers begründete das damit, dass sonst nicht alle Platz gefunden hätten. Aber der Saal war groß, und hinter der langen Tafel, die parallel zur Bühne stand, damit die Gäste später von ihren Plätzen aus die Aufführung verfolgen konnten, wäre noch viel Raum für einen zweiten Tisch gewesen.

Nein, Gesche war ziemlich sicher, dass Dorothea Eggers einfach zu geizig war, auch für die Mädchen ein Festessen zu bezahlen. Unwillkürlich dachte sie an das, was Fanny eben über den Globus erzählt hatte. Oder daran, wie armselig die

Bibliothek ausgestattet war, in der es kein einziges Buch zweimal gab. Und das in einer Schule! Wie konnte für so etwas kein Geld da sein, wenn auf der anderen Seite so ein dekadentes Festessen möglich war? Das war nicht im Sinne der Kinder, und Gesche fragte sich, wie viele der anwesenden Eltern ahnten, dass das hohe Schuldgeld, das sie zahlten, nicht so gut angelegt wurde, wie es möglich gewesen wäre.

Sie ließ den Blick über die Gäste gleiten, die alle sehr zufrieden wirkten. Senator Matthias Dabel war darunter, ein kräftiger blonder Mann mit Vollbart und laut tönender Stimme, und dessen Frau Sylvia, die mindestens zehn Jahre jünger sein musste als er, wenn nicht mehr. Auch Agnes' Eltern und die von Marlies und Viktoria waren extra angereist. Henry von Jagow fehlte jedoch, und Gesche konnte nicht umhin, sich einzugestehen, dass sie darüber enttäuscht war. Sie hatte sich darauf gefreut, ihn wiederzusehen. Aber vermutlich hat er heute Abend etwas Besseres zu tun, dachte sie und versuchte, ihn sich nicht mit zwei Schauspielerinnen am Arm vorzustellen …

Ein schrilles Lachen erklang. Es kam von Insa Chryse, die auf der anderen Tischseite neben James Fullton saß. Der Englischlehrer hatte offenbar etwas Lustiges gesagt, denn Insa konnte sich kaum beruhigen. James Fullton dagegen blieb ernst, und als ihre Blicke sich trafen, erkannte Insa, dass er nicht glücklich darüber zu sein schien, neben Insa zu sitzen. Darauf hatte die Französischlehrerin diesmal jedoch vehement bestanden, und James war viel zu höflich, um ihr einen Korb zu geben. Ob er dennoch lieber auf dem Stuhl gesessen hätte, der neben Gesche noch frei war, würde Gesche nicht herausfinden, aber sie lächelte ihm zu, was er offenbar als Einladung zum Gespräch verstand, denn er beugte sich leicht über den Tisch.

«Ich habe noch gar keine Gelegenheit gehabt, mich zu bedanken, Fräulein Petersen», sagte er, ohne Rücksicht auf Insa, die ihm gerade etwas erzählt hatte und mitten im Satz verstummte. «Ich hatte ja eben Gelegenheit, der Generalprobe beizuwohnen, und ich bin begeistert von Ihrem Beitrag. Die Bühnenbilder sind großartig! So etwas Aufwendiges hatten wir hier in den vergangenen Jahren nie. Das wird den Leuten sicher gefallen.»

«Danke, das hoffe ich auch», erwiderte Gesche und blickte zur Bühne hinüber, die eigentlich nur aus einem großen niedrigen Podest bestand, auf der ein Klavier für die musikalische Begleitung bereitstand. Ein Vorhang trennte den hinteren Teil der Bühne ab, und dort warteten die Bühnenbilder auf ihren Einsatz. Der Hausknecht Hans hatte sie ihnen gezimmert, und sie hatten sie anschließend in mühevoller Arbeit bemalt. Und James Fullton hatte recht: Sie sahen spektakulär aus. Was vor allem Marlies und Viktoria zu verdanken war, die sich als echte Zeichentalente entpuppt hatten.

«Fräulein Petersen?»

Gesche fuhr herum und sah, dass Dorothea Eggers hinter ihr stand. Die Vorsteherin trug eine festliche Robe aus bordeauxrotem Taft, dessen Farbe sich ein wenig mit dem Karmesinrot der Vorhänge biss. Über ihrem tiefen Ausschnitt hing eine lange Perlenkette, an der sie nervös herumnestelte.

«Kann ich Sie kurz unter vier Augen sprechen?», sagte sie, und Gesche konnte an dem verärgerten Funkeln in ihren Augen sehen, dass sie offenbar – mal wieder – etwas falsch gemacht hatte.

Sie konnte schon nicht mehr zählen, wie oft sie während der vergangenen Tage in Dorothea Eggers' Büro zitiert worden war, wo diese ihr dann erklärt hatte, wie die Dinge im

Pensionat gehandhabt wurden. «Nur damit Sie es wissen», hieß es dann, aber Gesche wusste, was es eigentlich war: eine Warnung. Sie sollte nicht wagen, etwas zu verändern, sonst riskierte sie einen Rauswurf. Deshalb konnte sie von Glück sagen, dass die Vorsteherin bisher ihren Unterrichtsstunden ferngeblieben war. Denn ihre Methoden hätten ganz sicher auch Anstoß erregt.

Was nun wohl wieder passiert war? Gesche zermarterte sich den Kopf darüber, während sie Dorothea Eggers in den Flur folgte. Die Vorsteherin schloss die Saaltür hinter sich, dann fuhr sie zu Gesche herum.

«Stimmt es, dass Viktoria und Marlies bei der Aufführung nicht mitspielen?», wollte sie wissen. «Ich sprach eben mit Pastor Rudloff, der einen Teil der Generalprobe gesehen hat. Und er sagt, die beiden hätten nur die Kulissen geschoben.»

«Ja, das stimmt», erwiderte Gesche. «Aber die Zwillinge haben nicht nur an den Bühnenbildern, sondern auch an den Kostümen mitgearbeitet, die ganz fantastisch geworden sind. Die beiden sind auf diesem Gebiet sehr talentiert, und ...»

«Sind Sie wahnsinnig?», unterbrach die Vorsteherin sie. «Sie hätten den beiden eine Rolle geben müssen!»

«Das wollten sie aber nicht», erklärte Gesche. «Sie reden nicht gerne vor Publikum, das haben sie mir gestanden. Also habe ich ihnen eine andere Aufgabe gegeben.»

«Als Kostümbildnerinnen!» Dorothea Eggers stemmte die Hände in die Hüften. «Das ist eine Katastrophe! Wie soll ich das denn den Eltern erklären?»

«Haben Sie es denn schon versucht?», fragte Gesche zurück. «Vermutlich wissen sie, dass es ihren Töchtern schwerfällt, vor Publikum zu sprechen, und sind froh, dass wir ihnen das erspart haben.»

«Das glauben Sie doch selbst nicht!», fuhr Dorothea sie an. «Und seit wann geht es überhaupt darum, was die Mädchen wollen? Ich hatte gesagt, dass jedes Mädchen eine Rolle bekommen muss ...»

«Und das habe ich genauso ausgeführt», fiel Gesche ihr ins Wort. «Viktoria und Marlies sind für die Kulissen und die Kostüme zuständig. Und ich werde nach dem Auftritt auch gerne noch einmal erwähnen, wie besonders schön die beiden ...»

«Das tun Sie auf keinen Fall», fauchte Dorothea Eggers. «Sie geben den beiden Rollen. Und zwar sofort.»

Gesche hielt ihrem wütenden Blick stand. «Sie wissen, dass das nicht geht. Nicht so kurz vor dem Auftritt.»

«Dann sorgen Sie dafür, dass ...» Die Vorsteherin hielt inne, weil in diesem Moment das Dienstmädchen Ellie zu ihnen trat.

«Da ist noch ein verspäteter Gast gekommen», verkündete sie.

Dorothea Eggers machte eine unwirsche Geste mit der Hand. «Ja, ja, ich komme gleich», sagte sie, ohne den Blick von Gesche zu wenden.

«Es ist Graf von Jagow», fügte das Dienstmädchen hinzu.

«Oh!» Diese Information schreckte die Vorsteherin auf. Ihre Wut schien wie weggeblasen, und sie tastete nach ihrem Dutt, um zu kontrollieren, ob ihre Frisur noch saß. «Na los, was stehst du noch da, bring den Grafen her!», befahl sie dem Dienstmädchen barsch, das sofort zurücklief.

«Sie können wieder reingehen», sagte Dorothea Eggers und winkte mit der Hand, so als wäre Gesche ihr plötzlich lästig. Wahrscheinlich wollte sie mit Henry allein sprechen, doch es war zu spät, denn er kam schon hinter Ellie durch den Flur auf sie zu.

Diesmal trug er einen dunklen Frack mit weißem Hemd, genau wie alle anderen anwesenden Herren. Sein schwarzes Haar glänzte im Licht der Petroleumlampen, und das Lächeln, das auf seinem Gesicht erschien, als er sie erkannte, nahm Gesche kurz den Atem.

«Guten Abend», wünschte er, als er sie erreichte. «Es tut mir leid, dass ich unpünktlich bin. Mir ist etwas Unverhofftes dazwischengekommen, um das ich mich erst kümmern musste.»

«Aber das macht doch nichts, Herr Graf!» Dorothea Eggers lächelte nachsichtig. «Wir sind froh, dass Sie uns überhaupt mit Ihrer Anwesenheit beehren.» Sie richtete den Blick auf das Päckchen, das er in der Hand hielt, und er verstand den Wink und reichte es ihr.

«Eine kleine Aufmerksamkeit», sagte er, und sie stieß einen entzückten Laut aus.

«Marzipan vom Café Niederegger!» Sie lächelte strahlend. «Ach, Herr Graf, wie aufmerksam von Ihnen! Sie verwöhnen mich! So etwas leiste ich mir normalerweise nicht.»

Er lächelte unverbindlich, und sein Blick wanderte wieder zu Gesche. «Ich hoffe, ich bin noch nicht zu spät für die Aufführung?»

«Nein, nein, gar nicht. Sie beginnt erst nach dem Dessert», versicherte Dorothea Eggers ihm hastig und bedeutete ihm, ihr in den Saal zu folgen. «Sie können bei mir sitzen», schlug sie vor. «Ellie, würdest du bitte einen Stuhl für den Herrn Grafen holen?»

Das Dienstmädchen beeilte sich, und Henry nahm neben der Vorsteherin Platz, während Gesche mit klopfendem Herzen an das andere Ende der Tafel zurückkehrte.

«Ein Graf zum Dessert», meinte James Fullton, für seine

Verhältnisse so sarkastisch, dass Gesche ihn überrascht ansah. «Pünktlichkeit scheint wohl nicht zu den Tugenden der von Jagows zu gehören.»

«Er sagt, er wurde aufgehalten», verteidigte Gesche ihn, was James Fulltons Gesichtsausdruck noch ein bisschen grimmiger machte.

«Und ein Herr Graf darf natürlich auch unpünktlich sein, solange er überhaupt kommt», meinte Insa mit einem nachsichtigen Lächeln. «Wir wissen ja alle, wie viel Wert Frau Eggers auf hohen Besuch legt.» Sie warf Henry einen kurzen Blick zu. «Wobei ich mich wirklich frage, wie er zu seinem Ruf kommt. So attraktiv finde ich ihn gar nicht.»

Gesche sah ihre Kollegin überrascht an. «Sein Ruf? Was sagt man denn über ihn?»

Insa beugte sich über den Tisch. «Dass er ständig wechselnde Frauengeschichten hat. Meistens mit Schauspielerinnen. Und keinerlei Absicht, in nächster Zeit vor den Traualtar zu treten, obwohl es eine Reihe adeliger Damen gibt, die ihm lieber heute als morgen das Jawort geben würden.»

«Ja, das passt», meinte James Fullton und ließ sich auf seinem Stuhl zurücksinken.

Gesche hatte plötzlich einen Kloß im Hals, als sie sich Henry erneut mit zwei wunderschönen Frauen im Arm vorstellte. Das Bild gefiel ihr nicht, doch sie fragte sich lieber nicht, woran das lag.

«Seht nur, der Graf kommt her», sagte Insa Chryse, und als Gesche sich umwandte, sah sie, dass Henry tatsächlich an der Tafel entlang auf sie zukam. Hinter dem leeren Stuhl neben Gesche blieb er stehen.

«Entschuldigen Sie, aber hätten Sie etwas dagegen, wenn ich mich für eine Weile zu Ihnen setze, Fräulein Petersen?», fragte er Gesche. «Ich würde gerne etwas mit Ihnen besprechen.»

«Natürlich», erklärte Gesche, ein bisschen außer Atem.

Er nahm neben ihr Platz und begrüßte die anderen Gäste, bevor er seine ganze Aufmerksamkeit Gesche widmete. «Sie sehen erschrocken aus», sagte er. «Meine Ankunft hat Ihnen hoffentlich nicht die Sprache verschlagen?»

«Nein, ich ... bin nur verwundert», gestand Gesche. «Ehrlich gesagt dachte ich, Sie hätten unser Pensionat vergessen.»

«Ganz im Gegenteil», erwiderte er lächelnd. «Ich habe sehr viel an meine Schwester gedacht. Und an Sie, Fräulein Petersen.»

Gesche starrte ihn an, für einen Moment zu verwirrt, um zu antworten. Wie meinte er das? War das eine Floskel, oder hatte er tatsächlich an sie gedacht? Die Vorstellung löste ein warmes Gefühl in ihr aus.

«Nun, unser Aufeinandertreffen war ja auch durchaus denkwürdig», erwiderte sie und zwang sich, den Augenkontakt zu unterbrechen, der ihren Herzschlag gefährlich aus dem Takt brachte. «Es freut mich jedenfalls, dass Sie es doch noch einrichten konnten zu kommen. Nora wäre sonst sicher sehr enttäuscht gewesen.»

Eher zufällig richtete sie den Blick auf seine Hände und bemerkte die dünnen schwarzen Ränder unter seinen Fingernägeln. Henry wurde im selben Moment darauf aufmerksam.

«Verzeihen Sie, das sieht nicht sehr appetitlich aus», sagte er. «Ich habe mir die Hände gründlich gewaschen, aber diese Ränder sind hartnäckig. Es dauert in der Regel ein paar Tage, bis das Schwarz ganz verschwindet.»

«Woher kommt denn so etwas?», wollte Gesche wissen.

«Das ist Motoröl», erklärte er. «Es gab ein Problem bei der

Unternehmung, die ich hier in Lübeck leite, und ich musste kurzfristig helfen, es zu lösen. Deshalb bin ich auch zu spät gekommen.»

«Motoröl?» Gesches Augen wurden groß. «Was um Himmels willen ist das für eine Unternehmung, bei der Sie mit solchen Substanzen in Kontakt kommen?»

Er lächelte. «Eine, bei der Schmierstoff sehr wichtig ist. Aber das ist alles noch streng geheim. Wenn es Sie interessiert, mache ich bei Ihnen aber vielleicht eine Ausnahme und zeige es Ihnen.»

Gesche hob die Augenbrauen. «Wie soll ich mich denn dafür interessieren, wenn ich nicht weiß, um was es geht?»

«Touché.» Henry grinste amüsiert. «Ich würde Ihnen gerne mehr erzählen. Aber im Moment geht es wirklich nicht. Sie müssten mir einfach vertrauen, wenn ich Ihnen sage, dass es eine spannende Sache ist.»

«Ich fürchte, das kann ich nicht», erwiderte Gesche. «Aber nehmen Sie es nicht persönlich. Ich vertraue Männern generell nicht. Und schon gar nicht welchen, die Geheimnisse haben.»

Jetzt lachte er. «Oh, Sie machen das sehr geschickt, Fräulein Petersen, das muss ich Ihnen lassen. Jetzt möchte ich es Ihnen unbedingt erzählen, und sei es nur, um Sie wenigstens einmal zu beeindrucken. Ich bin nämlich sicher, dass Sie von meiner Unternehmung ebenso fasziniert wären, wie ich es bin.»

Gesche musste gegen ihren Willen lächeln. «Sie machen mich tatsächlich neugierig», gestand sie und fragte sich, wieso es sich so leicht anfühlte, mit ihm zu reden. Und warum er zu ihr herübergekommen war.

Aber es war nicht gut, darüber zu viel nachzudenken, deshalb war sie froh, als das Personal den Nachtisch auftrug. Doch während sie ein paar Löffel von ihrer Lübecker Zitronencreme probierte, nahm sie aus dem Augenwinkel wahr, dass Henry sie die ganze Zeit ansah. Nervös stellte sie das Schälchen zurück.

«Worüber wollten Sie eigentlich mit mir reden?», fragte sie. «Geht es um Ihre Schwester?»

Er nickte. «Ich wollte mich nach Noras Fortschritten erkundigen und wissen, ob sie hier alles hat, was sie braucht. Und da ich davon ausgehe, dass Sie mir eher die Wahrheit sagen als Frau Eggers, frage ich Sie.»

Gesche war so überrascht, dass sie für einen Moment schwieg und mit sich kämpfte. Sollte sie ihm erzählen, was ihr eben noch so auf der Seele gelegen hatte? Sie wollte das Pensionat nicht schlechtreden. Aber wenn er so explizit fragte, konnte sie auch nicht so tun, als wäre alles in Ordnung ...

«Fräulein Petersen?», hakte Henry nach. «Gibt es da etwas, das ich wissen sollte?»

Gesche nickte zögernd. «Aber es hat nichts mit Noras Wohlbefinden zu tun. Sie hat hier schon Freundinnen gefunden, und es geht ihr gut. Nur musste ich feststellen, dass das Pensionat nicht so gut mit Lehrmitteln ausgestattet ist, wie ich es mir erhofft hatte.»

Henry runzelte die Stirn. «Wie meinen Sie das? Fehlt Schreibzeug?»

«Nein, das tatsächlich nicht», sagte Gesche. «Und auch Handarbeitsmaterialien sind ausreichend vorhanden. Aber sonst vermisse ich so vieles, das eigentlich nötig wäre. Zum Beispiel gibt es zu wenig Bücher, mit denen wir im Deutschunterricht arbeiten können. Eigentlich bräuchte jede Schülerin ein eigenes Exemplar von bestimmten Texten. Goethe, Schiller, Eichendorff, Brentano, um nur einige zu nennen. Aber in der Bibliothek findet sich mit Glück jeweils nur ein einziges

Exemplar. Ebenso fehlt es an biologischen Exponaten, und für den Geografie-Unterricht ist nicht mal ein Globus vorhanden. Wie sollen die Mädchen denn eine Vorstellung von der Welt bekommen, wenn sie nicht mal etwas so Grundlegendes zur Verfügung haben?» Sie zuckte mit den Schultern. «Ich meine, es ist doch wichtig, dass sie dieses Jahr noch nutzen, um ihren Horizont zu erweitern. Wer weiß, wann sie danach noch Gelegenheit dazu haben. Nicht wahr?»

Henry sah sie einen Moment lang nur an, und Gesche wurde heiß und kalt, während sie auf eine Reaktion von ihm wartete. Was, wenn er auf Frau Eggers' Seite stand und das alles auch unnötig fand?

Doch zu ihrer Erleichterung erschien ein Lächeln auf seinem Gesicht. «Da haben Sie recht», sagte er. «Vielleicht kann ich …»

Er konnte seinen Satz nicht zu Ende sprechen, denn Dorothea Eggers erhob sich und klopfte mit einem Löffel gegen ihr Glas.

«Wir beginnen jetzt mit der Aufführung, die Ihnen hoffentlich Freude machen wird», verkündete sie. «Behalten Sie dafür bitte alle Ihre Plätze. Diejenigen, die mit dem Rücken zur Bühne sitzen, drehen einfach ihre Stühle um. Dabei ist Ihnen das Personal gerne behilflich.»

Unruhe entstand, nicht nur weil einige sich umsetzten, sondern auch weil das Personal den Nachtisch abräumte und den Kaffee auftrug.

«Wir müssen zu den Mädchen», sagte Insa Chryse, die schon aufgestanden war, und Gesche erhob sich ebenfalls.

«Entschuldigen Sie mich», sagte sie zu Henry und hoffte, dass er noch etwas zu dem sagen würde, was sie ihm enthüllt hatte. Doch er lächelte nur und nickte.

Auf dem Weg ins Speisezimmer quälte sie erneut der Gedanke, dass es ein Fehler gewesen war, ihm von ihren Sorgen zu erzählen. Sobald sie die aufgeregten Stimmen der Mädchen hörte, konzentrierte sie sich jedoch wieder auf das, was vor ihr lag.

«Ihr seid ja schon umgezogen!», rief sie, als sie die älteren Mädchen sah, die bereits ihre Kostüme trugen. «Ich wollte euch doch dabei helfen!»

«Sie sagen doch immer, dass wir selbstständig sein sollen», meinte Agnes. «Da dachten wir, wir bekommen es auch allein hin.»

«Das war sehr vorausschauend von euch», lobte Gesche.

«Sind wir jetzt dran?», wollte eines der jüngeren Mädchen wissen.

«Ja, es ist so weit», erklärte Insa und gab den jüngeren Schülerinnen ein Zeichen, ihr zur Tür zu folgen. Die Mädchen trugen alle ihre Sonntagskleider und frische Schürzen, sodass sie sehr einheitlich wirkten. Und genau das sollen sie vermutlich, überlegte Gesche, während sie der Gruppe nachsah, die Richtung Saal verschwand.

Viel Zeit blieb ihr und den älteren Mädchen jetzt nicht mehr, denn das Programm der Kleinen sah lediglich drei französische Chansons vor, und danach sollte James Fullton noch ein Stück auf dem Klavier spielen, bevor die größeren Mädchen mit ihrem Auftritt dran waren, der den Abschluss bildete.

Doch es gab ein Problem, denn ausgerechnet bei Lotte, die den Frühling spielen würde und als Erste auf die Bühne musste, stimmte etwas mit dem Kostüm nicht. Von den echten Blüten, die auf ihrem rosafarbenen Kleid festgesteckt waren, hatten sich einige wieder gelöst, und andere ließen den Kopf hängen, was den Gesamteindruck störte.

«Ich sehe ganz zerrupft und hässlich aus», jammerte Lotte. In ihren Augen standen Tränen, während sie an sich hinunterblickte. «So gehe ich nicht auf die Bühne!»

Viktoria, die vor Lotte auf dem Boden hockte und versuchte, die Blumen – diesmal mit Nadel und Faden – wieder zu befestigen, hob eine verwelkte Blume vom Boden auf und streckte sie Gesche entgegen.

«Ich kann die Lücken wieder schließen, aber dafür brauche ich frische Blumen», sagte sie. «Kann jemand in den Garten gehen und welche holen?»

«Wir sind schon umgezogen, und unsere Kostüme dürfen nicht schmutzig werden», erwiderte Agnes.

«Ich kann das machen», rief Marlies und rannte aus dem Zimmer, während Gesche mit prüfendem Blick die Kleider der Mädchen betrachtete.

Agnes, die den Herbst spielte, trug ein braunes Kleid, das – in Ermangelung von echtem Herbstlaub – mit bemalten Papierblättern geschmückt war. Fanny hatte ein weißes Ballkleid von Nora an, und ihre Wangen waren mit Kreide weiß gefärbt – sie stellte den Winter dar. Und Nora steckte als Sommer in einem bunt geblümten Kleid, in dessen Gürtel diverse bunte Seidentücher steckten.

Es waren keine sehr aufwendigen Kostüme, aber Gesche war mit dem Ergebnis sehr zufrieden.

«Hier, reicht das?» Marlies stürzte wieder zurück ins Speisezimmer und breitete zwei Handvoll Blüten auf dem Tisch aus.

«Auf jeden Fall», erklärte Gesche und bedankte sich bei Marlies. Dann ging sie ebenfalls vor Lotte in die Hocke und half Viktoria dabei, die Blüten am Kleid zu befestigen. Sie arbeiteten beide, so schnell sie konnten, und waren gerade fertig, als Applaus aus dem Saal durch die Halle bis zu ihnen drang.

«Los, gehen wir», drängte Agnes. «Jetzt kommt nur noch das Klavierstück, und dann sind wir dran.»

Doch da hatten sie sich geirrt, denn als sie an der Tapetentür ankamen, von der aus man den Saal im Bereich der Bühne betreten konnte, stand Dorothea Eggers am Klavier und bat James Fullton, das «Heideröslein» zu spielen, weil sie den Abend auch durch einen Gesangsbeitrag bereichern wollte.

«Ach herrje!», stöhnte Fanny flüsternd. «Ich dachte, sie hätte nach der Feier im vergangenen Jahr etwas gelernt.»

«Wie soll sie denn lernen, dass sie furchtbar singt, wenn ihr das niemand sagt?», beschwerte sich Agnes, ebenso leise. «Meistens machen die Leute ihr doch sogar noch Komplimente. Dann merkt sie natürlich nicht, dass sie die Töne nicht richtig trifft.»

Und richtig, als der Englischlehrer die ersten Takte des berühmten Volksliedes spielte, das eine Vertonung eines Gedichts von Johann Wolfgang von Goethe war, und Dorothea Eggers ihre Stimme erhob, klang diese weder besonders schön noch die Melodie besonders richtig.

«Seht doch, Doktor Schnabel ist ganz blass geworden», flüsterte Nora und deutete kichernd auf den Mathematiklehrer, der auf der zur Bühne gewandten Seite des Tisches saß und gequält das Gesicht verzog. «Er leidet bestimmt, weil es so furchtbar klingt.»

«Vielleicht geht es ihm nicht gut», erwiderte Gesche, die bemerkt hatte, dass Doktor Schnabel stark schwitzte und sich ständig mit seinem Taschentuch über die Stirn wischte. «Das hat bestimmt mit dem Auftritt gar nichts zu tun.»

Wie von selbst wanderte ihr Blick weiter zur linken Seite

des Tischs, wo Henry saß. Zu ihrer Überraschung achtete der jedoch gar nicht auf Frau Eggers, sondern sah zu ihnen herüber. Ein flaues Gefühl breitete sich in ihrem Magen aus.

Das Publikum klatschte höflich, sobald Dorothea Eggers mit ihrem Vortrag fertig war, und sie nahm die Huldigung mit einem glücklichen Lächeln zur Kenntnis und verbeugte sich mehrfach, bevor sie die Bühne freigab. Diesen Moment nutzten Gesche und die Mädchen, um hinter den Bühnenvorhang zu schlüpfen.

Gesche sah die Mädchen noch einmal prüfend an. «Ihr wisst, was zu tun ist?», erkundigte sie sich flüsternd. Alle nickten.

«Dann kündige ich euch jetzt an.» Sie trat durch die Öffnung im Vorhang auf die Bühne.

«Und nun sehen Sie den ‹Jahreskreis›, vorgetragen von der Abschlussklasse», verkündete sie laut. «Anschließend singen wir dann auf besonderen Wunsch von Frau Eggers noch das Lied ‹Geh …›»

Ein lautes Stöhnen erklang und ließ Gesche innehalten. Es kam von Doktor Schnabel. Sein Gesicht war immer noch bleich und glänzte von Schweiß. Mit weit aufgerissenen Augen und einem Ausdruck des Entsetzens sah er Gesche an.

Sie räusperte sich irritiert. «Das Lied ‹Geh aus, mein Herz, und …»

Wieder brach sie ab, weil Schnabel sich erhob. Er schwankte leicht, und Gesche begriff, dass der Grund für das Verhalten des Studienrats nicht ihre Liedauswahl war. Denn das, was sie jetzt in seinen Augen sah, war Todesangst.

«Doktor Schnabel, was ist denn mit Ihnen?» Dorothea Eggers war aufgestanden und blickte den Studienrat mit einer

Mischung aus Verwirrung und Verärgerung an. «Setzen Sie sich bitte wieder, die Aufführung ist noch nicht vorbei!»

Doch Schnabel achtete nicht auf sie, sondern taumelte auf Gesche zu. Dabei rang er mühsam nach Atem. Als er die Bühne erreichte, griff er sich an sein Herz, drehte sich um die eigene Achse und fiel um. Krachend landete sein massiger Körper auf dem Saalparkett.

«O mein Gott, Doktor Schnabel!» Gesche stieg von der niedrigen Bühne und ging neben dem Studienrat in die Hocke. Sein Blick war starr, seine Lippen unnatürlich blau, und er rührte sich nicht. Erschrocken rüttelte Gesche an seiner Schulter. «Doktor Schnabel!»

Henry tauchte neben ihr auf. «Lassen Sie mich mal sehen.»

Gesche nickte und erhob sich wieder, während er Schnabel abtastete.

«Wir brauchen einen Arzt!», rief jemand, und als Gesche aufblickte, sah sie, dass einige Gäste herbeigeeilt waren und jetzt einen Halbkreis um Schnabel bildeten. Auch ihre Mädchen waren hinter dem Vorhang hervorgekommen und starrten erschrocken auf den reglos daliegenden Lehrer.

Sofort stieg Gesche wieder auf die Bühne und ging zu ihnen. Fanny und Nora flüchteten sich in ihre Arme, während Agnes, Lotte und die Zwillinge sich dicht an sie drängten.

«Ich werde das Dienstmädchen losschicken», sagte Dorothea Eggers. «Sie soll bei Doktor Brook klingeln, und …»

«Das wird leider nicht mehr nötig sein!» Henry legte mit ernster Miene den Arm des Studienrats neben dessen reglosem Körper ab. «Doktor Schnabel ist tot.»

13

Wisst ihr noch, wie still es war im Saal, als mein Bruder verkündet hat, dass Doktor Schnabel nicht mehr lebt?» Nora ließ ihren Stickrahmen sinken und sah ihre Freundinnen an, die mit ihr um einen Tisch im Nähzimmer saßen. «Ich glaube, das vergesse ich nie.»

«Oder wie laut Frau Eggers plötzlich geschrien hat», ergänzte Agnes. «Ich bekomme jetzt noch Gänsehaut, wenn ich daran denke!»

Fanny nickte betroffen, aber Lotte schüttelte unwillig den Kopf.

«Dass Doktor Schnabel aber auch ausgerechnet vor unserem Auftritt sterben musste!», schimpfte sie. «Jetzt hat mein Vater wieder nicht gesehen, was ich kann.»

«Lotte!» Fanny sah sie entsetzt an. «So etwas kannst du doch nicht sagen!»

Lotte brummte etwas Unverständliches und wandte sich wieder dem Strumpf zu, den sie gerade stopfte.

«Ich finde es schlimm», meinte Nora seufzend. «Wenn Doktor Schnabel noch leben würde, dann hätten wir zwar jetzt Mathe bei ihm, doch das wäre mir lieber, als immer nur in diesem stickigen Zimmer zu sitzen! Ich möchte schließlich etwas lernen!»

Die anderen drei sahen sie überrascht an.

«Aber, Nora, das hat Frau Eggers uns doch erklärt», meinte Fanny. «Doktor Schnabels Tod hat alles durcheinandergebracht, und nun muss sie den Unterricht neu organisieren. Und da wir die kleinste Klasse sind …»

«Fällt der Unterricht für uns am häufigsten aus», beendete Nora den Satz für sie. «Wenn doch wenigstens die Zwillinge noch da wären. Aber irgendwie hatte ich schon befürchtet, dass sie sich abholen lassen. Doktor Schnabels Tod hat sie einfach zu sehr mitgenommen.»

Lotte ließ den Strumpf sinken. «Das geht uns doch allen so. Wir hatten ja vorher noch nie einen Toten gesehen.»

«Ich schon.» Fanny arbeitete weiter an den bunten Blumen, die bereits auf dem Stoff in ihrem Stickrahmen erkennbar waren. Als sie merkte, dass die anderen sie fragend ansahen, hob sie den Kopf, und Nora erkannte, dass Tränen in ihren Augen schimmerten. «Ich habe meinen Vater gefunden, damals, als er …» Sie brach ab und schluckte mühsam. «Er … lag mit dem Kopf auf dem Schreibtisch, als ich in sein Büro kam. Ich dachte, er wäre über der Arbeit eingeschlafen. Erst als ich näher kam, sah ich das Blut. Und das Loch in seiner Schläfe.»

«Oh nein, Fanny, wie schrecklich!» Nora dachte daran, wie ihr Lehrer im Tode ausgesehen hatte, und sie war sicher, dass auch sie noch nach Jahren daran denken würde. Und dabei hatte sie Doktor Schnabel nicht mal gemocht. Wie viel schlimmer musste es sein, wenn man jemanden, der einem nahestand, tot auffand?

Sie rückte ihren Stuhl nah an Fannys heran und zog die Freundin in ihre Arme. Fanny ließ es geschehen. Sie schluchzte nicht, aber sie war ganz blass, und eine einzelne Träne lief ihr die Wangen hinunter.

«Ich denke nicht mehr oft daran, oder ich versuche zumindest, es nicht zu tun», sagte sie und wischte sich über die Wange. «Aber als ich Doktor Schnabel da so liegen sah, da waren die Bilder von jenem Morgen plötzlich wieder da. Und nun werde ich sie einfach nicht mehr los.»

Vielleicht schläft sie deshalb so unruhig, dachte Nora bestürzt. Ihr war aufgefallen, dass ihre Freundin sich in den vierzehn Tagen, die seit dem Vorfall vergangen waren, nachts ständig im Bett wälzte und im Schlaf stöhnte.

«Ich wusste nicht, dass es dir so schlecht geht», sagte sie bestürzt. «Warum hast du denn nichts gesagt?»

«Ach, es geht schon», meinte Fanny, aber Nora bemerkte die Trostlosigkeit in ihren Augen und dachte mit Schrecken an ihre Mutter, die auch oft so aussah.

«Nein, es geht nicht. Du musst es sagen, wenn dich etwas quält», beharrte sie deshalb.

«Ich versuch's», versprach Fanny und lächelte zum ersten Mal seit Tagen wieder etwas befreiter.

Für einen Moment herrschte Schweigen, dann stöhnte Agnes auf.

«Das ist doch wieder typisch Doktor Schnabel», sagte sie. «Als er noch gelebt hat, war er immer nur gemein zu uns, und jetzt, wo er tot ist, verursacht er Fanny Albträume. Das passt zu ihm, wirklich.»

Die Mädchen sahen sich an, und hinterher hätte keine mehr sagen können, wer zuerst anfing. Aber plötzlich brachen sie alle in schallendes Gelächter aus. Sie lachten und lachten und konnten sich kaum beruhigen.

Doch irgendwann wurde Fanny wieder ernst. «Hört auf!», mahnte sie. «Wir dürfen doch keine bösen Sachen über einen Verstorbenen sagen. Das bringt bestimmt Unglück.»

«Wir sagen keine bösen Sachen, sondern die Wahrheit», korrigierte Agnes sie. «Doktor Schnabel war nicht nett zu uns. Ich bin froh, dass wir keinen Unterricht mehr bei ihm haben.»

«Ja, nur wie soll es jetzt weitergehen?», meinte Lotte und sah sich im Nähzimmer um. «Ich meine, werden wir das ganze übrige Jahr nur noch nähen, sticken und stricken, weil es niemanden gibt, der Doktor Schnabel ersetzt?»

«Gute Frage.» Agnes schob ihre Stricknadel durch die nächste Masche. «So einfach ist es vermutlich nicht.»

«Ich wäre dafür, dass Fräulein Petersen den Unterricht übernimmt», meinte Nora. «Sie weiß so viel, bestimmt kennt sie sich auch mit Mathe und den anderen Fächern aus, die Doktor Schnabel unterrichtet hat.»

«Ja, ich hätte auch gerne mehr Stunden bei Fräulein Petersen», meinte Fanny. «Sie ist immer so lieb zu mir.»

«Und sie hat Verständnis für meine Liebe zum Theater», stimmte Agnes ihr seufzend zu. «Es müsste mehr Lehrerinnen wie sie geben.»

Einen Moment lang schwiegen sie, alle in Gedanken versunken. Dann seufzte Nora tief.

«Können wir nicht irgendetwas tun?», fragte sie. «Mir ist so schrecklich langweilig.»

«Erzähl uns noch eine von deinen Gruselgeschichten», schlug Agnes vor.

«Oh ja, bitte!», riefen Fanny und Lotte gleichzeitig. «Kennst du noch eine?»

«Natürlich», erwiderte Nora, hocherfreut darüber, dass die alten Geschichten, die Karl ihr früher am Lagerfeuer erzählt hatte, so gut bei ihren Freundinnen ankamen. Eigentlich hatte sie schon alle durch, an die sie sich noch erinnerte, aber inzwischen erfand sie einfach neue. Das machte ihr sehr viel Spaß, und das konnte sie auch viel besser als sticken. Sie überlegte kurz.

«Ich könnte euch vom Spuklicht auf den Klippen erzählen»,

sagte sie. Dann begann sie und genoss es, dass die anderen ihr gebannt zuhörten.

* * *

Gesche trat so leise wie möglich von der Tür des Nähzimmers zurück, die einen Spalt aufstand. Sie hatte eigentlich hineingehen wollen, um sich zu erkundigen, ob bei den Mädchen alles in Ordnung war. Doch als sie die Hand schon erhoben hatte, um zu klopfen und damit auf sich aufmerksam zu machen, hatte sie Fanny reden gehört – und war entsetzt stehen geblieben.

Meine Güte, das arme Mädchen war in seinem kurzen Leben wirklich schon sehr vom Schicksal gebeutelt worden! Dass sie das ihren Freundinnen gestehen konnte, sprach von einem Vertrauen, das Gesche nicht stören wollte. Nein, in so einem Moment durfte sie nicht reinplatzen, da wartete sie lieber auf einen besseren Zeitpunkt.

Sie hatte lächeln müssen, als wenig später das fröhliche Gelächter zu ihr herausgedrungen war, und war sehr gerührt gewesen über das, was die Mädchen über sie gesagt hatten. Und als Nora dann mit ihrer Geschichte begonnen hatte, war ihr klar geworden, dass sie sich um die vier keine Sorgen machen musste. Sie gab ihren Plan auf und beschloss, wieder nach unten zu gehen.

Als sie durch den Flur ging, dachte sie über Lottes Bemerkung nach, dass es mit dem Unterricht so nicht weitergehen konnte. Damit hatte das Mädchen vollkommen recht! Es musste eine Lösung her, und Gesche hatte auch schon versucht, mit Frau Eggers darüber zu sprechen. Doch die Vorsteherin hatte sie immer wieder abgewiesen mit dem Hinweis, dass sie bereits auf der Suche nach einem Ersatz für Doktor Schnabel sei. Am Ende hatte Gesche nicht mehr nachgehakt, aber das bedeutete nicht, dass ihr das Problem nicht die ganze Zeit über im Kopf herumging.

Die Mädchen verlieren wertvolle Zeit, dachte sie unglücklich. Schließlich blieb ihnen nur noch ein knappes Jahr, bis die Schule für sie vorbei war. Nur jetzt konnte man ihnen noch die Tür zu Dingen öffnen, mit denen sie in ihrem späteren Leben vermutlich nicht mehr so oft in Berührung kommen würden. Aber anstatt jede kostbare Stunde zu nutzen, ließ man nun gerade den Unterricht der älteren Mädchen sehr oft ausfallen ...

«Fräulein Petersen?» Ellie kam ihr durch den Flur entgegen. Ihre Wangen leuchteten rot vor Aufregung, was in ihrem immer zu blassen Gesicht besonders auffiel. «Bitte kommen Sie runter in die Halle! Es ist Besuch für Sie da!»

«Für mich?», erkundigte Gesche sich überrascht.

Ellie nickte. «Es ist Graf von Jagow. Und er hat Ihnen etwas mitgebracht!»

Gesches Herzschlag beschleunigte sich auf ungesunde Höhen, als sie den Namen hörte. Eilig folgte sie Ellie nach unten, wo tatsächlich Henry neben einer großen und einer etwas kleineren Kiste stand und ihr lächelnd entgegenblickte. Eine weitere Kiste brachte der Hausknecht Hans, ein junger Mann in Henrys Alter, gerade herein. Henry bedankte sich bei ihm und drückte ihm eine Münze in die Hand, die der blonde Hans mit einem Lächeln in seine Tasche steckte, bevor er die Halle wieder verließ.

«Soll ich der Komtess Bescheid geben, dass ihr Bruder da ist?», erkundigte sich Ellie.

Als Gesche nickte, lief das Dienstmädchen wieder nach oben, während Gesche zu Henry ging.

«Graf von Jagow! Was für eine schöne Überraschung!» Sie knickste und reichte ihm die Hand. Er ergriff sie und deutete einen Handkuss an.

«Entschuldigen Sie, dass ich Sie so überfalle», sagte er lächelnd. «Aber ich wollte Ihnen meine Geschenke gerne persönlich überbringen. Schließlich hat das Gespräch mit Ihnen mich dazu inspiriert.»

Er wandte sich den Kisten zu und nahm den Deckel der größten ab. Neugierig trat Gesche zu ihm und blickte hinein.

«Ein Globus!», rief sie entzückt.

«Er stammt von unserem Gut», erklärte Henry. «Ich habe ihn kommen lassen, weil er dort doch nur verstaubt. Hier bei Ihnen nützt er viel mehr.»

«Danke, das ist ...» Gesche schüttelte den Kopf. «Ich weiß gar nicht, was ich sagen soll.»

«Und in den anderen sind Bücher», erklärte Henry und öffnete auch die beiden kleineren Kisten, um Gesche den Inhalt zu zeigen. «Ich habe mich bei der Auswahl auf die Expertise des Buchhändlers verlassen. Ich hoffe, es sind die richtigen?»

Gesche nahm einige Bücher heraus und betrachtete sie. Es waren vornehmlich Klassiker, Goethe, Schiller, Shakespeare, aber auch Gedichtbände. Und von jeder Ausgabe waren mindestens drei Exemplare vorhanden.

«Wunderbar! Das ist genau das, was wir brauchen!», versicherte Gesche. Doch dann wurde sie wieder ernst. «Aber das ist viel zu viel, das können wir nicht annehmen!»

«Das müssen Sie, ich bestehe darauf!» Henry suchte in einer der Kisten und zog dann ein schmales Bändchen heraus, das an den Rand gerutscht war. Davon schien es nur ein Exemplar zu geben. Er reichte es Gesche. «Und dieses Buch ist für Sie.»

Überrascht nahm Gesche es entgegen. «‹Der kleine Herr

Friedemann› von Thomas Mann?», las sie den Titel ab und runzelte die Stirn. «Der Name sagt mir gar nichts.»

«Das ist das Erstlingswerk eines jungen Autors, den mir ein Freund empfohlen hat», erklärte Henry. «Mann stammt aus Lübeck, und ich finde seine Themenwahl ungewöhnlich, aber gerade deswegen spannend. Es ist nichts Rosiges, das will ich vorwegschicken. Aber ich dachte, dass es Sie als Deutschlehrerin interessieren würde. Vielleicht mögen Sie mir Ihre Meinung sagen, wenn Sie es gelesen haben?»

Gesche strich gedankenverloren über den Einband.

«Ja, gern», sagte sie und konnte ihre Rührung nicht verbergen. «Danke.»

Henry musterte sie besorgt. «Entschuldigen Sie, ich dachte, ich mache Ihnen eine Freude damit. Ich wollte Sie nicht ...»

Gesche hob die Hand und schüttelte den Kopf.

«Sie machen mir eine Freude, wirklich. Eine große sogar», versicherte sie ihm. «Ich musste nur an meinen Vater denken. Er hat mir auch immer Bücher geschenkt und wollte anschließend mit mir über den Inhalt diskutieren. Deshalb ...»

Sie brach ab und zuckte mit den Schultern, weil ihre Augen sich mit Tränen füllten.

«Oh, bitte verzeihen Sie, ich wollte wirklich keine schmerzvollen Erinnerungen wecken!» Henry trat einen Schritt auf sie zu und hob die Hand, legte sie an Gesches Wange.

Es war nicht mehr als eine spontane Geste des Trostes, die er offenbar sofort bereute, denn er ließ die Hand wieder sinken. Ihre Blicke lösten sich jedoch nicht voneinander, und in den wenigen Augenblicken des Schweigens, die jetzt verstrichen, glaubte Gesche, die Berührung seiner Fingerspitzen noch auf ihrer Haut zu spüren. Ein Schauer rann ihr über den Rücken, und sie hatte Mühe, sich wieder zu fassen.

«Es sind gute Erinnerungen», sagte sie und machte einen Schritt zurück, das Buch schützend an ihre Brust gepresst. «Und ich spreche gerne mit Ihnen über die Geschichte, wenn meine Meinung Sie tatsächlich interessiert?»

«Sie interessiert mich sogar sehr», versicherte er ihr. «Und bitte verzeihen Sie das eben, ich wollte Ihnen nicht zu nahe treten. Es war nur …»

Er fuhr herum, weil die Eingangstür sich öffnete. Dorothea Eggers betrat die Halle.

«Graf von Jagow!», rief sie, sichtlich erfreut, doch als ihr Blick auf Gesche und die Kisten fiel, wich ihr Lächeln einem Stirnrunzeln. «Was verschafft uns die Ehre?»

«Ich habe Fräulein Petersen gerade einige Geschenke für das Pensionat übergeben.» Henry suchte Gesches Blick, doch sie wich ihm aus und sah zu Dorothea Eggers, die den Inhalt der Kisten inspizierte.

«Ein Globus und Bücher?» Die Vorsteherin war überrascht, wirkte aber auch indigniert. «Wie kommen Sie denn darauf, dass wir so etwas benötigen?»

«Nun, Fräulein Petersen erwähnte einige Dinge, die im Pensionat fehlen, als wir uns während des Schulfestes unterhielten», erwiderte er. «Und da wollte ich gerne aushelfen, wenn ich darf.»

«So, hat sie das?» Dorothea Eggers warf Gesche einen verärgerten Blick zu. «Nun, das ist wirklich großzügig von Ihnen, Herr Graf. Einen Globus brauchen wir in der Tat, der sollte demnächst angeschafft werden. Und Bücher kann man in einer Schule nie genug haben, nicht wahr?»

Sie lachte, aber es klang gekünstelt.

«Eben, das war genau mein Gedanke», bestätigte Henry. «Deswegen …»

«Henry?» Nora stürzte undamenhaft eilig die Treppe herunter und warf sich in die Arme ihres Bruders. Sie wirkte erfreut, aber auch etwas erschrocken. «Was machst du denn hier?»

Er strich ihr liebevoll über das Haar. «Ich habe euch nur etwas gebracht, von dem ich hoffe, dass ihr es brauchen könnt», erwiderte er. «Und außerdem habe ich noch eine Überraschung für dich. Was hältst du davon, wenn ich dich und deine Freundinnen am Wochenende zu einer Ausfahrt abhole?»

Noras Augen weiteten sich, und ein strahlendes Lächeln erschien auf ihrem Gesicht. «Oh, das wäre fantastisch!», rief sie. «Dann hast du also meinen Brief bekommen?»

«Brief?» Dorothea Eggers hob erschrocken die Augenbrauen. «Davon weiß ich ja gar nichts.»

«Ich habe ihn Hans mitgegeben», erwiderte Nora. «Er hatte in der Nähe des Theaters zu tun und wollte ihn am Haus meines Bruders abgeben.»

Die Miene der Vorsteherin verdüsterte sich. «Du hast dich in deinem Brief doch hoffentlich nicht beklagt, oder, Eleonore?»

«Ich habe ihm nur geschrieben, dass mir langweilig ist, weil wir seit dem Tod von Doktor Schnabel kaum noch Unterricht haben», berichtete Nora, ehrlich wie immer. «Und dass ich es vermisse, an der frischen Luft zu sein. Ich bin es nicht gewohnt, mich immer nur drinnen aufzuhalten, vor allem zu dieser Jahreszeit.»

«Und da dachte ich, dass ich mit Nora und ihren Freundinnen ein Picknick machen könnte», ergänzte Henry. «Ein paar Stunden im Grünen würden den Mädchen sicher guttun nach dem schrecklichen Erlebnis während der Schulfeier, denken Sie nicht? Fräulein Petersen könnte uns begleiten und die Aufsicht führen, das wäre mir sehr lieb. Und wir fahren natürlich nur, wenn das Wetter es zulässt – und wenn Sie es erlauben, werte Frau Eggers.»

Er lächelte gewinnend, und das verfehlte seine Wirkung nicht, denn die Gesichtszüge der Vorsteherin wurden weicher.

«Nun gut», sagte sie. «Aber ich möchte nicht, dass bei Ihnen der Eindruck entsteht, wir würden uns nicht einwandfrei um das Wohlergehen und die Ausbildung unserer Schülerinnen kümmern. Fräulein Petersen geht regelmäßig mit den Mädchen in den Garten für die Leibesertüchtigungen, die der Lehrplan vorsieht, und ...»

«Aber das reicht nicht», mischte sich Nora auf ihre ungestüme Art ein. «Wir brauchen mehr Bewegung. Und wir müssen auch endlich wieder mehr Unterricht haben. Wir können nicht die ganze Zeit im Nähzimmer sitzen und sticken! Da werden wir ja verrückt vor Langeweile!»

Dorothea Eggers musterte Nora, als hätte sie tatsächlich den Verstand verloren. Doch sie wahrte vor Henry die Fassung.

«Das Problem mit den ausgefallenen Schulstunden ist bereits gelöst, ich habe Ersatz für Doktor Schnabel gefunden», erklärte sie. «Und gegen eine Ausfahrt spricht natürlich nichts. Sie können die Mädchen abholen, wenn Sie das wünschen, Graf von Jagow.»

«Sehr gut.» Henry nickte zufrieden und wandte sich an Nora. «Wie viele seid ihr denn?»

«Wir sind nur noch vier, Marlies und Viktoria sind gestern von ihren Eltern abgeholt worden», antwortete Nora und klatschte in die Hände. «Ach, das ist so spannend!» Aufgeregt drehte sie sich zu der Vorsteherin um. «Darf ich es gleich den anderen erzählen? Sie werden sich so freuen!»

«Ja, geh», sagte Dorothea Eggers mit einer hektischen Handbewegung, die von ihrer inneren Anspannung zeugte, und Nora verabschiedete sich rasch und lief die Treppe wieder hinauf.

«Ich werde mich auch besser auf den Weg machen», meinte Henry und wandte sich noch einmal an Gesche. «Ich komme am Samstag gegen drei Uhr, wenn Ihnen das recht ist?»

Gesche nickte und konnte nicht verhindern, dass ihre Wangen sich röteten bei der Aussicht, am Wochenende mehrere Stunden in seiner Gegenwart zu verbringen. Ihr Verstand mahnte sie, sich nicht zu sehr darauf zu freuen, aber ihr Herz schlug dennoch viel zu schnell, als sie Henry zum Abschied noch einmal die Hand reichte und er erneut einen Handkuss andeutete.

Er verabschiedete sich genauso formvollendet von Dorothea Eggers, die so lange freundlich lächelte, bis sich die Haustür hinter ihm geschlossen hatte. Dann fuhr sie zu Gesche herum, und ihr Gesicht wurde wieder ernst.

«Sie haben sich bei Graf von Jagow über das Pensionat beklagt?», fragte sie mit schneidender Stimme.

Gesche schüttelte den Kopf. «Nein, nur über die Dinge, die er genannt hat. Er wollte wissen, ob seine Schwester alles hat, was sie braucht, und da habe ich erwähnt, dass wir keinen Globus …»

Sie brach ab, weil Dorothea Eggers einen Schritt auf sie zukam.

«Wissen Sie eigentlich, wie anstrengend es ist, dieses Pensionat zu führen?», fragte sie und fuchtelte mit dem Zeigefinger vor Gesches Gesicht herum. «Und wissen Sie, was ich da am wenigsten gebrauchen kann? Beschwerden! Es ist schlimm genug, wenn sich die Schülerinnen in ihren Briefen an ihre

Angehörigen beklagen. Von meinen Angestellten erwarte ich aber unbedingte Loyalität und nicht, dass sie mir in den Rücken fallen und das Pensionat schlechtreden!»

Gesche nickte. «Es tut mir leid», stammelte sie, weil ihr jetzt erst klar wurde, wie unbedacht ihre Bemerkung gewesen war. Sie hätte wissen müssen, dass Henry das nicht auf sich beruhen lassen würde. «Es kommt nicht wieder vor.»

«Ich wünschte, das könnte ich glauben», meinte die Vorsteherin und musterte Gesche eindringlich. «Doch ich habe leider den Eindruck, dass Sie sich nicht gerne an das halten, was man von Ihnen erwartet, Fräulein Petersen.» Sie wandte sich ab und ging in der Halle hin und her. «Normalerweise würde ich Sie für diesen Fauxpas auf der Stelle entlassen», fuhr sie fort. «Aber ich möchte nicht riskieren, den Grafen zu verärgern, der ja aus irgendeinem Grund einen Narren an Ihnen gefressen hat. Deshalb werde ich es dieses Mal bei einer Verwarnung belassen. Aber sollte er Sie noch einmal zu den Zuständen im Pensionat befragen, werden Sie nur noch Gutes berichten, sonst sind Sie für dieses Institut nicht mehr tragbar. Haben Sie das verstanden?»

Gesche nickte erleichtert, aber auch ein bisschen beklommen. Sie war nicht sicher, ob sie sich wirklich immer an die Vorgaben der Vorsteherin würde halten können. Und dass ihr Schicksal hier im Pensionat derart mit dem Wohlwollen des jungen Grafen verknüpft war, gefiel ihr auch nicht.

Dorothea Eggers blieb vor den Kisten stehen, und ihre Züge entspannten sich etwas, als sie hineinsah.

«Die ganze Sache hat natürlich auch etwas Gutes, das will ich nicht leugnen», sagte sie. «Einen Globus hätte ich nicht anschaffen können, und Mister Fullton fragt schon so lange nach einem.» Sie wandte sich wieder zu Gesche um. «Wenn man so will, haben Sie also ein Problem für mich aus der Welt geschafft. Und Sie werden auch noch ein zweites für mich lösen.»

Gesche runzelte die Stirn, doch bevor sie nachfragen konnte, sprach die Vorsteherin schon weiter.

«Ich habe beschlossen, dass Sie den Mathematik- und den Naturkundeunterricht von Doktor Schnabel übernehmen. Natürlich nur, bis ich einen geeigneten Nachfolger gefunden habe. Das gestaltet sich allerdings schwierig, weil die meisten Lehrer lieber an den staatlichen Schulen arbeiten. Ich muss aber nachweisen, dass die Fächer bei uns unterrichtet werden können, sonst bekomme ich Ärger mit der Schulbehörde. Und wenn sich jetzt sogar die Schülerinnen schon beschweren, ist eine Interims-Lösung vonnöten. Ich hatte zuerst an Mister Fullton gedacht, doch der muss sich um seine Mutter kümmern. Er hat Sie vorgeschlagen, und ich sehe im Moment auch keine andere Möglichkeit.»

«Ich übernehme das gerne», erwiderte Gesche und verzichtete darauf, ihr zu erklären, dass sie auf dem Lehrerinnenseminar in diesen Fächern ausgebildet worden war. Doch Naturwissenschaftliches war in Dorothea Eggers Wahrnehmung nun mal reine Männersache, und Gesche würde den Teufel tun und das gerade jetzt anzweifeln. Dafür war sie viel zu glücklich über diese Entscheidung.

«Soll ich Hans bitten, die Kisten nach oben zu bringen?», erkundigte sie sich, um das Gespräch auf etwas anderes zu bringen.

«Ja bitte.» Dorothea Eggers nickte. «Aber erst rufen Sie ihn her. Ich habe noch etwas mit ihm zu klären wegen des Briefes von Eleonore, den er ohne meine Erlaubnis bei Graf von Jagow abgegeben hat.»

«Aber das war doch keine böse Absicht», warf Gesche ein. «Er wollte sicher nur …»

«Rufen Sie ihn her!», unterbrach Dorothea Eggers sie barsch und sah sie so finster an, dass Gesche das Schlimmste für den Hausknecht befürchtete, als sie sich auf den Weg zur Küche machte, um ihn zu suchen.

14

Das konntest du doch nicht wissen, dass es verboten ist, den Dienstboten Nachrichten mitzugeben.» Fanny strich Nora über den Rücken, die auf ihrem Bett saß und die Arme um ihre angezogenen Knie geschlungen hatte. «Man muss die Briefe bei Frau Eggers abgeben, und sie kümmert sich um das Versenden, weißt du?»

«Aber Henry wohnt doch gar nicht weit entfernt», jammerte Nora. «Da erschien es mir nur logisch, Hans den Brief zu geben. Und nun hat er meinetwegen so viel Ärger!»

Tränen brannten in ihren Augen, und sie senkte niedergeschlagen den Kopf.

Dass der Tag eine so tragische Wendung nehmen würde, hatte sie am Mittag noch nicht geahnt. Da war sie noch glücklich über Henrys Besuch gewesen und über die Aussicht, am Wochenende endlich einmal aus dem Pensionat herauszukommen. Und als Fräulein Petersen ihnen dann auch noch mitgeteilt hatte, dass sie den Unterricht von Doktor Schnabel übernehmen würde, war sie sogar in Hochstimmung gewesen.

Doch kurz darauf war Frau Eggers mit wütendem Blick zu ihnen gekommen und hatte sie darauf hingewiesen, dass Nachrichten an Angehörige nicht an ihr vorbei über die Dienstboten verschickt werden durften. Dabei hatte sie Nora scharf angesehen, und Nora war sofort klar geworden, dass ihr Brief an Henry der Anlass für die Strafpredigt der Vorsteherin war. Den ganzen Nachmittag über war ihr der Hausknecht nicht mehr aus dem Sinn gegangen, denn Frau Eggers hatte sehr wütend ausgesehen. Doch erst nach dem Abendessen war Gelegenheit gewesen, sich bei Ellie nach Hans zu erkundigen. Und Ellie hatte Erschreckendes berichtet. Denn die Vorsteherin hatte ihm den Lohn für diesen Monat zur Strafe empfindlich gekürzt!

Nora war untröstlich über diese Entwicklung und hätte sich sehr gerne persönlich bei ihm entschuldigt. Doch sie hatte ihn nirgendwo gesehen, und da die Schülerinnen die Räume des Personals nicht betreten durften und sie Hans nicht noch mehr in Schwierigkeiten bringen wollte, hatte sie nichts weiter unternommen. Jetzt aber, kurz vorm Schlafengehen, ließ die Sache ihr keine Ruhe.

«Ich muss ihn fragen, wie viel Geld ihm meinetwegen fehlt», sagte sie. «Dann kann ich Henry bitten, ihm diesen Betrag zu ersetzen.»

«Meinst du nicht, dass du es damit noch schlimmer machst?» Agnes saß auf ihrem Bett und kämmte sich das Haar. «Vielleicht entlässt sie ihn dann. Du weißt doch, wie unberechenbar sie ist.» Sie seufzte. «Lass es doch gut sein, Nora. Es ist nicht deine Schuld.»

«Ich fühle mich aber schuldig», entgegnete Nora. «Er wurde meinetwegen bestraft, dabei hat er mir nur einen Gefallen getan.»

«Ich weiß wirklich nicht, worüber du dich so aufregst.» Lotte, die schon im Bett lag, setzte sich noch einmal auf. «Hans ist doch nur der Hausknecht. Er verkraftet das schon.»

Nora sagte nichts dazu, aber als sie kurz darauf die Lampen löschten und sie im Dunkeln in ihrem Bett lag, spürte sie, dass Lottes abfällige Bemerkung ihr nachging.

«Nur» der Hausknecht? Was sollte das denn heißen? Hans

war zwar älter als Karl, doch weil Nora Karls Arbeitsalltag als Stallknecht kannte, hatte sie eine gute Vorstellung davon, wie hart und schwer auch Hans den ganzen Tag lang schuften musste. Er verrichtete alle schweren Arbeiten, schleppte Wassereimer, Möbel und Kisten, hackte Holz und schaufelte Kohlen für die Öfen und Kamine, kümmerte sich um den Garten und reparierte alles, was im Haus kaputtging, sofern ihm das möglich war. Dafür bekam er sehr wahrscheinlich – genau wie Karl – gerade genug Geld, um über die Runden zu kommen.

Und nun hatte Nora ihn um einen Teil davon gebracht, indem sie ihn um einen Gefallen gebeten hatte! Das war schlimm für ihn, das konnte er ganz sicher nicht leicht «verkraften», wie Lotte so abfällig erklärt hatte. Deshalb wollte Nora es auch nicht einfach auf sich beruhen lassen.

Ich muss wenigstens mit ihm reden und ihm sagen, dass es mir leidtut, dachte sie. Und da es ihr wirklich sehr auf der Seele brannte, beschloss sie, es jetzt gleich zu tun.

Sie wartete, bis sie an den ruhigen, regelmäßigen Atemzügen der anderen erkennen konnte, dass sie schliefen. Dann schob sie ganz langsam ihre Decke fort und schwang die Beine aus dem Bett. Es knarrte ein wenig, als sie aufstand, und sie hielt erschrocken inne. Aber ihre Freundinnen wachten nicht auf, nur Fanny drehte sich stöhnend im Schlaf auf die Seite.

Leise schlich Nora zur Tür. Der Boden war kalt unter ihren nackten Füßen, und sie fror in ihrem Nachthemd und wünschte sich, sie hätte ihren Morgenmantel überziehen können. Doch dafür hätte sie den Schrank öffnen müssen, und das war ihr zu riskant. Aus demselben Grund nahm sie auch kein Licht mit, doch das war zum Glück auch nicht nötig, denn der Mond schien, und sie kannte sich inzwischen gut genug aus, um sich auch so zurechtzufinden.

Sie schloss die Zimmertür so leise wie möglich und lief nach unten ins Erdgeschoss. Sie wusste, dass die Dienstmädchen und die Köchin unter dem Dach schliefen und der Knecht irgendwo hinter der Küche, aber wo genau Hans' Schlafkammer lag, wusste sie nicht. In diesem Teil des Hauses war sie noch nie gewesen, deshalb sah sie sich suchend um, als sie die Küche erreicht hatte.

Eine Tür führte von der Küche in einen kleinen Flur, und als Nora ihn betrat, hörte sie ein Geräusch. Sie zuckte zusammen, glaubte, entdeckt worden zu sein. Doch niemand sprach sie an, und als sie stehen blieb und lauschte, blieb es still. Bis das Geräusch erneut erklang, länger diesmal, und sie begriff, dass es aus dem Raum kam, der neben dem Ausgang zum Garten lag. Jemand stöhnte hinter dieser Tür.

Nora erschrak, weil sie dort Hans' Kammer vermutete. Ob er krank war? Sie trat an die Tür und hob gerade die Hand, um anzuklopfen, als sie drinnen eine Frauenstimme hörte.

Erschrocken ließ sie den Arm sinken. Dann war Hans nicht allein? Aber wer war bei ihm um diese Zeit?

Sie ging in die Hocke und spähte durch das Schlüsselloch. Mondlicht fiel durch das Fenster in das Zimmer, und sie erkannte ein Bett, das davor an der Wand stand. Hans lag darauf, zusammen mit einer Frau. Und sie waren – Nora musste an sich halten, um nicht überrascht aufzukeuchen –, mein Gott, sie waren beide nackt!

«Sch, sch, leise», flüsterte die Frau, als Hans laut aufstöhnte. Dann kicherte sie, und Nora erkannte ihre Stimme. Es war das Dienstmädchen Ellie, das da bei Hans lag!

Nora hatte keine Worte für das, was die beiden da taten, sie sah nur im Dämmerlicht die ineinander verschlungenen Leiber und hörte das Stöhnen, das immer weiter anschwoll.

Niemals hätte sie geglaubt, dass es so etwas geben könnte zwischen Mann und Frau, so etwas überwältigend ... Intimes. Ob das die «Fleischeslust» war, vor der der Pastor sonntags in seinen Predigten so oft warnte?

«Wir müssen aufpassen», flüsterte Ellie, und in ihrer Stimme schwang Angst mit. «Versprich mir, dass du rechtzeitig aufhörst!»

Hans antwortete nicht, jedenfalls hörte Nora nichts. Hatte er Ellie nicht verstanden? Nora war nicht sicher, ob er ihr nicht sogar wehtat, denn er bewegte sich jetzt heftiger, und Ellie schrie leise auf.

Ein Luftzug traf Noras nackte Beine, und ihr wurde plötzlich bewusst, dass sie durchs Schlüsselloch spähte. Herrje, so etwas tat man doch nicht! Was, wenn Ellie und Hans sie hier erwischten?

Erschrocken richtete sie sich auf und huschte aus dem Flur zurück in die Küche. Als sie gerade die Tür geöffnet hatte, die in die Halle führte, hörte sie aufgeregte Stimmen. Zuerst glaubte sie, dass sie Ellie und Hans gehörten, doch dann wurde ihr bewusst, dass sich jemand aus der Halle der Küche näherte.

Sofort huschte Nora in eine dunkle Ecke, in die das Mondlicht nicht drang, und verharrte dort reglos. Die Stimmen kamen näher, und dann merkte Nora, dass sie beide gut kannte. Sofort gab sie den Schutz ihres Verstecks auf und trat Fanny und Agnes in den Weg, die gerade die Küche betraten.

«Was macht ihr denn hier?», flüsterte sie wütend und wandte sich an Fanny. «Vor allem du! Wenn Frau Eggers dich erwischt, dann geht es dir schlecht, das weißt du doch!»

«Was blieb uns denn anderes übrig?», gab Fanny zurück. «Wir haben uns Sorgen um dich gemacht, als wir merkten, dass du nicht in deinem Bett liegst.»

«Ich habe Fanny gesagt, dass ich dich auch allein suchen kann, aber sie wollte unbedingt mitkommen», ergänzte Agnes und blickte sich in der dunklen Küche um. «Was willst du denn hier? Hast du dir was zu essen geholt?»

«Nein, ich wollte mich bei Hans entschuldigen», gestand Nora kleinlaut.

«Jetzt?» Fanny riss entsetzt die Augen auf. «Aber es ist mitten in der Nacht! Hans schläft doch längst.»

Nora dachte an das, was sie gesehen hatte, und spürte, wie ihr erneut ein Schauer über den Rücken lief. «Das war keine gute Idee, ich weiß.»

«Was hat er denn gesagt?», erkundigte sich Agnes neugierig.

«Nichts. Ich ... habe mich nicht getraut, bei ihm zu klopfen», erwiderte Nora.

«Und wieso siehst du aus, als hättest du ein Gespenst gesehen?» Fanny legte den Kopf schief und betrachtete sie. «Du bist weiß wie die Wand.»

Nora hörte ihr gar nicht zu, weil ihr plötzlich klar wurde, dass Ellie jeden Moment in die Küche kommen konnte. Sie blieb sicher nicht die ganze Nacht bei Hans, sondern musste zurück in ihre Dachkammer.

«Lasst uns gehen», sagte sie, griff nach Fannys Arm und drängte auch Agnes zurück in die Halle. Leise schlichen sie durch das dunkle Haus zu ihrem Zimmer und schlüpften in ihre Betten.

Lotte wachte nicht auf.

«Wir haben sie lieber nicht geweckt. Es war schließlich so schon riskant genug», flüsterte Agnes. «Das nächste Mal sagst du uns vorher Bescheid, wenn du so etwas vorhast, hörst du? Dann schaffen wir es vielleicht, es dir auszureden.»

Nora nickte. «Tut mir leid», murmelte sie schuldbewusst, aber Fanny beugte sich aus ihrem Bett zu ihr herüber.

«Es ist ja gut gegangen. Und ein bisschen aufregend war es schon. Mit dir erlebt man was, Nora», raunte sie, und Nora musste lächeln. Wieder einmal wurde ihr bewusst, wie gerne sie im Pensionat war, trotz aller Widrigkeiten. Es war schön, so liebe, treue Freundinnen gefunden zu haben.

Als Fanny und Agnes eingeschlafen waren, hörte Nora draußen im Flur ein leises Knarren und fragte sich, ob das vielleicht Ellie war, die in ihre Kammer zurückkehrte. Sofort standen ihr die aufwühlenden Bilder ihres nächtlichen Ausflugs wieder vor Augen, und tausend Fragen schossen ihr durch den Kopf.

Ob Ellie Hans liebte? Nora hatte nie darauf geachtet, wie die beiden miteinander umgingen. Aber sie mussten einander doch etwas bedeuten, wenn Ellie sich zu Hans ins Bett legte? Oder tat man das einfach so?

Wenn ich doch nur jemanden hätte, den ich fragen könnte, dachte sie verzweifelt. Aber bei diesem Thema war sie bisher stets auf eine Mauer des Schweigens gestoßen. Nora dachte an Karl. Machte er so etwas auch? Würde er es auch mit ihr tun wollen?

Ihr wurde ganz warm bei der Vorstellung, und sie schob den Gedanken hastig beiseite, weil er sie noch mehr verwirrte. Doch es gelang ihr nicht mehr, Karls Bild aus dem Kopf zu bekommen. Im Gegenteil, je mehr sie es versuchte, desto deutlicher sah sie ihn vor sich, und die Sehnsucht nach ihm überfiel sie mit neuer Macht.

Unruhig wälzte sie sich im Bett hin und her und fand erst Schlaf, als sich der Nachthimmel bereits grau färbte und den herannahenden neuen Tag ankündigte.

15

Oh, ich kann es gar nicht mehr erwarten, dass es endlich losgeht!» Nora deutete auf die mit goldenen Ornamenten verzierte Uhr auf dem Kaminsims, deren Zeiger die Zwölf beinahe erreicht hatten. «Aber es dauert noch Stunden, bis Henry kommt. Und bis dahin müssen wir schon wieder sticken!» Sie knallte ihren Stickrahmen auf den Tisch und verschränkte die Arme vor der Brust. «Ich hasse dieses stickige Nähzimmer! Ich hasse es!»

Fräulein Chryse, die an einem der Nachbartische bei den jüngeren Mädchen saß, blickte überrascht auf und schüttelte den Kopf. «Bitte mäßige dich, Eleonore!», schimpfte sie. «Du kannst froh sein, dass heute Samstag ist. Da musst du nicht lernen, sondern kannst tun, was dir Spaß macht. Das ist doch etwas Schönes.»

«Nein, ist es nicht!» Nora sprang auf, plötzlich nicht mehr in der Lage, sich zu beherrschen. «Sticken macht mir nämlich keinen Spaß. Wenn ich schon unbedingt im Haus bleiben muss bei dem herrlichen Wetter, dann würde ich lieber in der Bibliothek sitzen und lesen, so wie ich es zu Hause gemacht habe. Aber noch viel lieber wäre ich draußen im Hof und würde in der Kirsche herumklettern. Oder Ball spielen, so wie die Jungs es tun. Aber das dürfen wir ja auch nicht, weil es nicht damenhaft ist.»

«Nora!» Fräulein Chryse war nun ebenfalls aufgesprungen. «Du reißt dich jetzt sofort zusammen, oder du darfst nicht an dem Ausflug teilnehmen! Ich werde deinem Bruder sagen, wie schlecht du dich benommen hast, und er wird verstehen, dass wir das nicht ungeahndet lassen können.» Sie sah Nora streng an. «Setz dich. Und ich will kein Wort der Klage mehr hören. Hast du das verstanden?»

Die Drohung wirkte, denn Nora ließ sich sofort wieder auf ihren Stuhl fallen und schnappte sich den verhassten Stickrahmen. Einen Moment lang war es so still im Nähzimmer, dass man nur die Atemzüge der vielen Mädchen hörte, die hier versammelt waren. Dann setzten die leisen Unterhaltungen wieder ein, die von Insa Chryse geduldet wurden.

«Ach, Nora, es ist doch schon fast so weit», tröstete Fanny sie im Flüsterton und blickte zu Fräulein Chryse hinüber. «Gleich gibt es Mittagessen, und danach ziehen wir uns schon für die Ausfahrt um. Die Zeit wird fliegen bis dahin, du wirst sehen!»

«Ja, und außerdem ist es doch auch schon viel besser geworden, seit Fräulein Petersen den Unterricht von Doktor Schnabel übernommen hat», ergänzte Agnes. «Das hast du selbst gesagt.»

Das konnte Nora in der Tat nicht leugnen. Während der letzten vier Tage hatten sie mehr gelernt als in den Wochen davor, nicht nur in Mathematik, sondern auch im Naturkundeunterricht. Fräulein Petersen erklärte viel besser als Doktor Schnabel, sie schimpfte nicht so viel, und sie traute ihnen etwas zu, weshalb die Stunden bei ihr allen sehr viel Freude machten. Das änderte nur nichts daran, dass die Wochenenden immer noch sehr ereignislos und langweilig waren.

Nora sehnte das Mittagessen herbei und sprang sofort auf, als endlich der Gong erklang.

«Komm!» Sie zog Fanny von ihrem Stuhl hoch, hakte sie

unter und verließ mit ihr das Nähzimmer. Auch alle anderen Mädchen und Fräulein Chryse machten sich auf den Weg nach unten ins Speisezimmer.

Auf der Treppe kam ihnen Ellie entgegen, und wie immer, wenn sie das Dienstmädchen sah, wurde Nora nervös. Seit ihrem nächtlichen Ausflug schaffte sie es kaum noch, Ellie in die Augen zu schauen, und sie spürte jedes Mal, wie ihre Wangen rot anliefen, weil sie wieder vor sich sah, was Ellie und Hans getan hatten. Doch diesmal starrte sie Ellie sogar an, genau wie alle anderen Mädchen, weil sie ganz verändert aussah. Ihr Gesicht wirkte aufgequollen, und ihre Augen waren stark gerötet. Offensichtlich hatte sie geweint.

«Hast du das gesehen?», flüsterte Fanny besorgt, nachdem Ellie an ihnen vorbeigegangen und außer Hörweite war. «Was wohl mit ihr los ist?»

«Ich denke, es ist wegen Hans», sagte Fräulein Chryse, die hinter ihnen ging und Fannys Bemerkung gehört hatte.

«Wieso, was ist denn mit ihm?», wollte Nora wissen.

«Er hat das Pensionat heute Nacht verlassen.» Die Lehrerin schüttelte den Kopf. «Er hat keine Nachricht hinterlassen und ist mit Sack und Pack verschwunden. Jetzt müssen die Dienstmädchen seine Arbeit zusätzlich erledigen, bis wir Ersatz für ihn gefunden haben. Ich denke, deshalb ist Ellie so aufgelöst.»

«Hans ist fort?», fragte Nora erschrocken. «Aber wohin kann er denn gegangen sein?»

«Was weiß ich, spielt das eine Rolle?», erwiderte die Lehrerin ungehalten. «Jedenfalls hat er uns im Stich gelassen. Frau Eggers ist sehr verärgert deswegen.»

Die Nachricht von Hans' plötzlichem Verschwinden sprach sich während des Mittagessens wie ein Lauffeuer herum, und sooft Frau Eggers die Mädchen auch zur Ordnung mahnte, das

Geflüster wollte kein Ende nehmen, so sehr beschäftigte das Verschwinden des Hausknechts die Gemüter.

«Ich wäre an Ellies Stelle auch verzweifelt», flüsterte Agnes den anderen zu. «Die Arbeit, die sie und Barbara tun müssen, ist schon anstrengend genug. Und jetzt soll sie auch noch Holz hacken und Kohlen schaufeln? Da würde ich auch weinen.»

«Also, ich finde Ellie hysterisch», erklärte Lotte und deutete mit dem Kinn auf das Dienstmädchen, das gerade den Nachtisch auftrug und immer noch sichtlich aufgelöst wirkte. «So schlimm kann es ja wohl nicht sein, wenn sie mal für ein paar Tage etwas mehr arbeiten muss als sonst.»

Nora sah ebenfalls zu Ellie, die mit fahrigen Gesten eine große Puddingschüssel auf den Tisch stellte.

«Vielleicht ist das ja gar nicht der Grund dafür, dass sie so traurig ist», sagte sie nachdenklich. Ellie weinte sicher nicht wegen der zusätzlichen Arbeit, sondern wegen Hans. Hatten die beiden sich gestritten, und er war deshalb fortgegangen? Mochte er Ellie nicht mehr? Diese Fragen schwirrten ihr während des gesamten Essens im Kopf herum, und auch als sie danach mit den anderen in ihr Zimmer ging, um sich für die Ausfahrt umzuziehen, war sie nicht richtig bei der Sache.

«Woran denkst du?», erkundigte sich Fanny, die bereits ihre Schürze und das helle Schulkleid gegen eine hellgraue Bluse und einen dunkelgrauen Rock eingetauscht hatte. «Vorhin im Nähzimmer konntest du es noch gar nicht abwarten, dass es endlich losgeht. Und nun bist du die ganze Zeit schon so still.»

Nora hatte gerade ihren Unterrock über die Chemise gezogen und befestigte ihn um ihre Hüften.

«Es ist wegen Hans», gestand sie und senkte die Stimme, sodass nur Fanny sie hören konnte. «Ich frage mich die ganze

Zeit, wohin er wohl gegangen ist. Vielleicht arbeitet er ja jetzt auch am Hafen, so wie Karl.»

Fanny trat zu ihr und half ihr, den lindgrünen Taftrock über den Unterrock zu ziehen.

«Das werden wir wohl nicht mehr erfahren.» Sie zog den glänzenden Stoff glatt. «Streck die Arme aus», bat sie.

Nora folgte der Anweisung und ließ sich von Fanny in die passende lindgrüne Bluse helfen, die sich perfekt über ihr Korsett legte.

«Denkst du noch oft an Karl?», fragte Fanny leise, während sie ihr die Bluse hinten schloss und das Ensemble anschließend mit einem Stoffgürtel vervollständigte.

Nora nickte. «Ich wüsste so gerne, wo er ist und ob es ihm gut geht.»

Fanny strich ihr über den Arm. «Das verstehe ich. Und ich bin sicher, das findest du noch heraus. Du wirst sehen.»

Sie lächelte ihr liebes, freundliches Lächeln, und Nora spürte eine Welle der Zuneigung für das Waisenmädchen. Sie dachte daran, wie viel Fanny dazu beigetragen hatte, dass sie sich so schnell im Pensionat hatte einleben können. Fanny war immer die Trösterin und die Vermittlerin, die an das Wohlergehen der anderen zuerst dachte und wenig an sich selbst. Sie war einfach die Beste von ihnen, und Nora wollte ihr etwas Gutes tun.

«Willst du heute nicht mal eins von meinen Kleidern anziehen?», schlug sie vor.

Das war nämlich etwas, das Fanny – zusätzlich zu allem anderen – von ihren Freundinnen unterschied. Während die anderen drei über reichlich Garderobe verfügten, musste Fanny mit den wenigen, meist grauen Kleidern vorliebnehmen, die sie von der Stiftung bekam und die ihre Schönheit nicht besonders gut zur Geltung brachten. Nora stach sie in ihrem lindgrünen Ensemble locker aus, genau wie Lotte, die ein sonnengelbes Modell aus Musselinstoff mit Schleifen am Rock trug, oder Agnes, deren karamellfarbenes Kleid ihre braunen Haare schön zur Geltung brachte. So etwas Farbenfrohes wünschte Nora sich auch für Fanny, deshalb ging sie entschlossen zu ihrem Teil des Kleiderschranks.

«Ich habe eins, das dir bestimmt großartig stehen wird», verkündete sie. «Mir ist das Oberteil zu eng, das sollte eigentlich noch geändert werden, aber das haben wir nicht mehr geschafft, weil ich so überstürzt hierher ins Pensionat musste. Aber dir passt es bestimmt wie angegossen.» Sie holte ein kornblumenblaues Taftkleid heraus.

Fannys Augen leuchteten, als sie über den glänzenden Stoff strich, der im Licht herrlich changierte, aber sie schüttelte gleichzeitig den Kopf. «Nein, das geht doch nicht. Das kann ich nicht annehmen. Ich ändere es für dich, damit es dir passt!»

«Nein, du sollst es tragen», beharrte Nora. «Wenigstens heute, ja? Für den Ausflug. Das Grau ist doch viel zu langweilig.»

Fanny zögerte, aber nur noch kurz. «Also gut, wenn das wirklich in Ordnung ist?»

Nora nickte. «Natürlich. Los, probiere es an!», drängte sie und half nun ihrerseits Fanny dabei, sich noch einmal umzuziehen.

Und es war, wie sie es schon geahnt hatte. Das Kleid saß hervorragend, und das intensive Blau passte wunderbar zu Fannys blondem Haar.

«Du siehst wunderschön aus!», rief Agnes und klatschte begeistert in die Hände. «Das Kleid ist wie für dich gemacht!»

«Das finde ich auch», pflichtete Nora ihr bei.

Nur Lotte musterte Fanny mit einem säuerlichen Gesichtsausdruck.

«Das ist doch viel zu auffällig für dich», meinte sie, und Nora konnte den Neid in ihrer Stimme hören.

Sie wollte Lotte schon wütend anfahren, doch in diesem Moment klopfte es an der Tür, und Fräulein Petersen betrat das Zimmer.

«Na, seid ihr so weit?», erkundigte sie sich und lächelte, als ihr Blick auf die Kleider der Mädchen fiel. «Oh, ihr habt euch aber fein gemacht! Man erkennt euch kaum wieder!» Sie ließ den Blick über die Kleider wandern und blieb an Fannys hängen. «Diese Farbe steht dir wirklich ausgezeichnet, Franziska.»

«Danke!» Fanny wurde rot und blickte zu Nora. «Vielen, vielen Dank», flüsterte sie. Nora nickte, sehr zufrieden mit sich.

Der Türgong hallte durch das Haus und kündigte einen Besucher an.

«Das wird Henry sein», rief Nora und wollte zur Tür laufen. Doch Fräulein Petersen hielt sie zurück.

«Du brauchst eine Stola oder ein Cape», erklärte sie. «Das gilt für euch alle. Ich weiß, im Moment scheint die Sonne, und es ist fast zu heiß. Aber das Wetter kann schnell umschlagen, gerade wenn es so schwül ist wie heute. Ich möchte gerüstet sein, falls es ein Gewitter gibt. Schließlich wissen wir nicht, wie lange unser Ausflug dauern wird.»

Sie sorgte dafür, dass die Mädchen etwas zum Überziehen mitnahmen, die gleich darauf schwatzend und kichernd die Treppe hinunterliefen. Unten wartete bereits Frau Eggers auf sie, zusammen mit Henry, der einen hellen Überzieher über seinem Anzug trug und seinen Hut in der Hand hielt.

Nora rannte die restlichen Stufen hinunter und umarmte ihn stürmisch.

«Ach, ich bin so froh, dass du da bist», gestand sie. «Ich hatte ein bisschen Angst, dass du es vielleicht doch nicht schaffst.»

«Na, hör mal! Als hätte ich je ein Versprechen gebrochen!», beschwerte sich Henry, und sein Lächeln wirkte viel entspannter als sonst. So war er früher gewesen, als er noch nicht die Verantwortung für das Gut getragen hatte, und Nora leistete innerlich Abbitte. Sie war böse auf ihn gewesen wegen seiner Idee, sie aufs Pensionat zu schicken. Aber es stimmte, er war der Einzige in ihrer Familie, auf den sie sich verlassen konnte.

Henry richtete seine Aufmerksamkeit auf die anderen, die sich um ihn versammelt hatten. «Es ist mir eine Ehre, die Damen auszufahren», sagte er. «Man wird mich beneiden, wenn ich mit so vielen Schönheiten unterwegs bin.»

Agnes und Fanny erröteten bei dem Kompliment, Lotte hingegen lächelte hoheitsvoll. Henry sah sie jedoch gar nicht an, sondern hielt seinen Blick auf Fräulein Petersen gerichtet. Er lächelte strahlend, als er sie begrüßte, und auch die Lehrerin schien sich zu freuen, ihn zu sehen, wie Nora zufrieden zur Kenntnis nahm. Ihr gefiel die Vorstellung, dass die beiden Erwachsenen, die für sie am wichtigsten waren, einander mochten.

«Gut, dann brechen wir lieber auf, solange das Wetter noch hält.» Henry deutete zur Tür. «Die Kutsche steht bereit, der Picknickkorb ist gepackt – die Damen müssen nur noch einsteigen, und es kann losgehen.»

Das brauchte er Nora nicht zweimal zu sagen. Sie griff nach Fannys Hand und lief zur Haustür, die Ellie für sie aufhielt. Agnes und Lotte folgten ihnen, und gemeinsam bestaunten sie den offenen Landauer, der dort auf sie wartete.

Dieser war dunkelrot lackiert und hatte neben den beiden gegenüberliegenden Bänken hinten noch einen zusätzlichen Sitz, auf dem ein Bediensteter mitfahren konnte. Ein schwarz gekleideter Mann mit silbernen Knöpfen am Gehrock, der vorn auf dem Bock gesessen hatte, sprang auf die Straße, als er die Mädchen kommen sah. Hastig nahm er neben der Kutsche Aufstellung, hielt den Verschlag für sie auf und half ihnen hinein. Dann ging er zu dem Sitz am Ende der Kutsche.

«Wer fährt uns denn dann?», fragte Lotte unsicher, als der Mann dort Platz genommen hatte.

«Ich», erklärte Henry gut gelaunt und wandte sich an Fräulein Petersen, die mit ihm aus dem Haus gekommen war. «Würden Sie vorn bei mir sitzen? Dann haben die Mädchen hinten mehr Platz, und es ist für alle am bequemsten.»

Die Lehrerin zögerte kurz, dann nickte sie und ließ sich von ihm auf den Kutschbock helfen.

«Dein Bruder fährt selbst?», erkundigte sich Lotte erstaunt. «Dafür hat man doch Angestellte.»

«Henry macht das gern», erwiderte Nora. «Ihn hat schon immer alles fasziniert, was vier Räder hat. Wobei er die Variante ohne Pferde vorzieht.»

«Ohne Pferde? Also Automobile?» Agnes' Augen wurden groß. «Besitzt ihr etwa eins?»

Nora nickte. «Einen Daimler Phoenix. Der Wagen ist Henrys ganzer Stolz. Wir wären auch damit hergefahren, aber Henry sagt, dass die Straßen hier in der Altstadt zu eng sind für Automobile.»

«Das stimmt leider, und das ist nicht nur in Lübeck so.» Henry blickte über die Schulter zurück. «Dennoch glaube ich, dass den Automobilen die Zukunft gehört. Sie werden sehr bald die Kutschen verdrängen.»

Er wandte sich wieder nach vorn und schnalzte mit der Zunge, sodass die beiden Rappen anzogen, die vor den Wagen gespannt waren.

«So ein Unsinn!», schimpfte Lotte mit gedämpfter Stimme. «Mein Vater sagt, dass die Kutsche das einzig wahre Fortbewegungsmittel ist. Automobile fahren viel zu schnell, dafür ist der Mensch nicht gemacht. Zu hohe Geschwindigkeiten machen krank, das ist erwiesen.»

Nora war ziemlich sicher, dass das nicht stimmte, aber sie hatte auch keine Lust, sich mit ihrer Freundin anzulegen. Dafür war sie viel zu glücklich. Sie genoss die Wärme der Sonne auf ihrer Haut, den Wind im Haar und die Tatsache, dass sie den Blick weit schweifen lassen konnte.

Mein Gott, wie sehr hatte sie das alles vermisst! Der erdige Geruch der Pferde war berauschend, das Klappern der Hufe auf dem Kopfsteinpflaster klang wie Musik in ihren Ohren, und sie konnte sich gar nicht sattsehen an den Farben und Formen der Stadt. Sie fühlte sich so lebendig wie seit Wochen nicht mehr, und allein der Gedanke, später wieder im Haus eingesperrt zu sein, schnürte ihr die Kehle zu.

Sie mochte es, zur Schule zu gehen, mehr als sie es für möglich gehalten hätte. Aber die kurzen Pausen im Innenhof des Pensionats waren einfach kein Ersatz für die vielen Stunden, die sie sonst draußen verbracht hatte. Ihr fehlte die Weite der Felder und Wälder, durch die sie sonst gelaufen war, und ihre Beine fühlten sich schon ganz schwach an. Konnte sie überhaupt noch rennen, so wie früher? Und würde sie es sich noch trauen, nachdem man ihr eingeschärft hatte, dass Damen so etwas nicht taten?

Nora seufzte. Es schien eine ellenlange Liste zu geben mit all den Dingen, die für sie und die anderen Mädchen verboten waren, und Nora würde vermutlich nie die Gründe dafür verstehen. Was war so schlimm daran, seine Gefühle zu zeigen oder auszusprechen, was man dachte? Und wie zum Teufel – ja, sie wusste noch, wie man fluchte, auch wenn sie es im Pensionat nicht mehr tun durfte – sollte sie jemals Gefallen daran finden, ihre Nachmittage mit einer Tätigkeit zu verbringen, die sie abgrundtief hasste? Sie wollte nicht sticken und über das Wetter reden, sondern lieber lernen, wie man ein Gut führte. Aber so etwas war ja Männern vorbehalten. Sah denn niemand, wie ungerecht das alles war?

«Nora, sieh doch! Das Holstentor!» Fanny, die neben ihr saß, deutete auf die beiden bauchigen Türme, die links von ihnen auf der anderen Seite der Trave auftauchten.

Beim letzten Mal war Nora mit anderen Dingen beschäftigt gewesen und hatte nicht wirklich auf diese Sehenswürdigkeit der Stadt geachtet. Doch diesmal sah sie fasziniert hin, auch weil sie jetzt wusste, dass sie so schnell wahrscheinlich keine Gelegenheit mehr dazu haben würde.

Henry hielt die Kutsche auf der Straße, die an der Trave entlangführte, und alle vier Mädchen reckten die Hälse, um nichts zu verpassen, während die Türme langsam wieder aus ihrem Blickfeld verschwanden. Als Nora sich wieder nach vorn drehte, sah sie ein großes Segelschiff, das rechts am Ufer festgemacht war. Dahinter lag noch eins, und weiter hinten auf der anderen Seite erkannte sie ein Dampfschiff. Ihr Herz schlug schneller.

«Ist das hier der Hafen?», fragte sie aufgeregt. «Henry, fahren wir etwa zum Hafen?»

16

Henry reagierte nicht, offenbar hatte er Noras Frage über dem Rattern der fahrenden Kutsche nicht gehört. Sie wollte ihn gerade noch einmal ansprechen, als sie plötzlich nach rechts abbogen.

«Nein!» Nora lehnte sich über den Rand der Kutsche, den Blick auf einen Punkt etwas weiter hinten am Fluss gerichtet, wo sie auf der gegenüberliegenden Seite große Industrieanlagen erkennen konnte. Dort lagen sicher die Werften, aber sie verschwanden schon aus ihrem Blickfeld.

«Nora!» Sie spürte eine Hand auf ihrem Arm, und als sie sich umdrehte, blickte sie in Fannys besorgtes Gesicht. «Du kannst nicht zum Hafen», flüsterte sie. «Und selbst wenn du es könntest, dann würdest du Karl nicht finden. Das Gelände ist riesig, und er könnte überall sein. Das weißt du, oder?»

Nora nickte und kämpfte gegen die Tränen, die ihr in die Augen stiegen. Ja, sie wusste es, aber alles in ihr rebellierte dagegen. Sie hatte sich noch nie so hilflos gefühlt, so eingesperrt. Und es zerriss ihr das Herz, dass sie nichts tun konnte für den einen Menschen, der ihr wichtiger war als alle anderen.

«Wir fahren einen kleinen Umweg.» Henry wandte sich zu ihnen um. «Ich muss noch schnell …» Er hielt inne und sah Nora an. «Was ist los, Krümelchen?», fragte er. «Geht es dir nicht gut?»

Nora schluckte mühsam. Sie wollte ihn bitten, ihr zu helfen, nach Karl zu suchen. Aber sie wusste, dass ihn das nur gegen sie aufbringen würde. Schließlich hatte er bei ihrem Streit auf dem Gut sehr deutlich gemacht, wie wenig ihm ihre Freundschaft mit dem Sohn der Köchin gefiel.

«Nichts», sagte sie und wischte sich über die Augen. «Ich … hatte nur etwas im Auge. Es ist schon weg.»

Henry wandte sich wieder nach vorn und lenkte die Kutsche an Häusern vorbei, deren Treppengiebel denen in der Großen Petersgrube ähnelten. Doch je weiter sie den Fluss hinter sich ließen, desto größer und prächtiger wurden die Gebäude. Vor einem davon brachte Henry die Kutsche schließlich zum Stehen.

«Ich muss hier noch schnell etwas erledigen, dann fahren wir weiter.» Er sprang vom Kutschbock und nickte dem schwarz gekleideten Mann zu, der seinen Platz am Ende der Kutsche verließ und nach vorn kam, um die Pferde zu halten. «Es dauert nicht lange.»

Nora sah, wie er den vergoldeten Klopfer an der großen Haustür bediente. Kurz darauf wurde er von einem Dienstmädchen eingelassen.

«Ihr solltet etwas trinken.» Fräulein Petersen drehte sich auf dem Kutschbock um und sah zu ihnen herunter. «Graf von Jagow sagt, er hat genug in den Picknickkorb packen lassen. Nehmt euch einfach …»

«Das ist das Haus von Friedrich Küppers», entfuhr es Fanny, die immer noch zum Haus hinüberstarrte. «Mein Vater kannte ihn. Er ist auch Kaufmann.»

«Und warum guckst du so?», wollte Agnes wissen. «Stimmt was nicht mit ihm?»

Fanny zögerte. «Papa hat ihn immer einen ‹Windhund› genannt. Er hat nicht gerne Geschäfte mit ihm gemacht.»

Nora blickte mit einem mulmigen Gefühl im Magen zu dem Haus hinüber, in dem Henry gerade verschwunden war. Was wollte ihr Bruder von einem Kaufmann, den andere als «Windhund» bezeichneten? Sie sah zu Fräulein Petersen, die mit gerunzelter Stirn ebenfalls das Haus beobachtete. Ob sie sich auch Sorgen um ihn machte?

«Guten Tag, die Damen!» Ein Mann im Anzug war plötzlich neben der Kutsche aufgetaucht. Er stand direkt vor dem Platz, auf dem Fanny saß, und zog in einer grüßenden Geste seinen Zylinder vom Kopf, wodurch verschwitzte rotblonde Haare sichtbar wurden. Er hatte eine massige Figur und ein blasses, breites Gesicht mit vollen Wangen, die Nora an die eines Feldhamsters erinnerten, wenn er gerade Körner hineingestopft hatte. Sein Atem ging schwer, obwohl Nora ihn auf nicht älter als vierzig schätzte, und er stierte Fanny so unverhohlen an, dass sie ein Stück näher an Nora heranrückte. «Nein, so etwas Schönes», murmelte er, jedenfalls glaubte Nora, diese Worte zu verstehen.

«Was können wir für Sie tun?», fragte Fräulein Petersen vom Kutschbock aus, und Nora fand, dass sie angespannt wirkte, so als wäre sie bereit, jederzeit hinunterzuspringen und es mit dem Mann aufzunehmen, der die Mädchen so aufdringlich anstarrte.

Der Mann schien sie erst jetzt zu bemerken und setzte an, etwas zu sagen. Doch in diesem Moment öffnete sich die Tür des Küppers'schen Hauses wieder, und Henry trat auf die Straße. Das zufriedene Lächeln, das auf seinem Gesicht gelegen hatte, verschwand sofort, als er den Mann neben der Kutsche stehen sah.

«Graf von Jagow!» Der Mann hatte ihn ebenfalls bemerkt und grinste noch breiter als zuvor. «Die Welt ist klein, nicht wahr? Wer hätte gedacht, dass wir uns so schnell wiedersehen!»

«Jan Riklof!» Die erschrockene, fast entsetzte Art, wie Henry den Namen aussprach, sagte Nora, dass ihr schlechter erster Eindruck von dem Mann sie nicht getrogen hatte. «Wollen Sie zu Küppers?»

«In der Tat, das will ich. Wir sind verabredet», erwiderte Riklof, den Blick jetzt wieder auf die Mädchen gerichtet. «Und ich bin entzückt darüber, bei dieser Gelegenheit Ihre wunderschöne Begleitung kennenzulernen. Wollen Sie uns nicht vorstellen?»

Henry trat dicht an die Kutsche heran. Es war offensichtlich, dass ihm die Bitte des Mannes nicht gefiel, aber die Höflichkeit gebot es, deshalb deutete er auf Nora.

«Das sind meine Schwester Eleonore und ihre Freundinnen. Und das ist Fräulein Petersen, ihre Lehrerin. Wir sind nämlich unterwegs zu seinem Picknick an der Trave.»

«Lehrerin?» Jan Riklof hob die Augenbrauen. «Auf welche Schule gehen die Damen denn?»

«Sie werden im Pensionat Eggers unterrichtet», antwortete Henry.

«Aha.» Riklof wandte sich wieder an Fanny. «Wie ist denn Ihr werter Name?», erkundigte er sich und sah sie mit einem so offensichtlichen Interesse an, dass Nora ihre Freundin am liebsten von ihm weggezogen hätte. «Wenn ich so frei sein darf zu fragen?»

«Ich bin Franziska Grape», erklärte Fanny schüchtern.

«Grape?» Der Name ließ ihn aufmerken. «Sind Sie verwandt mit Albert Grape?»

«Ich bin seine Tochter», bestätigte Fanny und wurde noch ein bisschen blasser.

«Und ich bin Charlotte Dabel», mischte sich Lotte ein und reckte das Kinn. «Die Tochter von Senator Dabel.»

Riklof ging nicht auf ihre Bemerkung ein, dafür war er zu sehr auf Fanny konzentriert, die sich unter seinem intensiven Blick wand.

«Entschuldigen Sie, aber wir müssen dringend weiter», erklärte Henry und drängte sich so zwischen Riklof und die Kutsche, dass dieser einen Schritt zurückweichen musste. «Ich möchte das gute Wetter ausnutzen, für den Fall, dass es später noch ein Gewitter gibt.»

Riklof warf ihm einen grimmigen Blick zu. «Schon gut, schon gut», sagte er und hob beschwichtigend die Hände.

Henry schwang sich auf den Kutschbock und wollte sich verabschieden, doch Riklof kam ihm zuvor.

«Im Pensionat Eggers wohnen die Mädchen, sagen Sie? Wo ist das, wenn ich fragen darf?»

Henry schwieg einen Moment. «An der Obertrave», sagte er dann und machte dem Kutscher ein Zeichen, sich wieder hinten auf seinen Platz zu setzen. Dann löste er die Zügel und ließ die Pferde anziehen.

«Auf ein Wiedersehen, Fräulein Grape!» Riklof lief ein paar Schritte neben der Kutsche her. «Ich hoffe, es wird in naher Zukunft stattfinden!»

Er ließ sich zurückfallen und legte die Hand in einem letzten Gruß an seinen Zylinder. Auf die Entfernung wirkte sein Lächeln diabolisch, aber Nora war nicht sicher, ob sie sich das nicht nur einbildete, weil sie ihn so gruselig fand.

«Ich möchte ihn eigentlich nicht so schnell wiedersehen», meinte die sichtlich aufgewühlte Fanny, und Nora lief ein kalter Schauer über den Rücken, als sie sah, dass Jan Riklof immer noch auf dem Bürgersteig stand und ihnen nachschaute.

Abrupt wandte sie sich wieder nach vorn, froh darüber, dass Henry die Pferde antraben ließ und sie wegbrachte, fort von diesem unheimlichen Mann, der Fanny angesehen hatte, als wollte er sie bei lebendigem Leibe verspeisen.

* * *

Gesche blickte sich zu den Mädchen um, die alle ein bisschen blass um die Nase wirkten. Und auch sie selbst musste das unangenehme Gefühl abschütteln, das dieser Jan Riklof in ihr ausgelöst hatte.

Schon als sie ihn so nah an der Kutsche hatte stehen sehen, war ihr gesamter Körper in Alarmbereitschaft gegangen. Sie wusste selbst nicht, wieso, eigentlich hatte er nur freundlich gegrüßt. Doch die Art, wie er die Mädchen angesehen hatte, dieses gierige Funkeln in seinen Augen, hatte sie schon einmal gesehen, damals bei dem Kerl, der sie in Bombay angegriffen hatte.

«Wer war der Mann?», fragte sie Henry leise, der grimmig vor sich hin starrte und ihre Unterhaltung seit der Weiterfahrt nicht wieder aufgenommen hatte. «Sie mögen ihn nicht, oder?»

Ihre Worte schienen Henry aus seinen Gedanken zu reißen, denn er gab sich einen Ruck und sah sie an.

«Nein», bestätigte er. «Wir sind uns erst kürzlich auf einer Feierlichkeit begegnet und waren uns nicht sonderlich sympathisch. Alles, was er in unserer Diskussion vertreten hat, fand ich lächerlich – und umgekehrt. Man könnte sagen, wir sind wie zwei magnetische Pole, die sich abstoßen, wenn man sie aufeinander zubewegt.»

«Sehr beruhigend», meinte Gesche. «Ich fand ihn nämlich auch etwas ... abstoßend. Wie er die Mädchen angesehen hat ...» Sie schüttelte den Kopf. «Dabei ist er doch sicher schon über vierzig.»

Henry grinste. «Nein, da tun Sie ihm Unrecht, tatsächlich ist er erst Mitte dreißig. Und schon Witwer. Seine Frau ist vor einem knappen Jahr bei einem Unfall ums Leben gekommen, und es heißt, er sei auf der Suche nach einer neuen, die ihm den ersehnten Erben schenkt.»

«Aber die neue Frau sucht er doch hoffentlich nicht bei uns im Pensionat!», flüsterte Gesche entsetzt und warf einen Blick über ihre Schulter. «Die Mädchen sind gerade mal sechzehn!»

«Nein, sicher nicht», meinte Henry. «Wobei man nicht vergessen darf, dass sie schon bald in die Gesellschaft eingeführt werden. Lange wird es nicht mehr dauern, bis sich die ersten Verehrer um sie scharen.»

Gesche wusste, dass er recht hatte. Im Grunde waren die Mädchen schon im heiratsfähigen Alter, vor allem Fanny mit ihren siebzehn Jahren. So früh gingen die meisten zwar noch keine Ehe ein, aber es gab oft schon Verlobungen, und mit dem Einverständnis der Eltern waren auch Trauungen möglich.

«Lassen Sie uns lieber über etwas anderes sprechen», sagte sie. «Wie läuft es denn mit ihrer geheimen Unternehmung?» Sie blickte auf seine Hände. «Wie ich sehe, müssen Sie sich dafür im Moment nicht die Finger schmutzig machen.»

Henry lachte. «Das war damals eine Ausnahme. Eigentlich bin ich gar nicht für den praktischen Teil zuständig. Aber es läuft gut. Wir können nicht klagen.»

«Es hat etwas mit Automobilen zu tun, nicht wahr?», fragte Gesche und lächelte über seinen fassungslosen Gesichtsausdruck. «Das war nicht schwer zu erraten. Sie hatten Motoröl an den Fingern, und nun erfahre ich von Ihrer Passion für diese Art der Fortbewegung. Wenn Sie mit so viel Enthusiasmus verkünden, dass den Automobilen die Zukunft gehört, dann muss ich doch annehmen, dass Ihre Unternehmung etwas damit zu tun hat.»

Er schüttelte den Kopf. «Sie haben einen sehr scharfen Verstand, Fräulein Petersen. Ich glaube, in Zukunft muss ich aufpassen, was ich in Ihrer Gegenwart sage», meinte er. «Und ja, Sie haben recht, ich bin mit meinen Partnern gerade dabei, einen neuen Wagentyp zu entwickeln, der schnell ist, aber trotzdem Komfort bietet. Wir sind allerdings nicht die Einzigen, die an dieser Idee arbeiten, deshalb möchte ich nicht, dass es bekannt wird. Ich muss Sie also bitten, Ihr Wissen für sich zu behalten.»

«Ich schweige wie ein Grab», versicherte Gesche ihm, und als sie sich anlächelten, spürte sie, wie sie sich entspannte.

Sie war aufgeregt gewesen, als Henry sie vorhin zu sich auf den Kutschbock gebeten hatte, und in den ersten Minuten der Fahrt hatte sie stocksteif dagesessen und versucht, sich ihre Nervosität nicht anmerken zu lassen. Doch dann hatte er ein Gespräch begonnen, und je länger es dauerte, desto wohler hatte sie sich in seiner Gegenwart gefühlt. Und sie wusste jetzt auch, woran das lag. Henry nahm sie ernst. Er interessierte sich wirklich für das, was sie zu sagen hatte, und es schien ihn auch nicht zu stören, wenn sie eine eigene Meinung vertrat. Und das gefiel ihr sehr. Wenn er doch nur kein Graf wäre, dachte sie in einem Anflug von Verzweiflung. Dann hätte sie dieses warme Gefühl, das er in ihr weckte, nicht sofort wieder unterdrücken müssen …

«Sind Sie schon mal in einem Automobil gefahren?», wollte Henry wissen.

«Nein, leider hatte ich dazu noch nie die Gelegenheit», erwiderte Gesche seufzend. «Ich würde das gerne einmal ausprobieren. Es ist sicher aufregender als das Lenken einer Kutsche.»

Henry hob die Augenbrauen. «Soll das heißen, dass Sie eine Kutsche fahren können?» Er hob die Hand, bevor Gesche antworten konnte. «Warten Sie, ich glaube, ich weiß die Antwort: Ihr Vater hat es Ihnen beigebracht. Stimmt's?»

Gesche nickte, erfreut darüber, dass er sie offenbar schon so gut kannte. «Er hat mir oft die Zügel in die Hand gegeben, wenn wir unterwegs waren. Aber das ist lange her. Wahrscheinlich habe ich schon vergessen, wie es geht.»

Henry hielt ihr die Zügel hin. «Hier, versuchen Sie es», sagte er. «Ich bin sicher, Sie erinnern sich noch.»

Gesche zögerte. «Ich weiß nicht ...»

«Na, los!» Er lachte. «Wer gestandene Männer zu Boden streckt, der hat doch keine Angst davor, eine Kutsche zu lenken. Oder?»

Sie hatte mit ihrem Einwand eigentlich die Leute auf der Straße gemeint, die sich sicher darüber wundern würden, dass er ihr die Zügel überließ und nicht selbst fuhr. Doch als sie darüber nachdachte, kam sie sich dumm vor. Ihm machte es offensichtlich nichts aus. Wie konnte da ausgerechnet sie, die sich so oft daran störte, wie Frauen in der Gesellschaft behandelt wurden, Sorge haben, dass ihr Verhalten kritisiert werden würde?

«Möchten Sie nicht?», fragte Henry in einer Mischung aus Überraschung und Enttäuschung, die Gesche einfach nicht auf sich sitzen lassen konnte.

Statt einer Antwort übernahm sie die Zügel und versuchte, sich wieder an das zu erinnern, was sie damals gelernt hatte. Doch zum Glück fühlte es sich noch sehr vertraut an.

An der nächsten Kreuzung deutete Henry nach rechts. «Wir müssen hier abbiegen», wies er sie an, und Gesche brauchte ihre gesamte Konzentration, um die Kurve im richtigen Moment einzuleiten. Doch es gelang ihr, und als sie auf der anderen Straße weiterfuhren, fühlte sie sich schon viel sicherer. Nein, tatsächlich machte es ihr sogar große Freude, die Zügel in der Hand zu halten.

«Sie machen das gut», lobte Henry sie. «Ihr Vater wäre stolz auf Sie.»

Gesche lächelte. «Oh, er wäre auch stolz auf Sie», erwiderte sie und wich einem Fuhrwerk aus, das von rechts auf die Straße einbog.

«Aber ich mache doch gar nichts», sagte Henry verwundert.

«Doch, Sie lassen mich fahren», gab Gesche zurück. «Nicht viele Männer trauen Frauen so etwas zu. Oder besitzen die Größe zuzugeben, dass wir das mindestens genauso gut können, wenn man uns lässt.»

Er winkte ab. «Ach, das ist doch Unsinn. Meine Schwester reitet besser als ich, und sie kann auch eine Kutsche lenken. Warum auch nicht? Das ist doch ein sehr nützliches Wissen, gerade bei uns auf dem Land.» Er deutete nach vorn. «Vorsicht, da kommt schon wieder ein Fuhrwerk!»

Gesche brachte die Kutsche zum Stehen und fuhr erst weiter, als der Weg wieder frei war. Die zahlreichen Fahrzeuge und Fußgänger, die hier unterwegs waren, stellten eine große Herausforderung dar, und plötzlich verstand sie, weshalb Henry sein Automobil in Travemünde gelassen hatte. Es war wirklich reichlich eng auf den Straßen der Altstadt. Nur auf der Königsstraße, einer der beiden Prachtstraßen, war etwas mehr Platz, deshalb atmete Gesche auf, als Henry sie anwies, dieser eine Weile zu folgen.

«Wohin fahren wir eigentlich?», erkundigte sie sich.

«Zum Mühlenteich», erwiderte Henry. «Da gibt es einen sehr idyllischen Platz zum Picknicken.»

Die Fahrt dorthin dauerte nicht mehr lange, aber es kam Gesche vor wie eine Ewigkeit. Als sie an eine große, baumbestandene Wiese kamen, die bis zum Seeufer reichte, hielt sie die Kutsche an und musste sich eingestehen, dass sie ziemlich erschöpft war von der ungewohnten Anstrengung.

Die Mädchen hingegen waren geradezu aufgedreht. Sie verließen die Kutsche und stellten Gesche alle gleichzeitig Fragen.

«Wo sind wir hier?»

«Wie heißt der See?»

«Dürfen wir hinlaufen?»

«Gibt es hier Bienen oder Wespen?»

«Wo werden wir picknicken?»

«Langsam, langsam», erwiderte Henry, der schon vom Kutschbock gesprungen war. «Nun lasst Fräulein Petersen doch erst mal zu Atem kommen.»

«Wir essen erst etwas, am besten da vorn im Schatten der großen Linde», erwiderte Gesche. «Und danach könnt ihr ein wenig die Gegend erkunden.»

Die Mädchen holten den Picknickkorb aus der Kutsche und trugen ihn zu dem Baum hinüber, während Gesche sich anschickte, ebenfalls vom Kutschbock herunterzusteigen. Das war gar nicht so einfach, wie sie feststellte.

«Warten Sie, ich helfe Ihnen!» Henry trat näher heran und streckte die Arme aus. Bevor Gesche protestieren konnte, hatte er bereits die Hände um ihre Hüften gelegt und hob sie herunter. Eine Sekunde später stand sie sicher auf dem Boden, und Henry gab sie frei.

«Danke», hauchte sie, so überwältigt von seiner Nähe, dass

ihr zuerst gar nicht auffiel, dass sie ihre Hand auf seine Brust gelegt hatte. Als sie es merkte, löste sie sich sofort von ihm und trat einen Schritt zur Seite. Mein Gott, dieser Mann brachte sie jedes Mal völlig aus der Fassung, wenn er ihr nahe kam. Das musste sie dringend in den Griff bekommen!

«Ich werde den Mädchen helfen», sagte sie schnell und eilte zu der Linde, unter der bereits zwei große Decken auf dem Gras lagen. Agnes und Nora knieten darauf und waren dabei, den Picknickkorb auszupacken, der tatsächlich alles enthielt, was man sich für eine Mahlzeit im Freien wünschen konnte. Brote und Brötchen, Salate, Obst, gebratenes Fleisch, Rollmöpse und jede Menge Gebäck.

«Sie haben ja ganz rote Wangen, Fräulein Petersen», meinte Lotte, als Gesche zu ihnen stieß und auf der Decke Platz nahm. «Ist Ihnen auch so heiß?»

Gesche nickte, froh, dass die Mädchen nicht begriffen, was ihre geröteten Wangen tatsächlich verursacht hatte.

«In der Kutsche ging es noch, da gab es wenigstens Fahrtwind», meinte Agnes und fächelte sich Luft zu. «Zum Glück haben wir Erfrischungen.»

Henry kam ebenfalls zu ihnen und setzte sich auf die Decke – direkt neben Gesche.

«Die Sachen hat meine Köchin für uns zubereitet», erklärte er. «Ich hoffe, es schmeckt allen.»

Das bewiesen die Mädchen ihm, denn sie aßen und tranken mit großem Appetit. Als sie fertig waren, stand Nora auf und trat aus dem Schatten des Baumes.

«Ach, es ist herrlich hier», rief sie und streckte lächelnd die Arme nach oben, der Sonne entgegen, die immer noch von einem strahlend blauen Himmel herunterbrannte. Und da konnte Gesche ihr nur zustimmen. Es tat wirklich gut, im

Grünen zu sein, und der Platz war ausgesprochen idyllisch. Von hier aus sah man den nahe gelegenen Dom, dessen beiden Türme weit über die Dächer in den Himmel ragten. Dahinter, ganz in der Ferne, schienen sich dunkle Wolken zusammenzubrauen, aber sie waren noch sehr weit weg.

«Dürfen wir jetzt ein bisschen herumlaufen, Fräulein Petersen?», fragte Nora und machte ihren Freundinnen ein Zeichen, sich ebenfalls zu erheben.

Gesche nickte. «Aber bleibt in der Nähe.»

Die Mädchen versprachen es und liefen davon, ließen Gesche und Henry allein, die im Schatten sitzen blieben.

«Mich hat sie nicht um Erlaubnis gefragt», meinte Henry amüsiert. «Offenbar zählt meine Autorität nicht mehr, wenn Sie in der Nähe sind.»

«So ist Nora es jetzt gewohnt», meinte Gesche. «Sonst sind Sie ja schließlich auch nicht da, um ihr zu sagen, was sie darf und was sie nicht darf.»

«Dann muss ich wohl öfter vorbeikommen und mich in Erinnerung bringen», erwiderte er, und der Ausdruck in seinen Augen löste ein Kribbeln in Gesches Magen aus.

Ihr war plötzlich bewusst, dass sie allein waren. Die Mädchen waren schon bis zum Teich gelaufen, und der Kutscher wartete bei den Pferden, die in einiger Entfernung standen. Außerdem saß Henry sehr dicht neben ihr auf der Decke. Dabei hätte er jetzt Platz gehabt und Abstand halten können. Doch das schien er nicht vorzuhaben, und Gesche merkte, dass sie sogar enttäuscht gewesen wäre, wenn er es getan hätte.

Wie kam es nur, dass Henrys Nähe sich so wenig bedrohlich anfühlte? Seit dem Vorfall in Bombay machte es sie normalerweise nervös, wenn Männer ihr zu nahe kamen, und sie ging solchen Situationen aus dem Weg. Doch bei Henry störte es sie nicht, im Gegenteil, sie genoss es sogar ein bisschen – was sie ebenfalls nervös machte, allerdings auf eine ganz andere Art.

Ihr Blick glitt in die Ferne zu den Mädchen, die jetzt unter einem anderen Baum standen, wo sie offenbar etwas Spannendes entdeckt hatten. Lotte und Agnes gestikulierten aufgeregt und beugten sich über Nora und Fanny, die unter dem Baum hockten und sich mit etwas befassten, das auf dem Boden lag. Gesche überlegte, ob sie nachsehen sollte, was da vor sich ging. Aber sie wollte ihren Platz neben Henry noch nicht aufgeben.

Zögernd sah sie ihn wieder an und stellte fest, dass sein Blick nach wie vor auf ihr ruhte.

«Ich habe das Buch angefangen, das Sie mir mitgebracht haben», berichtete sie ihm, um die angespannte Stille zu füllen. «Von diesem Thomas Mann.»

«Und?» Henry hob die Augenbrauen. «Wie finden Sie es?»

«Traurig», erwiderte Gesche und dachte an die Hauptfigur der ersten Geschichte, die der Novellensammlung den Titel gab. «Der kleine Herr Friedemann verfolgt mich immer noch. Eine tragische Gestalt.»

«Dann hat es Ihnen nicht gefallen?», fragte er.

«Literatur muss nicht gefallen, sie muss bewegen», erwiderte Gesche. «So empfinde ich es jedenfalls. Eine Geschichte darf den Leser nicht kaltlassen, sondern man muss mit den Figuren mitleiden, und das Thema sollte einen zum Nachdenken bringen. Alles davon ist hier der Fall.» Sie lächelte. «Was recht eindrücklich beweist, dass der Autor Talent hat, genau wie Sie gesagt haben. Ich glaube, ich würde gerne auch mal etwas Längeres von ihm lesen.»

«Es heißt, er schreibt gerade an einem Roman, der in Lübeck spielt», meinte Henry. «Ich werde Ihnen sofort ein Exemplar besorgen, wenn er erschienen ist.»

Wieder entstand Schweigen, während sie sich weiter ansahen, und Gesche spürte erneut ein Ziehen im Magen.

«Wir hatten heute Morgen ziemlich große Aufregung im Haus», berichtete sie, um die Unterhaltung wieder in Gang zu bringen. «Unser Hausknecht Hans hat uns ganz überraschend verlassen. Er ist einfach gegangen, ohne jemandem Bescheid zu geben.»

«Ja, davon hat mir Frau Eggers berichtet, als wir auf Sie und die Mädchen gewartet haben.» Henry schüttelte den Kopf. «Uns ist auf dem Gut kürzlich etwas Ähnliches passiert. Einer der Stallburschen, der Sohn unserer Köchin, wollte plötzlich nicht mehr auf dem Gut arbeiten. Dabei waren wir sehr zufrieden mit ihm. Karl hätte es bis zum Stallmeister bringen können, aber er ist nach Lübeck gegangen, um in einer Werft anzufangen.»

«Der Stallbursche hieß Karl?» Gesche sah zu Nora hinüber, die immer noch unter dem Baum beschäftigt war.

«Ja, wieso?», erkundigte sich Henry.

«Ach, nur so. Ein schöner Name.» Gesche lächelte. «Und was das Personal angeht, sollten wir uns wohl fragen, weshalb die Angestellten woanders ihr Glück suchen. Ich meine, so eine Stelle bedeutet in der Regel, dass man auf vieles verzichten muss. Eine eigene Familie zum Beispiel. Das fällt einigen sicher schwer.»

«Von mir aus kann Karl gerne heiraten», meinte Henry. «Er kann auch nach Amerika gehen oder besser gleich dahin, wo der Pfeffer wächst. Hauptsache, meine Schwester vergisst ihn möglichst schnell.» Er seufzte tief, als Gesche ihn fragend ansah. «Nora und Karl waren seit Kindertagen eng befreundet, sie sind quasi zusammen aufgewachsen. Aber jetzt ist Nora eine junge Frau, und ich hatte Bedenken, dass sich etwas zwischen den beiden entwickeln könnte. Auch deshalb war es gut, sie ins Pensionat zu geben. Aus den Augen, aus dem Sinn.»

Gesche musste an den Tag denken, an dem sie Nora kennengelernt hatte – und daran, wie verzweifelt das Mädchen nach diesem Karl gesucht hatte. «Wissen Sie denn, wie Ihre Schwester zu ihm steht?»

«Nora behauptet, sie wären nur Freunde. Aber man weiß ja, wie schnell sich so etwas wandelt, vor allem in dem Alter», erwiderte er. «Jetzt hat Nora hoffentlich den Kopf frei und kann sich jemanden suchen, der zu ihr passt.»

Gesche schluckte. «Ich nehme an, damit meinen Sie einen Adeligen?»

Henry wich ihrem Blick aus. «Wir finden unsere Partner meist in unseren Kreisen.»

«Würden Sie Ihre Schwester zwingen, einen Mann zu heiraten, für den sie nichts empfindet?», fragte Gesche.

Überrascht sah er sie an. «Ich hoffe, das muss ich nicht», erwiderte er. «Ich denke, sie verliebt sich irgendwann von selbst in den Richtigen, wenn sie die Gelegenheit dazu hat.»

Gesche kämpfte gegen die Enttäuschung an, die seine Worte in ihr auslösten. Es entsetzte sie, dass Henry derart über die Gefühle seiner Schwester hinwegging. Kein Wunder, dass Nora ihm nichts von ihrer Suche nach Karl erzählt hatte!

Oder tat sie ihm unrecht? Eine Verbindung zwischen einer Komtess und einem Werftarbeiter war tatsächlich völlig undenkbar, das stimmte. Es wäre Noras gesellschaftlicher Tod gewesen, wenn das bekannt würde, und es war verständlich, dass Henry seine Schwester davor beschützen wollte. Sie musste standesgemäß heiraten. Genau wie er selbst ...

Gesche spürte einen Stich in der Brust, als ihr erneut klar wurde, dass Henry gesellschaftlich für sie ebenso unerreichbar war wie Nora für diesen Karl und dass sie deshalb nichts für ihn empfinden durfte. Aber das war leichter gesagt als getan …

Hastig erhob sie sich und strich ihren Rock glatt.

«Ich werde mal nachsehen, was die Mädchen machen», sagte sie und floh vor den Gefühlen, die sie zu überwältigen drohten, über die Wiese. Aber sie kam nicht weit, denn Henry sprang auf und eilte ihr nach. Als er sie einholte, hielt er sie am Arm fest und zwang sie stehen zu bleiben.

«Was ist los?», fragte er mit einer Mischung aus Besorgnis und Überraschung. «Habe ich etwas Falsches gesagt?»

«Nein», erwiderte Gesche und sah in einem Anflug von Verzweiflung zu ihm auf. «Man sollte sich in den richtigen Menschen verlieben. Damit haben Sie völlig recht. Alles andere tut nur weh.»

Sie machte sich von ihm los und ging weiter, doch er holte sie erneut ein und versperrte ihr den Weg.

«Ich habe eben von meiner Schwester gesprochen, nicht von mir.» Er griff mit beiden Händen nach ihrer Hand und umschloss sie. «Und was das Verlieben angeht …»

«Herr Graf!», flüsterte Gesche mahnend und sah sich erschrocken um. Doch es war niemand in der Nähe, der hätte sehen können, was zwischen ihnen passierte.

«Dieses Picknick habe ich nicht nur für meine Schwester organisiert.» Mit ernster Miene sah er sie an. «Sondern auch weil ich hoffte, Zeit mit Ihnen verbringen zu können. Ich weiß, ich sollte das nicht sagen, aber Sie gehen mir nicht mehr aus dem Kopf. Es ist wie verhext. Ich …»

«Nein.» Gesche entzog ihm ihre Hand. Ihr Herz raste.

«Sprechen Sie nicht weiter», warnte sie und schüttelte den Kopf. «Es ... ist wirklich besser, wenn Sie es nicht sagen.»

Sie hätte gerne die Hoffnung zugelassen, die seine Worte in ihr weckten. War es wirklich möglich, dass er sie genauso mochte wie sie ihn? Dass er die gleiche Sehnsucht empfand, wenn er an sie dachte? Das gleiche Herzklopfen hatte, das auch er in ihr auslöste? Aber nein, es ist ja nicht möglich, dachte sie bestürzt, und deshalb durfte sie auch nicht nachgeben. Denn wohin sollte das führen?

Mühsam riss sie ihren Blick von seinem los und senkte den Kopf. «Das müssen Sie vergessen. Hören Sie? Das geht nicht, das wissen Sie doch selbst am besten.»

«Ich weiß gar nichts mehr», sagte er, und sein trauriges Lächeln schnitt ihr ins Herz. «Nur dass ich ...»

«Fräulein Petersen! Bitte, kommen Sie schnell!» Noras Stimme klang drängend. «Wir brauchen Hilfe!»

17

Gesche löste sich von Henry und lief zu den Mädchen, die immer noch unter dem Baum standen. Henry folgte ihr, sie hörte seine Schritte hinter sich.

«Was ist denn passiert?», fragte sie, noch ganz atemlos von dem, was gerade zwischen ihr und Henry vorgefallen war. «Hat sich jemand verletzt?»

Nora kniete am Boden, umringt von den anderen, und hatte die Hände zu einer Art Hohlraum geformt.

«Sehen Sie doch nur, was wir gefunden haben.» Aufgeregt ließ sie ein Loch zwischen ihren Daumen entstehen, durch das sich sofort der kleine Kopf eines Vogels schob, der angstvoll piepste.

«Er ist noch ganz klein und lag unter dem Baum», berichtete Agnes. «Ob er aus dem Nest gefallen ist?»

Gesche betrachtete das graublaue Köpfchen und den hellgelben Flaum an der Kehle des kleinen Vogels.

«Das ist eine junge Blaumeise», sagte Henry. «Ist sie nicht weggeflogen, als ihr näher gekommen seid?»

«Sie hat es versucht», berichtete Lotte. «Aber sie kam nicht vom Boden hoch.»

«Einer ihrer Flügel sieht anders aus als der andere», sagte Nora. «Vielleicht hat sie sich bei ihrem ersten Flugversuch verletzt.»

«Darf ich mal sehen?», bat Gesche. Nora nickte und öffnete die Hand noch ein bisschen weiter, sodass Gesche ihr die junge Meise abnehmen konnte. Sie piepste immer noch, doch sie wehrte sich kaum, was Gesche als Zeichen deutete, dass sie schon ziemlich entkräftet war. Offenbar hatte sie schon länger unter dem Baum gesessen.

Vorsichtig untersuchte Gesche den zierlichen Vogelkörper.

«Ja, ich glaube, der eine Flügel ist gebrochen.» Sie strich dem Vogelküken über das weiche Federkleid. «Kein Wunder, dass es nicht klappt mit dem Fliegen.»

«Kann der Flügel wieder heilen?», fragte Lotte.

«Das könnte er vielleicht, aber so lange wird die Kleine nicht durchhalten. Hier am Boden ist sie eine leichte Beute für Raubtiere», erklärte Henry.

«Oh nein, die Arme!» Fannys Augen füllten sich mit Tränen.

«Dann wohnt sie eben ab sofort bei uns», verkündete Nora und nahm Gesche die Meise wieder ab. «Wir kaufen ihr einen Käfig und Futter und pflegen sie so lange, bis ihr Flügel geheilt ist.»

«Sie ist ein Wildvogel, Krümelchen.» Henry legte seiner Schwester eine Hand auf die Schulter und sah sie mitfühlend an. «Sie wird eingehen in einem Käfig.»

«Aber hier stirbt sie doch auch», widersprach Nora und sah zu Henry auf. «Bitte, können wir sie nicht mitnehmen und es wenigstens versuchen?»

Henry warf Gesche einen Hilfe suchenden Blick zu. «Ich weiß nicht. Wenn Fräulein Petersen es erlaubt?»

Gesche hatte den gleichen Impuls gehabt wie Nora. Auch ihr widerstrebte es, gleich aufzugeben. Aber sie wusste, dass Henry recht hatte. Das Vögelchen hatte wahrscheinlich keine Chance, zumal es schon sehr geschwächt war. Wenn sie den Mädchen erlaubte, dass sie es mitnahmen, dann zögerte sie das Unvermeidliche nur hinaus.

Sie hielt Henrys Blick stand und schluckte gegen den Kloß an, der ihr plötzlich im Hals saß. Manche Dinge schienen vielleicht hoffnungslos, aber durfte man deshalb nicht kämpfen?

«Also gut, wir nehmen den Vogel mit», sagte sie zu Nora und versuchte, nicht daran zu denken, was Frau Eggers zu ihrer Entscheidung sagen würde. «Aber nur wenn wir etwas finden, womit wir ihn transportieren können. Du kannst ihn nicht die ganze Zeit in der Hand halten.»

«Wir können eine von den leeren Dosen vom Picknick nehmen», schlug Agnes vor. «Die, in der das Brot war, ist groß genug. Wartet, ich hole sie!»

Sie wollte loslaufen, blieb jedoch erschrocken stehen, als plötzlich ein lautes Donnergrollen erklang. Kurz darauf traf ein Regentropfen Gesches Hand. Überrascht blickte sie sich um und sah, dass sich hinter dem Dom jetzt dunkle Wolken türmten. Der Wind war aufgefrischt und schob sie zu ihnen herüber.

«Da kommt ein Gewitter!» Henry winkte dem Kutscher, aber der war schon dabei, das Faltdach des Landauers zu schließen. «Wir müssen zurück.»

Gemeinsam liefen sie zu ihrem Picknickplatz, und Gesche, Henry, Lotte und Fanny packten alles zusammen, während Agnes und Nora die kleine Meise in die Blechdose setzten. Der Himmel über ihnen verdunkelte sich schnell, das Donnergrollen kam näher, und es regnete jetzt, was sie zum Glück nicht spürten, weil das Blätterdach der Linde noch das meiste abhielt. Erst als sie zur Kutsche rannten, prasselten die kalten Regentropfen auf Gesches Schultern und ihren Rücken, und sie merkte, wie sie den dünnen Stoff ihres Mieders durchdrangen und ihre Haut erreichten.

Der Kutscher hatte das Verdeck der Kutsche bereits geschlossen und stand stoisch im Regen, der ihm von der Krempe seines Zylinders tropfte, während er Gesche und den Mädchen den Verschlag aufhielt. Erleichtert ließen die Mädchen sich in die Polster sinken, froh, im Trockenen zu sein. Gesche beugte sich jedoch noch einmal hinaus, um nach Henry zu sehen, der ihnen nicht gefolgt war. Stattdessen machte er Anstalten, auf den Kutschbock zu steigen.

«Lassen Sie, Herr Graf, ich fahre», rief der Kutscher erschrocken und deutete auf das Wageninnere. «Setzen Sie sich zu den Damen, bitte. Es reicht doch, wenn einer nass wird!»

Henry zögerte, aber dann schien er einzusehen, dass der Mann recht hatte, denn er ging zurück zur Tür, die Gesche rasch für ihn öffnete.

«Ist hier noch etwas Platz für mich?», fragte er lächelnd und ließ sich neben Gesche, die zur Seite gerückt war, auf die Sitzbank sinken. Zu sechst war es eng im Innern, aber Agnes, Nora und Fanny, die ihnen gegenübersaßen, hatten genügend Raum. Lotte, Gesche und Henry mussten dagegen enger zusammenrücken.

Die Kutsche setzte sich in Bewegung und fuhr durch das Unwetter, das an Heftigkeit weiter zunahm. Blitze zuckten über den Himmel, Donner krachte, und der Regen trommelte so laut auf das Faltdach der Kutsche, dass Gesche beinahe schreien musste, damit die Mädchen sie verstanden.

«Hier, zieht die über», rief sie und gab ihnen die Stolen und Schals, die sie zum Glück vorhin mit in die Kutsche genommen hatte. Die Mädchen legten sie dankbar um ihre Schultern, denn der Regen hatte die Luft merklich abgekühlt.

Für sich selbst hatte Gesche nichts dabei, und Henry entging das nicht.

«Ihnen ist kalt», stellte er fest und zog sein Jackett aus. Gesche protestierte, aber er bestand darauf, es ihr über die Schultern zu legen. Sofort umfing sie seine Wärme, die noch in dem Stoff hing, und sie war eingehüllt in seinen markanten Duft, der ihr zu Kopf stieg.

«Danke», sagte sie und konnte gerade noch einen wohligen Seufzer unterdrücken.

Der Kutscher fuhr zügig über das Kopfsteinpflaster, was den Wagen stark schwanken ließ. Immer wieder wurden sie gegeneinandergepresst, und als Gesche zum wiederholten Mal an seine Schulter stieß, hob Henry den Arm und legte ihn über die Sitzlehne.

«So haben wir mehr Platz», erklärte er, und das stimmte, sie saßen wieder viel entspannter. Dafür fehlte seine Schulter jetzt als Begrenzung, und als die Kutsche um die nächste Kurve fuhr, rutschte Gesche gegen ihn. Die Mädchen bekamen das nicht mit, weil sie sich alle über die geöffnete Brotdose beugten, die Nora auf dem Schoß hielt. Deshalb verharrte Gesche für einen Moment so und sah zu Henry auf. Sein Gesicht war ihrem plötzlich ganz nah, seine Lippen nur wenige Zentimeter von ihren entfernt …

«Fräulein Petersen! Schauen Sie doch!» Noras Ruf ließ Gesche erschrocken hochfahren, und sie schalt sich eine Närrin, weil sie schon wieder angefangen hatte zu träumen von etwas, das sie nicht bekommen würde.

«Was ist denn?» Sie blickte in die Blechdose, die Nora ihr hinhielt. Die kleine Meise lag darin und hatte die Augen geschlossen.

«Sie bewegt sich nicht mehr.» Noras Unterlippe zitterte. «Sie ist doch nicht …?»

Gesche griff in die Dose und holte den kleinen Vogel heraus, dessen Körper sich schlaff anfühlte.

«Es tut mir sehr leid», sagte sie. «Aber das Vögelchen ist tot.»

«O nein!» Fanny presste die Hände vor den Mund, und auch die anderen sahen betroffen auf die kleine Meise, die Gesche zurück in die Dose legte.

«Es ist nicht eure Schuld», versuchte Gesche die Mädchen zu trösten. «Ihr habt es versucht. Aber sie war schon zu schwach.»

«Ich wollte, dass sie fliegt.» Nora strich über den leblosen Vogelkörper. Tränen liefen über ihre Wangen. «Sie sollte nicht immer nur auf dem Boden sitzen.»

Fanny, die neben ihr saß, schlang den Arm um sie und lehnte den Kopf an ihre Schulter. «Sie fliegt jetzt im Himmel», sagte sie und stutzte, weil das laute Prasseln auf dem Wagendach verstummt war.

«Es hat aufgehört zu regnen.» Henry blickte aus dem Fenster, und auch Gesche konnte sehen, dass der Himmel wieder hell geworden war. Das Gewitter, so heftig es gewesen war, schien schnell vorübergezogen zu sein, und dort, wo die dunklen Wolken endeten, spannte sich ein schillernder Regenbogen über die Dächer der Stadt.

«Seht doch», rief Agnes, und die Mädchen blickten aus dem Fenster. Nur Nora starrte weiter auf den toten Vogel, was Gesche Sorgen machte. Sie beugte sich vor und legte eine Hand auf Noras Knie.

«Du hast es versucht», sagte sie. «Manche Dinge passieren, ohne dass wir Einfluss darauf nehmen können.»

Die Kutsche hielt vor dem Pensionat.

«Ich will das aber nicht!», rief Nora und sprang auf. Sie stieg aus der Kutsche und stürmte ins Haus, die Dose an ihre Brust gepresst.

«Nora!», rief Henry ihr nach, aber sie blieb nicht stehen.

«Ich sehe nach ihr», sagte Gesche und reichte Henry sein Jackett. Dann stieg sie aus und folgte Nora.

Sie fand das Mädchen unter dem Kirschbaum.

«Ach, Nora!» Gesche setzte sich neben sie und zog sie an sich.

«Wieso ist sie gestorben?», murmelte Nora. «War es falsch, sie mitzunehmen?»

«Nein, es war richtig», sagte Gesche. «Zu helfen ist immer richtig, auch wenn es manchmal nicht gelingt.»

Nora schwieg einen Moment lang, dann sah sie Gesche an. «Können wir sie beerdigen? Ich möchte wenigstens das für sie tun.»

Gesche nickte. «Wir machen es direkt nach dem Abendessen, ja?»

Nora nickte. Gemeinsam verließen sie den Innenhof und kehrten ins Haus zurück. Henry war noch nicht abgefahren, wie Gesche befürchtet hatte, sondern wartete in der Halle auf sie und unterhielt sich mit Dorothea Eggers, die bei ihm stand.

«Du bist ja auch ganz durchnässt», sagte die Vorsteherin zu Nora. «Na los, lauf nach oben zu den anderen. Ich habe Ellie angewiesen, euch beim Umziehen zu helfen.»

Nora nickte und umarmte Henry noch einmal ganz schnell, bevor sie die Treppe hinaufstieg.

«Und das ist, nehme ich an, der tote Vogel, von dem der Herr Graf mir schon berichtet hat?» Als Nora fort war, deutete Dorothea Eggers auf die Dose, und ihr angewiderter Gesichtsausdruck verriet, wie wenig sie davon hielt, Tierkadaver mit ins Pensionat zu bringen. «Geben Sie ihn der Köchin, die kann ihn in die Aschentonne werfen.»

Gesche drückte die Dose noch ein bisschen fester an sich. «Nora möchte den Vogel gerne im Hof begraben, und das halte ich für eine gute Idee», erklärte sie. «Die Mädchen mussten sich in den letzten Wochen viel mit dem Thema Tod auseinandersetzen. Und so hätte diese Sache einen Abschluss.»

Dorothea Eggers sah, dass Henry anerkennend nickte, und sagte nichts mehr. Wäre er nicht dabei gewesen, dann hätte sie sich jetzt mit der Vorsteherin streiten müssen, da war Gesche ziemlich sicher.

«Frau Eggers, könnten Sie kurz kommen?» Insa Chryse kam in die Halle gelaufen, hinter sich eines der jüngeren Mädchen, das sehr unglücklich aussah.

«Entschuldigen Sie mich.» Dorothea Eggers ging zu der anderen Hauslehrerin und ließ Gesche und Henry allein.

«Danke!», sagte er mit ernster Miene. «Sie haben wirklich ein Händchen für den Umgang mit meiner Schwester.»

Gesche lächelte. «Ich denke, ich kann mich einfach noch gut in Nora hineinfühlen. Es ist ja noch gar nicht so lange her, dass ich so alt war wie sie.»

Einen Moment schwiegen sie, dann räusperte Henry sich. «Ich wollte Sie vorhin auf der Wiese nicht in Verlegenheit bringen», sagte er. «Es tut mir leid.»

«Das muss es nicht», erwiderte sie und zuckte traurig mit den Schultern. «Ich verbringe auch gerne Zeit mit Ihnen.»

«So, da bin ich wieder.» Dorothea Eggers trat zu ihnen und machte eine wegwerfende Handbewegung. «Es ging nur um eine kleine Streiterei, nichts Wichtiges.»

«Ich denke, ich sollte jetzt besser gehen», erklärte Henry, sah aber aus, als wollte er genau das nicht tun. Er verabschiedete sich zuerst von der Vorsteherin und dann von Gesche.

«Bis bald, Fräulein Petersen. Ich hoffe doch, bis zu unserem nächsten Treffen vergeht nicht allzu viel Zeit.»

«Auf Wiedersehen, Herr Graf!» Gesche lächelte ihm noch einmal zu, als er aus dem Haus trat. Dann fiel die Tür hinter ihm ins Schloss.

Auf dem Weg nach oben versuchte Gesche, das Gefühl der Traurigkeit zu vertreiben, das schwer auf ihrer Brust lag. Denn auch wenn Henry zum Abschied etwas anderes gesagt hatte, konnte sie sich nicht vorstellen, dass sie ihn in nächster Zeit wiedersehen würde.

* * *

Henry verließ das Haus und lief über das vom Regen glänzende Kopfsteinpflaster, ohne wirklich darüber nachzudenken, wohin seine Schritte ihn lenkten.

Die Mietkutsche hatte er schon weggeschickt, als Gesche im Hof mit Nora gesprochen hatte, und darüber war er jetzt froh. Er brauchte die frische Luft, um endlich wieder klar denken zu können.

Dass er sich im Innersten erschüttert fühlte, lag nicht daran, dass bei der heutigen Ausfahrt kaum mehr hätte schiefgehen können. Es lag an Gesche Petersen, der Frau, an die er während der vergangenen Wochen viel zu oft gedacht hatte. Ausgerechnet sie, dachte er und seufzte.

Er hatte vorgegeben, dem Pensionat den Globus und die Bücher zu stiften, weil er dafür sorgen wollte, dass Nora alles hatte, was sie zum Lernen brauchte. Aber in Wirklichkeit war sein Antrieb der Wunsch gewesen, Gesche wiederzusehen. Und er hatte sich eingeredet, dass er die Einladung zu der heutigen Ausfahrt nur seiner Schwester zuliebe ausgesprochen hatte. Doch als Gesche dann neben ihm auf dem Kutschbock gesessen hatte, war ihm klar geworden, dass er sich ihretwegen schon seit Tagen auf diesen Ausflug freute.

Alles an dieser Frau faszinierte ihn: ihre Schönheit, ihre Klugheit, ihre Ehrlichkeit. Die Stunden mit ihr hatten das noch verstärkt, und ihre körperliche Nähe hatte zudem ein Verlangen in ihm geweckt, das ihn schier überwältigte. Er hatte nach ihrer Hand gegriffen, obwohl sie nicht allein gewesen waren. Und wenn sie allein gewesen wären, hätte er vermutlich versucht, sie zu küssen.

Ob sie den Kuss erwidert hätte? Henry war sicher, dass Gesche ähnlich für ihn empfand. Nur was nützte das, wenn sie in diesem Pensionat wohnte und er sie nur hin und wieder bei Besuchen sehen konnte? Das reichte ihm nicht! Und doch musste es ihm reichen, wenn er ihren Ruf nicht gefährden wollte.

Frustriert schüttelte er den Kopf. Wenn Gesche doch nur eine dieser Schauspielerinnen gewesen wäre, mit denen er sich manchmal traf! Dann hätte er sie umwerben und eine Affäre mit ihr beginnen können. Aber sie war eine respektable Lehrerin, und seine Schwester sah zu ihr auf. Und deshalb war sie in mehr als einer Hinsicht tabu für ihn …

Zu seinem Erstaunen hatte er das Haus in der Beckergrube schon erreicht. Seine Füße hatten ihn offenbar von selbst hierhergetragen, während er tief in seinen Gedanken versunken gewesen war.

Adele Jacoby, eine korpulente rothaarige Frau um die fünfzig, die er als Haushälterin eingestellt hatte, weil sie ihn an Hedwig, die Köchin von Gut Rosenhagen, erinnerte, empfing ihn an der Tür, und Henry berichtete ihr auf ihre verwunderte Nachfrage, warum er schon zurück war, von der unfreiwillig kurzen Ausfahrt.

«Ach je, das tut mir leid», sagte Frau Jacoby, aber ihr Gesicht blieb unbewegt, was Henry irgendwie enttäuschte. Sie mochte aussehen wie Hedwig, aber ihr fehlte die Wärme und das Mitgefühl, das die Gutsköchin im Überfluss besaß.

«Ich werde die gewonnene Zeit nutzen und arbeiten», teilte er der Haushälterin mit und ging in sein Büro.

Sie folgte ihm und griff in ihre Schürzentasche. «Die Post», sagte sie und drückte ihm einen ganzen Stapel Briefe in die Hand. Dann ging sie wieder und ließ Henry allein.

Lustlos blätterte er durch die Umschläge. Das meiste waren vermutlich Einladungen, die bekam er reichlich, seit sich herumgesprochen hatte, dass er für eine Weile in Lübeck residierte.

Zwei Briefe stachen jedoch heraus. Einer kam von einer Firma aus Süddeutschland, die ihm eine Metallpresse liefern sollte, die wichtig für die Entwicklung seines Prototyps war, und enthielt eine Bestätigung, dass diese endlich auf dem Weg nach Lübeck war. Der zweite Brief, der vom Arzt seiner Mutter stammte, war weit weniger erfreulich.

Henry überflog die Zeilen und ließ das Blatt sinken. Seiner Mutter ging es schlechter. Jeglicher Lebenswille schien sie verlassen zu haben, schrieb Doktor Rüther, und dass er mit seinem Latein am Ende sei. Er schlug vor, die Familie zurück auf das Gut zu bringen, weil das Sidonie vielleicht aus ihrer Lethargie reißen würde, und berichtete, dass er auch an Henrys Vater Wilhelm einen Brief geschrieben habe. Dass dieser bereit sein würde, den Aufenthalt in Italien zu unterbrechen, um seiner Frau beizustehen, war allerdings mehr als zweifelhaft. Henry hingegen würde sich um seine Mutter kümmern, das stand außer Frage.

Er dachte an Nora und wie wenig begeistert sie davon sein

würde, das Pensionat und ihre Freundinnen für längere Zeit zu verlassen. Und es tat ihm leid. Er wollte sie nicht herausreißen aus dieser Umgebung, die ihr offensichtlich so guttat. Ganz abgesehen davon, dass sie dann den Unterricht verpassen würde. Was hatte Gesche noch bei dem Fest im Pensionat gesagt? Es sei wichtig, dass die Mädchen dieses letzte Schuljahr noch nutzten, um ihren Horizont zu erweitern. Wollte er Nora diese Chance wirklich nehmen?

Eine Idee begann in seinem Kopf Gestalt anzunehmen, und je länger er darüber nachdachte, desto besser gefiel sie ihm. Ja natürlich, das war die Lösung! Und noch dazu eine, von der ich auch etwas habe, dachte er, ein bisschen stolz auf sich selbst, und läutete nach Frau Jacoby, damit sie ihm einen Kaffee brachte.

18

Fräulein Petersen, stellen Sie sich vor, wir fahren zurück nach Rosenhagen!» Nora stürmte aufgeregt ins Klassenzimmer. Sie musste die Treppe hinaufgerannt sein, denn sie war ganz außer Atem. «Mein Bruder ist da, und er sagt, dass wir schon morgen aufbrechen.»

«Morgen schon?» Gesche konnte ihr Erschrecken nicht verbergen. «Aber warum denn? Ist bei euch zu Hause etwas passiert?»

Nora schlüpfte zurück auf ihren Platz zwischen Fanny und Agnes. «Nein, aber mein Bruder sagt, dass ...»

«Das kann dein Bruder auch selbst erklären», meinte Henry, der in diesem Moment hereinkam, dicht gefolgt von Dorothea Eggers.

Sein Blick wanderte sofort zu Gesche, und sein strahlendes Lächeln traf sie mitten ins Herz. Ihn so schnell wiederzusehen, war ein Schock, schließlich lag ihr Ausflug erst zwei Tage zurück.

«Meine Schwester hat es ja schon erzählt», erklärte er. «Ich muss aus persönlichen Gründen für eine Weile auf unser Gut zurückkehren. Und Nora wird mich begleiten, das geht leider nicht anders. Wie lange wir bleiben, kann ich noch nicht sagen, aber es könnte ein Monat werden.»

Gesche schluckte mühsam gegen den Kloß an, der ihre Kehle blockierte. Sie hatte sich schon darüber gewundert, dass Nora aus dem Unterricht zu Frau Eggers gerufen worden war, und befürchtet, dass es dabei um Henry ging. Sie hatte sich Sorgen gemacht, dass ihm etwas zugestoßen wäre, aber darauf, dass er die Stadt verlassen wollte – noch dazu mit Nora –, war sie nicht gekommen. Und es traf sie hart. Lübeck ohne die beiden konnte und wollte sie sich nicht mehr vorstellen.

«Oh, wie schade!», meinte Fanny traurig und sah ihre Freundin an. «Ich werde dich vermissen!»

«Das musst du nicht», erklärte Nora fröhlich. «Du kommst doch mit. Und Agnes und Lotte auch. Wir verlegen die Schule nach Gut Rosenhagen! Ist das nicht aufregend?»

«Die ganze Schule?», fragte Lotte ungläubig.

«Nein, Dummchen, nur unsere Klasse. Wir haben ab sofort Unterricht bei uns auf Gut Rosenhagen.»

«Wie bitte?» Gesche konnte nicht mehr folgen. «Aber ... wie soll das denn gehen?»

«Indem Sie uns begleiten», verkündete Henry, ausgesprochen vergnügt. «Wenn Sie mitkommen, dann kann der Unterricht wie gewohnt stattfinden. Die Mädchen verpassen nichts, ich muss kein schlechtes Gewissen haben, weil ich Nora ‹entführe›, und unser Gut bietet Ihnen auch noch Erholung an der Seeluft. So haben wir alle etwas davon.»

Gesche sah zu Dorothea Eggers hinüber, die nur mit den Schultern zuckte.

«Ich war auch erst skeptisch, als der Herr Graf mir diesen Vorschlag unterbreitet hat, denn eigentlich kann ich Sie nicht so lange entbehren, Fräulein Petersen. Doch der Herr Graf hat mich überzeugt, dass ich den Mädchen diese Möglichkeit nicht verwehren darf.»

«Und wir dürfen wirklich alle mit?» Fanny schien es immer noch nicht fassen zu können. «Ich auch?»

«Ja, alle! Henry hat sogar schon die Erlaubnis von Agnes'

und Lottes Eltern eingeholt!», erklärte Nora. «Ist das nicht toll? Dann kann ich euch alles zeigen: die Ställe, die Wälder, den Strand, einfach alles! Wir werden so viel Spaß haben!»

«Ihr werdet vor allem viel lernen», mahnte Frau Eggers, aber die Mädchen strahlten, und auch Henry lächelte, sichtlich erfreut über ihre Begeisterung.

«Ich habe bereits alles organisiert», erklärte er. «Wir werden mit der Eisenbahn nach Travemünde fahren und dort mit der Kutsche abgeholt.» Er blickte zu Gesche. «Für den Transport des Gepäcks sorge ich, Sie müssten nur morgen gegen zehn Uhr fertig sein, dann hole ich Sie ab. Wäre das machbar?»

Gesche nickte. «Das kommt alles sehr plötzlich, aber wir werden pünktlich fertig sein», bestätigte sie und versuchte, sich nicht anmerken zu lassen, wie sehr sie das alles verwirrte.

Vier Wochen auf einem Gutshof an der Küste, das kam ihr vor wie ein Traum, schließlich war sie seit einer gefühlten Ewigkeit nicht mehr aus Lübeck herausgekommen. Aber mit Henry unter einem Dach? Die Vorstellung war aufregend und beängstigend zugleich.

«Bis morgen», verabschiedete sich Henry und versicherte Dorothea Eggers, die ihm folgen wollte, dass er alleine nach draußen fand. Als sich die Tür hinter ihm geschlossen hatte, hörte man ihn ein Lied pfeifen, während seine Schritte sich entfernten.

Die Vorsteherin starrte noch einen Moment auf die geschlossene Tür, erst dann drehte sie sich wieder zu Gesche und den Mädchen um.

«Benehmt euch gut bei den von Jagows, hört ihr», sagte sie und sah Agnes, Lotte und Fanny streng an. «Macht mir keine Schande.»

Ihr Blick wanderte zu Gesche, und Gesche glaubte, immer

noch eine Warnung darin zu entdecken, so als gelte Letzteres auch für sie. Dann nickte die Vorsteherin mit dem Kinn in Richtung Tür.

«Ich muss Sie kurz unter vier Augen sprechen, Fräulein Petersen.»

Gesche folgte ihr in den Flur und rechnete mit einer der üblichen Strafpredigten. Doch tatsächlich wirkte Dorothea Eggers eher verwirrt.

«Das kommt für mich auch alles sehr überraschend», gestand sie. «Und ich sage Ihnen ehrlich, dass ich nicht begeistert bin.» Sie zuckte mit den Schultern. «Aber der Herr Graf hat mir zugesichert, dass er unser Pensionat seinen Freunden empfehlen wird. Vielleicht haben wir dann bald mehr als nur eine Komtess unter unseren Schülerinnen, stellen Sie sich vor! Außerdem hat er angeboten, mir einen Ausgleich für die Zeit Ihrer Abwesenheit zu zahlen. Der Schule würde also kein Nachteil entstehen.»

So hat Henry das also bewerkstelligt, dachte Gesche bei sich. «Wissen Sie mehr über seine Gründe für diesen überstürzten Aufbruch?»

Dorothea Eggers machte eine wegwerfende Handbewegung. «Es hat irgendetwas mit der Mutter zu tun. Der Graf meinte, sie sei gemütskrank.» Sie betrachtete Gesche nachdenklich. «Wissen Sie, wenn er nicht so begeistert von Ihnen wäre, Fräulein Petersen, dann hätte er Eleonore jetzt vielleicht abgemeldet und mitgenommen, und wir hätten die beiden nie wiedergesehen. Aber so ...» Sie lächelte. «Wir waren uns bis jetzt nicht besonders grün. Aber ich muss gestehen, dass ich inzwischen weiß, was ich an Ihnen habe.»

Gesche starrte sie an, nicht sicher, ob die Vorsteherin überhaupt schon mal gelächelt hatte, wenn sie allein waren. Es war eine angenehme Abwechslung, stellte sie fest. Aber das Lächeln dauerte nicht lange an, und Dorothea Eggers wurde wieder ernst.

«Das bedeutet aber nicht, dass ich nicht vollen Einsatz von Ihnen verlange», erklärte sie. «Ab sofort sind Sie ausschließlich für die Abschlussklasse zuständig. Sie sorgen dafür, dass die Koffer ordentlich gepackt sind und nichts vergessen wird. Und Sie werden während Ihres Aufenthaltes bei den von Jagows genau Buch darüber führen, wie viele Stunden Unterricht Sie geben und was genau Sie mit den Mädchen durchnehmen. Die Tage müssen Struktur haben, so wie es hier der Fall ist. Schließlich vertreten Sie das Pensionat, und ich wünsche nicht, dass bei dem Herrn Grafen ein schlechter Eindruck entsteht, weil Sie die Zügel schleifen lassen.»

«Da brauchen Sie wirklich keine Sorge zu haben», versicherte Gesche ihr. Sie hatte nicht vor, Zeit zu verschwenden. Jeden einzelnen Tag würde sie nutzen, um den Mädchen etwas beizubringen. Aber wer sagt, dass wir das nicht auch in der Natur tun können, wenn das Wetter schön ist, dachte sie und sah der Vorsteherin lächelnd nach, die wieder nach unten ging.

Gesche kehrte in die Klasse zurück. Die Mädchen tuschelten aufgeregt miteinander. Als Nora sie sah, sprang sie auf.

«Sie kommen doch mit uns, Fräulein Petersen, oder?»

«Natürlich», bestätigte Gesche. «Ich bin schon sehr gespannt darauf, mir euer Gut anzusehen.»

«Es wird Ihnen gefallen», versprach Nora. «Ich wette, Sie wollen gar nicht mehr weg, wenn Sie es erst kennengelernt haben.»

Gesche lächelte nachsichtig. «Ich bin sicher, dass es mir gefallen wird», sagte sie. «Aber genauso sicher bin ich, dass wir noch ein Gedicht von Clemens Brentano durchnehmen müssen, bevor wir überhaupt daran denken können, unsere Koffer zu packen. Also setz dich bitte wieder, Nora, und schlag dein Buch auf.»

Nora folgte ihrer Anweisung, und Gesche kehrte zum Pult zurück und versuchte, sich wieder auf den Unterricht zu konzentrieren. Doch in Gedanken sah sie Henry vor sich und spürte, wie ihr Reisefieber stieg.

* * *

«Da vorne liegt das Gut!»

Nora sprang von ihrem Platz in der Kutsche auf und deutete auf das große Haus mit seinen Stallungen und Nebengebäuden, das vor ihnen am Ende der langen Buchenallee auftauchte. Die Nachmittagssonne strahlte von einem wolkenlosen Himmel, und weiter hinten, am Horizont, schimmerte dunkelblau die Ostsee.

«Wie schön!» Fanny war ebenfalls aufgestanden und zeigte auf die eingezäunten Weiden zu ihrer Rechten, auf der ein Dutzend Pferde grasten. «Sind das alles eure?»

«Dürfen wir die mal reiten?» Auch Agnes erhob sich. «Ich saß noch nie auf einem Pferd!»

«Ich auch nicht! Lasst mich auch mal schauen!» Lotte wollte es den anderen nachmachen und aufstehen, aber Fräulein Petersen hielt sie zurück und ermahnte auch die anderen, sich wieder hinzusetzen.

«Wir sind doch gleich da», sagte sie.

Henry, der vorne beim Kutscher saß, wandte sich zu ihnen um. «Dann könnt ihr euch alles ansehen. Und ich bin sicher, es wird irgendwann auch Zeit für eine Reitstunde sein.»

Seine Ankündigung löste Jubel bei den Mädchen aus. Und

tatsächlich dauerte es nur noch wenige Minuten, bis der offene Landauer vor dem Gutshaus ankam.

Den Gutsangestellten war ihre Ankunft nicht entgangen, und sie hatten bereits auf den Stufen, die zur Haustür führten, Aufstellung genommen und standen Spalier, um den Besuch zu begrüßen. Fast alle Gesichter waren Nora vertraut, aber sie hatte erst mal nur Augen für eines von ihnen.

«Hedwig!» Sobald die Kutsche hielt, stieg Nora aus und rannte zu der korpulenten Köchin, unter deren Haube die roten Locken hervorlugten, deren auffällige Farbe sie an ihren Sohn weitergegeben hatte. «Ach Hedwig!»

Sie schlug alles, was sie im Pensionat über den Umgang mit Dienstboten gelernt hatte, in den Wind und fiel der Frau in die Arme, die für sie immer so etwas wie eine Ersatzmutter gewesen war. Es war Hedwigs Warmherzigkeit gewesen, die Nora aufgefangen hatte, wenn ihre eigene Mutter in ihrer ganz persönlichen Dunkelheit versunken und für sie unerreichbar gewesen war. In Hedwigs Küche hatte es immer Kakao, Umarmungen und ein paar aufmunternde Worte für sie gegeben, wenn sie sich allein und verloren gefühlt hatte, und dafür würde Nora ihr immer dankbar sein.

«Na, na, Kindchen!» Hedwig schob Nora lächelnd von sich, aber ihr standen Tränen in den Augen, die sie hastig wegwischte.

«Du hast mir gefehlt», gestand Nora und blickte glücklich in das runde, freundliche Gesicht der Köchin.

«Sie mir auch, Komtess», sagte Hedwig und lächelte ihr verschwörerisch zu.

Nora blickte zu Henry, der gerade Gesche aus der Kutsche half. Er war noch außer Hörweite, deshalb beugte sie sich rasch ein wenig vor.

«Hast du etwas von Karl gehört?», flüsterte sie.

Zu ihrer Erleichterung nickte Hedwig.

«Oh, Gott sei Dank!» Nora fiel ein Stein vom Herzen. «Wo ist er? Geht es ihm gut?»

«Nicht jetzt», flüsterte Hedwig. «Komm nachher zu mir in die Küche.»

Nora konnte noch nicken, bevor die anderen sie erreichten.

Zu ihrer Überraschung warf Henry ihr keinen strengen Blick zu, weil sie die Köchin so stürmisch begrüßt hatte. Allerdings hatte er auch seine gesamte Aufmerksamkeit auf Fräulein Petersen gerichtet und bot ihr den Arm, als sie gemeinsam die Treppe hinaufstiegen.

Nacheinander stellte er ihr und den Mädchen die Angestellten vor, allen voran Mamsell Kramer, die den Haushalt führte. Nora kannte sie noch nicht, der Verwalter hatte sie in Henrys Auftrag eingestellt, während sie in Lübeck gewesen waren.

«Die gnädige Frau ist im Moment leider unpässlich», erklärte die schlanke Mittvierzigerin mit den streng zurückgekämmten braunen Haaren. «Sie lässt sich entschuldigen.»

Henry nickte nur und fuhr mit der Vorstellung fort.

Als er fertig war, führte er Gesche und die anderen hinein in die große Empfangshalle im Haupthaus.

«Es ist so groß», meinte Fanny und blickte staunend hinauf zu den Stuckmustern an der Decke, dann auf die geschwungene Treppe mit den verzierten Geländern, die in die oberen Stockwerke führte. «Viel größer, als ich dachte.»

«Wir haben auch eine große Halle in unserer Villa», erklärte Lotte, sichtlich darum bemüht, sich nicht beeindruckt zu zeigen. Nora kannte das schon von ihrer Freundin, der es nie passte, wenn ihre Familie in irgendeiner Weise ausgestochen wurde. Aber sie sah es Lotte nach, denn sie war viel zu gefangen genommen von dem Gefühl, wieder hier zu stehen, umgeben von den vertrauten Möbeln und Bildern, den Geräuschen und Gerüchen des Gutshauses, das bis vor wenigen Wochen noch ihre ganze Welt gewesen war.

«Die Damen sind erschöpft von der Reise», sagte Henry zu Mamsell Kramer. «Würden Sie einen kleinen Imbiss und Erfrischungen vorbereiten, während ich ihnen ihre Zimmer zeige, damit sie sich frisch machen können?»

«Selbstverständlich, Herr Graf, es ist alles bereits vorbereitet!», erwiderte die Mamsell und sah zu Hedwig, die daraufhin knickste und in Richtung Küche ging. Nora blickte ihr nach und sah, dass die Köchin ihr noch einen auffordernden Blick zuwarf.

Während Henry mit den anderen hinaufging, blieb Nora am Fußende der Treppe stehen. Hastig, bevor er es ihr verbieten konnte, drehte sie sich um und verschwand in Richtung Küche. Als sie sich der Tür näherte, die einen Spalt aufstand, hörte sie Stimmen. Und eine davon war ihr so vertraut, dass sie erschrocken stehen blieb. Einen Moment lang lauschte sie angespannt, dann rannte sie die letzten drei Schritte bis zur Tür und riss sie auf.

Hedwig stand am Herd und eine der Küchenmägde am Spülbecken. Aber es saß noch jemand in der Küche, an dem Tisch, an dem das Personal seine Mahlzeiten einnahm. Jemand, den sie hier niemals erwartet hätte.

«Karl», sagte sie fassungslos.

Er erhob sich.

«Hallo, Nora», sagte er lächelnd, und Nora spürte, wie ihr Tränen in die Augen schossen. Mit einem Aufschluchzen lief sie zu ihm und warf sich in seine Arme.

19

Ich hatte solche Angst, dass ich dich nie mehr wiedersehe.» Nora vergrub ihr Gesicht an Karls Hals und sog glücklich seinen vertrauten Duft ein. Er hielt sie ganz fest, und als sie sich schließlich voneinander lösten, glänzten auch seine Augen verdächtig.

«Bitte sag mir, dass du nicht mehr in dieser schrecklichen Werft arbeitest!» Hoffnungsvoll sah Nora zu ihm auf. «Hast du gekündigt?»

«Nein, ich wurde entlassen», erklärte Karl, und sie wartete darauf, dass er noch mehr dazu sagte. Aber er beließ es dabei, und als sie ihn betrachtete, fiel ihr auf, dass er sich verändert hatte.

Er trug dieselbe Art von Kleidung wie sonst, eine einfache Arbeitshose, Hemd und Weste. Aber seine gesamte Erscheinung war anders. Alles Weiche schien verschwunden, er war noch schlanker als früher, aber muskulöser. Seine Schultern wirkten breiter, seine Gesichtszüge schmaler und weniger jungenhaft. Außerdem lag in seinem Blick eine Trostlosigkeit, die Nora von ihm nicht kannte und die erschreckend war. Instinktiv legte sie eine Hand auf seine Brust.

«Dann kommst du zurück?», fragte sie. «Henry kann dich wieder einstellen. Ich werde ihn fragen, ob ...»

«Langsam, langsam», unterbrach Karl sie. «Ich bin doch gerade erst angekommen. Außerdem muss mein Bein heilen, bevor ich wieder ans Arbeiten denken kann.»

«Was ist denn mit deinem Bein?» Erschrocken trat Nora einen Schritt zurück und blickte an ihm hinunter. Erst jetzt fiel ihr auf, dass sein rechtes Bein dicker war. «Hast du dich verletzt?»

Karl beugte sich vor und zog sein Hosenbein ein wenig höher, sodass sie den Verband sehen konnte, der um seinen Unterschenkel gewickelt war.

«Es gab einen Unfall in der Werft», erklärte er. «Ein Kessel ist explodiert, und die Druckwelle hat alles durch die Luft geschleudert, was in der Nähe war.» Er wandte den Kopf zur Seite und deutete auf eine verschorfte Stelle seitlich unter seinen Haaren, die Nora noch gar nicht aufgefallen war. «Da habe ich auch was abbekommen. Hatte einen ganz schönen Brummschädel davon und konnte eine Weile nicht arbeiten. Als ich zurückkam, hatten sie meine Stelle an jemand anderen vergeben. Aber ich hatte trotzdem noch Glück. Immerhin lebe ich noch. Es gab über zehn Tote.»

Sein Gesicht wurde bleich, offenbar quälte ihn die Erinnerung an das Geschehene.

«Und deshalb gehst du da auch nicht wieder hin», verkündete Hedwig. Sie stand am Herd und hielt drohend den Kochlöffel in die Luft. «Ich habe gleich gesagt, dass diese Arbeit zu gefährlich ist. Aber du wolltest ja nicht hören!»

Karl erwiderte nichts, sondern setzte sich wieder an den Tisch. Oder er versuchte es, denn als er den Stuhl herauszog, musste er das Gewicht auf sein verletztes Bein verlagern, und Nora sah sein schmerzverzerrtes Gesicht.

«Warte, ich helfe dir.» Sie hielt den Stuhl für ihn, bis er saß.

Er verzog den Mund zu einem schiefen Lächeln. «Das müsste eigentlich ich für dich machen und nicht umgekehrt. Schließlich bist du die feine Dame.»

«Also wirklich!» Nora boxte ihn spielerisch gegen die Brust. «Seit wann bin ich denn eine feine Dame?»

«Das warst du immer. Und sieh dich doch an.» Sein Blick glitt bewundernd an ihr herunter. «Du bist in Lübeck noch schöner geworden.» Er grinste. «Eigentlich dachte ich, du sprichst jetzt nur noch Französisch, trinkst deinen Tee mit abgespreiztem kleinem Finger und tanzt auf Zehenspitzen durch lange Ballnächte.»

«So kann man sich täuschen», erwiderte sie. «Hast du wirklich gedacht, das Pensionat würde mich so verändern?»

«Ich hatte es befürchtet. Aber ich hätte es besser wissen müssen», sagte Karl, und als sie sich anlächelten, wusste Nora plötzlich, dass niemand jemals den Platz einnehmen würde, den er in ihrem Leben innehatte. Seit sie zurückdenken konnte, war er ihr Gefährte gewesen, ihr Vertrauter, der Mensch, mit dem sie Abenteuer erlebt und Leid geteilt hatte. Sie beide verband etwas, das auch diese neuen, wilden Gefühle nicht verändern konnten, die sie so durcheinanderbrachten …

Die Küchentür klappte, und Henry kam herein. «Was soll das, Nora? Wieso bist du nicht mit nach oben …»

Er hielt inne, als er Karl sah, der sich wie Nora erschrocken erhob. Seine Miene verdüsterte sich. «Was tust du denn hier?», fuhr er ihn an. «Ich dachte, du bist in Lübeck.»

Karls Gesicht war fahl geworden.

«Da war er, aber jetzt ist er zurück, weil er krank ist», erklärte Hedwig an Karls Stelle. «Ich wollte noch mit Ihnen darüber sprechen, ob es möglich ist, dass er ein paar Tage bleibt?»

«Nein, das geht nicht», erwiderte Henry sofort. «In seiner alten Kammer schläft jetzt der neue Stallknecht. Es ist hier kein Platz mehr für ihn.»

Nora spürte heiße Wut in sich aufsteigen. Sie stellte sich vor Karl und funkelte ihren Bruder wütend an. «Für Karl ist immer Platz bei uns!», fuhr sie ihn an. «Außerdem ist er verletzt. Er braucht unsere Hilfe.»

«Ich kann für mich allein sprechen, Nora», sagte Karl mit angespannter Stimme und wandte sich an Henry. «Es wäre wirklich nur für ein paar Tage, Herr Graf. Und ich würde mit dem Heuboden vorliebnehmen, wenn Sie es gestatten.»

Henrys Blick glitt zwischen Nora und Karl hin und her und schließlich zu Hedwig, die sich die Hände gegen die Brust gepresst hatte und ihn flehend ansah. Seine Lippen bildeten eine schmale Linie.

«Also gut, du kannst bleiben, bis du dich auskuriert hast», sagte er. «Ich möchte deiner Mutter die Sorge um dich nicht zumuten, schließlich haben wir Gäste, und sie wird viel zu tun haben. Aber das eins klar ist!» Seine Augen wurden schmal, während er Karl fixierte. «Du kommst nicht ins Haus und hältst dich von meiner Schwester fern. Wenn ich euch auch nur einmal zusammen sehe, musst du gehen. Hast du das verstanden?»

Karl nickte stumm, während Nora nach Luft schnappte vor Empörung.

«Das kannst du nicht machen, Henry! Karl muss doch ...»

«Das ist die Bedingung!», unterbrach er sie barsch. «Ihr habt keinen Kontakt. Erwische ich euch zusammen, ist es vorbei.»

Nora hielt seinem strengen Blick stand, aber er gab nicht nach, und sie wollte nicht riskieren, dass er es sich noch einmal ganz anders überlegte. Karl war verletzt, er brauchte Ruhe. Und der Heuboden war bequem, als Kinder hatten sie dort im Sommer oft geschlafen. Natürlich heimlich. Nora war nachts aus dem Fenster geklettert und hatte sich mit Karl bei den Ställen getroffen. Sie kannte das Gut in- und auswendig. Was die geheimen Wege anging, machte ihr so schnell niemand etwas vor.

«Hast du das verstanden, Nora?» Henry wartete immer noch auf ihre Antwort.

«Ja», sagte sie. «Aber ich finde es herzlos von dir. Nur dass du es weißt!»

Henry deutete auf die Tür. «Komm jetzt bitte.»

Nora ging mit ihm, drehte sich jedoch an der Tür noch einmal zu Karl um.

Er hatte die Stirn in Falten gelegt und schüttelte kaum merklich den Kopf. ‹Nein›, formten seine Lippen, denn natürlich kannte er Nora gut genug, um zu wissen, dass sie sich nicht an das Verbot ihres Bruders halten würde.

Sie lächelte nur und schloss die Küchentür.

* * *

Gesche trat in ihrem Zimmer ans Fenster und blickte durch die Organza-Vorhänge hinaus in den weitläufigen Garten, der fast schon ein Park war. Aber der Anblick löste den Knoten in ihrem Magen nicht, im Gegenteil. Das flaue Gefühl wurde sogar noch schlimmer. Deshalb wandte sie sich ab und setzte sich auf das Bett.

Sie war davon ausgegangen, dass es sich bei Gut Rosenhagen um ein großes Anwesen handeln würde, aber die Schönheit und Pracht des Hauses und der Umgebung überwältigten sie. Allein dieses Zimmer war ein Traum, mit dem breiten Bett, über dem an vier gedrechselten Holzsäulen ein Baldachin hing. Der helle Stoff war auf die Vorhänge abgestimmt, und er verlieh dem Raum, zusammen mit den glänzenden Nussbaum-Möbeln, eine angenehm freundliche und gleichzeitig luxuriöse Atmosphäre. Und das hier war nur eines der Gästezimmer. In der unteren Etage reihten sich bestimmt auch mehrere wunderschöne Salons aneinander. Und das alles gehörte Henrys Familie! Er lebte in einer völlig anderen Welt als sie, und den Unterschied zwischen ihnen so deutlich vor Augen geführt zu bekommen, tat unerwartet weh …

Es klopfte an der Tür, und Gesche erhob sich aufgeregt, weil sie für eine Sekunde glaubte, es wäre Henry. Doch es war ein Dienstmädchen.

«Entschuldigen Sie, gnädige Frau, brauchen Sie Hilfe beim Auspacken?»

Gesche blickte auf ihre Tasche. Im Gegensatz zu den Mädchen, die teilweise große Schrankkoffer mit auf die Reise genommen hatten, war ihr Gepäck sehr bescheiden. Sogar Fanny besaß deutlich mehr Garderobe als sie selbst, deshalb schüttelte sie den Kopf.

«Nein, vielen Dank. Aber ich bin sicher, die jungen Damen können Unterstützung gebrauchen», sagte sie. «Warten Sie, ich komme mit und helfen Ihnen.»

Während sie dem Dienstmädchen den Flur hinunter zu den Zimmern der Mädchen folgte, versuchte sie, sich an den Namen der jungen Frau zu erinnern. Henry hatte ihn bei der Vorstellung genannt, aber Gesche war nur auf seine Hand konzentriert gewesen, die auf ihrer gelegen hatte, während sie an seinem Arm die Treppe hinaufgegangen war. Herrje, wie sollte sie diesen Aufenthalt überstehen, wenn jeder Blick und jede Berührung von Henry sie so ablenkte? Sie hatte sich eingeredet, dass sie es schaffen würde, wieder unbefangen mit ihm umzugehen. Dass er seine Worte beim Picknick längst vergessen hatte und dass es ihr deshalb leichtfallen würde, ihre Gefühle im Zaum zu halten.

Das Gegenteil war der Fall. Seit sie heute Morgen aufgebrochen waren, hatte die Anspannung sie zu keinem Zeitpunkt verlassen. Ihr Körper und ihr Geist schienen ihn ständig wahrzunehmen und auf alles zu achten, was er tat, ob es nun in der Eisenbahn war oder in der Kutsche. Und als er ihr dann seinen Arm angeboten hatte …

Gesche seufzte. Ich bin nur hier, um mich um die Schülerinnen zu kümmern, erinnerte sie sich und war froh, dass sie bei den Zimmern der Mädchen angekommen waren.

Die drei Türen standen auf, und das Dienstmädchen, das sie begleitet hatte, ging in das erste Zimmer, in dem, wie es aussah, Lottes Gepäck stand. Im zweiten packte ein weiteres Dienstmädchen gerade die Koffer von Agnes aus. Im dritten saßen Lotte, Fanny und Agnes auf dem großen Bett und unterhielten sich. Ihre fröhlichen Gesichter zeigten, dass es ihnen hier ebenso gut gefiel wie Gesche.

«Oh, Fräulein Petersen!» Fanny stand auf und kam ihr entgegen. «Ist das nicht fantastisch, dass wir jede ein eigenes Zimmer haben? Und sie sind alle so schön eingerichtet! Ich kann es gar nicht erwarten, die anderen Räume zu sehen.»

«Graf von Jagow zeigt sie uns sicher, wenn er zurück ist.» Gesche lächelte Agnes und Lotte an, die ebenfalls aufgestanden waren und zu ihnen auf den Flur hinaustraten.

«Seht nur, da kommt er schon», rief Fanny. «Und Nora ist bei ihm.»

Gesches Herz kam kurz aus dem Takt, als sie sich umdrehte und Henry und Nora sah, die den Gang entlang auf sie zukamen. Er sah verärgert aus, genau wie Nora, offenbar hatten die beiden sich gestritten.

«Wir können draußen auf der Terrasse Erfrischungen zu uns nehmen, wenn die Damen möchten. Sind Sie so weit eingerichtet?», erkundigte sich Henry.

Die Mädchen bejahten, aber Gesche konnte nicht antworten, weil Henry ihr erneut seinen Arm bot.

Gemeinsam gingen sie zurück in die Halle, und Henry führte sie durch das Erdgeschoss, in dem es tatsächlich eine stattliche Anzahl an Salons gab. Gesche schaffte es allerdings nur mit Mühe, sich auf Henrys Erklärungen zur Einrichtung und zur Geschichte des Hauses zu konzentrieren, denn wieder war er ihr viel zu nah. Erst als sie auf der Terrasse angekommen waren und sie sich setzten, ließ ihre Anspannung etwas nach.

Es gab Kaffee, Zitronenlimonade und zwei Etageren voller Sandwiches im englischen Stil, die köstlich schmeckten.

Henry verließ die Tafel für eine Viertelstunde. Als er zurückkehrte, wirkte er niedergeschlagen.

«Ich war gerade bei meiner Mutter, weil ich gehofft hatte, sie überreden zu können, uns Gesellschaft zu leisten. Leider ist sie immer noch unpässlich und lässt sich entschuldigen.»

«Das tut mir leid», sagte Gesche betroffen. Sie hätte ihn gerne gefragt, woran seine Mutter litt, wollte ihn aber vor den Mädchen nicht darauf ansprechen.

Nach dem Kaffee verabschiedete sich Henry mit dem Hinweis, dass er noch arbeiten müsse.

«Sie können gerne den Garten erkunden oder die Bibliothek», sagte er. Dann warf er Nora einen warnenden Blick zu. «Aber nicht die Stallungen! Dazu ist später noch Gelegenheit. Und dann will ich dabei sein.»

Gesches Blick wanderte von Henry zu Nora, und sie fragte sich, was zwischen den beiden vorgefallen sein mochte. Doch als Nora ihnen kurz darauf den Irrgarten zeigte, in dem sie sich alle immer wieder verliefen, dachte sie nicht mehr daran, und der Rest des Nachmittags verging wie im Flug.

Zum Abendessen erschien Sidonie von Jagow wieder nicht, und auch Henry ließ sich entschuldigen, was Gesche enttäuschte. Nicht einmal die sehr gut bestückte große Bibliothek, in der sie mit den Mädchen den Abend verbrachte, konnte sie ausreichend ablenken. Sie blätterte hier und da in einem Buch, konnte sich aber nicht konzentrieren, weil ihre Gedanken ständig zu Henry wanderten.

Und Nora war auch nicht bei der Sache, wie Gesche irgendwann auffiel. Während die anderen aufgekratzt miteinander plauderten, blieb sie ungewöhnlich still und schien in Gedanken ganz woanders zu sein. Auf Gesches Nachfrage, ob es ihr gut ging, nickte sie jedoch nur, und Gesche hakte nicht weiter nach.

Die strengen Regeln von Frau Eggers sahen vor, dass sich die Mädchen spätestens um halb acht Uhr in ihre Zimmer zurückzogen, aber Gesche wollte sie an einem so schönen Sommerabend nicht so früh ins Bett schicken und ließ sie länger aufbleiben. Doch als die Standuhr in der Bibliothek neun Uhr schlug, erklärte Nora, sie sei müde und wolle lieber schlafen gehen.

Gesche war erstaunt, denn im Pensionat war Nora immer diejenige, die als Letzte der Mädchen ins Bett fand. Da jedoch auch die anderen anfingen zu gähnen, beendete sie den Abend und begleitete die Mädchen zurück in den ersten Stock, bevor sie sich in ihr eigenes Zimmer zurückzog.

Die Sonne ging gerade unter, und es wurde dämmrig im Zimmer, deshalb entzündete Gesche die Petroleumlampe auf ihrem Nachttisch und nahm sie dann mit zur Frisierkommode.

Sie setzte sich davor, betrachtete ihr Spiegelbild und fragte sich, ob sie heute Nacht überhaupt Schlaf finden würde. Allein die Größe des Zimmers war ungewohnt, und die Schatten in den Ecken, die das Licht der Lampe nicht erreichte, machten ihr ein bisschen Angst. Außerdem war es erschreckend still. In Lübeck hörte man selbst nachts noch das Hufgeklapper von Kutschpferden auf dem Kopfsteinpflaster oder andere Geräusche, aber hier war es auf eine fast unheimliche Weise still. Daran würde sie sich gewöhnen müssen. Und daran, dass Henry nur wenige Zimmer von ihr entfernt schlief ...

Ein leises Klopfen an ihrer Tür zerriss die Stille.

Gesche erstarrte für einen Moment. Dann erhob sie sich und ging zur Tür. Das Klopfen erklang erneut.

«Wer ist da?», fragte sie vorsichtig.

«Ich bin es», erwiderte eine Stimme, die sie unter Tausenden herausgehört hätte.

20

Gesches Herz klopfte wild gegen ihre Rippen. Wie von selbst wanderte ihre Hand zur Klinke und drückte sie herunter.

Henry stand vor der Tür und hielt eine kleine Petroleumlampe in der Hand. Der Lichtschein beleuchtete nur eine Hälfte seines Gesichts, sodass Gesche den Ausdruck in seinen Augen nicht richtig deuten konnte.

«Entschuldigen Sie, dass ich Sie so spät noch störe», sagte er. «Ich hatte gehofft, dass Sie noch wach sind.»

«Ich wollte gerade zu Bett gehen.» Gesche umklammerte die Türklinke so fest, dass es fast schmerzte. «Was gibt es denn?»

«Ich würde mich gerne mit Ihnen unterhalten. Dafür war heute leider so wenig Zeit», sagte er. «Würden Sie noch einmal mit mir nach unten kommen und sich mit mir in die Bibliothek setzen?»

Gesche zögerte kurz. Dann nickte sie.

Es schickte sich nicht, mit einem Mann allein zu sein, noch dazu um diese Uhrzeit, das war ihr bewusst. Aber wer sollte sie sehen? Die Mädchen waren in ihren Zimmern, und auch die meisten Dienstboten schliefen um diese Zeit vermutlich schon. Und außerdem wollte sie gerne noch Zeit mit Henry verbringen.

Sie trat zu ihm in den Flur und schloss ihre Zimmertür.

«Leise, damit wir die Mädchen nicht wecken», flüsterte sie

und deutete auf die gegenüberliegende Seite des Flurs, wo die anderen Gästezimmer lagen.

Er nickte, und sie gingen schweigend nach unten.

Im Gutshaus war es still geworden, und das Personal hatte alle Petroleumlampen und Kerzen gelöscht. Nur aus der Bibliothek, deren Tür offen stand, fiel warmes Licht in den Flur. Henry musste sich hier aufgehalten haben, bevor er zu ihr gekommen war, und er hatte alles für Gesches Besuch vorbereitet, denn als sie den Raum betrat, sah sie eine Flasche Wein und zwei Gläser auf dem kleinen Tischchen neben den beiden großen Sesseln stehen, die vor dem Fenster platziert waren.

Henry stellte die kleine Petroleumlampe auf dem Tischchen ab.

«Bitte, setzen Sie sich», sagte er, und Gesche nahm das Angebot gerne an. Der Sessel war breit, mit einer hohen Lehne, und sie versank förmlich darin. Doch als Henry in dem anderen Platz nahm, war angenehm viel Abstand zwischen ihnen, und Gesche entspannte sich ein wenig.

«Möchten Sie etwas Wein?», erkundigte sich Henry. «Ich habe einen italienischen Rotwein hier. Aber wenn Sie wollen, dann kann ich auch ...»

«Ich nehme gern etwas», unterbrach Gesche ihn und hielt ihm ihr Glas hin, als er ihr einschenkte. Sie stieß mit ihm an und trank einen Schluck.

«Gemütlich haben Sie es hier», sagte sie dann und betrachtete die vielen Bücher. «Kein Wunder, dass Nora hier so viel Zeit verbracht hat.» Die Bemerkung war ihr herausgerutscht, und sie sah Henry erschrocken an. «Das hat sie bei ihrer Eignungsprüfung im Pensionat erzählt. Ich hoffe, ich habe jetzt nicht etwas ausgeplaudert, was Ihnen nicht bewusst war.»

Er lächelte. «Ich mag viel zu tun haben, aber so unaufmerksam bin ich nicht, dass mir entgangen wäre, wie oft meine Schwester sich hier hereingeschlichen und Bücher gelesen oder mitgenommen hat.»

«Ihr unbeschränkter Zugang wurde im Pensionat heftig kritisiert», sagte Gesche.

Henry zuckte mit den Schultern. «Ja, mein Vater wäre da wohl auch viel strenger. Aber ich kann Nora verstehen. Als ich jünger war, habe ich hier auch sehr viel Zeit verbracht und geschmökert. Ich hatte keine gleichaltrigen Geschwister, und es war ein schöner Zeitvertreib, der mich über einsame Stunden hinweggetröstet hat. Diese Möglichkeit wollte ich Nora nicht nehmen. Schließlich geht es ihr ähnlich.»

Gesche lächelte, angenehm überrascht über sein Mitgefühl. «Was haben Sie denn damals gelesen?»

«Alles, was mein Interesse geweckt hat.» Er stand auf, ging zu einem der Regale und kehrte mit einem Buch zurück. Er reichte es Gesche. «Aber das hier war mein Favorit.»

Neugierig betrachtete sie den Titel. «‹20000 Meilen unter dem Meer›», las sie vor. «Jules Verne?»

Henry nickte. «Ich habe alle seine Romane verschlungen. ‹In 80 Tagen um die Welt›, ‹Die Reise zum Mittelpunkt der Erde› ... einfach alles, was ich in die Finger bekam.»

«Was hat Ihnen daran so gefallen?», fragte Gesche interessiert.

«Dass die Geschichten vorwärtsgedacht sind», erklärte Henry. «Es geht immer darum, neue Wege zu suchen und dabei vielleicht Dinge zu erfinden, die helfen, die Menschheit weiterzubringen. Das hat mich fasziniert.» Er nahm wieder Platz. «Ich weiß noch, wie ich in diesem Sessel hier gesessen und davon geträumt habe, das Unterseeboot von Kapitän

Nemo zu bauen. Ich habe sogar Skizzen angefertigt. Das gehört zu meinen schönsten Kindheitserinnerungen.»

Gesche lächelte. «Und heute bauen Sie Automobile», stellte sie fest. «Ich finde das auch sehr vorwärtsgedacht.»

«Stimmt, jetzt wo Sie es sagen!» Überrascht sah er sie an. «Da hat mich Jules Verne wohl mehr inspiriert, als mir bewusst war.»

Gesche nickte und versuchte, sich Henry als kleinen Jungen vorzustellen, sah ihn mit einem Buch in der Hand in dem großen Sessel. Das Bild rührte sie. Ob er viel allein gewesen war als Kind? Oder hatte er eine glückliche Kindheit gehabt? Sie wollte so gerne alles über ihn wissen …

«Woran denken Sie?», erkundigte Henry sich, und ihr wurde plötzlich klar, dass sie ihn die ganze Zeit angesehen hatte. Hastig wandte sie den Blick ab.

«Ich … habe überlegt, wie schön Sie es hier haben», log sie. «Also nicht nur hier in der Bibliothek, sondern im gesamten Haus. Die Möbel, die Stoffe, die Farben – nichts ist überladen, und alles passt zusammen. Das ist sehr beeindruckend.»

«Freut mich sehr, dass es Ihnen gefällt. Könnten Sie das vielleicht auch noch einmal meiner Mutter sagen, falls sie uns morgen beim Frühstück Gesellschaft leistet?», bat Henry. «Das ist nämlich alles ihr Werk. Sie hat ein Händchen für diese Dinge. Oder hatte es, besser gesagt.» Seine Miene verdüsterte sich, und er nahm einen großen Schluck von seinem Wein.

Gesche trank ebenfalls und spürte, wie der Alkohol durch ihre Kehle rann. Sie trank sonst nie, deswegen merkte sie die Wirkung sofort.

«Darf ich fragen, woran Ihre Mutter leidet?» Sie sah Henry unsicher an. «Frau Eggers erwähnte, sie sei gemütskrank?»

Henry nickte. «Unser Arzt nennt es Schwermut. Meine Mutter hatte schon früher solche Episoden, aber in den letzten Jahren ist es zu einer Art Dauerzustand geworden. Sie hat das Interesse an allem, was ihr früher Freude gemacht hat, komplett verloren.» Er stellte sein Glas zurück auf das Tischchen. «Im Moment verlässt sie nicht mal mehr ihr Zimmer. So schlimm war es noch nie, deswegen sind wir hier. Doktor Rüther vermutet, dass sie in den vergangenen Wochen zu viel allein war. Er hofft, dass es sie aufmuntert, wenn Nora und ich wieder im Haus sind. Aber ich weiß nicht, ob es wirklich helfen wird. Mama hat mir zwar versprochen, dass sie morgen beim Frühstück dabei ist. Aber sie wirkt so apathisch, dass ich bezweifle, dass sie es schafft.»

«Das tut mir sehr leid», sagte Gesche. «Was ist denn mit Ihrem Vater?»

«Er erholt sich gerade in Italien von einem Herzanfall», erwiderte Henry. «Doch selbst wenn er hier wäre, würde er meiner Mutter nur sagen, dass sie sich zusammenreißen soll. Das ist seine Art, mit ihrer Verstimmung umzugehen, und die ist nicht sehr hilfreich, wie wir über die Jahre immer wieder festgestellt haben. Tatsächlich kann das den Zustand meiner Mutter sogar noch verschlimmern.» Mit einem Stöhnen lehnte er den Kopf an die Sessellehne. «Insofern wäre es gut, wenn er bleibt, wo er ist. Auch wenn ich mir manchmal wünschen würde, dass er die Leitung des Gutes wieder übernimmt, damit ich mich auf andere Dinge konzentrieren kann.»

Gesche musterte ihn betroffen. Ihr war bis zu diesem Moment nicht klar gewesen, was Henry leistete. Das Gut, seine Unternehmung in Lübeck, Nora, seine kranke Mutter ... Und jetzt auch noch die Mädchen und ich, dachte sie.

«Vielleicht war das mit dem Unterricht auf Rosenhagen doch keine so gute Idee», sagte sie. «Wir können zurückreisen, falls Ihnen das alles zu viel ...»

Er schüttelte den Kopf. «Nein, bitte, bleiben Sie!», sagte er eindringlich. «Dass Sie hier sind, ist mir eine große Freude. Sie sind keine Belastung, wirklich nicht.»

Gesche wusste, dass er nicht von den Mädchen sprach, sondern nur von ihr. Ihre Wangen wurden heiß unter dem intensiven Blick, mit dem er sie ansah.

«Erzählen Sie etwas über sich.» Er lehnte sich zurück. «Bitte. Ich möchte gerne mehr erfahren. Wer Ihnen beigebracht hat, mit einem Mann fertigzuwerden, der stärker ist als Sie, zum Beispiel. Und wie es auf Ihren Schiffsreisen war. Sind Sie nie seekrank geworden?»

Gesche schüttelte den Kopf. «Ich bin im Grunde auf See aufgewachsen. Meine Mutter starb an Typhus, als ich noch ganz klein war. Mein Vater war viel unterwegs, aber er wollte sich nicht von mir trennen, deshalb musste ich mit und habe einen Großteil meiner Kindheit an Bord eines Schiffs verbracht. Angeblich habe ich an Deck Laufen gelernt. Und als ich größer wurde, bin ich durch die Takelage geklettert wie ein kleines Äffchen. Das fanden die Gouvernanten, die wir mit auf Reisen hatten, oft sehr nervenzehrend.»

Henry lachte. «Das glaube ich. Und wie man einen Mann außer Gefecht setzt? Hat Ihnen das auch Ihr Vater gezeigt?»

«Nein, das war Hein Folkerts, ein Freund meines Vaters. Er fand es wichtig, dass ich mich verteidigen kann, damit mir nicht noch mal so etwas passiert wie ...» Sie hielt inne, als die Bilder jener schrecklichen Nacht vor ihr auftauchten.

Henrys Lächeln erlosch. «Was ist Ihnen denn passiert?», fragte er, doch dann schien er zu begreifen. «Mein Gott, Sie wurden auch schon einmal angegriffen! Deshalb wussten Sie, was zu tun ist, als Sie Nora geholfen haben.»

Gesche schluckte beklommen. «Ja, diesmal wusste ich es. Aber als es damals passiert ist, war ich hilflos. Mein Angreifer war größer als ich und viel stärker. Ich hätte keine Chance gehabt, wenn mein Vater nicht gekommen wäre.»

«Wann war das?», wollte Henry wissen.

«Vor drei Jahren in Bombay», antwortete Gesche. «Wenn wir dort waren, wohnten wir immer bei Hein. Er arbeitet schon seit vielen Jahren für die British India Steam Navigation Company und kennt die Stadt wie seine Westentasche. Er hatte mich davor gewarnt, allein durch die Stadt zu gehen, wegen der ständigen Unruhen zwischen Muslimen und Hindus und der zunehmenden Auflehnung gegen die britische Kolonialherrschaft. Und ich habe mich auch daran gehalten. Aber dann …» Gesche musste sich zwingen, weiterzusprechen und die Erinnerung wachzurufen. «Aber dann kam mein Vater eines Abends nicht wie verabredet von einem Besuch zurück. Ich machte mir Sorgen und wollte nachsehen, wo er blieb. Das Haus des Freundes, bei dem er war, lag nur zwei Straßen entfernt, ich dachte, es würde schon nichts passieren auf dem kurzen Weg. Also bin ich allein gegangen.» Sie schluckte. «Doch es war weiter, als ich es in Erinnerung hatte. Und plötzlich merkte ich, dass mir ein Mann folgte. Ich erkannte die Gefahr und wollte weglaufen, aber er war schneller als ich und bedrohte mich mit einem Messer, zwang mich, in eine kleine Gasse zu gehen. Dort hielt er mir das Messer an die Kehle, während er an meinen Sachen zerrte. Ich hatte Todesangst – bis plötzlich mein Vater auftauchte. Er war schon auf dem Rückweg gewesen und hatte gerade noch gesehen, wie der Mann mich in die Gasse zerrte. Die beiden kämpften, und der Mann floh kurz darauf, aber er hatte meinen Vater mit dem Messer am Bauch getroffen. Mein Vater überlebte zunächst, doch die Wunde entzündete sich. Zwei Wochen später war er tot.»

«Wie furchtbar! Das tut mir so leid.» Henry beugte sich zu ihr herüber, aber Gesche sprang auf. Sie wusste, dass sie die Fassung verlieren würde, wenn er sie berührte, deshalb entfernte sie sich ein paar Schritte und wandte ihm den Rücken zu.

«Es ist meine Schuld!» Ihre Stimme war nur noch ein Flüstern, und sie musste jedes Wort hervorpressen. «Ich hätte nicht allein gehen dürfen! Wenn ich zu Hause geblieben wäre und auf ihn gewartet hätte, dann wäre er nicht ...»

Sie spürte Henrys Hand auf ihrer Schulter. Er drehte sie zu sich herum, und als sie die Sorge und das Mitgefühl in seinem Gesicht sah, stieg ein Schluchzen in ihrer Kehle auf.

«Schon gut», murmelte er, und dann lag sie in seinen Armen und weinte zum ersten Mal seit Jahren den Schmerz heraus, den ihr der Tod ihres Vaters auch nach all der Zeit noch bereitete.

Henry hielt sie fest, strich ihr über das Haar und flüsterte tröstende Worte, bis sie sich wieder beruhigt hatte. Aber auch als ihre Tränen versiegt waren, gab er Gesche nicht frei, und sie wehrte sich nicht gegen seine Umarmung, sondern lehnte sich an ihn. Sie fühlte sich schwach und matt und brauchte einen Moment, bis sie es schaffte, sich von ihm zu lösen.

«Bitte verzeihen Sie», sagte sie und wischte sich über ihre Wangen. «Ich wollte nicht weinen, ich ...»

Henry schüttelte den Kopf. «Es gibt nichts zu verzeihen. Und Sie dürfen sich auch nicht solche Vorwürfe machen», sagte er sanft. «Das würde Ihr Vater nicht wollen.»

«Woher wollen Sie das wissen?», fragte sie.

«Das weiß ich, weil ich mich in ihn hineinversetzen kann», sagte er. «Es war seine Aufgabe, Sie zu beschützen, und das hat er getan. Warum Sie in diese Situation geraten sind, spielt keine Rolle. Wichtig ist nur, dass Ihnen nichts passiert ist. Er hätte jederzeit sein Leben für Sie gegeben.»

Gesche verlor sich in seinen Augen. Sie war überwältigt davon, wie gut ihr seine Nähe und seine Worte taten. Seit dem Tod ihres Vaters hatte sie niemanden mehr nahe an sich herangelassen, schon gar keinen Mann. Aber mit Henry fühlte sich alles richtig an. Ausgerechnet mit ihm ...

Ihr Blick wanderte zu seinen Lippen, die ihren ganz nah waren. Als ihr bewusst wurde, was sie tat, trat sie hastig einen Schritt zurück.

«Bitte, Herr Graf, das sollten wir lieber ni...»

«Henry.» Er kam ihr nach und umfasste ihre Oberarme. «Bitte nenn mich Henry.»

«Henry», sagte sie und blickte hilflos zu ihm auf. «Das dürfen wir nicht. Bitte, wir müssen ...»

Weiter kam sie nicht, denn er zog sie in seine Arme und küsste sie.

Gesche spürte, wie ihr Körper nachgab. Es war, als würde sich dieses Gefühl, das sich während der vergangenen Wochen zwischen ihnen aufgebaut hatte, mit einem Mal Bahn brechen und sie völlig überwältigen. Sie lehnte sich gegen Henry und öffnete willig die Lippen, als er seinen Kuss vertiefte. Hitze wallte in ihr auf, und jeder vernünftige Gedanke schien darin zu vergehen.

Wenn ihr jemand gesagt hätte, dass Küssen einem derart den Verstand raubte, dann hätte sie es nicht geglaubt. Plötzlich begriff sie, wieso Frauen schwach wurden und «in Sünde fielen», wie es hieß. Sie konnte nicht aufhören, sondern drängte sich näher an Henry, während die Hitze in ihrem Innern zu einem Feuer wurde. Sie hätte nicht sagen können, wie lange sie so dastanden, aber irgendwann gab Henry sie frei. Sein Brustkorb hob und senkte sich schwer, und in seinen Augen lag ein verzweifelter Ausdruck.

«Verzeih mir, ich konnte einfach nicht anders», stöhnte er und lehnte seine Stirn an ihre. «Ich musste dich küssen, sonst wäre ich verrückt geworden!» Gesche blickte zu ihm auf, bis ins Mark erschüttert über die gewaltigen, völlig unerwarteten Gefühle, die er gerade in ihr geweckt hatte.

Plötzlich hörten sie ein Geräusch, das sie beide zusammenzucken ließ.

«Ich glaube, das kam von draußen.» Henry ging zum Fenster und blickte hinaus, doch nach einem Moment drehte er sich wieder um. «Ich kann nichts sehen, dafür ist es zu dunkel. Vielleicht war es ein Tier», meinte er und kam zu Gesche zurück.

Doch sie wich ihm aus, als er nach ihr greifen wollte, und verschränkte die Arme vor der Brust. Der kurze Augenblick der Trennung hatte ausgereicht, um sie wieder zu Verstand zu bringen. Mein Gott, was tat sie denn da? Ganz egal, wie richtig es sich anfühlte – es würde für sie immer falsch sein, Henry von Jagow zu küssen. Es gab kein gutes Ende für sie, es konnte keins geben, sosehr sie sich das auch wünschen mochte. Und wenn sie nicht aufpasste, dann würde sie diejenige sein, die den Preis dafür zahlte.

«Ich denke, es ist besser, wenn ich jetzt nach oben gehe», erklärte sie und holte sich die kleine Petroleumlampe von dem Tischchen.

«Ich wollte dich nicht verführen, Gesche», versicherte Henry ihr unglücklich. «Ich wollte wirklich nur mit dir reden.

Doch dann ...» Er schüttelte den Kopf. «Ich bin nicht mehr ich selbst in deiner Nähe. Ich begehre dich so sehr, dass es regelrecht schmerzt.»

Gesche lief ein Schauer über den Rücken, als sie sah, dass in seinen Augen der gleiche Sturm tobte wie in ihrem Innern. Plötzlich hatte sie keine Ahnung mehr, wie sie jemals hatte glauben können, sie fände Männer abstoßend. Nach dem Überfall war sie sicher gewesen, dass sie die Nähe eines Mannes nie mehr würde ertragen können, und nun stand sie hier und war nur einen Herzschlag davon entfernt, zurück in Henrys Arme zu fallen.

Sie wusste sogar, wie es weitergehen würde, wenn sie diesem Verlangen nachgab. Natürlich nicht aus Erfahrung, sie war immer noch Jungfrau. Aber ihr Vater hatte ihr irgendwann, als sie reif genug gewesen war, einige Bücher des italienischen Arztes und Anthropologen Paolo Mantegazza hingelegt, die sich aus wissenschaftlicher Sicht und recht explizit mit der körperlichen Liebe befassten. Geredet hatten sie nie über den Inhalt der Bücher, aber Gesche war ihrem Vater dennoch dankbar, denn durch sie besaß sie – zumindest theoretisch – eine Vorstellung davon, was zwischen Mann und Frau passierte, wenn sie sich näherkamen. Bis eben war es nur graue Theorie gewesen, doch nun ahnte sie, dass es schön sein konnte. Vor allem mit Henry ...

«Ich wollte dich auch küssen», gestand sie ihm, weil sie keinen Sinn darin sah, es zu leugnen. «Ich will es immer noch. Aber wenn wir nicht aufhören, verliere ich mein Herz endgültig an dich, und das geht nicht.» Sie seufzte. «Du würdest es mir brechen. Du kannst gar nicht anders.»

Er wurde blass. «Ich würde dir niemals wehtun», versicherte er ihr. «Das ist das Letzte, was ich will.»

«Du kannst aber auch nicht ändern, dass wir nicht zusammen sein können», erinnerte sie ihn. «Nicht offiziell jedenfalls. Ich bin nicht die Richtige für dich, Henry. Und alles andere ...» Sie schüttelte den Kopf. «Wir wissen beide, was mit Frauen passiert, die sich mit Männern einlassen, die sie nicht heiraten können.»

Er ließ sie los und wandte sich ab, fuhr sich mit der Hand durchs Haar. Aber er widersprach ihr nicht, was sie gegen ihren Willen schmerzte.

«Du hast recht», sagte er mit ausdrucksloser Miene, und sie empfand genau die gleiche Trostlosigkeit, die sie in seinen Augen sah.

Ohne sie zu berühren, nahm er ihr die Lampe ab. «Ich begleite dich nach oben. Und keine Sorge. Es wird nichts mehr passieren», sagte er mit einem traurigen Lächeln.

Sie nickte nur stumm. Wie in Trance ging sie durch die Tür, die er ihr aufhielt, zurück in den dunklen Flur.

* * * *

Mit klopfendem Herzen kauerte Nora unter dem Fenster der Bibliothek und wartete. Ihr Herz raste und beruhigte sich nur langsam wieder. Angestrengt lauschte sie auf Geräusche aus dem Haus, aber als nach mehreren Minuten immer noch alles still blieb, wagte sie es, wieder aufzustehen und einen Blick durch das Fenster zu werfen.

Die Bibliothek war leer. Keine Spur mehr von Henry und Fräulein Petersen.

Mit einem erleichterten Seufzen lehnte Nora sich neben dem Fenster gegen die Hauswand. Dieser verdammte Ast! Sie war aus Versehen daraufgetreten, als sie ihre Position wechseln wollte, um besser sehen zu können, was in der Bibliothek passierte. Und er war so laut auseinandergekracht, dass es Henrys Aufmerksamkeit erregt hatte. Er war zum Fenster gekommen, und Nora hatte sich gerade noch rechtzeitig darunter verstecken können. Nicht auszudenken, wenn er sie hier draußen erwischt hätte!

Wobei eigentlich ich ihn erwischt habe, überlegte sie und sah wieder vor sich, wie Henry und Fräulein Petersen sich geküsst hatten.

Nicht dass sie nicht geahnt hätte, dass ihr Bruder Fräulein Petersen mochte. Aber niemals, wirklich niemals hätte sie geglaubt, dass er so weit gehen würde, sie nachts in der Bibliothek zu küssen. Der Anblick war überraschend und verwirrend gewesen, und Nora fürchtete die Folgen, die es haben würde.

Sie erinnerte sich noch, dass sie als Kind einmal gesehen hatte, wie ihr Vater ein Dienstmädchen geküsst hatte. Sie war noch zu klein gewesen, um es wirklich zu begreifen, aber kurz danach hatte das Dienstmädchen das Haus verlassen müssen. Was, wenn es Fräulein Petersen ebenso erging?

An diese Möglichkeit wollte Nora nicht mal denken, und sie spürte Wut auf ihren Bruder in sich aufsteigen. Wieso tat Henry so etwas, noch dazu nach seinem Auftritt heute Nachmittag in der Küche? Wie konnte er ihr verbieten, Karl zu treffen, und gleichzeitig Fräulein Petersen küssen? Durfte er sich nehmen, was er wollte, aber von ihr verlangen, dass sie verzichtete? Mit welcher Begründung – weil er ein Mann war?

Nora fand das mehr als verlogen, außerdem fühlte sie sich bestärkt. Sie hatte nämlich ohnehin nie vorgehabt, sich an Henrys Verbot zu halten. Im Grunde hatte sie den ganzen Nachmittag und Abend lang nur darauf gewartet, sich endlich in ihr Zimmer zurückziehen zu dürfen. Als es dann endlich so weit gewesen war, hatte sie sich angezogen ins Bett gelegt und gewartet, bis alles ruhig gewesen war. Dann war sie wieder aufgestanden und aus dem Fenster geklettert, so wie sie es früher oft getan hatte. Der Weg über das Vordach war ihr noch vertraut gewesen, und das Rosengitter an der Hauswand taugte immer noch als Leiter. So war sie ungesehen nach draußen gekommen. Auf dem Weg zu den Stallungen hatte sie das Licht in der Bibliothek bemerkt – und war nach einem Blick durch das Fenster erschrocken stehen geblieben ...

Der Ruf eines Käuzchens ließ Nora zusammenzucken und erinnerte sie daran, dass sie Zeit vergeudete, wenn sie noch lange hier herumstand. Schnell stieß sie sich von der Hauswand ab und lief im Dunkeln am Haus vorbei zum Stall. Als sie ihn betrat, atmete sie voller Freude den vertrauten Geruch nach Pferdeäpfeln und Heu ein, der dieses Gebäude erfüllte, seit sie denken konnte. Ihre Augen hatten sich schon an die Dunkelheit gewöhnt, und sie kannte sich gut genug aus, um den Weg zu der Leiter zu finden, die zum Heuboden führte. Rasch kletterte sie hinauf.

«Karl?» Sie flüsterte nur, aber in der Stille war ihre Stimme deutlich zu hören. «Wo bist du, Karl?»

Es raschelte im Heu. «Ich bin hier», erklang es aus einer Ecke. Vorsichtig ging sie auf die Stelle zu und sah schließlich das weiße Bettlaken, das auf dem Heu ausgebreitet war, in der Dunkelheit leuchten. Darauf konnte sie Karl erkennen, denn neben ihm an der Stallwand fehlte eine der Holzlatten, und durch die Lücke drang Mondlicht herein. Er richtete sich auf, und sie ging auf ihn zu und ergriff seine Hand, die er ihr entgegenstreckte. Einen Augenblick später lag sie neben ihm.

«Was machst du hier?», fragte er im Flüsterton, aber sie hörte trotzdem, wie erschrocken er klang. «Wenn dein Bruder dich hier findet, dann …»

«Henry ist beschäftigt», unterbrach Nora ihn. «Und außerdem glaubst du doch nicht im Ernst, dass ich mir von ihm verbieten lasse, dich zu sehen.» Sie sah auf seine Beine, aber es war zu dunkel, um irgendetwas zu erkennen. «Was macht deine Wunde? Hast du noch Schmerzen?»

Karl ließ sich zurück auf das Laken sinken und stieß die Luft aus. «Es wird besser. Meine Mutter hat mir einen Umschlag mit Kräutern gemacht. Sie kennt sich aus mit diesen Dingen, und es hilft, das spüre ich.»

«Das ist gut.» Nora legte den Kopf auf seine Schulter. Sie konnte wenig sehen, deshalb wollte sie ihn wenigstens spüren, und eigentlich hatte sie erwartet, dass er das auch wollte und sie an sich ziehen würde. Das tat er jedoch nicht, sondern lag stocksteif da.

«Ich habe immer gehofft, dass vielleicht ein Brief von dir kommt.» Nora legte eine Hand auf seine Brust und versuchte zu ignorieren, wie angespannt er war. «Du wusstest doch, wo ich bin. Warum hast du mir nicht geschrieben?»

«Weil es keinen Sinn hätte, Nora», sagte er. Er rückte von ihr ab und richtete den Oberkörper auf. «Dein Bruder hat recht, es ist besser, wenn wir uns nicht sehen. Und du solltest auch nicht hier sein.»

Nora setzte sich ebenfalls auf und betrachtete ihn forschend, versuchte, in dem spärlichen Licht den Ausdruck auf seinem Gesicht zu erkennen.

«Das meinst du nicht so», sagte sie. «Bitte sag mir, dass du es nicht so meinst.»

Er wandte das Gesicht ab und sah zu der Öffnung in der

Stallwand. «Doch», sagte er. «Ich möchte, dass du gehst. Und komm nicht wieder. Lass mich in Ruhe, Nora.»

Noras Herz hämmerte schmerzhaft. Ihre Wangen glühten, und sie war froh, dass die Dunkelheit die Tränen verbarg, die in ihren Augen brannten.

«Also gut», sagte sie mit zittriger Stimme. «Wie du willst.»

Sie kroch über das Heu zurück und ging zur Leiter. Von dort blickte sie noch einmal zurück, aber sie konnte nur noch seine Umrisse vor dem weißen Laken ausmachen.

Einen kurzen Augenblick zögerte sie noch, dann stieg sie hinunter in den Stall und lief zum Gutshaus zurück.

21

Hast du mir überhaupt zugehört, Nora?» Die Frage geriet etwas barscher als beabsichtigt, aber zumindest bekam Gesche endlich eine Reaktion, denn Nora schreckte aus ihren Gedanken und wandte den Kopf vom Fenster ab, durch das sie schon die ganze Zeit starrte.

«Nein, tut mir leid», sagte sie, immerhin mit ihrer gewohnten Ehrlichkeit. «Worum ging es denn?»

Gesche musste ein frustriertes Seufzen unterdrücken. Eigentlich hatten sie hier im «Gartenzimmer», das Henry mit Tischen und Stühlen und sogar einer großen Tafel hatte ausstatten lassen, ideale Bedingungen für den Unterricht. Die hohen Fenster ließen viel Licht herein, und der Ausblick auf den schönen Garten sorgte für eine entspannte, ruhige Atmosphäre, in der es sich gut lernen ließ. Agnes, Lotte und Fanny hatten das in den vergangenen Tagen auch getan, soweit Gesche das beurteilen konnte. Nur Nora wirkte ständig abgelenkt und beinahe teilnahmslos. Das passte nicht zu dem lebhaften Mädchen, als das Gesche sie kannte. Aber was auch immer passiert war – Nora schwieg sich ihr gegenüber aus und reagierte auf Nachfragen einsilbig. Und das machte Gesche inzwischen Sorgen.

«Es ging um die Reitstunde heute nach dem Essen», wiederholte sie. «Ich bin etwas besorgt, weil du doch schon reiten kannst. Bist du sicher, dass du dich nicht langweilen wirst?»

Nora zuckte gleichgültig mit den Schultern. «Ich kann den anderen helfen. Das geht schon.»

«Gut.» Gesche schob die Bücher zusammen, die vor ihr auf dem Tisch lagen. «Dann machen wir Schluss für heute. Ich denke, es wird gleich zum Mittagessen geläutet.»

Die Mädchen sprangen auf. Lotte, Fanny und Agnes fingen sofort an, wild durcheinanderzureden, denn sie waren aufgeregt über die Aussicht, an diesem Nachmittag zum ersten Mal auf einem Pferd zu sitzen. Nora hingegen stand nur schweigend bei ihnen und starrte schon wieder aus dem Fenster.

Als die vier schon an der Tür waren, fiel Gesche noch etwas ein.

«Ach, Fanny, könntest du kurz herkommen?», bat sie.

Fanny ließ ihre Freundinnen vorausgehen und kehrte noch einmal zu ihr zurück.

«Hier, der ist für dich aus dem Pensionat gekommen.»

Gesche übergab ihr den Brief, den Mamsell Kramer ihr kurz vor Unterrichtsbeginn übergeben hatte, und sah, wie das Mädchen blass wurde.

«Ist es was Schlimmes?», stammelte Fanny. «Habe ich etwas falsch gemacht?»

«Ich weiß nicht, was drinsteht», erwiderte Gesche. «Aber du hast ganz sicher nichts falsch gemacht. Du warst doch gar nicht in Lübeck.»

Sie lächelte aufmunternd, aber Fanny blieb ernst.

«Ich habe immer so schreckliche Angst, dass ich die Unterstützung der Stiftung verliere», sagte sie. «Dann bliebe mir nur noch das Armenhaus.»

Betroffen sah Gesche sie an. Sie hatte schon oft überlegt, wie ungerecht Fannys Situation war. Sie stand allein da und war auf die Hilfe Fremder angewiesen. Und sie würde es immer schwer haben, auch später, weil der «Makel» des Skandals um ihren Vater an ihr haftete. Dabei war sie so ein liebes und kluges Kind.

«Es könnte doch auch eine gute Nachricht sein», tröstete Gesche die aufgeregte Fanny. «Für eine Ermahnung würde Frau Eggers dir doch nicht extra schreiben.»

Fanny nickte, obwohl sie das offensichtlich nicht glaubte. Sie wollte gehen, aber Gesche hielt sie zurück.

«Ach, da ist noch etwas. Ich mache mir ein bisschen Sorgen um Nora. Sie wirkt so bedrückt und unkonzentriert. Weißt du, warum das so ist?»

Fanny schwieg einen Moment, dann schüttelte sie den Kopf. «Nein», sagte sie, aber sie war eine schlechte Lügnerin.

«Ich habe wirklich nur Noras Bestes im Sinn, das weißt du, oder?», betonte Gesche. «Vielleicht kann ich ihr ja sogar helfen. Aber dafür müsste ich wissen, was sie quält.»

Gesche konnte Fanny ansehen, wie es in ihr arbeitete. Sie schaute sich ein paar Mal zur Tür um, so als befürchte sie, dass Nora noch dort stand und hörte, was sie besprachen. Um ihr diese Angst zu nehmen, ging Gesche hin und blickte kurz in den Flur, der leer war. Dann schloss sie die Tür und kehrte zu Fanny zurück.

«Hat es etwas mit meinem Unterricht zu tun?», erkundigte sie sich. «Ist sie böse auf mich, weil ich etwas gesagt oder getan habe?»

«Nein, um Sie geht es nicht», widersprach Fanny. «Es ist wegen ...» Sie biss sich auf die Lippe, aber dann gab sie sich einen Ruck. «Es geht um einen Freund von Nora, den sie schon seit ihrer Kindheit kennt. Er ist der Sohn der Köchin und war eine Weile in Lübeck. Aber jetzt ist er wieder da, und Nora und er haben sich gestritten. Deswegen ist sie so traurig.»

«Aha», sagte Gesche und versuchte sich nicht anmerken zu lassen, dass sie aus Henrys Erzählungen wusste, um welchen

Freund es ging. «Und die beiden können sich nicht einfach wieder vertragen?»

«Nein, das ist es ja!», erwiderte Fanny. «Die beiden dürfen eigentlich gar nicht miteinander reden. Der Herr Graf hat es verboten. Aber Nora war trotzdem bei ihrem Freund. Und er hat Dinge gesagt, die sie nicht ganz versteht. Es quält sie, dass sie ihn nicht fragen kann, wie er es gemeint hat, aber sie ist zu stolz, um noch mal zu ihm zu gehen. Und er traut sich bestimmt nicht, zu ihr zu kommen, weil er sonst Ärger bekommt.» Fanny zuckte hilflos mit den Schultern. «Ich glaube, es wäre wichtig, dass die beiden noch einmal miteinander reden. Vielleicht würde es Nora dann besser gehen.»

Gesche sah die unausgesprochene Frage in Fannys Blick. «Soll ich mit Graf von Jagow sprechen und ihn bitten, das Verbot aufzuheben?»

Fanny nickte. «Aber nicht, wenn Nora dann Ärger bekommt. Das will ich auf keinen Fall. Schließlich hat sie seine Anordnung missachtet.»

«Das werde ich nicht erwähnen», versprach Gesche. «Und ich kann dir auch nicht versprechen, dass es klappt. Trotzdem werde ich es versuchen.»

«Danke.» Fanny seufzte erleichtert, doch dann runzelte sie die Stirn. «Und Sie verraten Nora nicht, dass ich es Ihnen erzählt habe?»

«Keine Sorge, das bleibt unter uns.» Gesche legte eine Hand auf Fannys Schulter. «Es war richtig von dir, es mir zu sagen. Ich werde sehen, was ich tun kann.»

Fanny lächelte zaghaft und wandte sich zur Tür.

«Ach, Fanny, warte.» Gesche hielt sie noch einmal zurück. «Bist du sicher, dass Nora nichts von mir erwähnt hat?»

Fanny nickte. «Nein, wieso sollte sie?»

Ja, wieso sollte Nora das tun, es ist ja nichts vorgefallen, dachte Gesche und ärgerte sich darüber, es überhaupt erwähnt zu haben. Schließlich konnte sie selbst kaum in Worte fassen, was sich an ihrem Verhältnis zu Henrys Schwester geändert hatte. Sie spürte einfach, dass Nora plötzlich anders zu ihr war. Die Nähe zwischen ihnen schien verschwunden, und das Mädchen verhielt sich beinahe abweisend, so als wäre sie böse auf Gesche. Doch was hatte sie getan?

«Schon gut, ich dachte nur», sagte sie und entließ Fanny. In dem Moment, als das Mädchen aus dem Zimmer ging, ertönte der Gong, der sie alle zum Mittagessen rief.

Gesche räumte schnell noch ihr Pult auf und machte sich dann gedankenverloren auf den Weg ins Speisezimmer.

Dann war also der ominöse Karl wieder auf dem Gut? Dass sie davon nichts mitbekommen hatte, war vermutlich kein Wunder, wenn Henry den beiden jeglichen Kontakt verboten hatte. Natürlich hatte Nora sich daran nicht gehalten, darauf hätte Gesche ohnehin gewettet. Doch was mochte zwischen ihr und Karl vorgefallen sein, dass sie jetzt so unglücklich war? Es erklärte ihr Verhalten, die Lustlosigkeit, die sie im Unterricht zeigte, und die Traurigkeit, die sie ausstrahlte. So ging das auf keinen Fall weiter, da hatte Fanny völlig recht.

Doch konnte Gesche es wagen, Henry um Verständnis für Noras Gefühle zu bitten? Allein bei dem Gedanken, zu ihm zu gehen, um mit ihm zu sprechen, bekam sie Herzklopfen. Seit dem Kuss in der Bibliothek war eine Woche vergangen, und seitdem hatte Henry sich fast vollständig von ihr zurückgezogen. Sie bekam ihn kaum noch zu Gesicht, und sie sprachen nur das Nötigste miteinander, grüßten sich oder wünschten sich bei Tisch einen guten Appetit. Doch jedes Wort war eine Qual für sie, weil sie ständig daran denken musste, wie nah sie sich gewesen waren. Sie hatte keine Ahnung, ob Henry auch so litt wie sie. Aber wenn es ihm ähnlich ging, dann würde er wissen, wie sich Liebeskummer anfühlte, und vielleicht ein Einsehen haben. Oder hatte er ihren Kuss längst vergessen?

Gesche blieb vor der Speisezimmertür stehen und wappnete sich innerlich, bevor sie hineinging. Es saßen jedoch nur die Mädchen am Tisch.

«Der Herr Graf hat sich sein Essen im Arbeitszimmer servieren lassen», teilte Mamsell Kramer ihr mit, als sie sich setzte. «Er lässt sich entschuldigen, er hat zu viel zu tun.»

Gesche nickte und beschloss, Henry dann eben während der Reitstunde der Mädchen aufzusuchen, wenn sie ein bisschen Zeit für sich hatte. Vielleicht war es sogar besser, in Ruhe mit ihm zu sprechen.

Nach dem Essen half sie den Mädchen in ihre Reitkleider, die allesamt aus Noras Fundus stammten, und begleitete die vier noch hinunter in die Halle. Sie ging jedoch nicht mehr mit in den Stall, wo der Stallmeister die Mädchen in Empfang nehmen würde, sondern direkt zu Henrys Arbeitszimmer. Vor der Tür atmete sie noch ein paar Mal durch, dann klopfte sie an.

«Herein», kam es von drinnen, aber es war nicht Henrys Stimme, die antwortete.

Überrascht öffnete Gesche die Tür und sah eine Frau um die fünfzig hinter dem großen Schreibtisch sitzen. Ihr schwarzes Haar, bereits von einzelnen grauen Strähnen durchzogen, war locker hochgesteckt, und in ihr fein geschnittenes, schönes Gesicht hatten sich Falten gegraben. In ihrem weißen, hochgeschlossenen Rüschenkleid sah sie so schlank und zierlich aus, dass sie zwischen den wuchtigen Eichenmöbeln fast ein bisschen verloren wirkte. In der Hand hielt sie einen Füllfederhalter, und vor ihr lag ein Blatt Papier, offenbar verfasste sie gerade einen Brief.

«Entschuldigen Sie», sagte Gesche und knickste, weil sie sicher war, die Gräfin vor sich zu haben. «Ich wollte eigentlich zu He... zu Graf von Jagow.»

«Wer sind Sie denn?», wollte die Gräfin wissen.

«Ich bin Gesche Petersen», stellte sie sich vor. «Ich unterrichte Ihre Tochter.»

«Ah ja.» Die Gräfin nickte. «Henry hat mir von Ihnen erzählt. Tatsächlich sprachen wir eben noch über Sie, als er bei mir in meinem Salon war.»

Gesche wagte nicht zu fragen, worum es bei dem Gespräch gegangen war. «Wo finde ich ihn denn?», erkundigte sie sich stattdessen. «Wissen Sie, wo er ...»

«Er sagt, dass unsere Nora Sie mag», fiel die Gräfin ihr ins Wort. Sie lächelte matt. «Seien Sie nett zu unserem Wildfang, ja? Sie ist ein gutes Kind. Ich konnte nur nie ...»

Sie zuckte mit den Schultern, und ihr Blick ging ins Leere.

«Machen Sie sich keine Sorgen, gnädige Frau», sagte Gesche. «Nora ist ...»

«Es ist alles zu viel, wissen Sie.» Die Gräfin senkte den Kopf und legte sich eine Hand an die Stirn. «Lassen Sie mich allein, seien Sie so gut, ja?»

Gesche zögerte, der Aufforderung nachzukommen. «Ist Ihnen nicht gut? Soll ich Ihren Sohn ...?»

«Nein!» Die Gräfin hob den Kopf wieder, und Gesche sah zu ihrer Bestürzung, dass sie weinte. «Bitte, lassen Sie mich einfach. Ich muss diesen Brief beenden.»

«Natürlich.» Gesche trat zurück und griff nach dem Türknauf.

«Henry ist bei seinem Automobil», sagte die Gräfin. Wieder

starrte sie mit leerem Blick vor sich hin. «Der Junge fährt mir davon, wissen Sie? Schon als Kind war ihm das alles hier zu klein.» Ein trauriges Lächeln spielte um ihre Lippen. «Er hat so große Träume und könnte es weit bringen, wenn Wilhelm ihn nur ließe!»

Gesche war peinlich berührt, weil sie das sichere Gefühl hatte, dass diese Worte nicht an sie gerichtet waren. Sidonie von Jagow schien gar nicht zu wissen, mit wem sie sprach, sondern sagte nur laut, was ihr gerade durch den Kopf ging.

Als hätte sie Gesches Gedanken gehört, wurde ihr Blick plötzlich wieder klar.

«Es war nett, Sie kennenzulernen», sagte sie und deutete auf den Briefbogen vor ihr. «Aber jetzt entschuldigen Sie mich bitte.»

Gesche nickte und verließ das Arbeitszimmer. Als sie die Tür schloss, sah sie, dass die Gräfin sich wieder über den Brief gebeugt hatte und hektisch schrieb. Ihre Hand schien dabei zu zittern, aber Gesche war nicht sicher, ob sie sich das nicht nur einbildete.

Irritiert und auch ein bisschen erschüttert schloss sie die Tür. Es war offensichtlich, dass Henrys Mutter nicht ganz bei sich war. Kurz überlegte sie, ob sie eine der Angestellten auf das Verhalten der Gräfin aufmerksam machen sollte. Doch das wäre ihr sicher unangenehm gewesen. Und außerdem gehörte es vermutlich zu Sidonies Erkrankung, über die Gesche nicht genug wusste.

«Wo steht denn das Automobil von Graf von Jagow?», erkundigte sie sich deshalb nur, als sie Mamsell Kramer in der Halle traf, und wurde von dieser auf die große Scheune neben den Stallungen verwiesen, in denen die Kutschen und die landwirtschaftlichen Maschinen untergebracht waren.

Bei ihrer Ankunft fand Gesche das Tor zur Scheune offen. Draußen schien die Sonne, aber das Innere lag im Halbdunkeln. Zögernd ging Gesche hinein und sah sich um, doch sie konnte weder Henry noch ein Automobil entdecken. Allerdings war in der Nähe der Tür ein leerer Platz. Vielleicht hatte das Automobil dort gestanden, und Henry war damit weggefahren?

Sie hörte ein Hämmern draußen und verließ die Scheune, um nach der Ursache des Geräusches zu suchen. Es kam von der dem Haus abgewandten Seite, auf der sich ein großer Sandplatz befand. Darauf stand ein nagelneu aussehender Wagen, der noch entfernt an eine Kutsche erinnerte.

Die hinteren Räder waren etwas größer als die vorderen, und es gab zwei Sitzbänke, eine vorn, wo auf der rechten Seite ein Rad zum Lenken aus dem Boden ragte, und eine hinten. Der Wagen war offen, und vorne befand sich eine gebogene Blechhaube mit zwei kleinen Laternen rechts und links, unter der Gesche den Antrieb vermutete. Der hellgelbe Lack glänzte mit den roten Ledersitzen um die Wette.

Fasziniert trat Gesche näher und strich über das dicke Polster der Sitzbank.

«Gefällt er dir?»

Sie zuckte zusammen und starrte Henry an, der plötzlich auf der anderen Seite des Wagens auftauchte. Wahrscheinlich hatte er dort etwas an den Reifen repariert, und sie hatte ihn nicht bemerkt. Er hielt einen Lappen in der Hand, an dem er sich die verschmutzten Finger abwischte. Und er war ganz anders gekleidet als sonst, trug keinen Anzug, sondern eine schlichte dunkle Hose, die von Hosenträgern gehalten wurde, und ein graues Hemd, das er bis zur Ellenbeuge aufgekrempelt hatte. Gesche versuchte, nicht auf seine muskulösen Unterarme zu sehen, deshalb konzentrierte sie sich lieber wieder auf das Automobil.

«Ja, er ist sehr beeindruckend», sagte sie. «Sind Automobile nicht sehr teuer?»

Henry grinste. «Du klingst wie mein Vater», meinte er. «Der hat mich auch für verrückt erklärt. Aber mir war es das eben wert.» Er legte den Kopf schief. «Bist du gekommen, um dir meinen Daimler anzusehen?»

«Nein, es geht um Nora», erklärte Gesche hastig. «Ich mache mir Sorgen um sie. Darüber wollte ich mit dir sprechen.»

«Vielleicht sollten wir dafür lieber ins Haus gehen.» Henry warf den schmutzigen Lappen in eine offene Werkzeugkiste.

Gesche blickte sich um und schluckte, als ihr bewusst wurde, dass die Scheune sie vom Haus abschirmte. Der Platz, auf dem der Wagen stand, war von dort aus nicht einsehbar, und es befand sich auch niemand sonst in der Nähe. Sie war mit Henry allein.

Ihr Herz schlug ein bisschen schneller. «Es ... dauert nicht lange», versprach sie. «Und ich glaube, es ist ganz gut, wenn niemand es hört.»

«Jetzt bin ich besorgt.» Henry deutete auf die vordere Sitzbank. «Wollen wir uns setzen?»

Gesche nickte und setzte sich in den türenlosen Wagen, während Henry von der anderen Seite aus einstieg. Die Sitzbank war breit genug für zwei, aber Gesche rückte trotzdem möglichst weit an den Rand.

«Nora geht es nicht gut», berichtete sie. «Ich habe mich gefragt, woran das liegt. Gerade hat mir eines der anderen Mädchen erzählt, dass Noras Freund Karl wieder auf dem Gut ist.»

Henrys Miene verdüsterte sich, als er nickte. «Ich wollte, dass er gleich wieder geht, aber er hat sich wohl verletzt. Also darf er ein paar Tage auf dem Heuboden schlafen. Allerdings nur unter der Bedingung, dass Nora ihn nicht trifft.» Er hielt inne und sah Nora scharf an. «Daran hat sie sich doch hoffentlich gehalten?»

Gesche zuckte mit den Schultern. «Ich weiß es nicht», log sie. «Aber ihr macht seit Tagen etwas zu schaffen, so sehr, dass sie sich nicht mehr konzentrieren kann und nur noch Löcher in die Luft starrt. Sie will nicht darüber reden, deshalb konnte ich nur raten, was der Grund ist. Doch jetzt, wo ich weiß, dass Karl hier ist …»

Sie ließ den Satz unbeendet, doch Henry wusste, worauf sie hinauswollte. «Du denkst, sie hat Liebeskummer?»

«Anders kann ich es mir nicht erklären», sagte Gesche.

Henry schnaubte. «Und was erwartest du jetzt von mir? Soll ich ihr erlauben, Karl zu sehen? Denkst du, davon würde es besser? Ich kann diese Beziehung – oder was immer es ist – nicht zulassen. Es ist unmöglich.»

Gesche starrte auf ihre Hände. «Ich weiß», sagte sie leise und versuchte, nicht daran zu denken, dass sie sich mit Henry in einer ganz ähnlichen Situation befand. «Aber vielleicht würde es ja schon reichen, wenn die beiden sich noch einmal aussprechen dürften.»

«Was gibt es denn da noch zu sagen?» Henrys Stimme klang bitter. «Mit meinem Verbot will ich es ihr leichter machen, nicht schwerer. Nora ist sehr impulsiv. Und stur. Sie wird in ihr Unglück rennen, wenn ich es nicht verhindere.»

«Sie ist doch schon unglücklich», gab Gesche zu bedenken. «Und sie kann nichts für ihre Gefühle. Sie lassen sich nicht einfach abstellen, nur weil einem jemand sagt, dass man sie nicht empfinden darf. Sie sind da, ob man will oder nicht.»

Henry starrte sie an. Sein Gesicht war weiß geworden.

«Ja, das stimmt», sagte er, und Gesche sah den gequälten Ausdruck in seinen Augen.

Plötzlich wurde sie sich bewusst, dass sie sich während ihres Gesprächs näher gekommen waren. Mit klopfendem Herzen rückte sie wieder von ihm ab.

«Ich wollte nur, dass du es weißt», sagte sie. «Ich bin Noras Lehrerin, und ich kann nicht tatenlos zusehen, wenn es ihr schlecht geht. Aber ich will dich nicht länger aufhalten.»

Sie wollte aussteigen, doch Henry griff nach ihrer Hand.

«Nein, warte», sagte er und sah sie zerknirscht an. «Du hast recht. Ich ... werde mit ihr reden. Und dann sehen wir weiter.»

Gesche nickte und wollte sich von ihm losmachen. Ihre Mission war erfüllt, und es gab keinen Grund mehr zu bleiben. Aber sie schaffte es nicht, Henry ihre Hand zu entziehen. Und selbst als er sie losließ, blieb sie sitzen. Einen langen Moment sahen sie sich in die Augen, dann wandte sie das Gesicht ab und blickte nach vorn.

«Das ist wirklich ein schöner Wagen», sagte sie, um die Stille zu füllen. «So einen habe ich noch nie gesehen.»

«Das kannst du auch nicht, es gibt nämlich noch nicht viele davon», erwiderte Henry. «Die Daimler-Motoren-Gesellschaft hat erst vor zwei Jahren die ersten Phönix-Modelle mit Frontantrieb herausgebracht. Dieser gehört dazu. Er hat immerhin acht PS, aber ich habe gehört, dass es sehr bald auch Modelle mit über zwanzig PS geben soll. Stell dir das vor! Mit so einem Fahrzeug bist du zehnmal schneller als mit einem Zweispänner.»

Gesche sah, wie seine Augen leuchteten, und musste lächeln. «Das klingt aufregend», sagte sie. «Und das Automobil, das du in Lübeck bauen lässt? Wird das auch so schnell sein?»

«Ich hoffe es», erwiderte er mit einem Grinsen. «Mir geht

es allerdings eher um Patente für Verbesserungen. Am Motor, aber vor allem an der Handhabung. Und auch die äußere Form des Wagens habe ich im Visier. Es gibt noch so vieles, was optimiert werden kann: die Langlebigkeit, die Wetterfestigkeit, die Reichweite, der Fahrtkomfort – über all diese Aspekte wurde noch nicht ausreichend nachgedacht.»

«Und du willst das ändern?», fragte Gesche.

Er nickte. «Unsere Prototypen sind vielversprechend. Aber der Markt ist hart umkämpft, und die Entwicklung verläuft rasant. Wer zu spät dran ist, hat Pech gehabt.»

Gesche strich über das Lenkrad, hinter dem sie saß. «Dann bedeutet das, dieser brandneue Wagen hier ist eigentlich schon veraltet?»

Henry lächelte. «Das könnte man so sagen, ja.»

«Meine Güte.» Sie lachte. «Dabei gewöhne ich mich doch gerade erst an den Anblick.»

Henry warf ihr einen Seitenblick zu. «Möchtest du eine Ausfahrt machen und mal ausprobieren, wie er sich fährt?», fragte er. «Ich hatte dir eine versprochen. Erinnerst du dich?»

«Gern, aber ...» Gesche zögerte. «Aber ich kann eigentlich nicht weg. Die Mädchen haben jetzt ihre Reitstunde, und danach muss ich direkt ...»

«Bis zum Ende der Reitstunde sind wir längst zurück», versicherte Henry ihr, und gegen sein Lächeln war sie hilflos. «Das Wetter ist perfekt für eine Ausfahrt, und ich habe nicht oft Zeit dafür. Jetzt oder nie, Gesche.»

Sie musste nicht mehr überlegen. «Dann jetzt», sagte sie, weil ihr klar wurde, dass er recht hatte. So oft würde sie keine Gelegenheit mehr haben, Zeit mit ihm allein zu verbringen. Und so unvernünftig es auch sein mochte – sie würde diese nicht verstreichen lassen.

22

Als das laute Motorengeräusch die nachmittägliche Stille zerriss, wusste Nora sofort, wer es verursachte. Sie blickte vom Reitplatz zu der breiten Buchenallee hinüber, die zum Gut führte, und sah Henrys hellgelbes Automobil im Sonnenlicht schimmern, wenn der Wagen zwischen den Baumstämmen auftauchte. Henry saß am Steuer und neben ihm eine blonde Frau in einem blauen Kleid, das Nora schon so oft gesehen hatte, dass sie sofort wusste, um wen es sich handelte.

Fräulein Petersen, dachte sie und hatte plötzlich einen Kloß im Hals. Also doch ...

«Was gibt es da zu sehen?» Fanny, die neben ihr stand und wie Nora ein Pferd am Zügel hielt, blickte ebenfalls in Richtung Allee.

«Nichts», erwiderte Nora, weil der Wagen schon aus ihrem Blickfeld verschwunden war.

Sie hatte niemandem von dem Kuss zwischen Henry und Fräulein Petersen erzählt, den sie zufällig beobachtet hatte, nicht mal Fanny, der sie sonst fast alles anvertraute. Das lag vor allem daran, dass sie gar nicht mehr sicher war, ob sie es sich nicht nur eingebildet hatte. In den Tagen danach hatten sich die beiden völlig normal verhalten. Nichts, nicht einmal eine winzige Geste, hatte darauf hingedeutet, dass da mehr zwischen ihnen war. Aber vergessen konnte Nora es trotzdem nicht, und dadurch hatte sich ihr Verhältnis zu ihrer Lehrerin verändert. Sie konnte einfach nicht mehr so unbefangen mit ihr umgehen wie früher. Sie fühlte sich hintergangen, nicht nur von Henry, sondern auch von Fräulein Petersen, und darüber war sie enttäuscht und wütend.

Doch das war sie ohnehin seit dem Streit mit Karl auf dem Heuboden. Dass er sie weggeschickt hatte und nicht mehr sehen wollte, konnte sie immer noch nicht fassen. Es beschäftigte sie Tag und Nacht, so sehr, dass sie sich kaum auf etwas anderes konzentrieren konnte.

Lass mich in Ruhe, Nora, hallten Karls Worte wieder durch ihren Kopf, und sie spürte den schon vertrauten Stich in der Brust. Wie konnte er so etwas sagen? Er hatte sich doch gefreut, sie zu sehen, als sie sich in der Küche begegnet waren. Und dann schickte er sie einfach weg? Warum wollte er nichts mehr mit ihr zu tun haben? Nur weil Henry verboten hatte, dass sie sich sahen? Oder hatte sie irgendetwas falsch gemacht?

Wie immer drehten ihre Gedanken sich im Kreis, sie konnte nichts dagegen tun, und es tat nicht nur weh, es machte sie auch verrückt, dass sie den Grund für Karls abweisendes Verhalten nicht kannte. Am ersten Abend hatte sie sich noch in den Schlaf geweint, als sie nach ihrem Ausflug zu den Stallungen wieder im Bett gelegen hatte. Aber inzwischen grübelte sie ständig, und es nahm kein Ende …

Ihre Fuchsstute Bonny riss den Kopf so abrupt hoch, dass Nora die Zügel aus der Hand rutschten. Sie fasste sofort wieder zu und beruhigte das Pferd, das die Mähne schüttelte und schnaubte.

«Was hat sie denn?», wollte Fanny wissen, die mit dem friedlichen Schimmel Samson neben ihr stand.

«Gar nichts, Bonny will einfach, dass es endlich losgeht», erwiderte Nora. «Aber wir müssen ja noch ein passendes Pferd für Madame finden.»

Sie deutete mit dem Kopf zu Lotte hinüber, die mit verschränkten Armen in der Halle stand und auf den Stallmeister wartete, der jetzt einen Apfelschimmel hereinführte. Johann, ein schlanker, älterer Mann mit wettergegerbter Haut und unzähligen Falten im Gesicht, war eigentlich eine Seele von Mensch. Doch selbst ihm schien langsam die Geduld auszugehen.

«Wäre dieses Pferd genehm?», fragte er, ohne zu lächeln, als er Lotte die Zügel reichte. Es war nunmehr das dritte Pferd, das er ihr brachte.

«Ja, der wird gehen», befand sie. «Der andere war mir zu hoch.»

«Gut, dann kann es ja losgehen.» Johann ging zu Nora und stellte sich neben die linke Schulter ihrer Fuchsstute. «Wir zeigen Ihnen jetzt, wie Sie richtig in den Sattel kommen», sagte er und blickte Nora an. «Fertig, Komtess?»

Nora nickte und stellte einen Fuß in seine Hände, die er für eine Räuberleiter ineinandergeschoben hatte. Mit seiner Hilfe drückte sie sich hoch und setzte sich seitlich in den Damensattel. Geschickt schlug sie dann das rechte Bein über den dafür vorgesehenen Knauf, korrigierte ihren Sitz und breitete ihren Rock so über ihre Beine, dass sie bedeckt waren. Johann half ihr, den Stoff so festzustecken, dass er während des Reitens nicht verrutschen konnte. Dann reichte er ihr eine Gerte und ging zu Fanny, um auch ihr zu helfen.

Bei Fanny klappte es gut, sie saß recht schnell im Sattel, und auch Agnes kam nach nur zwei Fehlversuchen aufs Pferd. Lotte dagegen hatte auch hier wieder Schwierigkeiten, und ein Stallknecht wurde gerufen, um zu helfen.

«Wie kann man sich nur so anstellen», meinte Nora leise zu Fanny und erwartete, dass sie ihr zustimmen würde. Doch ihre Freundin schwieg, und erst jetzt fiel Nora auf, wie bedrückt sie wirkte.

«Was stand eigentlich in der Nachricht aus dem Pensionat?», fragte sie, plötzlich besorgt, als ihr der Brief einfiel, den Fanny von ihrer Unterredung mit Fräulein Petersen mitgebracht hatte. «Hast du sie schon gelesen?»

Fanny schüttelte den Kopf. «Ich weiß, es nützt nichts, unangenehme Dinge vor sich herzuschieben. Aber ich wollte mir die Reitstunde nicht verderben. Darauf hatte ich mich so gefreut.»

«Dann glaubst du, es sind schlechte Nachrichten?», erkundigte sich Nora. «Denkst du, es hat etwas mit dem Stipendium zu tun?»

Fanny nickte. «Fräulein Petersen glaubt, ich sehe das zu schwarz. Aber ich weiß es besser. Es muss etwas Schlimmes sein, sonst würde mir Frau Eggers nicht extra schreiben.»

Nora konnte nicht leugnen, dass da etwas dran war. Die Vorsteherin würde sich diese Mühe sicher nicht machen, um Fanny ein Lob auszusprechen.

Fanny seufzte. «Können wir erst mal über etwas anderes reden? Ich möchte jetzt nicht darüber nachdenken.»

Sie lächelte traurig, und Nora hatte plötzlich ein schrecklich schlechtes Gewissen. Sie war so sehr mit sich selbst und Karl beschäftigt gewesen, dass sie die Sorgen und Nöte ihrer Freundin gar nicht mehr wahrgenommen hatte.

«So, meine Damen, ich denke, wir können beginnen», sagte Johann. «Für den Anfang werden wir die Pferde eine Weile durch die Halle führen, damit Sie sich an den Sitz gewöhnen können. Sobald sie die Balance gefunden haben, können wir dann mit ein paar leichten Reitübungen anfangen.»

Er machte den beiden Stallburschen ein Zeichen, und sie

liefen zu den Pferden von Fanny und Agnes, während er selbst nach den Zügeln von Lottes Pferd griff. Nora hingegen nickte er nur zu. «Vielleicht reiten Sie voraus, Komtess?»

Nora trieb Bonny an und ließ sie Schritt gehen. Doch schon nach ein paar Minuten war ihr tatsächlich langweilig, genau wie Fräulein Petersen es vorhergesehen hatte. Und ihre Unruhe übertrug sich auf das Pferd, denn die Fuchsstute tänzelte immer wieder nervös, zog an den Zügeln und schlug mit dem Kopf.

«Was ist los, Komtess?», fragte Johann. «Sticht Bonny der Hafer?»

«Es scheint so», erwiderte Nora, die gerade wieder versuchte, Bonny unter Kontrolle zu bringen. Plötzlich wusste sie, dass sie es nicht aushalten würde, weiter im Kreis zu reiten. Wie ihr Pferd brauchte sie Bewegung, und die Aussicht, über das nahe gelegene Feld zu galoppieren, war einfach zu verlockend.

«Ich lasse sie ein bisschen laufen, ja, Johann?», rief sie dem Stallmeister zu. «Macht einfach ohne mich weiter.»

«Nein, Komtess, warten Sie! Einer der Stallburschen kann Sie begleiten!», widersprach Johann.

«Ach, Johann!» Nora lachte. «Was sind denn das für neue Sitten?» Sie hatte Bonny schon gewendet und hielt auf den Zaun zu. «Wir sind bald zurück!», rief sie, während sie die Stute mit einem eleganten Sprung über das Hindernis setzen ließ.

Sie trieb das Pferd an und flog über das Feld und dann über das nächste. Der Wind blies ihr ins Gesicht und zerrte an ihren hochgesteckten Haaren, aber Nora scherte sich nicht um ihre Frisur, sondern lächelte, weil sie sich zum ersten Mal seit langer Zeit wieder wirklich frei und lebendig fühlte.

So war es ihr immer gegangen beim Reiten, aber nachdem sie es so lange nicht mehr getan hatte, konnte sie es noch einmal ganz anders genießen. Es machte ihren Kopf frei und ließ ihr alles andere unwichtig erscheinen, und das tat gut nach den letzten Tagen voller Kummer, in denen sie viel zu viel nachgedacht hatte.

Warum bin ich nicht längst schon wieder mal aufs Pferd gestiegen, dachte sie reumütig und trieb ihre Stute noch ein bisschen an. Erst als sie den Kiefernwald erreichten, hinter dem die Steilküste lag, parierte sie Bonny durch und ritt langsamer.

Eigentlich hätte sie jetzt umkehren und zu den anderen zurückkehren müssen. Doch es fühlte sich zu gut an, unbeobachtet zu sein, deshalb ließ sie die Stute im Schritt zwischen den Kiefern hindurch in Richtung Steilküste gehen. Der Hufschlag wurde von einer dicken Schicht von Kiefernnadeln gedämpft, und es roch so frisch und vertraut, dass Nora das Herz aufging. Ich reite nur noch bis zur Bank, dann kehre ich um, dachte sie, als die Bäume lichter wurden und die Ostsee schließlich in ihrer ganzen Pracht vor ihr lag.

Ein paar Meter vom Waldrand entfernt fiel der Boden steil ab zu einem schmalen Strand, an dem sich mehrere Meter weiter unten die Wellen brachen.

Nora wandte Bonny nach links und ritt an der Steilküste entlang bis zu der Stelle, wo eine Holztreppe mit Geländer nach unten zum Strand führte. Dort stand am Waldrand eine verwitterte Bank, und je näher Nora ihr kam, desto schwerer wurde ihr ums Herz.

Die Bank war einer der Lieblingsplätze ihrer Kindheit gewesen. An unzähligen Sommerabenden hatten sie und Karl dort gesessen, wenn sie vom Strand gekommen waren, hatten sich zusammen den Sonnenuntergang angesehen und dabei überlegt, was sie später wohl einmal machen würden. Karl hatte zur See fahren wollen, und für Nora hatte immer festgestanden, dass sie eines Tages mit Henry das Gut leiten würde, das für sie ihre ganze Welt war. Sie hatte zwar gewusst, dass sie es nicht erben würde, aber sie war fest davon ausgegangen, dass ihr Bruder sie an allen Entscheidungen beteiligen würde, wenn sie erst alt genug dafür war. Die Erkenntnis, dass niemand Wert auf ihre Meinung legte und ihr Weg in eine ganz andere, vorgegebene Richtung führen würde, war ihr erst viel später gekommen.

Karl hingegen konnte seinen Traum verwirklichen, so gefährlich er auch sein mochte. Und bestimmt würde er bald wieder fortgehen, um genau das zu tun.

Ein Ast knackte im nahe gelegenen Wald, und Bonny wieherte erschrocken und stieg. Für Nora kam das so plötzlich, dass sie es nicht mehr schaffte, sich festzuhalten. Mit einem Schrei rutschte sie aus dem Sattel und landete unsanft auf dem Boden.

«Nora!»

Jemand rief ihren Namen, und als sie sich von dem Schrecken erholt hatte und aufsetzte, kniete Karl neben ihr. Besorgt musterte er sie von Kopf bis Fuß.

«Alles in Ordnung? Hast du dir wehgetan?», fragte er aufgeregt, aber sie starrte ihn nur an. Es war, als wäre er direkt aus ihren Gedanken entsprungen, und einen Moment lang glaubte sie, dass sie sich seine Anwesenheit nur einbildete. Doch seine Hand auf ihrer Schulter fühlte sich warm an, und sie spürte seinen Atem auf ihrem Gesicht.

«Nora, tut dir was weh?»

Nora schüttelte den Kopf. «Was machst du hier?», fragte sie, beinahe vorwurfsvoll.

«Ich wollte zu unserer Bank», sagte er. «Aber dann sah ich dich und wollte wieder gehen. Und dabei bin ich auf diesen verfluchten Ast getreten.» Zerknirscht betrachtete er sie. «Es tut mir so leid. Hast du dir wehgetan? Nun sag doch schon!»

«Ich weiß es nicht», fuhr sie ihn an. «Hilf mir mal hoch.»

Karl zog sie auf die Füße, und sie testete vorsichtig das Auftreten. Aber abgesehen von ihrem Hintern, auf dem sie gelandet war und der ihr ziemlich wehtat, schien sie glimpflich davongekommen zu sein.

Sie betrachtete Karl, der sie immer noch besorgt musterte. Er sah gut aus und war nicht mehr so blass. Wahrscheinlich hatte ihn Hedwigs gute Küche wieder zu Kräften kommen lassen.

«Und?», fragte er. «Alles in Ordnung?»

«Was kümmert es dich?», fragte Nora ungehalten zurück und ging zu Bonny, die sich wieder beruhigt hatte und etwas weiter entfernt stand. Sie griff nach den Zügeln. «Du willst doch nichts mehr mit mir zu tun haben. Ich soll dich in Ruhe lassen, schon vergessen?»

Sie wollte kühl klingen und so, als würde es ihr gar nichts ausmachen, aber sie spürte Tränen in ihren Augen brennen.

Karl stöhnte. «Das musste ich doch sagen, Nora. Ich konnte nicht zulassen, dass du weiter zu mir auf den Heuboden kommst.»

Sie fuhr zu ihm herum. «Wegen Henry? Hast du etwa Angst vor ihm?»

«Nein, verdammt, wegen dir!», gab Karl so heftig zurück, dass sie blinzelte.

«Warum?» Sie gab sich keine Mühe mehr zu verbergen, wie sehr seine Worte sie trafen. «Bin ich dir plötzlich so zuwider, dass du es nicht mehr mit mir aushältst?»

Sie wollte sich abwenden, aber er zog sie wieder zu sich herum.

«Du bist mir überhaupt nicht zuwider», sagte er. «Im Gegenteil. Ich wünsche mir nichts mehr, als dir nah zu sein. Ich möchte dich berühren und küssen. Aber das geht nicht, denn wenn ich damit einmal anfange, dann kann ich vielleicht nicht mehr aufhören. Verstehst du? Deswegen darfst du dich nicht einfach zu mir ins Heu legen. Das ging früher, aber jetzt ... Jetzt ist es anders. Wir sind keine Kinder mehr, Nora. Jetzt könnte etwas passieren.»

Noras Herz schlug schneller bei seinen Worten, die sie jedoch vor allem verwirrten.

«Was könnte passieren?», fragte sie und sah plötzlich Hans und Ellie vor sich, die sich nackt im Bett wälzten. «Oh! Das!» Sie spürte, wie ihre Wangen anfingen zu glühen.

«Ich wusste mir nicht anders zu helfen», sagte Karl. «Wenn du mir so nah bist, dann will ich dich küssen. Und dabei bleibt es vielleicht nicht. Verstehst du das?»

Sein Blick wanderte zu ihren Lippen, und Nora spürte ein Kribbeln im Magen.

Sie hatte das Gefühl, als fiele plötzlich ein riesiges Gewicht von ihren Schultern ab. Wie hatte sie nur glauben können, dass Karl sie nicht mehr mochte? Seine Gefühle hatten sich nur geändert, genau wie ihre. Da war plötzlich mehr zwischen ihnen, etwas Neues, beängstigend Starkes, das sie wie von selbst zu ihm hinzog.

Das Kribbeln in ihrem Magen wurde stärker, als sie einen Schritt auf ihn zumachte. Vorsichtig legte sie eine Hand auf seine Brust.

«Und wenn ich es auch gerne tun würde?», fragte sie und sah zu ihm auf. «Was, wenn ich dich auch küssen will?»

Karl stöhnte. «Oh Gott, Nora, ich …» Er stutzte und starrte über ihre Schulter.

«Was ist?» Nora drehte sich um, und dann sah sie die Frau auch, die in einiger Entfernung auf den Rand der Klippen zuging. Sie hatte schwarzes Haar und trug ein hochgeschlossenes weißes Kleid.

«Ist das nicht deine Mutter?», fragte Karl.

«Ja, das ist sie.» Nora wollte Karl schon zurück in den Wald drängen, damit sie nicht erwischt wurden, doch sie hielt in der Bewegung inne, als ihr klar wurde, dass da etwas nicht stimmte. Ihre Mutter verließ so gut wie nie das Gut, und wenn sie nach draußen ging, dann höchstens auf die Terrasse. Nicht mal im Garten flanierte sie besonders oft. Was wollte sie also plötzlich hier draußen bei den Klippen?

Und da war auch etwas merkwürdig an der Art, wie sie sich bewegte. Sie schlenderte nicht oder näherte sich vorsichtig dem Rand der Steilküste. Nein, sie lief mit entschlossenen Schritten darauf zu und wurde nicht langsamer!

«Vorsicht, Mama!», rief Nora, weil sie plötzlich Angst hatte, dass ihre Mutter die Abbruchkante übersehen und hinunter auf den Strand stürzen würde. An der Stelle, auf die sie zulief, war die Felswand besonders hoch. Wenn sie da hinunterfiel …

Sidonie von Jagow hielt nicht inne, sondern ging weiter auf die Klippen zu. Fast so, als wollte sie …

«Nein!», schrie Nora, als sie plötzlich begriff, was ihre Mutter vorhatte. «Nein, Mama, nicht! Spring nicht!»

Nora und Karl rannten los, auf ihre Mutter zu, die den Klippenrand jetzt erreicht hatte und gefährlich nah an die Kante trat. Nora wollte noch einmal rufen, aber Karl packte ihren Arm und legte den Zeigefinger an seine Lippen.

«Erschrecke sie nicht, sonst fällt sie vielleicht aus Versehen runter», flüsterte er.

Nora nickte und setzte leise einen Fuß vor den anderen, bis sie hinter ihrer Mutter stand.

«Mama?» Sie umfasste ihren Arm und lächelte, als Sidonie zu ihr herumfuhr. «Ich bin es nur.»

Ihre Mutter sah sie erschrocken an, ihr Gesicht war kalkweiß. «Kind!» Ein Lächeln glitt über ihr Gesicht, als sie Nora erkannte. Doch dann wurde sie gleich wieder ernst. «Du solltest nicht hier sein. Geh nach Hause.»

Nora rührte sich nicht. «Was machst du denn hier, Mama?», fragte sie. «Du stehst viel zu nah an der Kante. Komm, wir gehen ein Stück zurück, wo es ...»

Ihre Mutter machte sich von ihr los und trat noch näher an den Abgrund. Warnend hob sie die Hand. «Nein, lass mich, Nora. Geh nach Hause. Bitte!» Ihr Blick war flehend. «Lass mich allein.»

«Auf keinen Fall!», erwiderte Nora und trat ebenfalls nach vorne, sodass sie wieder auf einer Höhe mit ihrer Mutter war, die sie entsetzt ansah. Über Sidonies Schulter hinweg entdeckte Nora Karl, der sich ihrer Mutter von hinten näherte.

«Du darfst da nicht runterspringen, Mama! Bitte!», flehte sie. Ihre Stimme zitterte. «Du darfst mich nicht allein lassen.»

Tränen schossen in Sidonies Augen, und sie legte liebevoll eine Hand an Noras Wange. «Es tut mir so leid», sagte sie. «Du kannst nichts dafür. Aber ich ertrage das alles nicht mehr.»

Sie ließ Nora los und wandte sich wieder dem Meer zu.

«Nein!» Nora wollte nach ihr greifen, aber Karl war schneller. Er machte einen beherzten Schritt auf Sidonie zu, umfasste ihre Hüften und zog sie mit einem Ruck von der Kante fort. Dabei stolperte er und fiel mit ihr zusammen zu Boden.

«Nein!», kreischte Sidonie und wehrte sich so heftig, dass Karl Mühe hatte, sie festzuhalten. «Nein, lass mich! Lass mich springen! Bitte!»

Nora rannte zu den beiden, kniete sich nieder und fing die Arme ihrer Mutter auf, mit denen diese wie wild um sich schlug. «Mama! Hör auf! Mama, bitte, beruhige dich doch!»

Sidonie kämpfte noch einen Moment weiter, dann brach sie ganz plötzlich in sich zusammen und begann zu weinen. Es war ein herzzerreißendes Schluchzen, das Nora selbst die Tränen in die Augen trieb.

«Nein, bitte!», schrie sie immer wieder. «Bitte lasst mich gehen! Lasst mich!» Wieder wollte sie aufstehen, aber Karl saß hinter ihr und hielt sie fest umklammert.

«Ich halte sie», sagte er zu Nora. Sein Gesichtsausdruck war sehr entschlossen. «Hol Hilfe. Schnell!»

Nora sprang auf und lief zu Bonny, die etwas entfernt am Waldrand stand. Sie benutzte einen Baumstumpf, um aufzusteigen, und saß wenig später wieder im Sattel. Ohne auf den Sitz ihres Rocks zu achten, lenkte sie die Stute zurück in den Wald.

Ganz in der Nähe erklang auf einmal Motorengeräusch. Henry, dachte Nora erleichtert, und anstatt zurück zum Gut zu reiten, wendete sie ihr Pferd und ritt am Waldrand entlang in die Richtung, aus der das Geräusch gekommen war.

23

Gesche sah über ihre Schulter den Bäumen nach, die schneller aus ihrem Gesichtsfeld verschwanden, als sie es je erlebt hatte. Der Motor tuckerte laut, und sie wurde ordentlich durchgerüttelt, aber sie war so fasziniert von dem völlig neuen Fahrgefühl, dass sie zunehmend Freude daran fand.

«Und?» Henry wandte kurz den Kopf zu ihr, bevor er wieder nach vorn sah. Er musste laut reden, um das Motorgeräusch zu übertönen. «Gefällt dir das Fortbewegungsmittel der Zukunft?»

«Es ist viel aufregender, als ich dachte», gestand sie. «Man hat plötzlich eine ganz andere Perspektive. Weil man viel tiefer sitzt als in einer Kutsche. Und man sieht auch viel mehr!» Sie streckte die Arme aus und deutete nach vorn auf die Straße. «Normalerweise würden wir vom Kutschbock aus auf die Deichsel und die Hinterteile der Pferde sehen. Aber hier kann man so unglaublich weit schauen. Und wir sind so schnell!»

«Ach, das ist noch gar nichts!», meinte Henry grinsend. «Mit dem neuen Röhrchenkühler, den Wilhelm Maybach entwickelt hat, werden demnächst noch ganz andere Motorleistungen möglich sein. Ich wette, in ein paar Jahren werden sich die PS-Zahlen verzehnfacht haben. Und denk nur, wie kurz die Wege dann sein werden. Entfernungen werden kaum noch eine Rolle spielen, weil es nicht mehr so beschwerlich sein wird, von einem Ort zum anderen zu kommen. Von Travemünde bis nach Lübeck ist es dann nur noch ein Katzensprung.»

Gesche lächelte, als sie den begeisterten Ausdruck in seinen Augen sah. Sie war froh darüber, dass sie ein Thema gefunden hatten, über das sie reden konnten, denn zuerst hatten sie nur schweigend nebeneinandergesessen und ihren Gedanken nachgehangen. Gesche hatte sich wieder und wieder gefragt, ob es klug gewesen war, diese Ausfahrt mit Henry zu machen. Doch je länger sie unterwegs waren, desto mehr war ihr zu Bewusstsein gekommen, was für ein Privileg es war, in einem Automobil zu fahren.

Man sah noch nicht viele auf den Straßen und in Lübeck so gut wie gar keine, aber wenn sie Henry Glauben schenken durfte, dann würde sich das bald ändern. Und wer weiß, dachte sie. Vielleicht gingen mit dieser Veränderung ja auch noch andere einher. Nichts wünschte sie sich im Moment mehr, als eine Aufhebung der engen gesellschaftlichen Konventionen, die eine Verbindung zwischen ihr und Henry unmöglich machten. Doch bis dahin ist es noch ein weiter Weg, dachte sie und fühlte sich plötzlich sehr niedergeschlagen.

Aus dem Motor kam ein besonders lauter Knall, der sie beide aufschreckte. Es qualmte noch ein bisschen mehr als ohnehin schon, und Gesche wedelte sich mit der Hand Luft zu.

«Ein bisschen leiser könnte er schon sein, dein Phönix», meinte sie. «Und er sollte auch weniger stinken. Ist es das, was du verbessern willst?»

Er nickte. «Ganz genau. Es muss eine Möglichkeit geben, die Abgase vom Motor wegzuleiten, möglichst nach hinten, damit Fahrer und Insassen davon nicht belästigt werden. Und der Start darf nicht so lange dauern. Im Moment wagt man ja kaum, den Motor auszuschalten, wenn er einmal läuft, aus Angst, die ganze Prozedur noch mal wiederholen zu müssen. Außerdem braucht so ein Wagen eine geschlossene Karosserie mit Fenstern, die man öffnen kann, und Türen für vorn und hinten, damit er wirklich für jedes Wetter tauglich ist», sagte er. «Und es muss auch Modelle für jeden Zweck geben. In Frankreich werden bereits kleinere Fahrzeuge gebaut, die sogenannten ‹Voituretten›. So etwas brauchen wir in Deutschland auch.»

Er war plötzlich ganz in seinem Element und erzählte Gesche begeistert, warum er es für sinnvoll hielt, den Motor in Automobilen noch weiter vorn zu verbauen, und warum flachere Automobile mehr Fahrsicherheit boten. Er erklärte ihr, wieso die Federung verbessert werden musste und dass es noch an einer flächendeckenden Versorgung mit Benzin und Ersatzteilen fehlte.

Gesche lauschte fasziniert.

«Wie weit bist du denn mit diesen Entwicklungen?», erkundigte sie sich, als er fertig war.

Henry bog auf einen schmaleren, unbefestigten Weg ein. Der Wagen rumpelte jetzt noch stärker, und Gesche musste sich festhalten, um nicht gegen Henry gedrückt zu werden.

«Wir stecken nach wie vor in der Testphase», erklärte er. «Was wirklich ärgerlich ist. Ich wünschte, wir wären schon weiter, denn wir müssen schnell sein, wenn wir nicht von anderen ausgestochen werden wollen. Die Konkurrenz ist hart.»

«Und wenn du es geschafft hast?», wollte sie wissen. «Was dann? Baust du deine Autos dann in deiner eigenen Fabrik?»

Er schüttelte den Kopf. «Ich werde mir meine Neuerungen patentieren lassen und hoffe, dass die großen Motorenwerke dann Interesse daran haben, sie in ihren Modellen zu verbauen. Mit so etwas lässt sich viel Geld verdienen.»

«Brauchst du das denn als Gutsbesitzer?», erkundigte sich Gesche, ein bisschen verwundert.

«Ich brauche es nicht, es reizt mich einfach», erwiderte er. «Mein Herz schlägt nun mal für alles Technische und nicht so sehr für die Landwirtschaft.» Er seufzte. «Manchmal wünschte ich, ich wäre nicht ausgerechnet der Sohn des Grafen von Jagow. Es bringt Privilegien, sicherlich, aber mein Weg ist vorgezeichnet und mit so vielen Erwartungen behaftet. Dabei hat mich nie jemand gefragt, ob ich das Gut und die ganze Verantwortung überhaupt will.»

Gesche starrte ihn für einen Moment an. «Nun, dann hast du ja zumindest eine Ahnung davon, wie wir Frauen uns fühlen», sagte sie. «Uns fragt nämlich auch nie jemand, wie wir die uns zugedachte Rolle finden. Oder ob es uns recht ist, dass man uns nicht ernst nimmt und unsere Bildungsmöglichkeiten beschneidet. Du kannst vielleicht nicht so viel Zeit in die Entwicklung deines Automobils investieren, wie du gerne möchtest, aber immerhin ist es nicht unmöglich für dich. Wäre dein Traum meiner, dann müsste ich ihn für alle Zeit begraben und könnte ihn niemals in die Tat umsetzen.»

Henry brachte den Phönix mithilfe der Handbremse zum Stehen. Er ließ den Motor weitertuckern und wandte sich ihr zu.

«Dann bist du nicht gerne Lehrerin?», fragte er.

«Doch», erwiderte sie. «Ich habe das Glück, dass ich den Beruf gerne mache, der als einziger für Frauen vorgesehen ist. Wir können heiraten – oder Lehrerinnen sein. Gouvernanten. Kindermädchen. Und wir können malen, wenn wir wollen. Oder sticken. Alles andere traut man uns nicht zu.» Sie zuckte mit den Schultern. «Nimm doch nur mal die Mädchen aus dem Pensionat. Fanny rechnet sehr gut. Sie begreift mathematische Zusammenhänge leicht und ist auch in den anderen

Naturwissenschaften ausgesprochen begabt. Vielleicht würde sie eines Tages etwas Wichtiges erfinden, wenn man ihr Talent fördern würde. Aber sie darf nicht studieren, sie muss Gouvernante werden. Oder Agnes, die ein großes Schauspieltalent hat, deren Eltern aber niemals zulassen würden, dass sie eine solche Karriere anstrebt. Sie soll Ehefrau und Mutter werden. Dann darf sie höchstens mal mit ihren Kindern ein Theaterstück einstudieren, wird aber nie herausfinden, wie weit sie es auf der Bühne gebracht hätte. Oder Nora. Warum hast du sie ins Pensionat geschickt, Henry? Damit sie wird, wie wir alle sein sollen, oder nicht? Sie soll einen passenden Mann finden und heiraten und gefälligst nicht mehr danach fragen, ob es noch etwas anderes gibt, das sie glücklich machen würde. Weil es um uns Frauen nie geht. Wir sind nettes Beiwerk und haben uns zu fügen in das, was für uns vorgesehen ist. Niemand fragt uns, ob wir das wollen.»

Gesche hielt inne und sah Henry erschrocken an. Meine Güte, sie hatte nicht so heftig reagieren wollen! Aber das Thema machte sie so wütend, dass die Worte einfach aus ihr herausgesprudelt waren.

«Tut mir leid. Ich hätte das nicht sagen sollen.» Sie verschränkte die Arme vor der Brust und starrte nach vorn, plötzlich von der Angst erfüllt, dass sie sich um Kopf und Kragen geredet hatte. Falls es Henry noch nicht klar gewesen sein sollte, dann wusste er jetzt sehr genau, wie sie zu dem Thema Frauenrechte stand. Und sie war nicht sicher, wie weit sein Verständnis ging. Hatte sie eine Linie überschritten?

Zögernd sah sie ihn an und stellte erleichtert fest, dass er tatsächlich eher zerknirscht wirkte.

«Du musst dich nicht entschuldigen», sagte er. «Das sollte lieber ich tun. Ich hätte diese unbedachte Bemerkung nicht machen dürfen. Du hast recht. Mit allem.» Er lächelte leicht. «Aber das hast du ja meistens.»

Sie blieb ernst. «Erinnere dich einfach daran, wenn du eines Tages heiratest. Deine Frau wird es zu schätzen wissen, wenn du sie ernst nimmst und nicht alles über ihren Kopf hinweg für sie entscheidest.»

Henrys Gesichtszüge spannten sich an. «Ich werde nicht heiraten», erklärte er.

Überrascht löste Gesche ihre Arme und sah ihn an. «Warum nicht?»

Er fuhr zu ihr herum. «Weil ich dich will, Gesche. Früher, wenn ich darüber nachdachte, wen ich einmal heirate, hatte ich nie ein Bild im Kopf. Meine zukünftige Frau war nicht mehr als ein abstrakter Gedanke. Aber jetzt sehe ich dich an meiner Seite.»

Er umfasste ihre Schultern und küsste sie genauso wild und leidenschaftlich, wie er es in der Bibliothek getan hatte. Und Gesche erwiderte den Kuss mit all der Liebe, die sie für ihn empfand. Sie liebte ihn, das hatte sie sich längst eingestanden, und zu hören, dass es ihm genauso ging, erfüllte sie mit einem nie gekannten Glücksgefühl, das sie ganz schwindelig machte.

Sie hätte nicht mehr sagen können, wie lange ihr Kuss dauerte, aber irgendwann gab Henry sie frei und zog sie mit einem Seufzen an sich.

«Ich sehe immer nur dich», murmelte er und küsste ihr Haar. «Dich und keine andere.»

Gesche schmiegte sich an ihn und vergrub ihr Gesicht an seiner Brust. Sie sog seinen Duft ein, den sie schrecklich vermisst hatte, und versuchte, sich gegen die Wirklichkeit zu stemmen, die unaufhaltsam wieder zu ihr durchdrang und den Traum vertrieb, den sie gerade noch geträumt hatte.

«Ich will dich auch», sagte sie leise. «Aber es geht nicht, Henry.»

«Doch, es muss gehen.» Er ließ sie los und umfasste ihr Gesicht «Ich finde einen Weg. Ich kann dich nicht aufgeben. Das habe ich versucht. Ich habe mich von dir ferngehalten, aber das halte ich nicht aus. Sobald ich dich sehe und dir zuhöre, weiß ich wieder, dass du die Einzige für mich bist. Die Richtige. Wenn ich heirate, dann nur dich.»

Gesche sah zu ihm auf, hin- und hergerissen zwischen einer bittersüßen Hoffnung und der Angst, dass es am Ende doch nur eine Illusion war. Sie wünschte sich nichts mehr, als seine Frau zu sein. Aber wie stellte er sich das vor?

«Wir wären von der Gesellschaft geächtet», warnte sie. «Viele Türen würden sich für dich schließen.»

«Am Anfang vielleicht», gab er zu. «Aber die Leute würden sich daran gewöhnen. Solche Verbindungen kommen vor. Ich habe erst kürzlich von einem österreichischen Aristokraten gelesen, der seine langjährige Geliebte geheiratet hat, eine Schauspielerin. Und die Welt dreht sich noch.»

«Aber die Leute zerreißen sich bestimmt immer noch das Maul über die beiden», hielt Gesche dagegen. «Wenn du mich heiratest, dann wird es uns genauso gehen. Es wird dir schaden, in jeder Hinsicht, auch geschäftlich.»

Sie las in seinen Augen, dass er wusste, dass sie recht hatte. Aber es lag auch eine Entschlossenheit darin, die ihr Herz schneller schlagen ließ.

«Ich gebe dich nicht auf, Gesche», versprach er. «Wir werden …»

Er hielt inne, als in der Nähe ein Pferd wieherte.

Gesche reagierte sofort und löste sich von ihm, gerade noch rechtzeitig, bevor eine Reiterin auf dem Weg vor ihnen auftauchte. In wildem Galopp sprengte sie heran, und Gesche erkannte sie sofort, genau wie Henry.

«Nora?», rief er ungläubig und stieg aus dem Wagen. «Was zur Hölle machst du hier draußen? Bist du etwa allein ausgeritten?»

Nora brachte ihr Pferd neben dem Wagen zum Stehen. Ihre Wangen glühten, und auf ihrem Gesicht erschien ein Ausdruck der Erleichterung.

«Oh, Gott sei Dank, Henry! Ich habe deinen Wagen gehört. Eigentlich wollte ich zum Gut reiten, aber das ist so weit weg, und ich muss ...»

«Nun beruhig dich doch, Nora», fiel Henry ihr ins Wort. Noras Pferd tänzelte nervös, und er ging darauf zu und ergriff die Zügel, um es festzuhalten. «Was ist passiert?»

«Es geht um Mutter», stieß Nora hervor. «Sie hat versucht, von den Klippen zu springen! Sie ist völlig außer sich. Karl ist bei ihr, aber wir wissen nicht, was wir tun sollen!»

Henry ließ das Pferd los und fluchte unterdrückt. «Wo ist sie?», fragte er. «Reite voraus, wir folgen dir.»

Er stieg wieder in das Automobil, löste die Handbremse und fuhr weiter. Sie folgten Nora den Weg entlang, der oben an der Steilküste endete.

«Hier wird es zu schmal!» Henry ging vom Gas und zog die Handbremse. Er ließ den Motor laufen und stieg aus, genau wie Gesche. Gemeinsam rannten sie hinter Nora her, die ihnen zurief, dass es nicht mehr weit sei.

Nach einem kleinen Anstieg lag vor ihnen der Weg, der zwischen Wald und Steilküste entlangführte. Und dann sahen sie auch schon Karl, der in der Nähe der Abbruchkante saß. Sidonie von Jagow lehnte mit geschlossenen Augen an ihm.

«Sie ist bewusstlos», hörte Gesche ihn zu Nora sagen, die

vom Pferd sprang und neben ihm in die Hocke ging. «Erst dachte ich, sie hätte sich beruhigt, aber dann hat sie sich noch mal so heftig gewehrt, dass ich schon dachte, dass ich sie nicht halten kann. Und dann ist sie völlig zusammengebrochen.» Ängstlich sah er zu Henry und Gesche, die ihn nun auch erreicht hatten. «Ich wusste nicht, was ich sonst machen soll. Ich konnte sie nicht loslassen, sonst wäre sie gesprungen. Ich musste sie doch festhalten.»

Gesche blickte zu Henry, nicht sicher, wie er auf Karls Anwesenheit reagieren würde. Doch er nickte nur und hockte sich neben seine Mutter.

«Mama?» Er tätschelte die Wange der Gräfin. «Mama, hörst du mich?»

Sie stöhnte auf, wurde aber nicht wach.

Nora war den Tränen nahe. «Was machen wir denn jetzt mit ihr?»

«Wir bringen sie zurück zum Gut.» Henry nahm seine Mutter vorsichtig auf die Arme und stand auf.

Karl, der nun aus seiner unbequemen Position befreit war, erhob sich ebenfalls und klopfte sich den Sand von der Hose.

«Soll ich Doktor Rüther holen?», fragte Nora.

Henry nickte. «Und beeil dich. Karl, du fährst mit uns. Vielleicht brauche ich deine Hilfe.»

Karl nickte und half Nora auf die Stute. Sie ritt sofort los, während Karl Henry und Gesche zurück zum Wagen folgte.

«Setz dich zu ihr», wies Henry Karl an, nachdem er seine Mutter auf die hintere Sitzbank gesetzt hatte. «Für den Fall, dass sie noch mal aufwacht.»

Karl nickte und stieg ein, während Gesche und Henry ihre Plätze auf der vorderen Bank wieder einnahmen. Dann löste Henry die Bremse und wendete den Wagen. Der Motor knallte erneut ein paarmal sehr laut, aber das Geräusch weckte Sidonie nicht.

«Sie muss in einer tiefen Bewusstlosigkeit sein», meinte Gesche, die sich umgewandt hatte und die Gräfin betrachtete.

«Ich hoffe, Doktor Rüther weiß, was jetzt zu tun ist.» Henry lenkte den Wagen auf den Weg und wandte sich zu Karl um. «Und was dich angeht ...»

«Ich habe mich nicht mit Nora getroffen», sagte der junge Mann. «Es war reiner Zufall, wirklich. Ich wollte zu unserer alten Bank, und Nora kam angeritten. Ich wusste nicht, dass sie kommt, ich schwöre es. Und ich kann gehen, wenn Sie wollen. Nur bestrafen Sie Nora nicht, sie kann nichts da...»

«Karl!» Henry hob eine Hand. «Karl, hör auf!»

Der junge Mann verstummte.

«Ich wollte mich nur bei dir bedanken», sagte Henry. «Dafür, dass du bei meiner Mutter geblieben bist.»

«Das war doch selbstverständlich», murmelte Karl überrascht.

Gesche blickte zu Henry. War er wirklich nicht wütend darüber, dass seine Schwester sich wieder mit dem Stallburschen getroffen hatte – ob nun absichtlich oder nicht? Ihm war nichts anzusehen, denn er starrte geradeaus und gab Gas, holte an Tempo aus dem Wagen, was möglich war. Bald erreichten sie die Allee und hielten auf das Gutshaus zu.

Als sie auf den Hof fuhren, bemerkte Gesche vor den Ställen eine Kutsche. Sie war weiß lackiert, anders als der Landauer, mit dem der Gutskutscher sie vom Bahnhof abgeholt hatte, und die beiden großen Rappen, die davorgespannt waren und von den Stallburschen gerade abgeschirrt wurden, kamen ihr auch nicht bekannt vor.

Henry hatte die Kutsche auch gesehen. «Auch das noch, Besuch!», stöhnte er. «Ausgerechnet jetzt!» Er fuhr den Wagen bis vor die Eingangstreppe und rief laut nach Mamsell Kramer, die kurz darauf aufgeregt zu ihnen gelaufen kam.

«Meine Güte, was ist passiert?», fragte sie und schlug entsetzt die Hände vor den Mund, als sie die bewusstlose Gräfin sah.

«Schnell, sag Margot, sie soll das Zimmer der gnädigen Frau richten», wies sie eines der Dienstmädchen an. Die junge Frau nickte und rannte die Treppe nach oben, um die Zofe der Gräfin zu alarmieren. Einige der Dienstboten, die in der Nähe waren, kamen ebenfalls herbei und sahen mit entsetzten Gesichtern zu, wie Karl die Gräfin aus dem Wagen hob.

«Soll ich sie ins Haus tragen?», bot er Henry an.

Henry zögerte kurz, dann nickte er. «Jemand soll Karl das Zimmer meiner Mutter zeigen», wies er Mamsell Kramer an, die nickte und hinter Karl ins Haus lief.

«Da kommt Nora!», rief Gesche und deutete auf die Reiterin, die in halsbrecherischem Tempo durch die Allee heranritt und erst anhielt, als sie den Daimler erreicht hatte.

«Ist Mama aufgewacht?», fragte sie und glitt elegant aus dem Sattel.

«Nein», erwiderte Henry. «Was ist mit Doktor Rüther?»

«Er kam gerade von einem Patienten zurück, als ich bei ihm war, und hatte sein Pferd noch angeschirrt», sagte Nora. «Ich bin vorausgaloppiert, aber er müsste eigentlich gleich ... Ah, seht ihr, da hinten kommt er schon.»

In einiger Entfernung näherte sich auf der Allee ein Mann in einem Einspänner. Er trieb sein Pferd mit einer langen Peitsche an und wirkte auf die Entfernung jünger, als Gesche erwartet hatte.

«Warte bitte auf ihn», sagte Henry zu Nora und legte Gesche eine Hand auf den Rücken. Als ihre Blicke sich trafen, konnte sie ihm ansehen, wie aufgewühlt er war.

«Das mit deiner Mutter tut mir sehr leid», flüsterte sie, sodass nur er es hören konnte.

Er nickte nur. «Komm, gehen wir rein.»

Gemeinsam stiegen sie die Treppe hinauf in die Halle, wo Mamsell Kramer gerade die Dienstboten wieder an die Arbeit schickte.

«Wieso haben Sie meine Mutter nicht aufgehalten, als sie das Haus verlassen hat?», fuhr Henry die Haushälterin an. «Sie wissen doch, wie krank sie ist! Sie hätten sie nicht gehen lassen dürfen!»

«Verzeihung, Herr Graf, aber sie muss sich hinausgeschlichen haben», rechtfertigte sich Mamsell Kramer. «Niemand von uns hat sie gesehen.»

Henry wandte sich ab und fluchte unterdrückt. «Ich hätte es wissen müssen!» Gequält schüttelte er den Kopf. «Ich war vorhin noch bei ihr in ihrem Salon, und sie wirkte so durcheinander. Aber ich konnte doch nicht ahnen, dass sie ...»

Gesche legte eine Hand auf seinen Arm. «Nein, das konntest du nicht», sagte sie. «Du darfst dir keine Vorwürfe machen.»

«Das tue ich aber», erwiderte er verzweifelt. «Wenn ich wenigstens wüsste, warum sie das getan hat!»

Gesche fiel ihre Begegnung mit der Gräfin wieder ein. «Sie hat einen Brief geschrieben.»

Henry starrte sie an. «Wann?»

«Kurz bevor ich zu dir gekommen bin», erklärte Gesche. «Ich wollte mit dir reden, deshalb bin ich zu deinem Büro gegangen, und da saß deine Mutter an deinem Schreibtisch. Sie wollte, dass ich wieder gehe, weil sie noch einen Brief beenden musste – ja, das hat sie gesagt.»

Henry wurde blass. «Mein Gott, vielleicht war das ein Abschiedsbrief! Ich sehe gleich mal nach, ob …»

Er hielt inne, weil Nora mit einem Mann in die Halle kam. Er war um die vierzig, hatte einen gepflegten Oberlippenbart und trug einen graubraunen Tweedanzug. In der Hand hielt er eine abgewetzte braune Ledertasche.

«Doktor Rüther!» Henry ging zu ihm und schüttelte ihm die Hand. «Vielen Dank, dass Sie so schnell kommen konnten.»

Der Arzt nickte. «Natürlich, Herr Graf! Ihre Schwester hat mir schon erzählt, was passiert ist. Ich werde gleich nach Ihrer Mutter sehen. Ich nehme an, sie ist in ihrem Zimmer?»

Bevor Henry antworten konnte, war er schon auf dem Weg nach oben. Auf der Hälfte der Treppe kam ihm Karl entgegen.

Henry wandte sich noch einmal an die Haushälterin. «Wem gehört eigentlich die Kutsche im Hof? Ist Besuch gekommen?»

«Ja, das wollte ich Ihnen schon die ganze Zeit sagen!», bestätigte die Haushälterin aufgeregt. «Anders als sonst haben wir kein Telegramm bekommen, deshalb waren wir nicht vorbereitet. Er kam einfach auf den Hof. Und er hat Gäste mitgebracht!»

«Wer?», fragte Henry verständnislos.

Mamsell Kramer wollte gerade antworten, doch in diesem Moment kam ein großer Mann mit vollem braunem Haar und einem imposanten Schnäuzer aus einem der Salons in die Halle. Unter seinem Anzug trug er eine Weste mit einer goldenen Uhrenkette. Seine ganze Haltung strahlte Autorität aus, und sein Blick war streng.

Gesche hatte sein Porträt in einem der Salons gesehen, und sie erkannte ihn sofort: Es war Henrys Vater, Graf Wilhelm von Jagow.

«Was ist denn das für ein Lärm?» Der Graf runzelte irritiert die Stirn, als sein Blick zuerst an Gesche und dann an Karl hängen blieb. «Würde mir bitte jemand erklären, was hier los ist?»

24

Gesche lief ein Schauer über den Rücken, denn Henrys Vater wirkte in natura genauso unnahbar und Furcht einflößend wie auf dem Bild. Henry ähnelte ihm in der Statur, doch sein Haar war sehr viel dunkler, und die Ausstrahlung der beiden Männer hätte unterschiedlicher kaum sein können.

«Sag mal, bist du nicht der Stallbursche?» Der Graf fixierte Karl, der das Ende der Treppe fast erreicht hatte und dort stehen geblieben war, feindselig.

«Er war unser Stallbursche», erwiderte Henry an Karls Stelle. «Er arbeitet nicht mehr für uns.»

«Und was zur Hölle hat er dann in unserem Haus verloren?», donnerte der Graf. Sein Gesicht war jetzt hochrot. «Ich fasse es nicht, Henry. Darf das gemeine Volk bei uns immer ein und aus gehen, wenn ich nicht da bin?»

Seine Stimme klang so schneidend, dass Gesche zusammenzuckte. Karls Miene versteinerte, und er wollte die Halle verlassen. Doch als er an Nora vorbeikam, hielt sie ihn am Arm fest.

«Karl ist der Sohn von Hedwig, Papa», sagte sie. «Er hat uns gerade sehr geholfen. Und außerdem ist er …»

«Lass, Nora», unterbrach Karl sie. «Ist schon in Ordnung.»

«Wie redest du denn mit meiner Tochter?», fuhr der Graf ihn an. «Für dich ist sie die *Komtess*, du Crétin!»

Auf Karls Wange zuckte ein Muskel. «Verzeihung», sagte

er und warf dem Grafen noch einen eisigen Blick zu, dann wandte er sich abrupt ab und ging nach draußen.

«Nein, Karl, warte!» Nora stürzte hinter ihm her.

«Nora!», brüllte der Graf so laut, dass sie erschrocken innehielt. «Du bleibst hier! Wage es ja nicht, einem Dienstboten nachzulaufen!»

Nora fuhr zu ihm herum. «Warum bist du nicht in Italien geblieben?», sagte sie mit tränenerstickter Stimme. «Ohne dich war es viel ...»

«Nora, nicht!» Gesche ging zu ihr, legte ihr den Arm um die Schultern und sah sie eindringlich an. Sie hasste es, Nora zurechtweisen zu müssen, denn sie fand das Benehmen des alten Grafen auch sehr fragwürdig. Aber wenn Nora ihn provozierte, musste sie harte Strafen fürchten, denn Wilhelm von Jagow war eindeutig weit weniger verständnisvoll als Henry. Und das wollte Gesche ihr ersparen.

Helles Gelächter erklang von draußen, und eine Sekunde später betraten Agnes, Fanny und Lotte die Halle. Sie trugen noch ihre Reitkleider, und ihre Gesichter waren erhitzt.

«Da bist du ja, Nora! Stell dir vor, wir haben ...!» Agnes, auf deren Gesicht ein glückliches Lächeln gelegen hatte, wurde schlagartig ernst, als sie Wilhelm von Jagow erblickte. Auch die anderen beiden blieben erschrocken stehen.

Ihre Ankunft verhinderte den Wutausbruch, vor dem Wilhelm von Jagow offenbar gerade gestanden hatte. Aber er konnte nur mühsam an sich halten.

«Noch mehr fremde Gesichter?», knurrte er verärgert und wandte sich an Henry. «Vielleicht möchtest du mir die Damen vorstellen?»

«Das hätte ich längst getan, wenn du nicht gleich losgepoltert hättest», erwiderte Henry. Sein ganzer Körper wirkte angespannt, und Gesche sah ihm an, dass ihn das Verhalten seines Vaters peinlich berührte. Er deutete auf sie. «Das ist Gesche Petersen. Sie unterrichtet im Eggers'schen Pensionat in Lübeck, auf das Nora inzwischen geht, und die jungen Damen sind Noras neue Freundinnen.»

«Nora ist in einem Pensionat?» Der alte Graf blickte überrascht zu Nora, dann wieder zu Henry. «Was ist denn mit ihrer Gouvernante?»

«Madame Pinot hat gekündigt, und ich musste schnell eine Lösung finden, da ich in den letzten Wochen viel in Lübeck zu tun hatte», erklärte Henry. «Da hielt ich einen Platz im Pensionat für das Beste.»

«Und wieso sind diese Mädchen jetzt alle hier?», fragte sein Vater und musterte Gesche. «Gut Rosenhagen ist doch keine Schule!»

«Es war eine Notlösung», meinte Henry. «Vor einer Woche mussten wir wegen Mutter überraschend nach Rosenhagen zurückkehren. Deshalb habe ich Fräulein Petersen und die Mädchen der Abschlussklasse zu uns eingeladen. So kann Noras Unterricht weiter stattfinden.»

Sein Vater schien ihm gar nicht mehr zuzuhören. «Wegen eurer Mutter? Was ist denn mit Sidonie?»

«Ihr Zustand hat sich verschlimmert.» Henry zögerte kurz. «Und leider hatte sie eben einen Zusammenbruch.» Er sah kurz zu Mamsell Kramer, die sich schweigend im Hintergrund hielt. Offenbar wollte er vor dem Personal nicht ausbreiten, dass seine Mutter versucht hatte, sich von den Klippen zu stürzen.

«Oh.» Wilhelm von Jagow wirkte zwar erschrocken, aber die Nachricht schien ihn nicht zu erschüttern. Gesche hatte eher den Eindruck, dass er über diese unerwartete Entwicklung verärgert war. «Wie schlimm ist es?»

«Das wird Doktor Rüther uns gleich sagen», erwiderte Henry. Dann schüttelte er den Kopf. «Was machst du überhaupt hier, Vater? Du hattest deinen Aufenthalt in Italien doch verlängert.» Er zögerte. «Bist du wegen des Briefs gekommen, den Doktor Rüther dir geschrieben hat?»

«Ich habe keinen Brief bekommen», erwiderte der alte Graf. «Meine Pläne haben sich einfach geändert.» Er wandte sich an Gesche. «Es tut mir sehr leid, aber ich muss Sie leider bitten, nach Lübeck zurückzukehren. Nehmen Sie es nicht persönlich, aber wir haben bereits Besuch, und ich möchte nicht so viel Aufregung auf dem Gut. In der Schule sind die Mädchen auch sicher sehr viel besser aufgehoben als hier bei uns.»

«Aber Papa! Du kannst meine Freundinnen und Fräulein Petersen doch nicht einfach vor die Tür setzen!», protestierte Nora.

«Davon ist keine Rede», erwiderte ihr Vater gelassen und sah wieder zu Gesche. «Sie können noch in Ruhe Ihre Sachen packen. Mamsell Kramer wird Ihnen helfen, die Rückreise zu organisieren, und ...»

«Fräulein Petersen geht nirgendwohin», unterbrach ihn Henry. «Sie ist mein Gast, genau wie die Mädchen.» Er schüttelte den Kopf. «Was soll das überhaupt heißen, dass wir bereits Besuch haben? Wer ist denn ...?»

Er hielt inne, weil hinter Wilhelm von Jagow zwei Frauen aus dem Salon in die Halle traten. Eine musste etwa Mitte vierzig sein, die andere schätzte Gesche auf Anfang zwanzig. Beide waren sehr attraktiv und sahen sich so auffallend ähnlich, dass sie vermutlich Mutter und Tochter waren. Die eleganten Kleider, die sie trugen, entsprachen der neuesten Mode und waren sicher sehr teuer gewesen.

«Wo bleiben Sie denn, mein Lieber? Ihr Kaffee wird kalt.»

Die ältere der beiden blieb neben Wilhelm von Jagow stehen und sah zu ihm auf, die jüngere betrachtete Henry mit auffälligem Interesse.

«Darf ich vorstellen, die Baronin Gisela von Babenreuth und ihre Tochter, Baroness Luise», erklärte der alte Graf. «Unsere Wege haben sich in Italien gekreuzt, und ich habe die beiden kurz entschlossen zu uns eingeladen. Und das sind meine Tochter Eleonore und mein Sohn Henry.»

Die beiden Damen nickten Nora kurz zu, die sie anstarrte wie eine Erscheinung, und gingen dann zielstrebig auf Henry zu.

«Es freut mich so sehr, Sie endlich persönlich kennenzulernen. Ihr Vater erzählt viel von Ihnen», sagte die Baronin mit einem starken bayerischen Akzent und reichte Henry die Hand. Höflich deutete er einen Handkuss an und begrüßte auch die Tochter, die ausnehmend schön war, wie Gesche anerkennen musste.

«Herzlich willkommen auf Gut Rosenhagen, meine Damen.» Henry warf seinem Vater einen vorwurfsvollen Blick zu. «Und verzeihen Sie, wenn ich etwas überrumpelt bin. Wir hatten nicht mit Ihrem Besuch gerechnet.»

«Oh, das stimmt, wir hätten spätestens von Lübeck aus telegrafieren sollen», erklärte die Baronin. «Ich habe es noch zu Ihrem Vater gesagt, aber dann dachten wir nicht mehr daran. Das war ein unverzeihliches Versäumnis. Ich hoffe, Sie sehen es uns dennoch nach.» Sie schien fest davon auszugehen, denn sie lächelte Henry gewinnend an. «Werden Sie uns beim Kaffee Gesellschaft leisten? Ihr Vater hat uns erzählt, dass Sie ein Automobil besitzen. Darüber würde meine Tochter sehr gerne mehr erfahren. Nicht wahr, Luise?»

«Ja, das wäre fantastisch», bestätigte die Baroness, und

Gesche spürte, wie ein heißes Gefühl der Eifersucht in ihr aufstieg. Neben der attraktiven jungen Frau in dem umwerfenden Taftkleid kam sie sich unscheinbar und in jeder Hinsicht unzulänglich vor. Und die Vorstellung, dass Henry mit dieser Luise von Babenreuth später vielleicht noch einmal die gleiche Spritztour machen würde wie mit ihr, war ihr fast unerträglich.

Henry schien in dieser Hinsicht jedoch keine Ambitionen zu haben, denn er schüttelte den Kopf.

«Es tut mir leid, aber im Moment sind wir gerade in großer Sorge um meine Mutter», erklärte er. «Es geht ihr nicht gut, und der Arzt ist bei ihr. Ich möchte gleich mit ihm sprechen.»

«Nun sei doch nicht so ungefällig, Henry», protestierte Wilhelm von Jagow. «Du kannst doch sicher ...»

«Lassen Sie nur», unterbrach ihn die Baroness, und ihr Lächeln ließ nicht erkennen, ob Henrys Abfuhr sie enttäuschte. «Ich möchte Ihren Sohn nicht belasten. Wenn ich Sorge um meine Mutter hätte, dann hätte ich auch keine Muße für etwas anderes.» Sie lächelte strahlend. «Sicher ergibt sich später noch einmal eine Gelegenheit?»

«Ganz bestimmt», erwiderte Henry, und Gesche biss die Zähne zusammen, als sie sah, dass er das Lächeln der Baroness erwiderte. Und nett ist sie auch noch, dachte sie, ein bisschen verzweifelt.

«Dann kehren wir erst mal an die Kaffeetafel zurück», erklärte die Baronin, die Henry mit säuerlichem Gesicht musterte. «Vielleicht können die Herren ja später zu uns stoßen.» Sie hakte ihre Tochter unter. «Und ich hoffe natürlich, dass es Ihrer Mutter bald besser geht», fügte sie etwas verspätet hinzu.

Sie wollten die Halle verlassen, aber Wilhelm vom Jagow hielt sie zurück.

«Warten Sie, meine Damen, ich begleite Sie. Es reicht ja, wenn einer auf den Doktor wartet.» Er warf Henry einen warnenden Blick zu. «Und du kommst bitte nach, sobald du Nachricht hast.»

«Aber Papa, du kannst doch nicht einfach ...»

Henry brach ab, weil sein Vater schon mit der Baronin und der Baroness im Salon verschwunden war.

Nora trat neben Henry und blickte ihrem Vater nach. «Wer sind diese Frauen?», fragte sie. «Und wieso hat Papa sie mitgebracht?»

«Wenn ich das wüsste», knurrte Henry.

«Sie haben uns nicht mal angesehen», stellte Lotte beleidigt fest. «Oder gefragt, wer wir sind. Sie haben uns wie Luft behandelt.»

Das stimmt, dachte Gesche. Erst jetzt fiel ihr auf, dass keine der beiden Frauen darauf bestanden hatte, dass die Vorstellung fortgesetzt wurde. Aber es war ja auch offensichtlich, wer im Mittelpunkt ihres Interesses stand.

Mamsell Kramer räusperte sich. «Entschuldigen Sie, Herr Graf, da ist noch die Sache mit den Zimmern», sagte sie und fuhr fort, als Henry sie fragend ansah. «Ich sollte auf Wunsch Ihres Vaters die beiden großen Gästezimmer für die Damen richten. Da sie schon belegt waren, habe ich die Sachen von Fräulein Grape in das Zimmer der Komtess räumen lassen und die von Fräulein Kneseke in das von Fräulein Dabel. Ich hoffe, das war in Ordnung?»

«Natürlich, wir werden uns da arrangieren», versicherte Gesche ihr und wandte sich an die Mädchen. «Geht mit Mamsell Kramer nach oben und helft ihr dabei, alles umzuorganisieren.»

Lotte, Agnes und Fanny nickten und folgten der Haushälterin in den ersten Stock. Nur Nora blieb zurück und machte nach kurzem Zögern Anstalten, das Haus zu verlassen.

«Halt!» Mit drei großen Schritten war Henry bei der Eingangstür und versperrte ihr den Weg. «Wo willst du hin?»

«Ich muss Karl suchen und mich bei ihm dafür entschuldigen, wie Papa ihn behandelt hat», erklärte Nora.

«Nein, das wirst du nicht tun», erklärte Henry. «Wir haben Gäste im Haus, Nora. Und du hast gesehen, wie Vater eben reagiert hat. Ich will nicht noch mehr Ärger, weder für dich noch für Karl.»

Nora, die versucht hatte, an ihm vorbeizukommen, gab ihren Widerstand auf. «Aber was ist, wenn er geht?», fragte sie verzweifelt. «Ich muss vorher mit ihm sprechen, Henry! Ich muss klarstellen, dass ich so nicht denke.»

Henry blickte zu Gesche, und sie sah die Zerrissenheit in seinem Blick. Dennoch schüttelte er den Kopf. «Es geht nicht, Nora. Nicht ausgerechnet jetzt. Provozier Vater nicht noch weiter, das eben war genug. Bitte, sei vernünftig. Um euer beider willen.»

Nora blickte kurz zu ihren Freundinnen, die mit Mamsell Kramer oben am Treppenabsatz standen und offenbar auf sie warteten. «Du bist doch auch nicht vernünftig!», zischte sie leise, sodass nur Gesche und Henry es hören konnten. «Du küsst Fräulein Petersen! Aber du darfst natürlich tun, was du willst. Nur mir muss man alles verbieten, auch wenn es mir wichtig ist!»

Sie lief zur Treppe, blieb jedoch auf der ersten Stufe stehen und drehte sich noch einmal um.

«Karl hat Mama gerettet. Ohne ihn läge sie jetzt zerschmettert unten am Strand», erinnerte sie Henry mit Tränen in den Augen. «Aber ihr werft ihn hinaus wie ein Stück Dreck, das ihr aus Versehen unter euren Schuhsohlen mit ins Haus getragen habt. Findest du das richtig?»

«Nora, warte!» Henry setzte ihr nach, aber sie stürmte nach oben und verschwand mit den anderen über den Flur.

Betroffen starrte Gesche ihr nach. Sie hatte keine Ahnung, wie und wann Nora Henry und sie beobachtet hatte, aber plötzlich ahnte sie, woher das überraschend distanzierte Verhalten des Mädchens rührte.

Henry wirkte ebenfalls wie vom Donner gerührt. Unsicher trat Gesche zu ihm.

«Deine Schwester ist vielleicht nicht die Einzige, die uns gesehen hat», sagte sie. «Wäre es nicht doch besser, wenn wir abreisen? Dann könntest du dich auf deine Mutter konzentrieren, und ich ...»

«Nein!» Henry griff nach ihrer Hand. «Ich brauche dich hier, Gesche. Bitte geh nicht. Ich will nicht, dass ...»

Er ließ ihre Hand los, weil eines der Dienstmädchen in die Halle kam. Gleichzeitig erklangen Schritte auf der Treppe, und Doktor Rüther kam die Stufen herunter.

«Wir reden später», raunte Henry ihr zu und wandte sich dem Arzt zu. «Und?»

Doktor Rüther bedachte Gesche mit einem Blick, der ihr verriet, dass er seine Diagnose nur Henry mitteilen wollte.

«Ich sehe nach den Mädchen», sagte sie und eilte die Treppe hinauf, während die beiden Männer in Henrys Arbeitszimmer verschwanden.

Auf dem Weg nach oben versuchte Gesche, sich an das überwältigende Glücksgefühl zu erinnern, das sie vorhin in Henrys Armen empfunden hatte. Seine Worte hatten sie kurz von einer Zukunft mit ihm träumen lassen, doch die Ankunft des Grafen hatte ihr vor Augen geführt, wie die Wirklichkeit aussah. Jemand wie die wunderschöne Baroness gehörte an Henrys Seite und nicht sie, das war ihr nun wieder schmerzhaft bewusst. Eine Verbindung zwischen diesen beiden würden alle akzeptieren. Doch wenn Henry sich stattdessen für sie entschied, dann …

«Fräulein Petersen?»

Sie hatte den Flur im ersten Stock erreicht, da kam Nora ihr schon aufgeregt entgegen. Sie war bleich im Gesicht und wirkte erschüttert.

«Oh, Fräulein Petersen, ich wollte Sie gerade holen», sagte sie. «Es geht um Fanny. Sie hat eine Nachricht aus dem Pensionat bekommen. Stellen Sie sich vor, sie soll …» Nora konnte nicht weitersprechen, und das Entsetzen stand ihr ins Gesicht geschrieben. «Es ist so furchtbar. Bitte kommen Sie, Fräulein Petersen. Schnell! Wir brauchen Sie!»

Gesche folgte ihr in das Zimmer und sah Fanny zwischen Lotte und Agnes vor dem Bett sitzen. Sie weinte so schlimm, dass ihre Schultern bebten. Agnes und Lotte hatten die Hände auf Fannys Schultern gelegt und betrachteten ihre Freundin in hilfloser Sorge.

«Aber, Fanny!» Erschrocken ließ sich Gesche neben dem aufgelösten Mädchen nieder. «Was ist denn nur los, um Himmels willen?»

Fanny griff nach dem Brief, der auf ihrem Schoß lag, und reichte ihn Gesche, die hastig die wenigen Zeilen überflog.

«Oh mein Gott», flüsterte sie und ließ das Blatt sinken.

* * *

«Ihre Mutter ist nicht mehr bewusstlos, aber sie steht leider vollkommen neben sich.» Doktor Rüther saß Henry am

Schreibtisch gegenüber, und seine Miene war so ernst, dass Henry spürte, wie sein Magen sich zusammenzog. «Es ist, als würde sie ihre Umgebung gar nicht mehr richtig wahrnehmen. Sie scheint derzeit in ihrer ganz eigenen Welt zu leben.»

Henry dachte beklommen daran, wie seine Mutter leblos in seinen Armen gelegen hatte. «Denken Sie, dass Sie sich wieder erholt?»

Der Arzt zuckte mit den Schultern. «Ich wünschte, ich könnte Ihnen diese Frage beantworten, Herr Graf. Aber so ein schwerer Fall von Schwermut ist mir noch nie begegnet.»

Henrys Blick fiel kurz auf den gefalteten Briefbogen, der vor ihm auf dem Schreibtisch lag. Er hatte ihn gleich gesehen, als er mit dem Arzt sein Büro betreten hatte. Sein Name stand darauf, in der Handschrift seiner Mutter, und er fühlte sich hin- und hergerissen zwischen dem Bedürfnis zu lesen, was sie geschrieben hatte, und der Angst vor dem, was er dann erfahren würde.

Mühsam räusperte er sich. «Was schlagen Sie vor?»

Der Arzt ließ sich mit der Antwort Zeit. «Wir könnten noch ein bisschen abwarten, ob sich der Zustand Ihrer Mutter ändert. Aber bisher ist es immer nur schlimmer geworden, deshalb würde ich dringend den Aufenthalt in einer Klinik empfehlen.»

«In was für einer Klinik?», fragte Henry misstrauisch. «Sie meinen hoffentlich keine dieser Anstalten, in denen Patienten festgeschnallt oder in Zwangsjacken gesteckt werden.»

Er hatte schreckliche Dinge gelesen über diese «Irrenhäuser», in denen Menschen mit Gemütskrankheiten eingesperrt und einfach nur verwahrt wurden. Es gab zwar einige moderne Ansätze, bei denen das «Anketten» inzwischen verpönt war und die eher auf eine ruhige Umgebung und sinnvolle

Beschäftigungen setzten. Aber der brutale Umgang mit Geisteskranken war immer noch vorherrschend, und Henry würde auf gar keinen Fall zulassen, dass man so mit seiner Mutter verfuhr.

Doktor Rüther schüttelte den Kopf. «Da Ihre Mutter für niemanden eine Gefahr darstellt außer für sich selbst, sehe ich keinerlei Veranlassung, sie irgendwo einzusperren», sagte er. «Ein Ortswechsel erscheint mir allerdings unerlässlich. Eine andere Umgebung mit neuen Reizen könnte ihr helfen, diesen Rückzug ins Innere aufzugeben und wieder am Leben teilzunehmen.»

«Sie denken an ein Sanatorium?», wollte Henry wissen.

Doktor Rüther nickte. «Ein längerer Aufenthalt dort könnte sie wiederherstellen. In der Schweiz kenne ich ein paar gute Adressen. Aber sie müsste schnell dorthin. Und garantieren kann ich nichts.»

Henry nickte. «Vielen Dank, Herr Doktor.»

Der Arzt zog ein Adressbuch hervor und blätterte es durch. Dann schrieb er eine Adresse in sein Notizbuch, riss die Seite heraus und reichte sie Henry. «Hier, am besten versuchen Sie es dort. Ich habe Ihrer Mutter etwas zur Beruhigung gegeben, das sie sicher bis morgen früh schlafen lässt», fuhr er dann fort. «Dann werde ich wieder nach ihr sehen. Sollte etwas sein, können Sie mich natürlich jederzeit holen.» Er erhob sich. «Bis dahin empfehle ich mich.»

Henry stand ebenfalls auf und begleitete ihn zur Tür, dann kehrte er zum Schreibtisch zurück und griff nach dem gefalteten Papier. Er zögerte kurz. Das, was seine Mutter schrieb, würde ihm bestimmt wehtun. Doch als er den Briefbogen öffnete, stieß er überrascht die Luft aus.

Er hatte einen langen Text erwartet, mit einer Erklärung,

die ihm den Freitod-Wunsch seiner Mutter vielleicht verständlich machen würde. Doch die Nachricht enthielt nur zwei kurze Sätze.

Trauert nicht um mich. Ich bin für dieses Leben nicht gemacht.

Einen langen Moment starrte Henry auf die Zeilen. Das war alles? Hatte Gesche nicht gesagt, seine Mutter hätte hier gesessen und einen Brief geschrieben? Es hatte sich angehört, als wäre sie damit sehr beschäftigt gewesen. Und dann waren nicht mehr als zwei Sätze dabei herausgekommen?

Sein Blick fiel auf den Papierkorb, der übervoll war mit zerknüllten Seiten, und er begriff: Das, was er in der Hand hielt, war das Ergebnis vieler Versuche.

Er holte einige der zerknüllten Seiten aus dem Papierkorb und strich sie glatt. Im Gegensatz zu der Nachricht, die auf seinem Schreibtisch gelegen hatte, stand auf diesen Blättern mehr, aber die Worte waren teilweise wirr und zusammenhangslos. Sidonie musste sehr aufgewühlt gewesen sein, das Papier war mit Tintenflecken übersät und die Schrift so krakelig, dass Henry annahm, dass ihre Hände beim Schreiben stark gezittert hatten.

Nacheinander nahm er jedes einzelne Blatt aus dem Papierkorb und versuchte zu entziffern, was seine Mutter bewegt hatte, bevor sie zu den Klippen gegangen war. Die Quintessenz war erschreckend: Sidonie von Jagow fühlte sich offenbar schon seit vielen Jahren gefangen in ihrer Ehe mit einem Mann, der sie nicht liebte und mit ständigen Seitensprüngen demütigte. Sie beschrieb das Gut als goldenen Käfig, der im Laufe der Jahre jeden Lebenswillen aus dem jungen Mädchen herausgesaugt hatte, das als verliebte Braut hierhergekommen war, voller Hoffnung auf ein glückliches Leben an der Seite des gut aussehenden jungen Grafen, der ihr Herz erobert hatte. Und nicht einmal ihr Wunsch nach einer großen Familie hatte sich erfüllt, denn – wie Henry schockiert las – seine Mutter hatte nach seiner Geburt drei weitere Kinder in den ersten Monaten der Schwangerschaft verloren. Darüber hatten seine Eltern nie gesprochen, aber die Trauer darüber hatte Sidonie nicht losgelassen, auch nicht, als Nora zur Welt gekommen war. Und so war sie Stück für Stück weiter in eine tiefe Hoffnungslosigkeit geglitten, die jede Freude in ihr ausgelöscht hatte, bis am Ende nur noch der Wunsch übrig geblieben war, sich von ihren Qualen zu erlösen.

Als er mit dem Lesen fertig war, ließ Henry sich in seinem Stuhl zurücksinken und starrte ins Leere. Er hatte immer hingenommen, dass seine Mutter «gemütskrank» war. Dass sie zur Schwermut neigte und deshalb oft lieber in ihrem Zimmer blieb, während sein Vater unten im Salon Feste feierte – nicht selten mit Damen, an denen er eindeutig mehr Interesse zeigte als an seiner eigenen Frau. Es war für Henry normal gewesen, schließlich war Liebe kein Muss in den Ehen des Adels, die häufig aus anderen Gründen geschlossen wurden, etwa um Besitz, Rang und Erbfolgen zu sichern oder weil es einfach nicht viel Auswahl gab. Was genau seinen Vater dazu bewogen hatte, seine Mutter zu heiraten, wusste Henry nicht. Aber sie hatte sich nie beklagt, denn Damen ihres Standes waren dazu erzogen, sich ihre Befindlichkeiten nicht anmerken zu lassen. Deshalb war das alles ein Schock für Henry.

Und war er selbst nicht letztlich genauso aufgewachsen? In seinen Kreisen waren Gefühle einfach kein Gesprächsthema. Man jammerte nicht, sondern riss sich zusammen und schluckte Kummer herunter. Zum ersten Mal fragte Henry sich, ob es seiner Mutter besser ergangen wäre, wenn sie hätte aussprechen können, was sie quälte. Hätte das etwas an ihrem Zustand geändert?

Es klopfte an der Tür. Hastig griff Henry nach dem Stapel mit den angefangenen Briefen, die so viel über seine Mutter verrieten, und schob sämtliche Papiere in eine der Schreibtischschubladen.

«Herein», rief er dann und spürte, wie Wut in ihm aufflackerte, als sein Vater im Türrahmen erschien.

«Kommst du?», fragte Wilhelm ungeduldig. «Du hast die Damen jetzt lange genug warten lassen.»

Henry ballte hinter dem Schreibtisch die Hände zu Fäusten. «Willst du gar nicht wissen, wie es Mutter geht?»

Sein Vater zuckte nur mit den Schultern. «Sie ist wieder schwierig. Das ist sie doch immer.»

«Sie hat versucht von den Klippen zu springen!» Henry erhob sich und schleuderte seinem Vater diese Worte wütend entgegen. «Sie könnte jetzt tot sein!»

«Was?» Mit dieser Nachricht hatte sein Vater offensichtlich nicht gerechnet. Betroffen schloss er die Tür hinter sich und sank auf den Besucherstuhl vor Henrys Schreibtisch. «Aber … warum?»

«Das frage ich dich.» Henry setzte sich auch wieder. «Offenbar hält sie ihr Leben hier schon lange nicht mehr aus. Und nun wollte sie einen Schlussstrich ziehen.»

«Einen Schlussstrich?» Sein Vater sah ihn ratlos an. «Aber sie hat hier doch alles», sagte er dann. «Als ich sie kennenlernte, war sie Freifrau. Die Heirat mit mir war ein Aufstieg für sie. Was zur Hölle fehlt ihr denn?»

Henry zögerte einen Moment. «Vielleicht ging es ihr nicht

nur um den Titel und das Materielle», sagte er dann. «Vielleicht ging es ihr um dich.»

Wilhelm schnaubte. «Willst du damit sagen, dass ich schuld daran bin, dass sie sich das Leben nehmen wollte?» Er sprang auf. Seine Wangen hatten sich ungesund gerötet. «Hat sie sich bei dir beschwert, ja? Weil ich nicht der Ehemann war, den sie sich erträumte? Dann verrate ich dir was: Sie war auch nicht die Ehefrau, die ich erwartet hatte.» Er stieß die Luft aus. «Ich habe es doch versucht, damals nach unserer Hochzeit. Ich habe ihr jeden Wunsch von den Augen abgelesen und sie mit Geschenken überhäuft. Aber es war nie genug. Ich konnte sie nicht glücklich machen, und irgendwann habe ich aufgehört, es zu versuchen.»

«Und hast dich anderen Frauen zugewandt», sagte Henry. Es war keine Frage, sondern eine Feststellung, die seinen Vater erneut wütend machte.

«Ja natürlich», rief er. «Ich meine, was hat Sidonie denn erwartet? Sie ist sieben Jahre jünger als ich, Henry. Als wir heirateten, war sie gerade einundzwanzig. Sie war eine Schönheit, aber auch damals schon kränklich. Und dann kamst du, und danach ...» Er fuhr sich mit der Hand durchs Haar. «Sie hat sich völlig von mir zurückgezogen, Henry. Und ich hatte Bedürfnisse. Was blieb mir denn übrig?»

Henry fühlte sich befremdet davon, mit seinem Vater über das Liebesleben seiner Eltern zu sprechen. Aber er war erwachsen und erfahren genug, was Frauen anging, um zu verstehen, was sein Vater andeuten wollte.

«Ich glaube, deine Seitensprünge haben sie gekränkt», sagte er. «Vielleicht würde es ihr besser gehen, wenn du mehr Zeit für sie hättest. Und dich nicht mit anderen Frauen triffst.»

Sein Vater schnaubte erneut. «Entschuldige mal, aber ich

lasse mir doch nicht vorschreiben, wie ich zu leben habe», fuhr er Henry an. «So weit kommt das noch, dass ich immer erst meine Ehefrau um Erlaubnis fragen muss.»

Henry starrte ihn an und begriff, dass es keinen Sinn hatte, mit seinem Vater zu sprechen.

«Mutter muss in ein Sanatorium», sagte er. «Doktor Rüther empfiehlt eins in der Schweiz.»

Sein Vater zuckte mit den Schultern. «Wenn es nicht anders geht, dann von mir aus. Aber jetzt komm mit, ja? Baroness Luise hat schon ein paarmal nach dir gefragt. Wir wollen sie doch nicht enttäuschen.»

«Ich kann nicht, ich habe noch etwas zu tun», erwiderte Henry. «Sag ihr, ich sehe sie beim Abendessen.»

«Es wäre wichtig, Henry», beharrte sein Vater. «Wir sollten die Damen nicht ...»

«Ich kann nicht», wiederholte Henry ungehalten.

Sein Vater starrte ihn wütend an. «Du wirst nett zu den beiden sein beim Abendessen. Und du wirst dich für die Baroness interessieren. Hast du verstanden?»

Er wartete Henrys Antwort nicht ab, sondern verließ den Raum. Mit einem lauten Knall fiel die Tür hinter ihm zu.

Henry hätte ihm am liebsten irgendetwas hinterhergeworfen, aber er riss sich zusammen. Ein zerschelltes Tintenfass machte dem Personal viel Arbeit und die Situation nicht besser. Wie konnte sein Vater so gefühllos sein und mit dieser Baronin Kaffee trinken, während seine Frau oben krank im Bett lag? Und warum zur Hölle war es so wichtig, dass er nett zu dieser bayerischen Baroness war? Es klang fast, als wollte sein Vater sie ihm als Braut aufdrängen!

Nicht dass Henry solche Hinweise nicht gewohnt war. Sein Vater hatte ihm in der Vergangenheit schon häufig zu verstehen gegeben, dass er es begrüßen würde, wenn Henry sich endlich eine passende Ehefrau suchte. Aber er hatte ihn noch nie so plump auf eine mögliche Kandidatin hingewiesen.

Irgendetwas stimmt hier nicht, dachte er. Sein Vater hatte in seinem letzten Telegramm ganz eindeutig angekündigt, dass er noch länger in Italien bleiben würde. Und nun tauchte er plötzlich unangekündigt hier auf, mit einer Baronin im Schlepptau, die keinen Hehl daraus machte, dass sie ihre Tochter unter die Haube bringen wollte! Von Wilhelms aggressivem Auftreten ganz zu schweigen. So kannte Henry seinen Vater gar nicht. Wilhelm von Jagow war zwar kein einfacher Mann, aber das war selbst für seine Verhältnisse ungewöhnlich.

Ich muss noch mal mit ihm reden, nahm Henry sich vor. Mit einem tiefen Seufzen erhob er sich und verließ das Arbeitszimmer. Sein Daimler stand noch im Hof, und er wollte ihn rasch zurück in die Scheune fahren. Der Wagen war sehr teuer gewesen, und Henry wusste ihn gerne geschützt und in Sicherheit.

Doch als er die Halle betrat, wurde ihm klar, dass es etwas gab, das er noch viel dringender erledigen musste. Deshalb änderte er die Richtung und ging nicht nach draußen, sondern in die Gutsküche.

Hedwig stand am Herd und blickte auf, als Henry hereinkam.

«Wo ist Karl?», fragte er ohne große Umschweife. «Ich muss mit ihm sprechen.»

25

Du kannst nicht heiraten, Fanny!» Nora saß neben ihrer Freundin auf dem Boden und hatte den Arm um sie gelegt. Sie tauschte einen Blick mit Agnes, die auf Fannys anderer Seite saß. «Und schon gar nicht diesen Jan Riklof! Das kommt überhaupt nicht infrage.»

Ihre Worte schienen nicht zu Fanny durchzudringen, denn sie saß immer noch zusammengesunken da, die Wangen tränennass und die Augen weit aufgerissen vor Angst. Seit fast einer Stunde versuchten die Freundinnen jetzt schon, sie zu beruhigen, doch sie war immer noch untröstlich.

«Mir wird gar keine andere Wahl bleiben», sagte sie. «Frau Eggers schreibt, es sei eine Ehre für mich, dass Riklof um meine Hand angehalten hat. Für sie steht fest, dass ich den Antrag annehmen muss, und so werden das die Damen vom Stiftungskomitee auch sehen. Die sind doch froh, wenn sie mich nicht mehr unterstützen müssen. Und wenn ich mich weigere, werden sie mir das Stipendium entziehen. Also werde ich ihn heiraten müssen.»

Nora dachte an ihre bislang einzige Begegnung mit dem Kaufmann während ihrer Ausfahrt zum Mühlenteich. «Aber der Kerl ist gruselig. Und so viel älter als du», sagte sie. «Das kann doch nicht sein Ernst sein.»

«Das lassen wir nicht zu, Fanny», bestätigte Agnes. «Du musst bei uns im Pensionat bleiben, und wir werden eine Lösung finden. Nicht wahr, Fräulein Petersen?»

Sie blickte zu ihrer Lehrerin auf, die jetzt auf dem Bett neben Lotte saß und noch den Brief in der Hand hielt. Der Inhalt hatte auch sie sichtlich aus der Fassung gebracht. Doch sie nickte.

«Natürlich werde ich Fanny helfen», versprach sie. «Ich rede mit Frau Eggers. Sie muss einsehen, dass du zu jung für diese Heirat bist.»

In ihren Augen lag ein entschlossenes Funkeln, und Nora fragte sich plötzlich, wieso sie an ihr gezweifelt hatte. Fräulein Petersen war auf ihrer Seite. Und wenn es jemand schaffen kann, Fannys Schicksal abzuwenden, dann sie, dachte Nora mit einem erleichterten Lächeln.

«Aber Fanny könnte es auch schlechter treffen», meinte Lotte, die auf dem Bett neben Fräulein Petersen saß. Sie war am wenigsten schockiert. «Sicher, dieser Riklof ist ein bisschen alt. Aber er ist eine gute Partie. Einen reichen Kaufmann bekommt wahrlich nicht jede.»

«Dann heirate du ihn doch!», fuhr Agnes sie an und strich Fanny über den Rücken, deren Augen sich wieder mit Tränen füllten.

«Wie kommt dieser Riklof denn bloß auf mich?», sagte sie tränenerstickt. «Er hat mich doch nur dieses einzige Mal in der Kutsche gesehen.»

«Du bist wunderschön, Fanny.» Nora strich ihr übers Haar. «Und deshalb bist du auch nicht darauf angewiesen, diesen Kerl zu heiraten. Ich werde dafür sorgen, dass wir beide zusammen debütieren. Die Männer werden sich um dich reißen, du wirst sehen.»

Fanny, die kurz gelächelt hatte, wurde wieder ernst und senkte den Kopf. «So einfach ist das nicht, Nora», sagte sie. «Die meisten machen wegen des Skandals um meinen Vater einen Bogen um mich.» Sie deutete auf den Brief in Fräulein Petersens Hand. «Das schreibt Frau Eggers auch – dass ich mich glücklich schätzen kann, dass sich überhaupt jemand für mich interessiert.» Schluchzend verbarg Fanny ihr Gesicht in ihren Händen. «Ich werde gar keine Wahl haben.»

Nora sah Lotte böse an und konzentrierte sich dann wieder auf Fanny. «Wir werden das verhindern, Fanny. Du musst nicht traurig sein.»

Fanny hob den Kopf. «Und wisst ihr, was das Schlimmste ist? Dass ich jetzt auch noch abreisen muss. Es ist so schön hier, und ich wäre so gerne noch geblieben.»

«Das lässt sich leider nicht ändern», erklärte Fräulein Petersen. «Wir werden aber alle mitkommen. Besonders wohl hätte ich mich ohnehin nicht dabei gefühlt hierzubleiben. Noras Vater hat selbst Gäste und möchte uns nicht hierhaben, und ihre Mutter ist krank. Da stören wir nur.»

Sie wirkte sehr unglücklich, als sie das sagte, und Nora fragte sich, ob sie Henry vermissen würde, wenn sie wieder in Lübeck war.

Fanny sah Nora an. «Und was ist mit dir? Bleibst du hier?»

Nora zögerte keine Sekunde. «Nein, ich komme mit euch», sagte sie. «Mich braucht hier niemand. Und ich lasse dich nicht allein!»

Fanny lächelte traurig und lehnte den Kopf an Noras Schulter.

«Gut, dann werde ich deinen Bruder suchen und ihm sagen, dass wir abreisen.» Fräulein Petersen stand auf und wollte wieder nach unten gehen. Als sie die Tür öffnete, hielt sie jedoch überrascht inne, denn Henry stand davor. Er hatte den Arm erhoben, offenbar hatte er gerade anklopfen wollen.

«Oh, tut mir leid», sagte er. «Ich wollte dich … Ich meine,

ich wollte Sie nicht erschrecken. Ich muss nur kurz mit Nora sprechen.»

«Was ist denn?» Nora erhob sich erschrocken und ging zur Tür. «Ist was mit Mama?»

Henry schüttelte den Kopf. «Ich muss dir etwas zeigen. Würdest du kurz mitkommen?»

Nora zögerte. «Ist es wichtig?», fragte sie, weil sie Fanny nicht allein lassen wollten.

Er nickte. «Du möchtest es sehen, glaub mir.»

«Ich war gerade auf dem Weg zu Ihnen, um Ihnen etwas mitzuteilen», sagte Fräulein Petersen. «Wir haben Nachricht aus dem Pensionat und müssen …»

«Begleiten Sie uns doch, dann können wir unterwegs reden», unterbrach Henry sie.

Die Lehrerin blickte über ihre Schulter zurück zu den anderen Mädchen. «Ich bin gleich wieder da», versprach sie Fanny, dann verließ sie mit Nora das Zimmer.

Henry ging ihnen voran durch den Flur und dann hinunter in die Halle. «Hier entlang», sagte er und führte sie auf den Hof.

«Wo ist denn der Daimler?», fragte Nora. «Hast du ihn schon wieder weggebracht?»

Henry nickte und ging weiter, zuerst in Richtung Stall und dann zur Scheune.

«Machen wir wieder einen Ausflug?», fragte Nora irritiert und sah zu Fräulein Petersen, die genauso ratlos wirkte.

Henry erwiderte nichts, sondern schob das große Scheunentor auf. Er trat ein, bedeutete Nora und Fräulein Petersen, ihm zu folgen, und schob dann das Tor wieder zu.

Noras Augen mussten sich erst an das Dämmerlicht im Innern gewöhnen. Aber durch die Ritzen und Spalten in den

Wänden gelangte ausreichend Licht ins Innere, und bald konnte sie nicht nur den Daimler, sondern auch die Landmaschinen erkennen, die hier gelagert wurden.

Henry legte eine Hand auf ihre Schulter und zeigte mit der anderen in die hintere Ecke der Scheune. Dort stand, wie Nora wusste, ein alter Zweispänner mit einer festen Kabine, den schon lange keiner mehr nutzte.

«Setz dich in die Kutsche», sagte Henry. «Ihr habt fünf Minuten, nicht länger. Und du verlierst darüber kein Wort zu niemandem. Hast du verstanden? Für den Fall, dass jemand kommt, gibt es eine lose Planke hinten in der Ecke der Scheune. Karl weiß Bescheid, er kann es dir zeigen.»

Noras Herz schlug schneller. «Karl ist hier?»

Als Henry nickte, fiel sie ihm um den Hals. «Oh, danke! Du bist der Beste, Henry!»

«Bedank dich bei Fräulein Petersen», sagte er und deutete auf Gesche. «Sie hat darauf bestanden, dass ihr eine Gelegenheit braucht, um euch zu verabschieden.» Sein Gesicht wurde streng. «Und es ist ein Abschied, hörst du? Karl wird zurück nach Lübeck gehen, und das ist richtig so. Es ist besser, wenn ihr euch nicht mehr seht.»

Nora erwiderte nichts, sondern wandte sich ab und schlängelte sich zwischen den Kutschen hindurch zu dem Zweispänner. Ihr Herz hämmerte wild, als sie die Tür zu der Kabine öffnete.

«Nora?», ertönte eine leise Stimme, die sie sofort erkannte.

Sie stieg ein und setzte sich neben Karl. Sie wollte ihm so viel sagen, aber bevor sie dazu kam, zog er sie in seine Arme und hielt sie ganz fest.

«Ach, Karl, es tut mir so leid, wie mein Vater dich behandelt hat», murmelte sie an seiner Brust. «Und dass du wieder gehen musstest, nachdem du Mama …»

Sie hielt inne, weil er sie losließ. Im Dämmerlicht der Scheune sah sie sein Gesicht nur undeutlich.

«Dein Bruder hat sich auch schon entschuldigt», sagte er. «Es ist in Ordnung, Nora. Ich habe deiner Mutter gern geholfen. Aber am Ende wird es immer irgendjemanden geben, der mir sagt, dass ich dich gefälligst Komtess nennen soll. Weil du eine bist. Und der mich wegschickt, weil ich nicht in deine Welt gehöre.»

Nora widersprach ihm nicht. Die Ankunft ihres Vaters hatte ihr wieder einmal vor Augen geführt, was sie für eine Weile vergessen hatte: Sie war auch auf Rosenhagen nicht frei, und Karl erst recht nicht.

«Henry sagt, du gehst wieder?», fragte sie.

Er nickte. «Mein Bein ist fast geheilt, also kann ich mir wieder Arbeit suchen. Ich hatte gerade fertig gepackt, als dein Bruder kam. Wenn ich diese Scheune verlasse, dann mache ich mich direkt auf den Weg zurück nach Lübeck.»

Nora krallte die Hände in sein Hemd. Der Gedanke, dass er gehen würde, nachdem sie sich gerade wiedergefunden hatten, war schrecklich. Aber sie würde ihn nicht anflehen zu bleiben. Er hatte recht, er musste fort von hier und seinen eigenen Weg gehen.

«Aber diesmal verschwindest du nicht einfach», sagte sie. «Diesmal schreibst du mir, ja? Du kannst die Nachrichten an Fräulein Petersen adressieren, sie wird dafür sorgen, dass ich sie bekomme, da bin ich sicher.» Sie griff noch fester zu und schüttelte ihn. «Ich muss wissen, dass es dir gut geht, sonst werde ich verrückt.»

Statt einer Antwort zog Karl sie wieder an sich. «Das ist das, was ich an dir so liebe», sagte er. «Dass du nie aufgibst.» Er ließ sie wieder los. «Dass du mich nicht aufgibst, obwohl es besser für dich wäre.»

«Für mich ist nichts besser ohne dich», sagte sie und hielt inne, weil ihr erst jetzt die Bedeutung seiner Worte aufging. «Du liebst mich?»

«Schon immer», gestand er und beugte sich vor.

Nora sah, wie sein Gesicht sich ihrem näherte, und schloss die Augen. Dann berührten sich ihre Lippen, und sie hielt ganz still, überwältigt von dem ungewohnten Gefühl, das viel zu schnell wieder vorbei war.

«Noch mal», verlangte sie atemlos und schlang die Arme um seinen Hals, um ihn wieder zu sich zu ziehen.

Aber Karl brauchte keine Einladung, er küsste sie erneut und diesmal richtig. Sanft strich seine Zungenspitze über Noras Lippen, bis sie den Mund öffnete. Und dann ... Nora konnte das Glücksgefühl kaum fassen, das sie vom Kopf bis zu den Zehenspitzen durchflutete. Wohlige Schauer durchliefen sie, und plötzlich wusste sie, was Karl auf den Klippen gemeint hatte. Das hier war zu schön, um wieder damit aufzuhören.

Nur kurz löste sie sich von ihm.

«Ich liebe dich auch», sagte sie, dann küsste sie ihn noch einmal.

* * *

Gesche wartete neben Henry, bis Nora in die Kutsche gestiegen war. Dann wandte sie sich zu ihm um.

«Du erlaubst es?», fragte sie, immer noch ein bisschen fassungslos. «Ich dachte, du bist dagegen, dass Karl und Nora sich sehen.»

«Ich war dagegen», sagte er und zog sie in seine Arme. «Weil ich Angst hatte, dass es Noras Ruf schadet. Aber jetzt ist es mir wichtiger, dass sie innerlich keinen Schaden nimmt. So wie es meiner Mutter offenbar passiert ist.»

Gesche sah den verzweifelten Ausdruck in seinen Augen. «Dann weißt du jetzt, warum sie von den Klippen springen wollte?»

Er nickte. «Sie hat eine Nachricht hinterlassen, genau wie du vermutet hast. Was sie schreibt, ist ein bisschen wirr, aber offenbar ist sie schon seit langer Zeit sehr unglücklich», sagte er. «Sie muss in ein Sanatorium, und wir können nur hoffen, dass sie sich erholt und so eine Dummheit nicht noch einmal macht.»

«Oh, Henry, das tut mir so leid!», sagte Gesche bestürzt.

«Es ist nicht mehr zu ändern», sagte er mit einem traurigen Schulterzucken. «Und ich kann auch nicht ändern, dass Nora sich Karl aus dem Kopf schlagen muss. Schließlich kann sie ihm wohl kaum in die Gängeviertel von Lübeck folgen. Aber wenn diese paar Minuten mit ihm sie etwas weniger unglücklich sein lassen, dann mache ich sie möglich.»

Gesche lächelte zu ihm auf. «Ich wusste, dass du anders bist als die anderen. Nicht im ersten Augenblick unserer Begegnung. Aber dann ...»

Er schlang einen Arm um sie und zog sie enger an sich. «Was?», wollte er wissen und strich ihr sanft eine Haarsträhne hinter das Ohr, die sich aus der Hochsteckfrisur gelöst hatte.

«Du hast mich nicht verurteilt», sagte sie «Viele, nein, die meisten Männer aus deinen Kreisen hätten mich in meinem zerrissenen, schmutzigen Kleid nicht in ihre feine Kutsche einsteigen lassen. Und schon gar nicht hätten sie mich verteidigt, ohne mich zu kennen. Aber du hast das getan.»

«Ich habe mich nur revanchiert. Schließlich hattest du meiner Schwester geholfen», erinnerte er sie.

«Du hättest Danke sagen und weiterfahren können», sagte sie. «Aber so bist du nicht, Henry. Du hast ein weiches Herz.»

Er schüttelte den Kopf. «Du irrst dich, Gesche. Ich habe schon sehr viele Leute falsch beurteilt. Denk nur daran, wie ich mich Karl gegenüber verhalten habe. Und vielleicht hätte ich eine andere Frau tatsächlich nicht in meine Kutsche gelassen. Aber du warst auch anders. Ich vergesse nie, wie du vor mir standest mit deinen zerzausten Haaren und diesem Feuer in den Augen. Einer Frau wie dir bin ich noch nie begegnet.» Er schüttelte den Kopf. «Ich will dich nie wieder hergeben.»

Seine Worte ließen Gesches Lächeln erlöschen, denn sie erinnerten sie daran, weshalb sie mit ihm reden musste.

«Du wirst mich aber hergeben müssen, zumindest vorläufig», sagte sie. «Wir haben Nachricht aus dem Pensionat bekommen.»

Sie erzählte ihm von Jan Riklofs unerwartetem Antrag.

«Dieser verfluchte Kerl!», entrüstete sich Henry. «Das passt zu ihm, sich ein junges Mädchen zu suchen, das sein Angebot kaum ablehnen kann. Alle anderen würden ihm nämlich ganz sicher einen Korb geben.»

«Das denke ich auch», sagte Gesche. «Ich muss mit Fanny zurück nach Lübeck. Sie braucht meine Hilfe. Und die Mädchen nehme ich mit. Nora auch, sie möchte bei den anderen sein.»

«Und ich muss vorläufig hierbleiben, zumindest bis geregelt ist, wie es mit meiner Mutter weitergeht.» Henry beugte sich vor und lehnte seine Stirn an ihre. «Ich werde die Tage zählen, bis ich wieder bei dir in Lübeck bin.»

«Und was ist dann?», fragte sie. «Wir werden uns auch dort

nicht sehen können. Ich bin Hauslehrerin, Henry. Es gehört zu meinen Aufgaben, im Pensionat zu wohnen. Heimlich zu dir kommen kann ich auch nicht, denn wenn das herauskommt, dann verliere ich meine Anstellung, und von ihr hängt meine ganze Existenz ab. Wenn ich nicht Lehrerin sein kann, dann ...»

Weiter kam sie nicht, denn Henry küsste sie ungestüm, und für einen langen, wilden Moment vergaß Gesche, wie schwierig das alles war. Ihn zu küssen fühlte sich richtig an, und das Wissen, wie wenig Zeit ihnen blieb, machte es nur noch süßer.

Als er ihre Lippen wieder freigab, waren sie beide außer Atem. «Du wirst meine Frau werden», versprach er und zog sie an sich. «Ich lasse nicht zu, dass ich dich verliere.»

Gesche war so überrascht, dass sie ihn nur anstarren konnte. «Aber Henry, das ...»

«Graf von Jagow?», rief eine Stimme von draußen, und Henry und Gesche zuckten zusammen.

«Das ist die Baroness», flüsterte er. «Verdammt, was macht die denn hier?»

«Sie darf uns nicht zusammen sehen», drängte Gesche. «Geh zu ihr. Ich kümmere mich um Nora.»

Henry trennte sich widerstrebend von ihr und gab ihr noch einen schnellen Kuss, dann schob er das Scheunentor auf und direkt wieder hinter sich zu.

«Baroness von Babenreuth», hörte Gesche ihn sagen. «Was tun Sie denn hier?»

«Ich habe Sie gesucht», erwiderte die Baroness, und ihre Stimme klang so nah, dass Gesche sich dichter an die Wand drückte. «Aber im Haus konnte ich Sie nicht finden. Und als ich im Stall nach Ihnen gefragt habe, gab man mir den Hinweis, dass Sie vielleicht hier sein könnten bei Ihrem Automobil.»

Gesche blickte auf den Daimler, dessen heller Lack im Halbdunkel der Scheune schimmerte. Wenn die Baroness den Wagen jetzt …

«Vielleicht könnte ich ihn doch einmal sehen?», bat sie Henry da schon. «Sie haben es versprochen.»

«Und ich halte meine Versprechen», versicherte ihr Henry. «Aber ich war schon viel zu lange hier und brauche dringend eine Erfrischung. Begleiten Sie mich zurück zum Haus?»

Gesche hörte nur ein Rascheln, wahrscheinlich hatte die Baroness sich bei Henry untergehakt.

«Wie war denn Ihre Reise?», erkundigte sich Henry, und die junge Adelige fing sofort an, ihm im Plauderton davon zu erzählen, während sie sich entfernten.

Erst als es still war, atmete Gesche auf und wagte es, sich zwischen den Landmaschinen bis zu der Kutsche durchzuschlängeln. Sie klopfte an die Tür, die sofort geöffnet wurde. Aber zu Gesches Überraschung war Nora allein in der Kabine.

«Wo ist Karl?», fragte sie.

«Er ist gegangen, als er diese Stimme gehört hat», flüsterte Nora, offenbar immer noch nicht sicher, ob jemand sie hören konnte. «Er ist durch die lose Planke in der Ecke geschlüpft, genau wie Henry gesagt hat.»

Gesche betrachtete Noras gerötete Wangen und ihr zerzaustes Haar. Bestimmt hatten sie und Karl sich geküsst, dafür sprach auch das Leuchten in ihren Augen.

«Und was machen wir jetzt?», fragte das Mädchen unsicher.

«Wir warten einen Moment, dann gehen wir auch», erklärte Gesche und deutete auf den freien Platz neben Nora. «Darf ich mich zu dir setzen?»

Als Antwort rückte Nora ein Stück zur Seite, und als Gesche ebenfalls in der Kutsche saß, schlang Nora plötzlich die

Arme um sie. «Jetzt ist Karl fort», sagte sie leise. «Wie soll ich es denn nur aushalten ohne ihn?»

Gesche wusste ganz genau, wie sie sich fühlte, deshalb zog sie Nora an sich und strich ihr sanft über den Rücken.

«Wir halten es aus», sagte sie. «Wir sind stark, Nora. Wir schaffen das.»

Erst einen Augenblick später wurde ihr klar, dass sie auch für sich gesprochen hatte. Nora löste sich von ihr und sah sie fragend an.

«Ich liebe deinen Bruder», gestand Gesche. «Und ich weiß auch nicht, was jetzt werden soll.»

Nora sah sie lange schweigend an, dann lehnte sie sich wieder an Gesches Schulter. «Es ist so ungerecht», sagte sie. «Warum können wir nicht lieben, wen wir wollen? Denken Sie, das wird sich jemals ändern?»

«Ich weiß es nicht», erwiderte Gesche und legte den Arm wieder um das Mädchen. «Aber ich hoffe es sehr.»

Eine Weile saßen sie einfach nur schweigend da, dann löste sich Gesche wieder von Nora.

«Wir müssen zurück, bevor uns noch jemand sucht», sagte sie. «Und dann leider auch schon anfangen zu packen.»

Nora nickte, und gemeinsam verließen sie die Kutsche.

26

Mundet Ihnen das Wildbret, Fräulein Petersen?» Wilhelm von Jagows Frage überraschte Gesche so, dass sie sich beinahe verschluckte.

Sie räusperte sich. «Ja, es ist köstlich», antwortete sie und blickte zu dem alten Grafen, der vor Kopf an der Tafel saß. Bis zu diesem Augenblick hatte sie geglaubt, dass er sie bis zum Ende der Mahlzeit ignorieren würde, denn seit sie zusammen mit den Mädchen zum Abendessen erschienen war, hatte er noch nicht ein einziges Mal das Wort an sie gerichtet.

Stattdessen galt seine ganze Aufmerksamkeit den beiden bayerischen Damen, die rechts und links von ihm saßen. Henry hatte auf Wunsch seines Vaters neben der Baroness Platz genommen und Nora neben der Baronin. Gesche wiederum saß neben Nora, dann folgten die anderen Mädchen. Damit war die Rangfolge der Gäste offensichtlich, und Henrys Vater verhielt sich entsprechend. Er sprach vor allem mit der Baronin und nötigte Henry häufig, sein Gespräch mit der Baroness fortzuführen, das immer wieder ins Stocken geriet. Anfangs hatte er auch Nora hin und wieder angesprochen, die jedoch so einsilbig geantwortet hatte, dass er es jetzt nicht mehr tat.

Gesche hingegen hatte er völlig ignoriert. Doch jetzt genoss sie plötzlich seine ungeteilte Aufmerksamkeit.

«Darf ich fragen, wann Sie morgen aufbrechen werden?», erkundigte er sich. «Mamsell Kramer sagt, Sie nehmen den Mittagszug?»

Gesche nickte. «Ja, wir werden gleich nach dem Frühstück zum Bahnhof fahren», erklärte sie und begriff, dass der alte Graf lediglich sichergehen wollte, dass sie und die Mädchen auch wirklich bald verschwanden.

«Ich bedauere, dass Sie so überstürzt aufbrechen müssen, Fräulein Petersen», sagte Henry, und als ihre Blicke sich über den Tisch hinweg trafen, spürte Gesche das beinahe schon vertraute Ziehen in der Brust.

«Ja, ich bedauere es auch», sagte sie. «Aber wir werden dringend im Pensionat zurückerwartet.»

«Vielleicht können Sie Ihren Aufenthalt zu einem anderen Zeitpunkt wiederholen.» Henry lächelte. «Immerhin hatte ich Ihnen ein paar sommerliche Wochen auf dem Land versprochen. Und ich breche mein Wort nur ungern.»

«Sehr gerne», erwiderte Gesche und senkte den Blick, weil sie plötzlich Angst hatte, dass ihre Gefühle ihr zu sehr ins Gesicht geschrieben standen. Offenbar war diese Angst nicht unbegründet, denn als sie den Kopf wieder hob, bemerkte sie, dass Wilhelm von Jagow sie aus schmalen Augen musterte.

«Ich wünsche Ihnen jedenfalls eine gute Reise», sagte er zu Gesche und wandte sich dann an Nora. «Und was dich angeht: Ich möchte, dass du hierbleibst.»

Nora, die ihrem Vater zu Beginn des Abendessens mitgeteilt hatte, dass sie Gesche und die anderen nach Lübeck begleiten würde, starrte ihn entsetzt an.

«Ich will aber zurück ins Pensionat!», erklärte sie zornig. «Das kannst du mir doch nicht einfach verbieten!»

«Also, wenn du in diesem Pensionat bisher nicht gelernt hast, deinen Tonfall gegenüber deinem Vater zu mäßigen, dann weiß ich nicht, warum wir weiterhin Geld für deine Ausbildung dort ausgeben sollten», erklärte der alte Graf. Doch bevor er weiterschimpfen konnte, legte ihm die Baroness eine Hand auf den Arm.

«Lassen Sie Ihre Tochter doch, Herr Graf», sagte sie. «Ich war auch in einem Pensionat, und die Zeit dort gehört zu meinen schönsten Erinnerungen. Ich kann gut verstehen, dass Nora zurückmöchte.» Sie lächelte Nora freundlich an. «Ich hätte mich auch geweigert, wenn meine Mutter versucht hätte, mich dort abzumelden. Dafür habe ich viel zu sehr von der guten Erziehung profitiert, die ich im Pensionat genießen durfte.»

Bei ihrer letzten Bemerkung nickte sie Gesche zu, und Gesche musste widerwillig anerkennen, dass sie wirklich nett war.

Wilhelm von Jagow zog ein Taschentuch aus seiner Westentasche und tupfte sich die schweißnasse Stirn.

«Natürlich, Sie haben recht», sagte er. «Das … hatte ich nicht bedacht.»

«Es ist doch gut, wenn Ihre Tochter bei ihren Freundinnen ist», befand auch die Baronin. «Wir wollen doch nicht, dass sie sich hier mit uns langweilt.»

«Nein», erwiderte der alte Graf, beinahe erschrocken. «Nein, nein, das stimmt, werte Gisela. Fahr nur, Nora. Fahr nur.»

Er lächelte gequält und war immer noch so rot im Gesicht, dass Gesche sich fragte, wie es um seine Gesundheit inzwischen stand. Hatte es nicht geheißen, er sei in Italien gewesen, um sich von einem Herzanfall zu erholen?

Dasselbe schien auch Henry zu denken, denn er musterte seinen Vater besorgt. «Ist dir nicht wohl?», erkundigte er sich.

«Es geht schon», erwiderte der Graf und winkte das Dienstmädchen zu sich. «Ich möchte noch etwas von dem Wildbret», sagte er.

«Oh, ich auch bitte», stimmte ihm die Baronin zu. «Es schmeckt wirklich hervorragend – mein Kompliment an die Küche.»

Das Dienstmädchen sah die beiden erschrocken an und verließ das Zimmer. Als es zurückkehrte, brachte es jedoch nicht zwei weitere Portionen mit, sondern Mamsell Kramer, die sehr aufgeregt wirkte.

«Es tut mir furchtbar leid, Herr Graf, aber von dem Wildbret ist leider nichts mehr da», erklärte sie. «Wir waren auf so viele Gäste nicht eingerichtet. Wenn Sie Bescheid gesagt hätten, dann ...»

«Also wirklich», entrüstete sich die Baronin. «Ein gut geführter Haushalt muss immer auf alle Eventualitäten gefasst sein.» Sie musterte die Mamsell von oben bis unten, die unter ihren Blicken rot anlief.

«Also, das ist mir jetzt wirklich sehr unangenehm», meinte der Graf, doch bevor auch er der Haushälterin Vorhaltungen machen konnte, mischte sich Henry ein.

«Es ist meine Schuld», erklärte er. «Mamsell Kramer wollte beim Jäger mehr Wild bestellen, aber ich war der Meinung, wir hätten genug.» Er zuckte mit den Schultern. «Ich bin sicher, die Küche kann noch etwas anderes für Sie richten, Baronin. Und für dich auch, Vater. Nicht wahr, Mamsell Kramer?»

Die Haushälterin nickte. «Selbstverständlich, Herr Graf», sagte sie erleichtert und wartete auf weitere Anweisungen.

Die Baronin lächelte nachsichtig. «Nein, schon gut, ich möchte keine Umstände machen. Gibt es denn noch einen Nachtisch?»

«Ja natürlich», erklärte die Haushälterin. «Ich lasse ihn gleich servieren, wenn es Ihnen recht ist.»

«Bitte», erwiderte Wilhelm vom Jagow knapp und betrachtete seinen Sohn skeptisch. Offenbar fragte er sich – genau wie Gesche –, ob Henry die Wahrheit gesagt hatte. Wenn nicht, dann liebe ich ihn noch mehr dafür, dass er die arme Mamsell Kramer vor dem Zorn seines Vaters bewahrt hat, dachte sie und schluckte, als ihr noch einmal klar wurde, wie tief ihre Gefühle für ihn waren.

Und gerade deshalb war der Rest des Abendessens eine Tortur für sie. Denn sie musste zusehen, wie Henry von den beiden bayerischen Damen mit Beschlag belegt wurde. Und er verhielt sich wie ein guter Gastgeber, erzählte amüsante Geschichten und antwortete so charmant, dass Gesche doch wieder Zweifel kamen.

Denn es war nicht zu übersehen, dass Henry und die Baroness ein schönes Paar abgaben. Mit ihr an seiner Seite hätte er keine Probleme, dachte Gesche. Tatsächlich wäre diese Verbindung sogar sehr vorteilhaft für ihn, denn die von Babenreuths waren reich, besaßen ein Schloss und mehrere Güter in Bayern und konnten sich, wie die Baronin nicht müde wurde zu betonen, einen sehr extravaganten Lebensstil leisten. Gesche hingegen besaß nichts, und Henry riskierte alles, wenn er sein Wort wahr machte und sie zur Frau nahm. Meinte er das überhaupt ernst? Ihr Gespräch in der Scheune kam ihr hier, an der festlich eingedeckten Tafel im feudalen Gutshaus der von Jagows, beinahe unwirklich vor, und es fühlte sich an, als wäre Henry auf einmal furchtbar weit weg und säße nicht nur einen Meter von ihr entfernt auf der anderen Seite des Tisches.

«Wissen Sie, eigentlich müssten wir ja wunschlos glücklich sein», sagte die Baronin und legte ihren Löffel auf ihren leeren Dessertteller. «Aber einen Wunsch hätte ich doch: Ich möchte meine Luise so gerne in guten Händen wissen. Es gab schon einige Bewerber, aber bisher hat ihr noch keiner zugesagt. Nicht wahr, Luise?»

«Aber Mutter!» Die Baroness errötete. «Das gehört doch nicht hierher.»

Die Baronin lächelte nur und sah Henry vielsagend an, dessen Gesicht jedoch ausdruckslos blieb. Nichts an ihm verriet, was er von dieser mehr als deutlichen Botschaft hielt.

«Entschuldigung.» Fanny, die ihr Essen während der gesamten Mahlzeit kaum angerührt hatte und nur schweigend vor sich hin gestarrt hatte, blickte verzweifelt zu Gesche. «Mir ist ein bisschen übel. Ich … ich glaube, ich würde mich gerne zurückziehen.»

«Natürlich. Ich komme mit dir!» Als Gesche sich erhob, taten es auch Henry und sein Vater, so wie es die Höflichkeit erforderte, wenn eine Dame vom Tisch aufstand.

«Ich komme auch mit!», verkündete Nora, und Agnes und Lotte, die sitzen geblieben waren, warfen Gesche unsichere Blicke zu. Offenbar wollten sie nicht mit den Herrschaften am Tisch allein bleiben, was Gesche gut verstehen konnte.

«Bitte entschuldigen Sie mich und die Mädchen», sagte sie. «Da wir morgen früh aufbrechen, wäre es sicher besser, wenn wir heute alle besonders früh schlafen gehen. Es wird ein anstrengender Tag werden.»

Sie machte Lotte und Agnes ein Zeichen, die sich sofort erhoben und dem Grafen und Henry zunickten, bevor sie Nora und Fanny folgten, die das Speisezimmer schon hastig verlassen hatten.

Gesche hingegen zögerte. «Ich wünsche Ihnen noch einen schönen Abend», sagte sie und sah ein letztes Mal zu Henry, bevor auch sie das Speisezimmer verließ.

Oben ging sie direkt in Noras Zimmer, wo Fanny blass und

nervös auf dem Bett saß. Fieber hatte sie allerdings keins, deshalb vermutete Gesche, dass es die Aufregung war, die ihr auf den Magen geschlagen hatte. Und das war mehr als verständlich, wenn man bedachte, was ihr vielleicht in Lübeck bevorstand. Deshalb war Gesche froh, dass Fanny durch den Tausch der Gästezimmer nicht mehr allein schlafen musste.

Die Mädchen machten sich schnell bettfertig, dann legte Nora sich zu ihrer Freundin und nahm sie fest in den Arm.

«Gräm dich nicht, Fanny. Es wird alles gut», sagte sie, und Gesche war gerührt von der Überzeugung, die in Noras Stimme mitschwang.

Ihr selbst fehlte es auch nicht an Entschlossenheit, aber sie hatte trotzdem ein ungutes Gefühl, wenn sie an das Pensionat und an Frau Eggers dachte. Hoffentlich ließ die Vorsteherin sich erweichen, was diesen unsäglichen Antrag anging. Denn so sicher, wie sie die Mädchen hatte glauben lassen, war Gesche gar nicht, dass sich da noch etwas machen ließ.

«Gute Nacht», wünschte sie den beiden und sah auch noch nach Agnes und Lotte, dann ging sie in ihr Zimmer und setzte sich auf ihr Bett.

Sofort wanderten ihre Gedanken zurück zu Henry. War das mit ihm alles nur ein schöner Traum gewesen? Schließlich saß er unten mit einer jungen Frau zusammen, die viel besser zu ihm passte. Würde er die vielen unangenehmen Konsequenzen wirklich auf sich nehmen, damit er mit ihr zusammen sein konnte? Reichten die Gefühle, die er für sie hatte, dafür tatsächlich aus?

Die Frage, wie das Abendessen wohl ohne sie weitergegangen war, beschäftigte sie, während sie sich auszog und sich schließlich im Nachthemd in das kalte Bett legte. Langsam wurde ihr wärmer, aber der Schlaf wollte einfach nicht kommen. Unruhig wälzte Gesche sich hin und her, gequält von dem Gedanken, dass sie sich morgen für ungewisse Zeit von Henry trennen musste.

Was, wenn sie keine Gelegenheit mehr haben würde, mit ihm zu sprechen? Sie musste sich noch einmal vergewissern, wie er zu ihr stand. Aber konnte sie es wagen, einfach durch den Flur zu seinem Zimmer zu schleichen? Es war längst still im Haus, dennoch lief sie Gefahr, jemandem zu begegnen.

Gesche hätte nicht sagen können, wie lange sie überlegt hatte, aber irgendwann hielt sie es nicht mehr aus. Sie musste Henry sehen, wenigstens kurz, deshalb stand sie auf und ging zur Tür. Sie besaß keinen Morgenmantel und fror, als sie nur im Nachthemd und ohne Licht durch den Flur zu Henrys Zimmer schlich. Sie wusste, wo es lag, aber sie hatte keine Ahnung, ob das Zimmer daneben seinem Vater gehörte.

Nervös näherte sie sich der Tür. Wenn der alte Graf nebenan schlief, würde er dann nicht hören, wenn sie anklopfte? Fast wäre sie umgekehrt, doch dann nahm sie all ihren Mut zusammen und trat vor die Tür – die ganz plötzlich aufging.

Henry stand da, barfuß und nur noch mit Hose und Hemd bekleidet, dessen obere Knöpfe bereits geöffnet waren. Ihre Blicke trafen sich, und der Ausdruck in seinen Augen spiegelte all das wider, was sie selbst empfand.

Er zog sie ins Zimmer, schloss die Tür und verriegelte sie.

«Ich wollte zu dir», flüsterte er und zog sie an sich. «Ich habe es nicht mehr ausgehalten.»

Gesche schlang die Arme um seinen Hals und spürte, wie sich seine hinter ihr schlossen. Eng presste er sie an sich, und sie sog seinen Duft ein, froh darüber, dass sie es gewagt hatte, zu ihm zu gehen.

«Ich werde dich so sehr vermissen.» Ihre Stimme war nur

ein Flüstern, und dann fanden sich ihre Lippen, und er küsste sie mit einer so verzweifelten Leidenschaft, dass er jeden Zweifel aus Gesches Kopf vertrieb.

Plötzlich wusste sie, dass sie nicht nur gekommen war, um mit Henry zu reden. Sie wollte bei ihm sein, wollte seinen Körper an ihrem spüren, so wie jetzt. Nichts anderes spielte eine Rolle, deshalb ließ sie es zu, dass er sie auf seine Arme hob und hinüber zum Bett trug.

Henrys Atem ging schnell, und seine Augen waren dunkel, als er sich über sie beugte.

«Du musst keine Angst haben», sagte er, aber Gesche empfand keine. Es war ihre Entscheidung gewesen, zu ihm zu kommen, und auch wenn sie nur eine ungefähre Vorstellung davon hatte, was jetzt passieren würde, war sie ganz sicher, dass sie es mit Henry erleben wollte.

«Ich liebe dich», flüsterte sie und schloss die Augen, als ihre Lippen sich erneut fanden.

* * *

Wilhelm von Jagow schreckte aus dem Schlaf hoch und hustete gegen das feurige Brennen in seiner Kehle an. Doch es saß fest und nahm ihm den Atem, ließ ihn immer wieder verzweifelt nach Luft schnappen, bis es langsam wieder nachließ.

Mit einem Fluchen schwang er die Beine aus dem Bett und griff nach dem Glas Wasser, das auf seinem Nachttisch stand. Gierig trank er ein paar Schlucke, auch wenn er wusste, dass es wenig Linderung bringen würde. Das Brennen kam vom Magen und verging meist nach ein paar Stunden wieder. Wilhelm kannte das schon, er hatte das seit Jahren, und meist war es dann besonders schlimm, wenn es in seinem Leben Komplikationen gab. Aber so schlimm wie in den letzten Tagen war es noch nie gewesen. Jeden Morgen wachte er mit diesem schrecklichen Geschmack im Mund auf, und eigentlich musste ihn das nicht wundern, denn so tief wie jetzt hatte er noch nie in Schwierigkeiten gesteckt.

Er stand auf, ging ans Fenster und starrte in das erste Grau des heraufdämmernden Tages. Es würde noch dauern, bis die Sonne aufging und das Haus sich zu regen begann, aber Wilhelm wusste, dass es keinen Zweck hatte, sich wieder hinzulegen. Deshalb zog er seinen Morgenmantel über und verließ sein Zimmer.

Es waren nur ein paar Schritte bis zum Zimmer seiner Frau, dafür brauchte er keine Lampe. Vorsichtig öffnete er die Tür und ging hinein. Seine Augen hatten sich schon an das Dämmerlicht gewöhnt, und er erkannte Sidonies Gestalt unter der Bettdecke. Sie lag mit dem Gesicht in Richtung Fenster, hatte die Augen geschlossen und atmete ruhig.

Vorsichtig ging Wilhelm um das Bett herum, setzte sich auf die Kante und betrachtete seine Frau, deren Züge im Schlaf entspannt waren.

Sie war älter geworden, aber sie war immer noch schön. Unwillkürlich musste er an den Tag denken, als er sie zum ersten Mal gesehen hatte, hier in Travemünde auf der Strandpromenade. Sein Vater hatte ihn damals gedrängt, endlich zu heiraten, und Sidonie war ihm als perfekte Kandidatin erschienen, schließlich stammte sie aus gutem Hause. Also hatte er um ihre Hand angehalten und seine schöne Braut stolz zum Altar geführt. Er war sicher gewesen, dass ihnen ein langes, glückliches Leben bevorstand.

Doch es war anders gekommen, denn Sidonie hatte sich nicht an die Spielregeln gehalten. Sie hatte von Anfang an mehr von ihm erwartet, als er zu geben bereit war, hatte Liebesbeweise wie Zeit und Aufmerksamkeit eingefordert, die er ihr nicht hatte geben können. Und jedes Mal, wenn er sich geweigert hatte, auf ihre Befindlichkeiten Rücksicht zu nehmen, hatte sie sich weiter in sich zurückgezogen. Sie war ihm entglitten, war geflohen in diese Welt der Traurigkeit, in die ihr niemand folgen konnte. Aber da war immer dieser vorwurfsvolle Ausdruck in ihren Augen gewesen, so als wäre es seine Schuld, dass sie so unglücklich war, und irgendwann hatte er es nicht mehr ausgehalten und war in die Arme anderer Frauen geflüchtet, die nicht so streng über ihn urteilten. Und das war nichts, was andere Männer in seinem Umfeld nicht auch taten. Affären gehörten nun mal dazu, und niemand erwartete von ihm, dass er seiner Ehefrau treu war.

So war es weitergegangen – bis zu dem Tag, an dem sie ihn in flagranti mit einem der Dienstmädchen ertappt hatte.

Niemals würde er den entsetzten Ausdruck in ihrem Gesicht vergessen – oder den schlimmen Streit, der darauf folgte. Seine sanftmütige Sidonie war völlig außer sich gewesen. Sie hatte ihm auf den Kopf zugesagt, dass er sie seit Jahren betrog, und verlangt, dass er damit aufhörte. Doch dazu war er nicht bereit gewesen. Schließlich war er der Mann im Haus.

Also hatten sie das Dienstmädchen entlassen und weitergemacht wie bisher – mit dem Unterschied, dass Sidonie von nun an innerlich wie versteinert gewesen war. Wilhelm hatte immer geglaubt, dass sie sich wieder fangen würde, doch es war so geblieben, und irgendwann hatte er aufgehört, sich über ihren Zustand zu wundern. Er hatte sich eingeredet, dass sie sich arrangiert hatten. Niemals wäre er auf den Gedanken gekommen, dass sie so litt, dass sie nicht mehr leben wollte.

«Es tut mir leid», flüsterte er und streichelte Sidonies Hand. «Ich wollte das nicht.»

Sidonie regte sich im Schlaf und murmelte etwas. Ihre Augen blieben geschlossen, und gleich darauf atmete sie wieder gleichmäßig. Leise stand Wilhelm auf, verließ das Zimmer und kehrte in seins zurück.

Als er die Tür fast schon zugezogen hatte, ließ ein leises Geräusch ihn innehalten. Öffnete sich da eine der anderen Türen? Wilhelm spähte in den dämmrigen Flur, nicht ganz sicher, ob er seinen Augen trauen durfte, als er eine Gestalt hinaustreten sah.

War das nicht diese Gesche Petersen, die dort im Nachthemd stand und Henry umarmte, der ihr auf den Flur gefolgt war? Wilhelm beugte sich vor, um besser zu sehen, und erkannte, dass die beiden sich küssten. Dann lief die junge Lehrerin den Gang hinunter, und Henry kehrte in sein Zimmer zurück.

Wilhelm schloss seine Tür ganz. Müde und verwirrt schlurfte er zu dem Sessel, der vor dem Fenster stand, setzte sich und starrte ins Leere.

Sein Gefühl hatte ihn also nicht getäuscht: Henry hatte ein Verhältnis mit Noras Lehrerin. Nicht dass es Wilhelm wunderte, die junge Frau war sehr anziehend. Aber es war trotzdem ärgerlich, denn sie hatte Henry während des Essens abgelenkt. Wilhelm war regelrecht froh gewesen, als sie endlich gegangen war. Doch selbst dann hatte Henry sich nicht in dem Maße der Baroness gewidmet, wie es wünschenswert gewesen wäre.

Mit einem leisen Seufzen lehnte Wilhelm sich im Sessel zurück und schloss die Augen. Er fürchtete sich vor dem Moment, da er seinem Sohn gestehen musste, was in Italien passiert war – und warum er die Baronin und ihre Tochter im Schlepptau hatte. Henry würde wütend auf ihn sein, aber sie würden sicher eine Lösung finden. Nur eins konnte Wilhelm jetzt wirklich nicht gebrauchen: dass dieses junge Ding Henry den Kopf verdrehte.

Aber es ist ja nichts Ernstes, tröstete er sich. Er kannte seinen Sohn. Henry hatte immer wieder Affären, und keine davon war je von Dauer. Es würde ihm sicher nicht schwerfallen, diese hübsche Lehrerin ganz schnell wieder zu vergessen.

27

Mamsell Kramer erschien in der geöffneten Tür und lächelte Gesche zu, die fertig angezogen auf dem Bett saß.

«Die Kutsche ist abfahrbereit», meldete sie. «Soll ich den Mädchen Bescheid geben?»

Gesche nickte. Sie wusste, dass das ihre Aufgabe gewesen wäre, aber an diesem Morgen fiel ihr alles schwer. Mit einem Seufzen ging sie zur Frisierkommode und warf noch einen letzten Blick in den Spiegel. Mit der Hand an ihrem Haar hielt sie inne.

Sah sie anders aus? Vergeblich suchte sie in ihrem Gesicht nach Anzeichen für eine Veränderung, aber abgesehen von dem fiebrigen Glanz in ihren Augen und den leichten Schatten darunter, die von zu wenig Schlaf zeugten, schaute ihr Spiegelbild sie an wie immer. Was unglaublich war, wenn man bedachte, wie welterschütternd die letzte Nacht für sie gewesen war. Ihr ganzer Körper fühlte sich anders an, schmerzte auf nie gekannte, angenehme Weise und erinnerte sie daran, dass jetzt nichts mehr war wie zuvor. Niemals hätte sie geglaubt, dass es möglich war, einem anderen Menschen so nah zu kommen. Oder dass es so schön sein konnte …

«Kommen Sie, Fräulein Petersen?» Nora stand plötzlich in der Tür, und hinter ihr erschienen auch die anderen drei Mädchen. Ihre Gesichter leuchteten vor Aufregung, selbst das von Fanny. Offenbar waren sie alle schon im Reisefieber.

«Geht ruhig schon vor und setzt euch in die Kutsche», sagte Gesche. «Ich bin sofort so weit.»

Sie lauschte den Schritten der Mädchen, die im Flur verklangen, und wartete noch einige Minuten. Dann machte sie sich ebenfalls auf den Weg nach unten. Sie hoffte, dass sie, wenn sich alle anderen schon verabschiedet hätten, Henry noch einmal für sich allein haben würde. Doch als sie in der Halle ankam, wartete der alte Graf neben seinem Sohn auf sie.

«Die Baronin und ihre Tochter lassen sich entschuldigen. Sie wünschen Ihnen eine gute Reise», erklärte Wilhelm von Jagow und lächelte unverbindlich, doch in seinem Blick lag eine ganz neue Wachsamkeit. Es war, als würde er plötzlich jede ihrer Regungen genau beobachten, deshalb bemühte Gesche sich darum, nicht selig zu lächeln, als sie sich Henry zuwandte.

«Vielen Dank für Ihre Gastfreundschaft», sagte sie und spürte, wie ihr Herz stolperte, als ihre Blicke sich trafen.

«Ich hoffe, wir sehen uns bald wieder», erwiderte er und verbeugte sich nur leicht, was Gesche erleichterte. Sie hätte zwar gerne noch einmal ihre Hand in seiner gespürt, aber vermutlich hätte es ihr den Abschied noch schwerer gemacht.

Sie ging zur Haustür, die offen stand. Henry folgte ihr, doch leider auch sein Vater, wie sie enttäuscht feststellte. Auch auf dem Weg zur Kutsche hatten sie so keine Gelegenheit mehr für ein Wort unter vier Augen.

Der Kutscher stand neben dem Landauer und half Gesche beim Einsteigen. Dann sprang er auf den Bock, die Peitsche knallte, und die Kutsche setzte sich in Bewegung.

Gesche drehte sich noch einmal zu Henry um und winkte wie die Mädchen. Doch auch als alle anderen die Arme schon wieder gesenkt hatten, starrte sie noch auf die Gestalten vor dem Gutshaus, die immer kleiner wurden, und ein ungutes Gefühl überkam sie.

Henry hatte versprochen, so bald wie möglich nach Lübeck zu kommen. Er wollte ihr schreiben und sie über seine Pläne unterrichten, und als er ihr das gesagt hatte, war sie optimistisch gewesen. Doch nun fühlte es sich an, als wäre mit ihrer Abreise jede Verbindung zu ihm gekappt, und die Zweifel, die sie schon die ganze Zeit geplagt hatten, kehrten mit Macht zurück. War es richtig gewesen, sich ihm hinzugeben, ohne zu wissen, ob sie zusammen sein konnten?

Als sie sich umdrehte, merkte sie, dass Nora sie ansah.

«Mein Bruder kommt uns sicher bald im Pensionat besuchen», sagte sie, und ihr verschwörerisches Lächeln tat Gesche gut.

Mit einem Seufzen lehnte sie sich in die Polster zurück. Es hatte keinen Sinn, sich verrückt zu machen. Henry würde einen Weg finden, das hatte er ihr versprochen, und darauf musste sie jetzt vertrauen.

* * *

Henry ballte die Hände zu Fäusten, während er der Kutsche nachsah, die sich über die Allee immer weiter entfernte. Er hatte keine Ahnung, wann er zuletzt derart aufgewühlt gewesen war.

Er war nicht darauf vorbereitet gewesen, wie anders es sein würde, die Nacht mit einer Frau zu verbringen, die ihm wirklich etwas bedeutete. Alle, mit denen er sonst geschlafen hatte, waren nichts weiter als Affären gewesen. Schöne Frauen, interessante Frauen, Frauen, die er wirklich gerngehabt hatte. Und hin und wieder hatte er es wirklich bedauert, wenn er sich von einer wieder hatte trennen müssen. Aber letztlich hatte er es immer verschmerzt. Schließlich war nicht nur ihm, sondern auch den Damen klar gewesen, dass ihre Verbindung nicht von Dauer war. Henry hatte ihnen keine Versprechungen gemacht und entsprechend auch keine einhalten müssen.

Das war diesmal anders. Gesche hatte alle Regeln, die er jemals für sich aufgestellt hatte, außer Kraft gesetzt, als sie gestern Nacht vor seiner Tür gestanden hatte. Denn mit ihr war es kein Spiel, mit ihr hatte alles, was er tat, Konsequenzen, und Henry wünschte plötzlich, er wäre stärker gewesen und hätte der Versuchung widerstanden. Er hätte warten müssen, wie es sich gehörte, aber es hatte ihn überwältigt, sie in seinen Armen zu haben. In seinem Bett. Und im Grunde spielte es auch keine Rolle. Es war passiert, und nun gab es kein Zurück mehr ...

«Das wurde auch Zeit.»

Die Worte seines Vaters rissen Henry unsanft aus seinen Gedanken, und erst jetzt wurde ihm wieder bewusst, dass er nicht allein auf dem Platz vor dem Gutshaus stand. Dann sanken Wilhelms Worte in sein Bewusstsein, und er spürte Wut in sich aufsteigen.

«Wieso wolltest du sie eigentlich so dringend loswerden?», fragte er. «Fräulein Petersen und die Mädchen hätten doch niemanden gestört.»

«Diese Lehrerin stört *dich*, Henry», gab sein Vater zurück. Seine Miene wurde ernst. «Sie war heute Nacht bei dir. Ich habe euch gesehen. Sie hat dir ganz schön den Kopf verdreht, nicht wahr?»

Henry krampfte seine Hände noch fester zusammen, weil sein Vater ihn beinahe mitleidig ansah.

«Was Fräulein Petersen und mich verbindet, geht dich nichts an», knurrte er. «Aber vielleicht sagst du mir endlich, was hier eigentlich los ist. Wieso bist du schon aus Italien zurück? Und wieso hast du diese beiden Frauen hergebracht?»

Wilhelm legte erschrocken seinen Zeigefinger an die Lippen. Sein Gesicht war mit einem Mal ganz grau. «Sch, sch, nicht so laut!», zischte er. «Die Baronin darf dich nicht hören. Sie weiß nicht, dass ...»

«Was weiß sie nicht?» Henry spürte, wie sein Magen sich zusammenkrampfte. Eigentlich waren seine Fragen ein Schuss ins Blaue gewesen, um seinen Vater von Gesche abzulenken. Doch nun begriff er, dass wirklich etwas passiert war. «Herrgott, Papa, nun rede doch endlich!»

«Nicht hier», sagte sein Vater. «Lass uns in dein Büro gehen. Dann erkläre ich dir alles.»

Henry nickte und folgte ihm betroffen zurück ins Haus.

* * *

«Seht doch, wir sind gleich da!», meinte Gesche, als die Kutsche das Holstentor passiert hatte und über die Holstenbrücke auf die Altstadtinsel zu ratterte. «Nur noch ein kleines Stück, dann haben wir die Große Petersgrube erreicht.»

«Na, das wird auch Zeit!», rief Lotte und ließ sich theatralisch zurück in die Polster sinken. «Ich dachte schon, wir kommen gar nicht mehr an.»

«Also von mir aus dürfte es ruhig noch ein bisschen dauern», meinte Nora, und Gesche verstand den verärgerten Blick, den sie ihrer Freundin zuwarf. Es war typisch Lotte, dass sie in dieser Situation nur an sich dachte und nicht an Fanny, die sich vor der Rückkehr ins Pensionat fürchtete.

Fanny schien beide Bemerkungen jedoch gar nicht gehört zu haben. Sie saß auf ihrem Platz neben Nora und starrte ins Leere. Je näher sie Lübeck gekommen waren, desto schweigsamer war sie geworden, und Gesche befürchtete, dass es an dem lag, was sie hier erwartete.

«Fanny?» Sie beugte sich vor und legte eine Hand auf das Knie des Mädchens, das erschrocken zusammenzuckte. «Sei nicht verzagt, wir bekommen das bestimmt wieder hin.»

Fanny senkte den Blick. «Ich weiß nicht, Fräulein Petersen», sagte sie zögernd. «Was ist, wenn es gar nicht so schlimm ist?»

«Wie meinst du das?» Verwirrt sah Gesche sie an. «Denkst du, dass dieser Jan Riklof seinen Antrag nicht ernst meint?»

«Das kann ich nicht sagen», erwiderte Fanny. «Aber wenn doch, dann wäre es ja vielleicht ...»

«Wir sind da!», rief Lotte und deutete auf das Pensionat, das vor ihnen auftauchte, als sie in die Straße einbogen. Einen Augenblick später kam die Kutsche vor dem Haus zum Stehen.

«Was meinst du, Fanny?», erkundigte sich Gesche, weil das Mädchen nicht weitergesprochen hatte.

Aber Fanny antwortete nicht. Sie war blass geworden und starrte an ihr vorbei auf den Eingang des Pensionats. Gesche folgte ihrem Blick und erschrak, als sie sah, dass nicht nur Dorothea Eggers aus der Tür getreten war, um sie zu begrüßen – sondern auch Jan Riklof.

«Oh nein, er ist schon da!», stöhnte Nora, die ihn auch bemerkt hatte. «Ich dachte, wir hätten noch Zeit.»

Gesche verfluchte Riklof innerlich. Was machte er hier? Und woher hatte er gewusst, dass sie heute ankamen?

Die letzte Frage konnte sie sich selbst beantworten: Sehr wahrscheinlich hatte Dorothea Eggers ihn darüber unterrichtet. Und wenn sie ihn sogar empfing, damit er auf Fanny warten konnte, dann befürwortete sie diese Hochzeit offenbar stärker, als Gesche angenommen hatte.

Dafür sprach auch das breite Lächeln, mit dem die Vorsteherin auf die Kutsche zueilte. Riklof folgte ihr, und als Gesche ihn betrachtete, kam sie leider zu dem gleichen Schluss wie bei ihrer ersten Begegnung: Er war gut gekleidet, mit Anzug, Gehrock und Zylinder, aber mit seiner massigen Figur, den verschwitzten rotblonden Haaren und dem breiten Gesicht nicht sonderlich attraktiv. Und dann dieser unheimliche, starre Blick! Damit hatte er Fanny damals schon fixiert, und er tat es wieder, begleitet von einem so siegesgewissen Lächeln, dass Gesche ein Schauer über den Rücken lief. Herrgott, sie hoffte, dass sie Fanny das Schicksal, Jan Riklofs Frau zu werden, irgendwie ersparen konnte!

«Willkommen zurück!», rief Dorothea Eggers ihnen zu, als sie die Kutsche erreicht hatte, und wartete ungeduldig, bis alle ausgestiegen waren. «Herr Riklof sagt, er ist Ihnen allen schon begegnet, deshalb lassen wir die Vorstellung aus.» Sie deutete auf Fanny. «Und Sie sind ja auch nur wegen unserer Franziska hier, nicht wahr, Herr Riklof?»

Der Kaufmann nickte und wandte sich an Fanny, die er schon die ganze Zeit angestiert hatte.

«Es freut mich, dass Sie endlich wieder in Lübeck sind, Fräulein Grape», sagte er. «Ich würde Ihnen sehr gerne meine Aufwartung machen, wenn ich darf.»

«Aber doch nicht jetzt», mischte sich Gesche ein, bevor Fanny antworten konnte. «Wir sind gerade erst angekommen und sehr erschöpft von der Reise.» Sie lächelte gezwungen. «Vielleicht können Sie morgen wiederkommen, da würde es besser passen.»

«Also wirklich!» Dorothea Eggers warf Gesche einen eisigen Blick zu. «Für eine kurze Unterredung ist Franziska sicher nicht zu müde. Schließlich wartet Herr Riklof schon über eine Stunde auf sie.»

«Ich werde Sie auch nicht lange aufhalten», versprach Jan Riklof und hielt Fanny seinen Arm hin. «Bitte, schenken Sie mir ein paar Minuten Ihrer Zeit, seien Sie doch so freundlich. Wir haben etwas zu besprechen, das wissen Sie ja.»

Fanny starrte ihn zuerst nur an. Doch dann hakte sie sich bei ihm ein und ließ sich von ihm ins Pensionat führen. Frau Eggers lief hinter ihnen her und verschwand mit ihnen im Haus.

«Aber ...» Hilflos sah Nora ihnen nach und wandte sich dann an Gesche. «Das geht doch nicht! Er kann Fanny doch nicht einfach so überfallen!»

«Und Frau Eggers macht da auch noch mit», beschwerte sich Agnes. «Aber die war ja noch nie auf unserer Seite.»

Gesche kommentierte das nicht. «Kommt, wir gehen rein», sagte sie und geleitete die drei Mädchen in die Halle.

«Ich soll ausrichten, dass es im Speisezimmer Tee für Sie gibt», empfing Ellie sie und knickste. «Falls Sie sich nach der langen Reise erfrischen wollen?»

Gesche nickte und entließ das Dienstmädchen, das noch übermüdeter und erschöpfter aussah als vor ihrer Abreise.

«Wo sind die beiden denn mit Fanny hingegangen?» Lotte blickte sich um. «Oh, ich weiß, bestimmt in den Salon!»

«Den kann man vom Hof aus einsehen», sagte Nora aufgeregt. «Wir könnten uns unter den Kirschbaum setzen. Vielleicht hilft es Fanny, wenn sie uns sieht.»

Gesche wollte auch nicht, dass Fanny sich alleingelassen fühlte. Aber sie wusste, dass die Vorsteherin es nicht gerne sehen würde, wenn sie sich im Hof aufhielten, und wenn sie verärgert war, dann wäre sie später, wenn Gesche mit ihr sprechen wollte, sicher noch weniger zugänglich. Deshalb schüttelte sie den Kopf.

«Nein, lass, wir warten hier drinnen», sagte sie. «Im Moment können wir nichts anderes tun, also trinken wir einen Tee und stärken uns.»

Ihre Antwort gefiel Nora nicht, das sah Gesche ihr an. Aber sie folgte ihr und den anderen hinüber ins Speisezimmer, wo sie schnell ein Stück Kuchen herunterschlang. Dann hielt es sie nicht mehr auf ihrem Stuhl, und sie ging zur Tür und öffnete sie einen Spalt, um in die Halle zu spähen.

«Was machst du denn da?», schimpfte Lotte. «Das gehört sich nicht, Nora.»

Nora machte eine unwillige Handbewegung in Lottes Richtung und blieb auf ihrem Spähposten. «Ich will wissen, wann sie wieder rauskommen», sagte sie, und Gesche rief sie nicht zurück.

Nach einer Viertelstunde wurde Nora unruhig. «Riklof ist in der Halle», berichtete sie flüsternd. «Er geht wieder.»

«Und Fanny?», fragte Agnes. «Ist sie auch da?»

«Nein, er ist allein.»

«Wahrscheinlich redet sie noch mit Frau Eggers», vermutete Gesche. «Nun setz dich wieder, Nora. Die beiden kommen sicher zu uns, sobald sie fertig sind.»

Nur widerwillig folgte Nora ihrer Anweisung und kehrte zum Tisch zurück. Doch auch nach einer weiteren halben Stunde, als sie den Tee ausgetrunken und den Kuchen gegessen hatten, war Fanny noch nicht aufgetaucht.

«Am besten geht ihr nach oben in euer Zimmer und helft mit, eure Sachen auszupacken», ordnete Gesche an.

«Aber was ist mit Fanny?», protestierte Nora. «Wir wollen doch wissen, was passiert ist!»

«Ich schicke sie zu euch rauf, sobald sie kommt», versprach Gesche. «Und jetzt geht.»

Die Mädchen murrten, aber sie folgten ihrer Anweisung. Gesche deckte rasch den Tisch ab, dann überlegte sie, ob sie vielleicht doch kurz in den Salon gehen und nachsehen sollte, was mit Fanny los war.

Doch in diesem Moment betrat Fanny allein die Halle.

«Fanny!» Gesche lief zu ihr und sah sich um. «Wo ist denn Frau Eggers?»

«Sie ist in der Küche und gibt der Köchin Anweisungen für morgen», sagte Fanny. «Da kommt Herr Riklof noch mal.»

«Also ist es noch nicht entschieden?» Gesche sah Fanny erleichtert an. «Gut. Dann kann ich gleich mit Frau Eggers reden. Und wenn du willst, spreche ich auch beim Stiftungskomitee vor. Sie können wirklich nicht von dir verlangen, dass du …»

«Das tun sie gar nicht», unterbrach Fanny sie. «Frau Eggers sagt, das Stiftungskomitee überlässt die Entscheidung mir.»

«Wirklich?» Gesche konnte es kaum fassen. «Aber das ist ja großartig! Dann musst du ihn also gar nicht heiraten?»

«Nein», erwiderte Fanny mit ernster, sehr entschlossener Miene. «Aber ich werde es tun. Ich habe den Antrag angenommen. Jan Riklof und ich heiraten in drei Wochen.»

28

«Wie kannst du nur?» Nora saß im Hinterzimmer des Schneidersalons auf einem der schmalen Sessel und sah Fanny, die im Brautkleid auf einem kleinen Hocker stand, vorwurfsvoll an. Sie war wie immer mit zur Anprobe gekommen, damit Fanny nicht so allein war. Doch die Sache mit der Hochzeit wollte ihr nach wie vor nicht in den Kopf. «Wirklich, ich verstehe das nicht!»

Fanny, die ihre Arme ausgestreckt hielt, damit die Schneiderin die Seitennähte abstecken konnte, lächelte traurig, so wie meistens, wenn Nora dieses Thema ansprach. «Das habe ich dir doch schon erklärt», sagte sie müde. «Es ist besser für mich. Dann bin ich versorgt.»

«Das sagst du, weil Frau Eggers dir das eingeredet hat!» Nora sprang auf. «Und selbst wenn es stimmt – willst du wirklich den Rest deines Lebens mit diesem Riklof verbringen? Das kann doch nicht dein Ernst sein!»

Fanny sah sie warnend an und deutete mit dem Kinn auf die Schneiderin. «Vielleicht besprechen wir das, wenn wir allein sind?»

Mit einem tiefen Seufzen ließ Nora sich wieder auf den Sessel fallen. Es machte sie verrückt, dass sie ihre Freundin in diesem einen Punkt anscheinend nicht erreichen konnte. Das ging schon so, seit Fanny vor zwei Wochen nach dem Gespräch mit Riklof und Frau Eggers in ihr gemeinsames Zimmer zurückgekehrt war und verkündet hatte, dass sie Riklof heiraten würde. Und sosehr Nora es auch versuchte, ihre Freundin war nicht davon abzubringen.

Riklof, der auf eine baldige Hochzeit drängte, hatte Fanny einen hohen Geldbetrag zur Verfügung gestellt, mit dem sie sich nicht nur für die Feier selbst, sondern auch für die Zeit danach ausstatten sollte. Und so verbrachte sie die Nachmittage bei der Schneiderin oder beim Einkaufen, immer begleitet von Fräulein Petersen oder einer Angestellten von Jan Riklof, die er für diesen Zweck vorbeischickte. Nora, Lotte und Agnes kamen auch öfter mit und staunten darüber, was Fanny sich nun leisten konnte. Für Lotte war deshalb völlig klar, dass Fanny die richtige Entscheidung getroffen hatte, und Agnes nahm es hin, obwohl sie es falsch fand. Einzig Nora war immer noch strikt dagegen und verzweifelt, weil der Termin immer näher rückte. Sie waren alle drei zur Hochzeit eingeladen, genau wie Fräulein Petersen und Frau Eggers. Aber Nora graute davor.

«Na, wie weit seid ihr?» Fräulein Petersen, die sie zur Anprobe begleitet hatte, betrat das Hinterzimmer. Sie hatte sich kurz verabschiedet, um etwas zu besorgen, und als sie Fanny jetzt in ihrem duftigen weißen Spitzenkleid sah, lächelte sie anerkennend.

«Du siehst wirklich fantastisch aus, Fanny», lobte sie. «Du wirst eine wunderschöne Braut sein.»

Fanny bedankte sich lächelnd, doch dann wurde sie wieder ernst. «Sie kommen doch zu meiner Hochzeit?» Ihre Stimme klang plötzlich ängstlich, und sie sah sich zu Nora um. «Und du auch? Und die anderen? Ihr lasst mich nicht im Stich, nur weil ihr nicht möchtet, dass ich heirate?»

«Natürlich kommen wir», sagte Fräulein Petersen. «Ich habe mir sogar schon ein Kleid besorgt. Ich muss es noch umnähen, aber es wird schon gehen.»

Die Schneiderin, die bis jetzt nur stumm zugehört hatte, wurde bei der Bemerkung aufmerksam. «Dann ist es wohl von der Stange?» Sie schüttelte missbilligend den Kopf. «Entschuldigen Sie, dass ich mich einmische, aber mir blutet jedes Mal das Herz, wenn ich diese schlecht sitzende Kaufhausware sehe. Mode ist individuell, sage ich immer.» Sie wandte sich an Fräulein Petersen. «Wo haben Sie das Kleid denn gekauft?»

Die Lehrerin errötete leicht. «Ich ... habe es aus einer Kleidersammlung», gestand sie. «Im Moment muss ich sehr sparsam sein.»

Nora starrte sie überrascht und auch ein bisschen entsetzt an. Natürlich war ihr aufgefallen, dass Fräulein Petersen immer dieselben Kleider trug. Aber sie hatte geglaubt, das sei so etwas wie ihre Lehrerinnenuniform. Darauf, dass sie gar nichts anderes besaß, war sie nicht gekommen.

«Ich kann Ihnen ein Kleid kaufen», sagte Fanny, die ähnlich erschrocken wirkte. «Wirklich, Jan hat gesagt, dass es mein Geld ist und dass ich damit machen kann, was ich will. Vielleicht kann die Schneiderin direkt etwas für Sie entwerfen. Das wäre doch ...»

«Nein, Fanny», unterbrach Fräulein Petersen sie. «Das könnte ich nicht annehmen. Und das möchte ich auch nicht. Ich habe ein Kleid, und das werde ich auf deiner Hochzeit tragen.»

Fanny nickte, aber ihre Augen glänzten, so als müsste sie Tränen zurückhalten.

«Danke. Es ist mir wirklich wichtig, dass Sie kommen», sagte sie und zuckte unsicher mit den Schultern. «Ich glaube, allein schaffe ich das alles nicht.»

Nora wunderte sich über Fannys plötzlichen Ausbruch, aber sie war auch irgendwie erleichtert, dass ihre Freundin offenbar doch nicht so kühl und gefühllos war, wie es in den letzten zwei Wochen den Anschein gehabt hatte.

Nach der Anprobe verließen sie das Schneideratelier und machten sich auf den Weg zurück zur Großen Petersgrube. Es war schon früher Abend, und nach einem heißen Tag wurde es langsam etwas kühler. Nora hängte sich bei Fanny ein und sah sie an. «Können wir jetzt darüber reden?»

«Worüber?» Fannys Lächeln erlosch, als sie begriff, worauf Nora hinauswollte. «Nein, ich will nicht darüber reden. Du verstehst es ja doch nicht.»

«Versuch es», bat Nora. «Erklär mir, wieso es besser für dich ist, mit gerade siebzehn einen Mann zu heiraten, den du im Grunde gar nicht kennst und der fast zwanzig Jahre älter ist als du. Tust du es, weil du Angst hast, dass die Stiftung dir vielleicht doch das Stipendium entzieht?»

Fanny blieb stehen und starrte Nora an. «Ja, vielleicht», sagte sie. «Auch. Aber vor allem tue ich es, weil ich dann endlich wieder jemand bin, Nora. Weil dann diese ganze Angst aufhört, diese ständige Unsicherheit.» Ihre Unterlippe zitterte. «Der Stiftungsrat war vielleicht diesmal gnädig und hätte mir die Wahl gelassen, aber wer weiß, wie lange das hält. Du hast ja keine Ahnung, wie schrecklich es ist, immer das arme, abhängige Waisenkind zu sein, das Rechenschaft ablegen muss für alles. Ich will das nicht mehr, Nora, ich will endlich frei sein.»

Bestürzt sah Nora sie an. «Aber du bist doch nicht frei», sagte sie. «Wenn du diesen Riklof heiratest, dann bestimmt er über dich, und ich weiß nicht, ob das besser ist. Warum wartest du nicht, bis du einen Mann findest, der besser zu dir passt?»

Fanny wandte den Kopf ab und ging weiter, aber Nora erkannte, dass in ihren Augen Tränen schimmerten.

«Ich hätte gerne die Wahl, glaub mir. Aber ich bin keine

Grafentochter. Ich kann nicht von Stallburschen oder Werftarbeitern träumen, ich muss nehmen, wen ich bekommen kann», sagte sie. «Deshalb heirate ich Riklof. Und jetzt lass mich endlich in Ruhe.»

Sie beschleunigte ihre Schritte und lief ein Stück voraus. Nora hingegen wurde langsamer, und Fräulein Petersen, die hinter ihnen gegangen war, schloss zu ihr auf. Sie musste den Streit mitbekommen haben, denn sie legte Nora eine Hand auf die Schulter. «Fanny meint das nicht so», sagte sie. «Sie ist verunsichert.»

«So wirkt sie aber nicht», sagte Nora und sah verzweifelt hinter Fanny her. «Wieso will sie denn unbedingt in ihr Unglück rennen?»

«Offensichtlich ist es für sie ein größeres Unglück, weiter das arme Waisenmädchen zu sein», erwiderte Fräulein Petersen. «Das müssen wir akzeptieren, Nora. Es ist Fannys Entscheidung, und ich glaube nicht, dass sie ihr leichtfällt.»

Sie legte Nora eine Hand auf den Rücken und schob sie hinter Fanny her, die schon ein ziemliches Stück vorgelaufen war. «Deswegen solltest du aufhören, sie zu kritisieren, und lieber für sie da sein. Sie braucht immer noch deine Unterstützung, Nora. Deine und die der anderen. Vielleicht mehr denn je.»

Betroffen sah Nora zu der Lehrerin auf. «Das stimmt», sagte sie. «Ich rede mit ihr.»

Doch als sie das Pensionat erreicht hatten, läutete es gerade zum Abendessen. Am Tisch war Fanny schweigsam und redete nicht mit Nora. Außerdem bat sie kurz vor Ende des Essens darum, aufstehen zu dürfen. Die Vorsteherin, die seit der Verlobung mit Riklof sehr nachsichtig mit Fanny war, gestattete es, und Fanny verließ das Speisezimmer vor den anderen Mädchen. Als Nora, Agnes und Lotte nach dem Essen nach oben kamen, war sie jedoch nicht in ihrem gemeinsamen Zimmer.

«Wo kann sie denn sein?», fragte Nora, die sich Sorgen machte.

«Habt ihr euch gestritten?», wollte Agnes wissen, der Fannys Schweigen nicht entgangen war.

Nora nickte. «Ich habe ein paar dumme Sachen gesagt und will mich bei ihr entschuldigen. Ich gehe sie suchen.»

«Ich komme mit», erklärte Agnes, und Lotte wollte ebenfalls dabei sein, deshalb traten sie zu dritt in den Flur.

«Eigentlich kann sie nur im Nähzimmer, in der Bibliothek oder in der Küche sein», meinte Lotte.

Sie einigten sich darauf, es zuerst in der Bibliothek zu versuchen, die im Gegensatz zu der auf Gut Rosenhagen eher klein und gemütlich war und in der es immer ein bisschen verstaubt roch. Als sie ankamen, brannte die kleine Lampe auf dem Lesetisch neben dem großen Ohrensessel.

«Fanny?», rief Nora. «Fanny, bist du hier?»

Es kam keine Antwort, aber als sie lauschte, hörte Nora etwas. Sie ging dem Geräusch nach und fand ihre Freundin in einer dunklen Ecke ganz in der Nähe des Fensters. Dort saß sie auf dem Boden, hatte die Knie angezogen und die Arme darum geschlossen, so als wollte sie sich ganz klein machen. Und sie weinte leise, aber so heftig, dass ihre Schultern bebten.

«Ach, Fanny, nein!» Nora kniete sich neben sie und zog ihre Freundin in ihre Arme. «Weinst du meinetwegen? Es tut mir leid, was ich gesagt habe! Ich verstehe das jetzt alles, und ich bin gekommen, um mich zu entschuldigen. Bitte sei mir nicht böse, es war dumm von mir!»

Fanny schüttelte den Kopf. «Ich ... bin dir nicht böse», stammelte sie, immer wieder von Schluchzern unterbrochen, und sah auch Agnes und Lotte an, die sich zu ihr und Nora gehockt hatten. «Ich bin nur traurig. Ich hab euch lieb. Und ich will euch nicht verlieren. Aber das werde ich, weil ich nächste Woche weggehe.»

«Du verlierst uns doch nicht, Fanny», versicherte Nora ihr. «Wir kommen dich besuchen.»

Agnes nickte. «Ganz oft. Und dann erzählen wir dir, wie es in der Schule war. Dann ist es, als wärst du noch dabei.»

«Und du kannst uns auch besuchen», fügte Lotte hinzu. «Das machen einige ehemalige Schülerinnen, weißt du nicht mehr, wir haben doch schon welche bei Frau Eggers gesehen.»

Fanny hörte auf zu weinen und verzog das Gesicht zu einem schiefen, verzweifelten Lächeln. «Und was ist, wenn es mir nicht gefällt, verheiratet zu sein?», sagte sie leise. «Was soll ich dann tun? Ich möchte Riklof heiraten, aber ein bisschen Angst habe ich schon.»

Nora war erleichtert, dass Fanny ihre Zweifel endlich zugab. Und im ersten Moment wollte sie schon wieder schimpfen und ihr sagen, dass sie es lassen sollte. Doch sie dachte an das, was Fräulein Petersen gesagt hatte.

«Dann stehen wir dir bei, Fanny», sagte sie. «Wir sind für dich da. Dafür hat man doch Freundinnen.»

Die anderen beiden nickten, doch es schien Fanny nicht aufzumuntern. Sie wirkte immer noch bedrückt.

«Aber ihr seid nur noch bis zum nächsten Sommer hier», sagte sie. «Spätestens dann werden wir in alle Winde zerstreut.»

«Wir können trotzdem zusammenhalten», erwiderte Nora. «Wir können uns schreiben und besuchen und helfen, wenn es einer von uns schlecht geht.»

«Das stimmt.» Agnes nickte. «Wir bleiben einander treu, auch wenn unsere Wege sich trennen. Nicht wahr, Lotte?»

Lotte nickte, ganz ergriffen von dem Moment. «Wir lassen einander nicht im Stich. Niemals.»

Nora sah Fanny lächeln, aber sie hatte das Gefühl, dass sie es noch nicht wirklich glaubte. Und sie wollte so gerne, dass ihre Freundin wieder ein bisschen Mut fasste.

«Wir könnten es uns schwören.» Sie hielt kurz inne, während eine Idee in ihrem Kopf Gestalt annahm. «Wir schließen einen heiligen Bund. Dann gehören wir wirklich für immer zusammen.»

«Einen Bund? Wie spannend», rief Agnes aufgeregt. «Wann schließen wir ihn denn? Heute Nacht?»

«Warum nicht?» Nora spann ihre Idee weiter und sah das alles schon vor sich. «Wir werden es um Mitternacht tun, unten im Hof. Und wir werden ein Zeichen setzen für unseren Bund. Den Bund der Frühlingstöchter!»

«Frühlingstöchter?» Lotte rümpfte die Nase. «Was ist denn das für ein komischer Name?»

«Was tut ihr denn hier?», fragte eine Stimme, und als sie erschrocken herumfuhren, stand Fräulein Petersen mit gerunzelter Stirn in der Bibliothek. «Ihr solltet doch längst im Bett liegen!»

«Ich erkläre es euch gleich», flüsterte Nora den Mädchen zu und lächelte Fanny aufmunternd an, während sie mit der Lehrerin die Bibliothek verließen.

Sie würde alles tun, damit ihre Freundin keine Angst mehr hatte, und die Idee mit dem Bund der Frühlingstöchter gefiel ihr selbst. Der Name klang stark und hoffnungsvoll. Und Stärke und Hoffnung können wir gerade alle gebrauchen, dachte sie und schlang einen Arm um Fannys Schultern.

29

Gesche ließ den Blick über die vier Mädchen gleiten, die vor ihr an ihren Pulten saßen und in ihre Bücher sahen. Sie hatte sie gebeten, ein Gedicht zu lesen und ihre Gedanken dazu aufzuschreiben, aber keine hatte bis jetzt etwas zu Papier gebracht. Dafür gähnten sie ständig oder rieben sich die Augen.

«Wisst ihr, was ich glaube? Das ist heute vergebliche Liebesmüh!», meinte sie und lächelte amüsiert, als die vier erschrocken aufsahen. «Es ist ohnehin gleich Pause. Ihr könnt schon mal runter in den Hof gehen und ein bisschen frische Luft schnappen, vielleicht vertreibt das ja die Müdigkeit. Ich muss ohnehin noch etwas mit Mister Fullton besprechen. Aber seid leise, die anderen haben noch Unterricht.»

Das brauchte sie den Mädchen nicht zweimal zu sagen. Sie sprangen sofort auf und verließen das Klassenzimmer.

Gesche hingegen blieb am Fenster stehen und wartete, bis sie die vier im Hof sah, wo sie sich unter den Kirschbaum setzten. Nora deutete verstohlen auf eine Stelle am Baumstamm, und Gesche lächelte. Sie wusste, dass die Mädchen dort gestern etwas in die Rinde geritzt hatten, denn sie war dabei gewesen, als die «Frühlingstöchter» ihren Bund geschlossen hatten – wenn auch nur von Weitem.

Sie dachte daran, wie sie gestern zur Bibliothek gegangen war, um die Mädchen zu suchen. Die Tür hatte einen Spalt aufgestanden, und die Stimmen der Mädchen waren gut zu verstehen gewesen. So hatte sie von dem mitternächtlichen Plan erfahren.

Was passiert wäre, wenn Insa Chryse oder Dorothea Eggers an ihrer Stelle gestanden hätten, mochte Gesche sich gar nicht ausmalen. Sie dagegen hatte die Mädchen nicht nur gewähren lassen, sie war auch kurz vor Mitternacht runtergeschlichen ins Erdgeschoss, um sich einen guten Beobachtungsposten zu suchen, von dem aus sie sehen konnte, was im Hof passierte. Nicht weil sie spionieren wollte, sondern um zur Stelle zu sein und den Mädchen zu helfen, falls sie doch jemanden weckten und ihnen Strafe gedroht hätte. Doch es war zum Glück alles ruhig geblieben.

Lächelnd dachte sie an den Wortlaut des Schwurs. *Wir, die Frühlingstöchter, schwören feierlich, dass wir einander beschützen werden. Wir werden uns beistehen wie Schwestern und einander niemals im Stich lassen, so wahr uns Gott helfe.*

Gesche wusste, dass es ein bisschen vermessen war, aber sie hatte sich in dem Moment wie ein Teil des Bundes gefühlt. Die Mädchen lagen ihr wirklich sehr am Herzen, und deshalb war sie gerne länger aufgeblieben als sonst. Es war ihr nicht mal schwergefallen, denn sie fand ohnehin immer seltener Schlaf. Und wenn, dann träumte sie von Henry. Die Tatsache, dass er sich immer noch nicht gemeldet hatte, setzte ihr zu, und mit jedem Tag, der ohne Nachricht von ihm verstrich, wurde sie ein kleines bisschen verzweifelter. Warum hörte sie nichts von ihm? Sie war so sicher gewesen, dass er sein Versprechen ernst gemeint hatte, dass er ihr ganz bald schreiben und auch möglichst schnell nach Lübeck zurückkehren würde. Zwei Wochen waren zwar nicht wirklich viel Zeit, wenn man bedachte, wie lange die Post oft brauchte. Und doch ... irgendwie fühlte sich Henrys Schweigen falsch an.

Mit einem Seufzen wandte Gesche sich vom Fenster ab und verließ den Klassenraum, der im Erdgeschoss lag. Sie wollte nach oben ins Musikzimmer, deshalb hielt sie auf die Treppe zu, von wo ihr das Dienstmädchen Ellie entgegenkam.

Gesche wollte ihr zunicken und weitergehen, doch sie hielt inne, weil die junge Frau ganz plötzlich eine Hand vor den Mund schlug und mit entsetztem Gesicht an Gesche vorbeirannte.

«Alles in Ordnung?», fragte sie erschrocken und sah dem Dienstmädchen nach. Sie überlegte kurz, aber dann folgte sie Ellie, die in Richtung Küche gelaufen war.

Als Gesche die Küche betrat, kauerte Ellie vor einem der Mülleimer und übergab sich heftig. Die Köchin Anna, die am Küchentisch Teig knetete, zuckte nur mit den Schultern. «Sie ist magenkrank», sagte sie. «Da kann man nichts machen.»

Gesche ging zu dem Dienstmädchen, das sich jetzt mit einem Tuch, das die Köchin ihr gereicht hatte, den Mund abwischte.

«Das tut mir leid. Geht es Ihnen jetzt besser?», fragte sie und legte Ellie eine Hand auf die Schulter, die diese jedoch sofort wieder abschüttelte.

«Es geht schon», sagte sie unwillig. «Ich habe mir nur den Magen verdorben.»

«Das stimmt nicht, sie ist krank», sagte Anna. «So geht das schon die ganze Woche. Jeden Morgen übergibt sie sich in die Tonne. Und weiß wie die Wand ist sie auch schon wieder. Demnächst fällt sie uns noch um.»

Gesche und Ellie tauschten einen langen Blick.

«Es geht wieder», versicherte Ellie und verließ die Küche.

Die Köchin nahm davon kaum Notiz, sie war mit ihrem Teig beschäftigt und schien auch sonst nicht sehr aufmerksam zu sein. Oder erkannte sie diese Anzeichen wirklich nicht?

Gesche eilte dem Dienstmädchen nach und holte sie in der Halle ein. «Ellie», begann sie vorsichtig. «Sie sind doch nicht etwa ...»

Sie wagte nicht, das Wort ‹schwanger› auszusprechen, aber sie war fast sicher, dass das der Grund für Ellies «Magenverstimmung» war. Am Roquetteschen Seminar hatte sie eine Mitschülerin gehabt, die sich ebenfalls wochenlang jeden Morgen übergeben musste – und dann erfahren hatte, dass sie «guter Hoffnung» war.

Dieser Ausdruck war in Ellies Fall wenig zutreffend, denn wenn sie wirklich ein Kind erwartete, dann hatte das schreckliche Konsequenzen. Dorothea Eggers würde sie sofort hinauswerfen, und als unverheiratete Mutter würde sie keine Anstellung mehr finden. Es war eine Katastrophe, und das schien Ellie auch sehr wohl bewusst zu sein, denn Gesche sah die Panik in ihren Augen.

«Wer ist denn der Vater?», fragte sie sanft.

Ellie senkte den Kopf. «Hans. Er hat gesagt, dass er sich um mich kümmert, falls etwas passiert. Aber nun ist er weg und meldet sich nicht mehr.» Sie blickte wieder auf und griff nach Gesches Händen. «Bitte, sagen Sie nichts, Fräulein Petersen», flehte sie. «Verraten Sie mich nicht an Frau Eggers. Bitte! Ich finde eine Lösung.»

Gesche nickte. Sie hatte Tränen in den Augen, genau wie Ellie. Denn eigentlich wussten sie beide, dass es keine Lösung gab. Wenn Ellie das Kind bekam, verlor sie ihre Existenz. Und ein künstlicher Abbruch der Schwangerschaft war nicht nur strafbar, sondern auch, je nachdem, wie er durchgeführt wurde, mit hohen Risiken für Ellies Gesundheit behaftet.

«Ich werde nichts sagen», versprach Gesche. «Aber Ellie, Sie müssen mir versprechen, dass …»

Sie zuckten beide erschrocken zusammen, als sich die Tür von Dorothea Eggers Büro öffnete und die Vorsteherin mit einer blonden jungen Frau in die Halle trat. Die beiden unterhielten sich angeregt, während sie zusammen zur Eingangstür gingen, doch dann entdeckte Dorothea Eggers, dass Ellie bei Gesche stand, und runzelte irritiert die Stirn.

«Danke», flüsterte Ellie und eilte weiter. Gesche sah ihr nach, dann setzte auch sie ihren Weg in den ersten Stock fort.

Schwanger, dachte sie beklommen und legte eine Hand auf ihren Bauch. Darüber, dass sie das auch sein konnte, hatte sie noch gar nicht nachgedacht. Sie fühlte sich wie immer, aber sie hatte auch keine Ahnung, ab wann man merkte, dass man in anderen Umständen war. Was, wenn sie ein Kind von Henry erwartete?

Der Gedanke, dass es ihr dann nicht viel besser ergehen würde als Ellie, durchzuckte sie eisig, und ihr Wunsch, dass Henry sich endlich melden würde, wurde noch drängender. Aber sie konnte nur warten und musste hoffen, dass Henry, anders als Hans, zu seinem Wort stand.

Die große Standuhr in der Ecke der Halle schlug zur vollen Stunde und verkündete damit den Beginn der ersten Pause. Sofort öffneten sich überall im Haus Türen, und man hörte die eiligen Schritte und das Geplauder der jüngeren Mädchen, die nach unten strömten, um sich draußen unter dem Kirschbaum vom Unterricht zu erholen.

Einige von ihnen kamen auch aus dem Musikzimmer, das Gesche inzwischen erreicht hatte. Sie ließen die Tür offen stehen, und als Gesche hineinblickte, sah sie James Fullton vor dem Klavier. Er notierte gerade etwas auf einem Stück Notenpapier.

«Mister Fullton?» Gesche betrat den Raum. «Darf ich Sie kurz stören?»

Der junge Mann sah sich zu ihr um, und ein strahlendes Lächeln erschien auf seinem Gesicht.

«Aber natürlich! Kommen Sie!», sagte er. «Was kann ich für Sie tun?»

Gesche betrat den Raum und überlegte, wie sie ihre etwas heikle Bitte formulieren sollte.

«Es geht um einen Gefallen», sagte sie. «Ich hätte gerne etwas, das ich mir nicht selbst besorgen kann. Und deshalb wollte ich fragen, ob Sie das vielleicht für mich tun könnten. Es ist etwas ... ungewöhnlich. Aber Sie sind der Einzige, den ich ...»

«Sagen Sie mir doch erst mal, worum es geht», unterbrach er sie lächelnd. «Ich bin sicher, dass ich Ihnen dann helfen kann.»

Gesche atmete noch einmal tief durch.

«Es geht um Fanny», begann sie. «Ich möchte ihr gerne ...»

«Mister Fullton, hätten Sie vielleicht kurz Zeit, mit mir ...» Insa Chryse kam herein und hielt inne, als sie Gesche bei dem Englischlehrer sah. «Oh, tut mir leid.»

«Ich bin gerade im Gespräch mit Fräulein Petersen», sagte James Fullton. «Hat es vielleicht noch einen Moment Zeit?»

«Natürlich», erwiderte Insa mit einem knappen Lächeln und rauschte wieder aus dem Raum.

Gesche stöhnte leise und zuckte mit den Schultern, als James Fullton sie fragend ansah.

«Tut mir leid, aber ich habe irgendwie immer das Gefühl, dass Fräulein Chryse böse auf mich ist, wenn ich mit Ihnen spreche. Offenbar hat sie Angst, dass ...» Sie suchte nach den richtigen Worten. «Sie scheint es nicht gut zu finden, wenn wir freundlich zueinander sind.»

«Ich wüsste nicht, dass ich Fräulein Chryse Rechenschaft darüber schuldig bin, mit wem ich mich unterhalte.» Für seine Verhältnisse sah James Fullton überraschend verärgert aus. «Und ich kann Ihnen versichern, dass das Interesse einseitig ist.»

Gesche hatte das schon vermutet und empfand kurz Mitleid mit ihrer Kollegin, die sich sicher Hoffnungen darauf machte, dass sich etwas zwischen ihr und dem Englischlehrer entwickeln könnte.

Fullton räusperte sich. «Was ist denn nun mit Fanny Grape?»

«Ach so, ja.» Gesche zögerte. «Sagt Ihnen der Name Paolo Mantegazza etwas?»

Seine Augen wurden groß. «Natürlich! Aber seine Bücher sind ... speziell.» Er musterte sie überrascht und auch ein bisschen skeptisch, fast so, als könnte er nicht glauben, dass sie überhaupt von der Existenz der Aufklärungsbücher des italienischen Arztes wusste. «Sie ziehen doch hoffentlich keines davon als Lektüre für die Schülerinnen in Erwägung?»

«Nicht für alle, nein», entgegnete Gesche und hielt seinem Blick stand. «Aber ich denke, für Fanny Grape wäre es sehr hilfreich.»

Sie hatte Fanny gestern Nacht im Hof im Kreis ihrer Freundinnen gesehen und sich spontan vorgenommen, noch mehr dafür zu tun, dass sie nicht naiv in die Ehe ging. Zuerst hatte sie überlegt, das Thema im Unterricht anzusprechen, aber sie befürchtete, dass Lotte ihrem Vater davon erzählen würde. Sie konnte Dinge schlecht für sich behalten, und Gesche mochte sich die Reaktion von Senator Dabel lieber nicht ausmalen. Das hätte dem Pensionat schaden können, deshalb blieb nur eine andere Möglichkeit: Gesche musste Fanny die Schriften von Mantegazza zugänglich machen, die auch ihr bereits alles Wissenswerte vermittelt hatten. Zumindest in der Theorie, dachte sie und seufzte innerlich, als sie an ihre Nacht mit Henry dachte. Dass die Erfahrung für Fanny ähnlich angenehm werden würde, wagte Gesche zu bezweifeln. Aber wenigstens würde das Mädchen dann nicht vollkommen ahnungslos sein.

«Ich denke, da Fanny in nicht mal mehr einer Woche bereits eine Ehefrau sein wird, kann es doch nicht schaden, sie auch in dieser Hinsicht zu bilden. Denken Sie nicht?»

James Fullton errötete. «Ich weiß nicht», sagte er. «Ist Ihnen klar, dass Fanny Schwierigkeiten bekommt, wenn ihr Mann dieses Buch bei ihr findet?»

«Ja, das ist mir bewusst», erwiderte Gesche. «Aber ich denke, es ist das Risiko wert.» Sie blickte ihn flehend an. «Bitte, würden Sie mir ein oder zwei von Mantegazzas Büchern besorgen? Tun Sie es für Fanny, ich glaube, es wird ihr helfen.»

James Fulltons stieß stöhnend die Luft aus. «Also gut», sagte er. «Aber ich tue es nicht für Fanny, sondern für Sie, Fräulein Petersen.» Der Ausdruck in seinen Augen wurde weich, und Gesche begriff plötzlich, dass seine Freundlichkeit ihr gegenüber weiter ging, als sie erwartet hatte. Für Insa Chryse hegte er vielleicht keine Gefühle, für sie jedoch offenbar schon.

Er lächelte unsicher. «Ich will Sie damit keinesfalls erschrecken, Fräulein Petersen, aber vielleicht ist es eine gute Gelegenheit, Ihnen zu sagen, dass …»

«Ach, hier sind Sie!» Dorothea Eggers platzte so unvermittelt in das Musikzimmer, dass Fullton und Gesche erschrocken zusammenzuckten.

Gesche war jedoch ganz froh über die Unterbrechung, denn das Geständnis, das James Fullton ihr gerade hatte machen wollen, hätte sie in Verlegenheit gebracht. Schließlich war sie vergeben, auch wenn das offiziell noch niemand wusste …

«Stellen Sie sich vor, Graf von Jagow hat sich verlobt!»

Die Worte der Vorsteherin drangen nur langsam zu Gesche vor.

«Was, Henry?» Ihr Herz raste plötzlich. «Ich meine … Graf Henry von Jagow?»

Dorothea Eggers nickte. «Ja natürlich, wer denn sonst? Elise Küppers hat es mir erzählt. Sie ist die Tochter von Friedrich Küppers, einem der reichsten Kaufleute in ganz Lübeck, und hat hier vor ein paar Jahren die Abschlussklasse absolviert. Die Gute kommt regelmäßig auf einen Plausch vorbei, wenn sie in der Nähe ist.»

Gesche dachte an die junge blonde Frau, die sie eben bei Dorothea Eggers gesehen hatte. Und sie erinnerte sich auch, dass sie den Namen Küppers schon einmal gehört hatte. Hieß so nicht der Mann, vor dessen Haus sie bei ihrem Ausflug mit Henry gehalten hatten? Henry kannte den Kaufmann also und dann vermutlich auch seine Tochter. Was es zu Gesches großer Bestürzung wahrscheinlicher machte, dass es stimmte, was diese Frau Eggers berichtet hatte.

«Elise sagt, die beiden wollen es noch eine Weile geheim halten», berichtete Dorothea Eggers. «Aber ich schätze, da der Graf jetzt wieder in Lübeck ist, wird es sich schon bald herumsprechen. Und ich gehöre zu denen, die schon Bescheid wissen!» Sie grinste breit und wirkte äußerst zufrieden. «Er macht eine gute Partie, unser Graf. Die Glückliche ist nämlich eine Baroness, und sie soll sehr wohlhabend sein.»

«Luise von Babenreuth», entfuhr es Gesche.

«Ja, genau, so heißt sie.» Dorothea Eggers sah sie überrascht an. «Woher wissen Sie das?»

«Sie kam mit ihrer Mutter auf dem Gut an, als ich mit den Mädchen dort war», erklärte Gesche.

«Und?», fragte Dorothea Eggers. «Ist sie hübsch?»

Gesche nickte beklommen. Ihr war plötzlich schlecht.

«Das wird bestimmt eine sehr große Hochzeit.» Die Augen der Vorsteherin leuchteten. «Vielleicht werden wir sogar eingeladen! Das könnte immerhin sein, wo Sie sich doch so gut mit dem Grafen verstehen. Dann würden wir bestimmt viele wichtige Leute kennenlernen.»

Gesche erwiderte nichts. Und sie konnte auch nicht länger mit Dorothea Eggers über Henry sprechen, denn sie hatte Angst, die Fassung zu verlieren.

«Entschuldigen Sie mich, mir ist gerade eingefallen, dass ich noch etwas aus meinem Zimmer holen muss», log sie und blickte noch einmal zu James Fullton, der sie mit unglücklichem Gesichtsausdruck musterte. Dann verließ sie den Raum und rannte nach oben.

Sobald sich ihre Zimmertür hinter ihr geschlossen hatte, lehnte sie sich mit dem Rücken dagegen und ließ sich daran hinuntergleiten, eine Hand vor den Mund gepresst, um das Schluchzen aufzuhalten, das unaufhaltsam in ihr hochdrängte.

Henry war verlobt? Nein, das konnte sie nicht glauben! Das hatte diese Elise Küppers falsch verstanden. Es war nicht möglich, dass er sie in der kurzen Zeit einfach vergessen hatte. Oder doch? Beklommen dachte sie an die Geschichten, die sie anfangs über Henry gehört hatte. Dass er ein Frauenheld war und Affären mit Schauspielerinnen hatte. Vielleicht versprach er das, was er ihr versprochen hatte, jeder Frau, an der er interessiert war? Der Gedanke war so schrecklich, dass Gesche ihn fortschob. Nein, es musste sich um ein Missverständnis handeln, und das würde sie aufklären, und zwar so schnell wie möglich.

Sie zwang sich aufzustehen. Ihr blieb nichts anderes übrig, denn gleich würde der Unterricht weitergehen.

Wie sie es schaffte, den Rest des Vormittags zu überstehen, hätte sie hinterher nicht mehr sagen können. In Gedanken war sie die ganze Zeit bei Henry. Nach dem Mittagessen ging sie zu Frau Eggers und bat darum, von der Nachmittagsaufsicht befreit zu werden, um, wie sie vorgab, noch etwas für Fannys Hochzeit zu besorgen. Doch als sie das Pensionat verließ, ging sie nicht in die Königsstraße oder die Breite Straße, wo man gut einkaufen konnte, sondern direkt zur Beckergrube.

Die Villa mit der hübschen Fassade, in der Henry wohnte, lag fast direkt neben dem Casino-Theater. Als Gesche dort ankam, stand sie einen Moment lang unschlüssig vor dem Eingang. Doch dann gab sie sich einen Ruck. Sie musste einfach wissen, ob etwas dran war an dem, was Dorothea Eggers ihr berichtet hatte! Ich werde es in seinen Augen sehen, wenn er vor mir steht, dachte sie, während sie an die Tür klopfte, und spürte, wie ihre Brust eng wurde, als eine ältere Frau mit roten Haaren die Tür öffnete, die sie ein bisschen an die Köchin von Gut Rosenhagen erinnerte.

«Ja, bitte?», fragte die Frau mit strengem Gesicht.

«Ich möchte zu Graf von Jagow», sagte Gesche mit fester Stimme. «Ist er zu sprechen?»

«Wer ist denn da, Frau Jacoby?», fragte eine Stimme, und einen Moment später erschien Henry an der Tür. Er hatte Schatten unter den Augen und wirkte angespannt. Als er Gesche sah, breitete sich ein Lächeln auf seinem Gesicht aus.

«Ich mache das schon, Frau Jacoby», sagte er und bedeutete seiner Haushälterin, sich zurückzuziehen. «Was machst du hier?», fragte er Gesche, als sie allein waren.

«Ich habe gehört, dass du wieder in der Stadt bist», sagte sie und konnte nicht verhindern, dass ihre Stimme vorwurfsvoll klang.

«Seit zwei Tagen, ja», bestätigte er und fuhr sich mit der Hand durch das Haar. «Ich wollte bald kommen. Aber im Moment ist hier so viel ...»

«Und ich habe auch gehört, dass du mit der Baroness von Babenreuth verlobt sein sollst», fuhr Gesche fort. «Aber das stimmt nicht, oder, Henry?»

Sie sah die Antwort in seinen Augen und spürte einen scharfen Stich in der Brust. Ungläubig schüttelte sie den Kopf und wich vor ihm zurück.

«Gesche, bitte, das habe ich dir doch erklärt», sagte er erschrocken.

«Mir erklärt?», fragte sie, immer noch fassungslos. «Ich habe dich seit unserer Abreise aus Rosenhagen nicht mehr gesehen, Henry!»

«Ich habe dir geschrieben, direkt nach der Verlobung», sagte er. «Hast du den Brief nicht bekommen?»

«Einen Brief?», fragte sie ungläubig und spürte heiße Wut in sich aufsteigen. «Und das war's? Ein paar Zeilen? Mehr bin ich dir nicht wert nach allem, was war und was du mir versprochen hast?» Sie spürte, wie Tränen in ihre Augen schossen, und wandte sich ab.

Sie lief in Richtung Theater, aber sie kam nicht weit, denn vor dem Eingang holte Henry sie ein.

«Es waren nicht nur ein paar Zeilen», sagte er. «Ich habe dir einen langen Brief geschrieben und dir darin alles erklärt.» Er schüttelte den Kopf. «Mein Vater muss ihn abgefangen haben, wenn du ihn nicht bekommen hast.»

Sie war immer noch fassungslos. «Und du glaubst, das macht es besser? Was stand denn drin in dem Brief? Dass es dir leidtut, aber dass du jetzt doch findest, dass die Baroness besser zu dir passt?»

Henry wich ihrem Blick aus. «Nein, so ist es nicht. Ich muss die Baroness heiraten, es geht nicht anders. Aber das heißt nicht, dass ich nicht immer noch mit dir zusammen sein will.»

Gesche spürte, wie die Verzweiflung, die sie eben noch empfunden hatte, in eine heiße, sehr willkommene Wut umschlug. «Ach, dann ist das also die Lösung, die du gefunden hast? Du heiratest die Baroness, weil es besser passt, und ich soll mich da irgendwie einfügen? Als was? Deine Gespielin?» Sie schüttelte den Kopf. «Ich habe dir geglaubt, Henry. Ich dachte, du meinst es ernst mit mir.»

«Das tue ich auch!» Er griff nach ihrer Hand. «Bitte, Gesche, ich schwöre dir ...»

Sie entzog ihm die Hand wieder. «Du schwörst mir besser nichts mehr. Jetzt, wo ich weiß, was deine Schwüre wert sind, kann ich darauf gut verzichten.»

Sie ließ ihn stehen, und diesmal folgte er ihr nicht mehr. Immer weiter entfernte sie sich von ihm, und mit jedem Schritt drang die schmerzhafte Erkenntnis, dass er eine andere heiraten würde, tiefer und tiefer in ihr Herz. Irgendwann blieb sie stehen und rang nach Atem. Sie blickte sich um und sah das Portal der Marienkirche. Ohne nachzudenken ging sie hinein und setzte sich auf eine der Bänke im Kirchenschiff. Hoch über ihr wölbte sich das Dach der gewaltigen Doppelkirche und verstärkte in ihr das Gefühl, klein und unbedeutend zu sein.

Sie kam sich so dumm vor. Wie hatte sie glauben können, dass Henry sie heiraten würde? Wie hatte sie so naiv sein können, seinen Worten zu vertrauen?

Müde starrte Gesche auf den Altar. Sie fühlte immer noch Tränen in ihren Augen brennen, aber sie weinte nicht. Als die Glocken in den Türmen über ihr sechs Uhr schlugen, stand sie auf und ging zurück zum Pensionat.

«Wo waren Sie denn so lange?», beschwerte sich Dorothea Eggers pikiert, als Gesche sich in der Halle ihr Cape auszog.

«Es tut mir leid, ich habe noch ... jemanden getroffen», sagte Gesche, froh darüber, dass in diesem Moment der Gong für das Abendessen ertönte.

Sie aß, was auf ihrem Teller war, ohne etwas zu schmecken. Sobald sie konnte, verabschiedete sie sich, ging in ihr Zimmer, machte sich bettfertig und schlüpfte in ihr Nachthemd. Erst dann wurde ihr bewusst, dass sie genau dieses Nachthemd auch in der Nacht getragen hatte, als sie zu Henry gegangen war. Sie zog es wieder aus und nahm sich ein anderes. Dann schlüpfte sie in ihr Bett, und als sie zwischen den kalten Laken lag, konnte sie endlich den Schmerz zulassen, den Henrys Verrat ihr bereitete. Ein Schluchzen stieg in ihr auf, und sie hielt es nicht zurück, ließ auch endlich die Tränen zu, die ihr über die Wangen liefen. Leise weinte sie ihren ganzen Kummer heraus, bis ihr irgendwann vor Erschöpfung die Augen zufielen.

30

Fräulein Petersen?» Nora trat zu ihrer Lehrerin, die unter dem Kirschbaum auf der Bank saß und zu den jüngeren Schülerinnen hinübersah. Doch wirklich wahrzunehmen schien sie die Mädchen nicht, die gerade ihre Vormittagspause genossen, denn ihr Blick wirkte leer. Erst als Nora sie ansprach, schreckte sie auf.

«Was gibt es denn?» Sie lächelte, aber sie sah traurig aus, genau wie schon seit Tagen.

Nora setzte sich neben sie. «Ist ein Brief für mich gekommen?», fragte sie leise.

«Leider nicht», erwiderte Fräulein Petersen und strich ihr über den Arm. «Ich würde dir doch sofort Bescheid sagen, wenn ich etwas von Karl höre.»

«Ja, ich weiß.» Nora seufzte tief und kam sich dumm vor. Es war auch gar nicht so, dass sie an ihrer Lehrerin zweifelte. Aber es fiel ihr immer schwerer, geduldig zu sein. «Es ist nur, weil er doch versprochen hat, dass er sich meldet. Und jetzt ...» Unglücklich zuckte sie mit den Schultern. «Ich habe Angst, dass er mich vielleicht doch vergessen hat.»

«Das hat er ganz bestimmt nicht», versicherte ihr Fräulein Petersen. «Jemanden wie dich vergisst man nicht so schnell.»

Sie lächelte so liebevoll, dass Nora plötzlich einen Kloß im Hals hatte. «Jemanden wie Sie auch nicht, Fräulein Petersen», platzte sie heraus. «Deswegen verstehe ich nicht, wieso mein Bruder plötzlich diese Baroness heiraten will. So eine wie die hätte er schon längst haben können, wenn er das wollte. Das passt gar nicht zu ihm. Vielleicht gibt es ja einen Grund, und er hätte Ihnen das erklären können, als er hier war und mit Ihnen sprechen wollte ...»

«Du brauchst dich nicht für deinen Bruder zu entschuldigen», unterbrach Fräulein Petersen sie. «Das ist alles nicht deine Schuld. Lass uns einfach nicht mehr über ihn sprechen, ja?»

Sie wandte den Kopf ab, weil das Gespräch für sie offenbar beendet war. Doch Nora blieb sitzen. Es tat ihr weh, ihre Lehrerin so unglücklich zu sehen. Fräulein Petersen hatte ihr schon so oft geholfen und sie einmal sogar im wahrsten Sinne des Wortes gerettet. Deshalb wünschte Nora, sie könnte mehr für sie tun. Doch Fräulein Petersen wirkte, als hätte sie sich innerlich verbarrikadiert. Sie ließ niemanden mehr an sich heran.

Dass etwas mit ihr nicht stimmte, hatte Nora schon vorher bemerkt, doch erst vor drei Tagen, als Henry in die Pension gekommen war und ihr von der Verlobung erzählte, hatte sie sich einen Reim darauf machen können, was die Lehrerin quälte. Und sie verstand wirklich nicht, wieso ihr Bruder so handelte. Er hatte unglücklich gewirkt und gehetzt, doch er hatte ihr nichts erklärt, sondern nur erwähnt, dass er zwingende Gründe habe, über die er nicht sprechen könne. Und das ärgerte Nora, sehr sogar. Es war so typisch für Henry, sie wie ein Kind zu behandeln, vor dem man alles Unangenehme verbergen musste.

Henry hatte auch darum gebeten, mit Fräulein Petersen sprechen zu dürfen, doch die Lehrerin hatte sich entschuldigen lassen und war nicht gekommen.

«Und wenn es doch wichtig war?», fragte Nora. «Vielleicht hat mein Bruder ja ...»

«Lass es gut sein, Nora.» Fräulein Petersen lächelte traurig. «Es ist, wie es ist», sagte sie und wirkte so bedrückt, dass es Nora ins Herz schnitt. «Bringen wir lieber erst mal Fannys Hochzeitsfeier hinter uns. Die hält uns noch genug in Atem.»

«Henry wird auch da sein», sagte Nora und sah, wie ihre Lehrerin sich anspannte. «Aber Sie kommen trotzdem mit, oder?»

«Wir haben es Fanny versprochen», meinte Fräulein Petersen. «Und ich halte mein Wort. Also ja, wir gehen dort übermorgen zusammen hin und stehen das mit ihr durch.»

Nora nickte und ging nachdenklich zurück zu ihren Freundinnen, die in einer Ecke des Hofes beisammenstanden.

«Was wolltest du von Fräulein Petersen?», fragte Lotte neugierig. «Ihr beide habt so ernst ausgesehen.»

«Nichts Wichtiges», gab Nora ausweichend zurück. Sie hatte inzwischen zwar auch Agnes in die Geschichte um Karl eingeweiht, aber nicht Lotte. Obwohl sie befreundet waren, fehlte ihr oft das Vertrauen zu der Senatorentochter, die nicht selten völlig anderer Ansicht war als sie selbst.

«Fanny, kann ich dich mal sprechen?», bat sie und zog ihre Freundin ein Stück weg, sodass die anderen sie nicht hören konnten.

«Was ist los?», fragte Fanny erschrocken. «Geht es um Karl?»

Nora schüttelte den Kopf. «Nein, um Fräulein Petersen», erklärte sie, weil ihr plötzlich eine Idee gekommen war. «Ich möchte etwas für sie tun. Und dafür brauche ich deine Hilfe.»

Neugierig und auch ein bisschen besorgt sah Fanny sie an. «Ich würde alles für Fräulein Petersen tun, Nora, das weißt du. Aber ich heirate übermorgen. Sag mir bitte, dass es nichts damit zu tun hat.»

«Nein, hat es nicht», meinte Nora. «Oder zumindest nicht direkt. Aber es geht um die Feier nach der Trauung. Die findet doch in Riklofs Villa statt?»

Fanny nickte. «Was willst du dort denn tun?»

«Ich möchte Fräulein Petersen mit meinem Bruder zusammenbringen.»

Irritiert sah Fanny sie an. «Wie meinst du das – zusammenbringen? Als ... Paar? Aber hast du nicht gesagt, dein Bruder hat sich mit der Baroness von Babenreuth verlobt?»

«Ja, schon. Aber ich glaube, er liebt eigentlich Fräulein Petersen», erklärte Nora. «Und Fräulein Petersen liebt ihn auch. Und nun sprechen die beiden nicht mehr miteinander. Ach, das ist eine lange Geschichte. Auf jeden Fall möchte ich versuchen, die beiden bei deiner Feier in einem Raum zusammenzubringen. Und dort müssen sie dann für ein paar Minuten allein sein.» Sie hob die Hand, als Fanny protestieren wollte. «Ja, ich weiß, das gehört sich eigentlich nicht. Aber ich glaube, es ist wichtig.»

Fanny lächelte. «Weil es bei dir und Karl geklappt hat?»

Nora nickte. «Dass mein Bruder mir diese Aussprache ermöglicht hat, habe ich Fräulein Petersen zu verdanken. Er hat es nur getan, weil sie ihn dazu überredet hat. Und nun geht es den beiden ähnlich, und ich möchte mich revanchieren. Sie ist so unglücklich! Vielleicht hilft es ihr ja.»

Fanny schluckte. «Und wie stellst du dir das vor? Ich bin die Braut, Nora, ich werde den ganzen Tag im Mittelpunkt stehen. Da kann ich mich doch nicht wegschleichen.»

«Das musst du auch gar nicht.» Nora dachte nach. «Eigentlich musst du mir nur sagen, in welchen Raum ich die beiden locken kann. Und wenn sie drin sind, stelle ich mich davor und verhindere, dass jemand hineingeht.»

«Wie willst du das denn anstellen, ganz allein?» Fanny schüttelte den Kopf. «Und was willst du Agnes und Lotte sagen? Sie werden sich fragen, was du da machst. Du musst sie einweihen, wenn es funktionieren soll.»

Nora blickte zu ihren Freundinnen hinüber. «Bei Agnes habe ich keine Bedenken. Aber Lotte?»

«Sie hat es geschworen, weißt du nicht mehr?» Fanny lächelte. «Sie wird uns beschützen, uns beistehen wie eine Schwester und uns niemals im Stich lassen.»

«Das stimmt.» Nora seufzte. «Also gut, erzählen wir es ihnen.»

Sie ging mit Fanny zurück zu den anderen beiden, die ihnen neugierig entgegenblickten.

«Was heckt ihr da aus?», fragte Lotte. «Und jetzt sag nicht wieder ‹nichts Wichtiges›, das glaube ich dir nämlich nicht, so wie du aussiehst.»

«Nein, es ist sogar sehr wichtig», erwiderte Nora. «Aber es ist auch sehr geheim. Und bevor ich es euch erzähle, müsst ihr schwören, dass ihr es niemandem weitersagt.»

«Oh, ich liebe Geheimnisse», rief Agnes begeistert. «Worum geht es denn?»

«Erst müsst ihr schwören», sagte Nora und sah Lotte an. «Gebt mir euer Ehrenwort.»

«Das hast du doch schon», meinte Lotte. «Aber gut, ich schwöre. Ich sage nichts.»

«Ich auch nicht.» Agnes hob ihre rechte Hand. «Frühlingstöchter-Ehrenwort», sagte sie mit feierlicher Miene. «Und nun spann uns nicht länger auf die Folter. Was hast du diesmal vor?»

* * *

Gesche sah zu den Mädchen hinüber, die beisammenstanden und aufgeregt miteinander redeten. Sie hatte keine Ahnung, was die vier da besprachen, aber der vertraute Anblick versetzte ihr einen Stich.

Nur noch zwei Tage, dachte sie ein bisschen beklommen. Dann würde Fanny ein ganz anderes Leben führen als jetzt. Dann war sie Jan Riklofs Ehefrau und würde nicht nur seinen Haushalt führen, sondern auch sonst alle ehelichen Pflichten erfüllen müssen. Ob sie wirklich wusste, worauf sie sich da einließ?

Gesche rief sich noch einmal das Bild des rotblonden Kaufmanns in Erinnerung, der Fanny bei ihrer ersten Begegnung so begehrlich angesehen hatte. Sie wusste selbst nicht, wieso, aber sie hatte kein gutes Gefühl bei der Sache. Die beiden passten nicht zusammen, und Gesche konnte nur hoffen, dass Fanny sich trotz ihrer Jugend gegen ihn behaupten würde.

Zumindest ging sie jetzt vorbereitet in die Hochzeitsnacht, denn Gesche hatte ihr die Bücher schon gegeben, die James Fullton wie gewünscht für sie besorgt hatte. Fanny war ein bisschen erschrocken und auch verlegen gewesen, aber sie hatte beide Bände dankbar angenommen und versprochen, sie gut zu verstecken. Sie gab sich generell tapfer, aber Gesche sah ihr oft an, dass sie Angst hatte. Von ihrem Plan, die Frau des Kaufmanns zu werden, ließ sie sich allerdings nicht abbringen, deshalb konnten sie jetzt alle nur noch hoffen, dass die Sache gut ausging.

In Bezug auf sich selbst hatte Gesche diese Hoffnung aufgegeben. Und sosehr sie sich auch bemühte, sich zusammenzureißen, es tat einfach immer noch schrecklich weh, dass Henry eine andere heiraten würde, nachdem er ihr geschworen hatte, dass er nur für sie Gefühle hatte. Wie hatte sie sich nur derart in ihm täuschen können?

Sie dachte an Henrys Besuch im Pensionat vor drei Tagen, bei dem sie ihm fast begegnet wäre. Zum Glück hatte Ellie sie gewarnt, dass er im Haus war, und sie hatte sich in ihr Zimmer zurückzogen und sich entschuldigen lassen, als die Nachricht kam, dass er sie sprechen wollte. Was hätte es auch genützt? Sie wollte seine Entschuldigungen und fadenscheinigen Begründungen nicht hören, denn es schmerzte sie auch so schon schlimm genug, dass er nicht anders war als alle anderen Männer seines Standes. Er amüsierte sich mit Frauen wie ihr, aber er heiratete natürlich nur eine Adelige. So war das eben.

Gesche wischte sich verstohlen über die Augen und atmete tief durch. Sie fürchtete sich schon jetzt davor, ihm übermorgen bei der Hochzeit zu begegnen. Würde er mit der Baroness kommen? Der Gedanke, die beiden als Paar zusammen zu sehen, war so schrecklich, dass Gesche ihn kaum aushielt. Aber sie würde es ertragen. Sie hatte es Fanny versprochen.

Als sie die Uhr im Haus schlagen hörte, stand Gesche auf und klatschte in die Hände. «Geht wieder rein, Mädchen, der Unterricht geht weiter.» Sie sah zu Nora, Fanny, Lotte und Agnes, die immer noch miteinander sprachen. «Das gilt auch für euch und vor allem für dich, Fanny.» Sie lächelte, als die vier auf sie zu liefen. «Schließlich fangen jetzt deine letzten zwei Schulstunden an.»

Erschrocken blieb Fanny stehen. «Das stimmt», sagte sie. «Morgen muss ich schon packen. Und dann ist die Hochzeit.»

Gesche, die in diesen letzten Stunden unterrichten würde, legte ihr einen Arm um die Schultern. «Dann machen wir es uns jetzt noch mal besonders schön, ja?», sagte sie und lächelte der ängstlichen Fanny aufmunternd zu.

31

Du siehst wunderschön aus!» Gesche trat hinter Fanny, die in ihrem Brautkleid in Gesches Zimmer stand und sich nachdenklich im Spiegel der Frisierkommode betrachtete. Sanft legte sie dem Mädchen eine Hand auf die Schulter. «Bist du bereit?»

Fanny zuckte zusammen, offenbar war sie in Gedanken gewesen. Sie griff nach Gesches Hand.

«Ich bin so froh, dass Sie und Nora mit zum Standesamt und zur Kirche fahren. Das bedeutet mir viel.»

«Das ist doch selbstverständlich», versicherte Gesche ihr und warf noch einen letzten prüfenden Blick auf Fannys Hochsteckfrisur, an der aber alles saß, wie es sollte. Es war Fannys Wunsch gewesen, dass sie ihr beim Ankleiden und Frisieren helfen sollte, und sie hatte diese Aufgabe gern übernommen. «Wollen wir dann?»

Fanny nickte, und gemeinsam verließen sie das Zimmer. Als sie die Treppe herunterkamen, herrschte in der Halle schon großer Trubel. Einige der jüngeren Mädchen standen dort und betrachteten mit Staunen die Kleider von Nora, Agnes und Lotte, die sich für die Hochzeit besonders schöne Roben herausgesucht hatten. Und auch Dorothea Eggers, die sonst nur hochgeschlossene Oberteile trug, hatte zur Feier des Tages ein Kleid in einem für sie beinahe gewagten helleren Grünton gewählt. Zusammen waren sie ein faszinierender Anblick für die neugierigen Mädchen, die von Insa Chryse nur halbherzig zur

Ordnung gerufen wurden. Zwischen all den Leuten liefen die beiden Dienstmädchen herum und halfen zwei Angestellten von Jan Riklof dabei, Fannys Koffer in die Kutsche zu verladen. Das Gepäck sollte schon jetzt zu der Villa in Sankt Gertrud gebracht werden, wo später auch die Feier stattfinden würde. Dass Riklofs Haus für ein so großes Fest taugte, wunderte Gesche zwar, aber andererseits war sie auch neugierig darauf, wie Fanny in Zukunft wohnen würde.

«Oh, wie schön du bist!», rief Nora, als sie Fanny auf der Treppe erblickte, und auch Lotte und Agnes kamen aufgeregt zu ihnen gelaufen.

Fanny lächelte unsicher und wollte etwas erwidern. Doch in diesem Moment verkündete Dorothea Eggers, dass die Kutschen eingetroffen waren, die sie zum Standesamt bringen würden. Kurz darauf betrat Jan Riklof in einem maßgeschneiderten Smoking mit Zylinder die Halle.

«Wir müssen los», sagte er und ließ den Blick anerkennend über Fanny gleiten. «Du siehst bezaubernd aus, meine Liebe. Beeilen wir uns, damit wir das alles möglichst bald unter Dach und Fach haben.»

Fanny nickte nur und erwiderte nichts, aber Gesche konnte ihr ansehen, dass der fehlende Enthusiasmus ihres zukünftigen Ehemanns sie enttäuschte. Riklof schien ihr Arrangement eher geschäftsmäßig zu sehen, so jedenfalls hatte seine Bemerkung geklungen, und wieder einmal machte Gesche sich Sorgen, wie er Fanny behandeln würde, wenn sie erst seine Frau war.

Zu weiteren Überlegungen blieb ihr allerdings keine Zeit, denn Riklof drängte weiter zur Eile. Und so stieg sie mit Nora zu ihm und Fanny in die erste Kutsche, während die anderen die zweite nahmen.

Ab diesem Zeitpunkt lief alles wie ein gut geöltes Uhrwerk. Sie kamen pünktlich am Standesamt an, wo sie die Ehe offiziell eintragen ließen, und gingen von dort zur Marienkirche, wo das frisch vermählte Paar den kirchlichen Segen erhielt. Hier warteten auch die geladenen Gäste, die zahlreicher gekommen waren, als Gesche erwartet hatte. Wie es schien, hatte Riklof nicht übertrieben, als er behauptet hatte, er hätte alles eingeladen, was in Lübeck Rang und Namen hatte.

Während der Trauungszeremonie hielt Gesche immer wieder Ausschau nach Henry, konnte jedoch weder ihn noch die Baroness in der Menge entdecken. Würden die beiden doch nicht kommen? Ihr Magen zog sich zusammen, und sie hätte nicht sagen können, ob vor Erleichterung oder Enttäuschung. Während des gesamten Gottesdienstes war sie angespannt und achtete kaum auf die Worte des Pastors. Sie nahm nur wahr, wie zart Fanny neben dem kräftigen Riklof wirkte, und wieder schoss ihr durch den Kopf, was für ein ungleiches Paar die beiden waren.

Und dann war auch der Gottesdienst vorbei, und die Hochzeitsgesellschaft reiste in diversen Kutschen zu Riklofs Villa in Sankt Gertrud. Es war ein wirklich feudales Haus, mit zwei Stockwerken, gerade erst im jetzt so beliebten Historismus-Stil gebaut, mit Säulen vor dem Eingang, Türmen rechts und links und kunstvoll gestalteten Fensterelementen.

Und drinnen spiegelte die prunkvolle Ausstattung der Halle, die mit viel Marmor glänzte, ebenfalls den Reichtum des Besitzers.

«Ich habe gehört, die Villa soll sogar richtige Wasserklosetts besitzen», berichtete Dorothea Eggers und strich bewundernd über die polierte Oberfläche des Konsolentischs an der Wand. «Und einen kleinen Ballsaal, so wie bei uns im Pensionat. Da wird nachher das Essen stattfinden, und danach soll dort getanzt werden.» Sie schüttelte den Kopf. «Also, das hat Franziska richtig gemacht, das muss ich sagen», meinte sie, und Gesche glaubte, einen Funken Neid in ihren Augen zu erkennen.

«Hoffen wir es», erwiderte Gesche und blickte zu Fanny, die bei ihrem Mann an der geöffneten Eingangstür stand und die Gäste begrüßte. Ihre Wangen waren gerötet, und sie wirkte beinahe fiebrig.

«Oh, sehen Sie doch, Fräulein Petersen, da kommt mein Bruder», sagte Nora, die mit Agnes und Lotte bei ihr stand.

Gesche hatte Henry im selben Moment entdeckt, er hatte soeben die Halle betreten und beglückwünschte Riklof und Fanny. Er trug einen Smoking mit Zylinder, genau wie die übrigen männlichen Gäste, und sah so gut aus, dass Gesches Herz sich zusammenzog. Er war allein, wie sie erleichtert bemerkte, offenbar war die Baroness nicht mitgekommen.

«Ah, der Herr Graf», meinte Dorothea Eggers. «Ich werde ihn gleich mal begrüßen.»

Sie hielt auf Henry zu, und die Mädchen folgten ihr, aber Gesche beschloss, dass sie das nicht konnte. Sie würde sich vor der Vorsteherin verraten, wenn sie Henry jetzt gegenübertrat, deshalb ging sie weiter in den angrenzenden Salon, in dem sich schon zahlreiche Gäste aufhielten. Tatsächlich war es eine ganze Flucht von Salons, die auf der Vorderseite des Hauses lagen und sehr repräsentativ eingerichtet waren.

Gesche gab vor, sich für die Gemälde an den Wänden zu interessieren, und schlenderte bis in den letzten Raum, weil sie hoffte, so Henry möglichst lange nicht zu begegnen.

Die Gäste um sie herum unterhielten sich angeregt, während ihnen Bedienstete in Uniformen Getränke servierten, aber Gesche kannte niemanden von ihnen. Und nachdem sie eine Weile vor einem Bild gestanden hatte, dass sie persönlich sehr hässlich fand, kam sie sich plötzlich albern vor. Wollte sie wirklich den ganzen Abend vor Henry davonlaufen? Nein, das war nicht ihre Art. Sie würde jetzt zurück zu den Mädchen gehen und für Fanny da sein, falls diese sie brauchte. Dafür war sie schließlich gekommen. Und wenn Henry ihr begegnete, dann würde sie das schon irgendwie schaffen.

Entschlossen wandte sie sich um – und stieß mit einem kleinen, untersetzten Mann mit einem blonden Vollbart zusammen.

«Oh, verzeihen Sie bitte», entschuldigte sie sich. «Ich war unachtsam.»

«Ich bitte Sie, keine Ursache.» Ein breites Grinsen erschien auf dem Gesicht des Mannes. «Von jungen, hübschen Damen lasse ich mich jederzeit anrempeln.»

Er lächelte unverbindlich und ging auf einen weißhaarigen Mann mit Monokel zu, der am Fenster stand.

«Ah, Herr Küppers, wie schön, Sie hier zu treffen», rief der Monokel-Träger mit dröhnender Stimme, und Gesche horchte unwillkürlich auf.

Küppers? Dann war das der Mann, mit dem Henry Geschäfte machte? Das geht dich nichts mehr an, erinnerte sie sich und wollte weitergehen. Doch dann hörte sie plötzlich, wie Henrys Name fiel, und hielt inne.

«Sagen Sie, ist es wirklich wahr, dass die von Jagows pleite sind?», fragte der Monokel-Träger. «Es geht das Gerücht, dass sie das Gut verkaufen müssen.»

«Ja, das ist mir auch schon zu Ohren gekommen, und das ist sehr bedauerlich», erwiderte Küppers. «Der junge von Jagow ist ein Geschäftspartner von mir, und ich war bisher der Meinung, er sei gut bei Kasse. Jetzt bin ich ein bisschen besorgt. Wissen Sie denn Näheres?»

Die beiden Männer waren weiter in den Salon gegangen, deshalb hörte Gesche nicht mehr, was der Monokel-Träger antwortete.

Sie starrte den beiden nach. Sie war auch davon ausgegangen, dass es Henry und seiner Familie finanziell gut ging. Aber wenn das stimmte ... Sie schüttelte den Kopf. War das der Grund für Henrys Verlobung mit der reichen Baroness? Heiratete er sie nur wegen ihres Geldes?

Gesche fand den Gedanken nicht tröstlich. Tatsächlich machte er sie sogar noch wütender.

«Fräulein Petersen?» Dorothea Eggers stand plötzlich vor ihr. «Sagen Sie, haben Sie die Mädchen gesehen? Sie sind mit Graf von Jagow irgendwo im Haus verschwunden, und ich habe sie jetzt eine Weile nicht ... ach, da ist ja Frau Haak. Hallo, Frau Haak!» Sie winkte einer schwarz gekleideten Frau zu und wandte sich noch mal an Gesche. «Suchen Sie die Mädchen!», ordnete sie an. «Wer weiß, was die drei vorhaben. Nicht dass sie irgendetwas anstellen. Das wäre mir höchst peinlich!»

Bevor Gesche antworten konnte, ließ die Vorsteherin sie stehen und ging mit einem breiten Lächeln auf die andere Frau zu, die sich zu freuen schien, sie zu sehen. Eine Minute später waren die beiden Damen in ein Gespräch vertieft.

Gesche stöhnte innerlich, denn auch wenn sie gerade beschlossen hatte, Henry nicht mehr aus dem Weg zu gehen, war es ihr nicht angenehm, ihn bei den Mädchen anzutreffen. Dennoch machte sie sich auf die Suche, die gar nicht lange dauerte, denn als sie den zweiten Salon betrat, sah sie Nora auf sich zueilen, gefolgt von Agnes und Lotte. Alle drei Mädchen wirkten aufgekratzt und hatten leuchtende Augen.

Und Henry war nicht bei ihnen, wie Gesche aufatmend feststellte.

«Würden Sie kurz mit uns kommen, Fräulein Petersen?», bat Nora. «Wir wollen Ihnen gerne etwas zeigen.»

«Was denn?», wollte Gesche wissen.

«Das ist eine Überraschung», erklärte Agnes geheimnisvoll, und Gesche schmunzelte, während sie den dreien folgte. Doch als die Mädchen sie in den hinteren Teil des Hauses führten, wurde sie wieder ernst.

«Wohin bringt ihr mich?», fragte sie. «Ist das nicht der private Bereich von Herrn Riklof?»

«Und jetzt auch der von Fanny», erwiderte Nora. «Sie hat uns erlaubt, dass wir ihr Boudoir benutzen dürfen.»

«Benutzen wofür?», wollte Gesche wissen, doch die Mädchen gingen weiter und blieben kurz darauf vor einer Tür stehen.

«Die Überraschung ist hier drin», sagte Nora und öffnete die Tür. Gesche trat ein in der Erwartung, dass die Mädchen ihr folgen würden. Doch die Tür ging hinter ihr wieder zu, und gleichzeitig drehte sich der Mann um, der drinnen am Fenster gestanden und nach draußen gesehen hatte.

«Henry!» Erschrocken und auch ein bisschen fassungslos starrte Gesche ihn an. «Was machst du hier?»

«Meine Schwester hat mich hergebracht. Ich sollte hier drinnen auf eine Überraschung warten.» Er kam auf sie zu. «Als ich ihr erklärt habe, dass ich keine Zeit für Spielchen habe, weil ich auf der Suche nach dir bin, hat sie mir allerdings schon verraten, dass du die Überraschung bist. Sie sagt, wir sollen uns aussprechen, und damit hat sie ganz recht.»

Gesche wich vor ihm zurück und verschränkte die Arme vor der Brust. «Ich wüsste nicht, was es da noch zu reden gibt», sagte sie abweisend und versuchte, sich ihre Verwirrung nicht anmerken zu lassen. Henry war auf der Suche nach ihr gewesen?

Er blieb vor ihr stehen. «Doch, es gibt eine Menge zu reden», sagte er. «Und ich bin den Mädchen sehr dankbar, dass sie mir die Möglichkeit verschafft haben, es in Ruhe zu tun. Dann kann ich dir nämlich endlich erklären, wie es zu der Verlobung mit der Baroness gekommen ist.»

«Das weiß ich schon. Du brauchst ihr Geld, weil ihr pleite seid», sagte sie. «Ich habe gerade zufällig ein Gespräch mitangehört, zwischen diesem Küppers, mit dem du Geschäfte machst, und noch einem Mann. Sie meinten, deine Familie sei verschuldet, und ihr stündet kurz vor dem Ruin.»

«Küppers weiß es schon?» Henry war blass geworden. «Ich hatte gehofft, dass mir ein bisschen mehr Zeit bleibt, bevor er es erfährt.»

«Dann ist es wahr?», fragte Gesche und empfand gegen ihren Willen Mitgefühl für ihn.

Henry nickte. «Nach eurer Abreise hat mein Vater mir eröffnet, dass er in Italien am Roulettetisch einen sehr hohen Betrag verloren hat. Es ist so viel, dass wir es nicht einfach so aufbringen können. Pleite sind wir also noch nicht, aber es fehlt nicht mehr viel.»

Gesche schluckte. Deshalb sah er also so angespannt aus. Doch dann fiel ihr wieder ein, welche Gegenmaßnahme er ergriffen hatte, um den Ruin seiner Familie zu verhindern.

«Dann wolltest du die Komtess heiraten, weil sie Geld hat?»

Henry nickte. «Ich bin nicht stolz darauf, aber ja, das war der Grund. Mein Vater hat mich gedrängt und die Baronin auch, die, wie du sicher mitbekommen hast, ganz versessen darauf ist, ihre Tochter unter der Haube zu haben. Ich dachte, es sei die einzige Möglichkeit. Der einzige Weg, unsere Probleme zu lösen.» Er seufzte. «Ich habe dir das alles in dem Brief erklärt, den du nicht bekommen hast. Mein Vater behauptet steif und fest, dass er ihn nicht abgefangen hat, deswegen nehme ich an, es war die Baronin. Wahrscheinlich ahnte sie, dass du es bist, der mein Herz gehört, und wollte verhindern, dass wir zusammenfinden.»

Gesche wich noch weiter vor ihm zurück und schüttelte den Kopf. «Wir finden nicht zusammen, Henry. Du heiratest eine andere ...»

«Nein, tue ich nicht», unterbrach er sie. «Das will ich dir doch sagen. Ich habe die Verlobung wieder gelöst. Luise und ihre Mutter sind bereits auf der Rückreise nach Bayern.»

«Was?» Gesche löste ihre Arme und starrte ihn ungläubig an.

«Ich konnte es nicht.» Henry zuckte mit den Schultern und sah sie zerknirscht an. «Du hattest recht. Mit allem. Als du vor meinem Haus standest und so wütend warst, da habe ich mich sehr geschämt. Weil du recht hattest. Ich habe wirklich gedacht, dass es schon irgendwie gehen wird. Dass ich dich nicht aufgeben muss, auch wenn ich die Baroness heirate. Genau das stand in meinem Brief. Er war voller fadenscheiniger Ausflüchte, deshalb ist es gut, dass er dich nie erreicht hat.» Er schüttelte den Kopf. «Ich konnte plötzlich nicht mehr schlafen, weil ich schreckliche Angst hatte, dich zu verlieren. Deshalb war ich noch mal bei euch im Pensionat. Aber du wolltest mich nicht sehen, und da wurde mir klar, dass ich es verdient hatte, von dir mit Missachtung gestraft zu werden. Ich hatte dir versprochen, dass wir zusammen sein würden, und dieses Versprechen habe ich gebrochen. Es war richtig von dir, mir dafür die kalte Schulter zu zeigen. Das hat mich wieder zur

Vernunft gebracht. Das mit Luise war falsch. So eine Ehe wie mein Vater will ich nicht führen, deshalb bin ich nach Rosenhagen zurückgefahren und habe die Verlobung wieder gelöst.»

Er trat auf Gesche zu und ergriff ihre Hand. Sie ließ es zu. «Und jetzt?», fragte sie. «Wie willst du die Sache mit den Schulden lösen?»

«Ich werde es aus eigener Kraft schaffen», erklärte er. «Wenn ich mit meinen Patenten Erfolg habe, kann ich davon Vaters Schulden bezahlen. Vielleicht leiht mir Küppers noch einmal Geld für den Übergang. Es wird schon irgendwie gehen.»

Er betrachtete sie unsicher. «Viel wichtiger ist aber die Frage, ob du mir vergeben kannst. Ich war ein Narr, Gesche. Und ich hätte beinahe den größten Fehler meines Lebens begangen. Du bist die Frau, die ich will. Und die einzige, die ich heiraten werde.» Er zuckte mit den Schultern, und sie sah die Angst in seinen Augen. «Wenn du mich jetzt überhaupt noch nimmst?»

Gesche hatte das Gefühl, als würde sich endlich der zentnerschwere Steinblock heben, der die ganze Zeit auf ihrer Brust gelegen hatte. «Diesmal meinst du es wirklich ernst?»

Er nickte. «Ich würde es jetzt und hier vor allen Anwesenden verkünden. Aber ich muss erst die Sache mit den Schulden klären. Wenn wir heiraten, will ich dir eine sichere Zukunft bieten können.»

Sie schlang die Arme um seinen Hals. «Dann warte ich», sagte sie und lächelte an seinen Lippen, als er sie stürmisch küsste.

Erst als es leise an der Tür klopfte, lösten sie sich wieder voneinander.

«Das war vermutlich das Zeichen, dass unsere Zeit zu zweit

um ist», sagte Gesche bedauernd. «Aber die Mädchen haben recht, wir müssen zurück, sonst werden wir hier erwischt. Und ich möchte Fannys Hochzeit nicht mit der Entdeckung unseres skandalösen Tête-à-Tête ruinieren.»

Henry seufzte und schob ihr zärtlich eine Haarsträhne hinter das Ohr. «Von mir aus könnte unser Tête-à-Tête noch sehr lange dauern, aber du hast recht», sagte er und küsste sie noch einmal. Dann bot er ihr seinen Arm, und sie verließen gemeinsam das Boudoir.

Nora, Lotte und Agnes warteten davor und lächelten, als sie sahen, dass Gesche sich bei Henry eingehakt hatte.

«Danke», sagte Gesche zu den Mädchen, die sehr zufrieden mit sich wirkten.

Sie ließ Henry los, bevor sie den Bereich betraten, in dem sie von anderen gesehen werden konnten, und gab sich für den Rest des Abends Mühe, ihn nicht zu sehr anzustrahlen, wenn sie mit ihm sprach.

Vor ihnen lag noch ein langer Weg, und mehr als ein dunkler Schatten bedrohte ihr gerade wiedergefundenes Glück. Aber das spielte jetzt gerade keine Rolle.

Jetzt, in dieser Sekunde, fühlte sie sich sicher aufgehoben in dem Wissen, dass der Mann, den sie liebte, ihre Gefühle erwiderte. Und der Rest wird sich finden, dachte sie und schob alle Zweifel daran, wie ihre Zukunft mit Henry aussehen würde, für diesen Abend beiseite.

* * *

«Und?» Fanny kam zu Nora, Lotte und Agnes gelaufen und sah sie aufgeregt an. «Hat es funktioniert?»

«Ja», bestätigte Nora grinsend. «Die beiden waren eine

ganze Weile allein, und jetzt scheint alles wieder gut zu sein. Da, schau doch!» Nora deutete auf die Lehrerin, die bei ihrem Bruder stand und angeregt mit ihm redete. Beide strahlten über das ganze Gesicht.

«Ach, wie schön.» Fanny atmete erleichtert auf. «Ich war die ganze Zeit so beschäftigt, dass ich gar nicht dazu gekommen bin, mich nach unserem Plan zu erkundigen.» Sie verdrehte die Augen. «Jan lässt mich kaum von seiner Seite. Ich musste behaupten, dass ich einem dringenden Bedürfnis nachgehen muss, sonst hätte er mich vielleicht gar nicht gehen lassen.»

Nora runzelte die Stirn, denn ihr war auch schon aufgefallen, wie wenig Jan Riklof seine frischangetraute Ehefrau während des Abends aus den Augen gelassen hatte. Das war ihr nicht ganz geheuer und verstärkte das ungute Gefühl in ihr, das sie immer beschlich, wenn es um ihn ging.

«Ah, da seid ihr ja.» Frau Eggers kam mit einem sehr entschlossenen Gesichtsausdruck auf die Mädchen zu. «Ich habe die Kutsche für euch bestellt. Ihr fahrt jetzt zurück ins Pensionat.»

«Oh nein, bitte nicht!» Fanny starrte sie erschrocken an. «Der Tanz hat doch noch gar nicht begonnen. Bitte, bitte, lassen sie die anderen noch ein bisschen bleiben.»

Frau Eggers schüttelte den Kopf. «Es tut mir leid, aber das Pensionat hat einen Ruf zu verlieren. Es ist schon spät, und ich möchte nicht, dass der Eindruck entsteht, dass meine Schülerinnen über die Stränge schlagen. Also holt eure Sachen. Fräulein Petersen begleitet euch zurück.»

Sie blieb dabei, und so standen Nora und die anderen kurz darauf in der Halle und verabschiedeten sich von Fanny, die ganz aufgelöst war, sich aber große Mühe gab, ihre Tränen zu verbergen.

«Ich werde euch ganz schrecklich vermissen», sagte sie und wischte sich über die Augen.

«Wir sind nicht weit weg», versicherte Nora ihr. «Und wir sind da für dich, wenn etwas ist.» Sie beugte sich vor. «Frühlingstöchter-Ehrenwort», flüsterte sie Fanny leise ins Ohr.

Fanny lächelte und umarmte sie fest. Das Gleiche tat sie auch bei Fräulein Petersen und den anderen.

«Ach hier bist du, Fanny.» Jan Riklof kam zu ihnen. «Ich habe dich schon vermisst. Kommst du? Unsere Gäste fragen schon nach dir.»

«Ich bin müde, Jan», erwiderte Fanny. «Und ich kann doch sowieso nichts zu den Gesprächen beitragen. Deshalb würde ich mich jetzt lieber zurückziehen.»

«Zurückziehen?» Er hob einen Mundwinkel zu einem kühlen Lächeln. «Aber heute ist unsere Hochzeitsnacht, meine Liebe. Und wie ich schon sagte: Wir haben Gäste. Also wirst du dich doch wohl noch ein bisschen zusammenreißen können.» Seine Stimme klang ruhig, aber es schwang ein warnender Unterton darin mit, der weder Fanny noch Nora entging.

«Natürlich», sagte Fanny mit versteinerter Miene und blieb noch mit Riklof an der Tür stehen, während Nora und die anderen in die wartende Kutsche stiegen. Dann verschwanden beide im Haus, und einer der Dienstboten schloss die Tür.

Die Rückfahrt verlief schweigend, und je näher sie dem Pensionat kamen, desto beklommener fühlte Nora sich. Sie hasste den Gedanken, dass Fannys Bett heute Nacht leer bleiben würde. Deshalb stürmte sie ins Haus, vorbei an der verdutzten Ellie, die ihr die Tür geöffnet hatte, und hinaus auf den Hof, der im Dunkeln lag.

Der Mond schien nicht so hell wie an dem Abend, an dem sie ihren Schwur geleistet hatten, deshalb suchte Nora vergebens den Stamm nach der Stelle ab, wo sie ihre Initialen in die Rinde geritzt hatte. Frustriert und traurig setzte sie sich auf die Bank und legte das Gesicht in die Hände. Lotte und Agnes, die ihr gefolgt waren, setzten sich zu beiden Seiten neben sie.

«Es ist meine Schuld!», sagte Nora unglücklich. «Wenn ich Fanny damals für den Ausflug nicht dieses Kleid geliehen hätte, in dem sie so schön ausgesehen hat, dann hätte dieser Riklof sie vielleicht gar nicht bemerkt. Dann wäre sie jetzt noch bei uns!»

«Ach, Nora, das ist doch Unsinn, das weißt du selbst», erwiderte Agnes und strich Nora über den Rücken. «Manche Dinge passieren einfach, darauf haben wir keinen Einfluss.»

«Und Fanny bekommt das hin, du wirst sehen», tröstete Lotte sie. «So schlimm wird es für sie bestimmt gar nicht. Außerdem sehen wir sie schon bald wieder.»

«Dafür werde ich sogar persönlich sorgen», versprach Fräulein Petersen, die jetzt erst zu ihnen stieß. «Wir werden Fanny so oft wie möglich besuchen. Dagegen hat Frau Eggers sicher nichts einzuwenden.» Lächelnd reichte sie Nora einen Umschlag. «Hier, den habe ich von Ellie. Sie sagt, er wurde heute Nachmittag hier abgegeben.»

Nora nahm den Brief entgegen. Sie erkannte die Handschrift sofort und drückte den Umschlag gegen ihre Brust. «Danke», sagte sie und versuchte, sich zu freuen, dass endlich eine Nachricht von Karl gekommen war. Aber der Gedanke an ihre fehlende Freundin trübte ihr Glück. «Ich wünschte, ich könnte die Zeit zurückdrehen», sagte sie mit einem tiefen Seufzen und sah zu Fräulein Petersen, die sich zu ihnen gesetzt hatte. «Wieso gehen Menschen fort, die man liebt? Kann denn nicht einfach alles so bleiben, wie es war?»

«Dann wärst du nicht hier, Nora», erinnerte Fräulein Petersen sie. «Aber ich kann deinen Wunsch verstehen. In meinem Leben gibt es auch Dinge, die ich gerne ungeschehen machen würde.»

Für einen Moment schwiegen sie alle, und Noras Gedanken wanderten zu Karl. Was wohl in seinem Brief stand? Würde sie ihn wiedersehen? Und was würde nur mit der armen Fanny passieren? Seufzend lehnte sie ihren Kopf an Agnes' Schulter. Gemeinsam blieben sie noch eine Weile auf der Bank sitzen, dann erhob sich Fräulein Petersen.

«Lasst uns reingehen», sagte sie. «Das war ein langer Tag, und wir können alle ein bisschen Schlaf gebrauchen.»

Die Mädchen nickten, und während sie der Lehrerin ins Haus folgten, spürte Nora, wie das Gefühl der Unsicherheit zurückkehrte und sie erneut zu übermannen drohte.

Sie hatte keine Ahnung, was die Zukunft ihr bringen würde. Aber eins wusste sie zumindest: Zusammen mit ihren Freundinnen und Fräulein Petersen war sie bereit, sich auch den nächsten Herausforderungen zu stellen, die auf sie warteten.